KNAUR

Marina Boos

Jules Welt

Das Glück der handgemachten Dinge

Ein Kreativ-Roman

KNAUR

Besuchen Sie uns im Internet:
www.knaur.de

FSC
www.fsc.org
MIX
Papier aus verantwortungsvollen Quellen
FSC® C083411

Originalausgabe Mai 2016
Knaur Taschenbuch

Ein Imprint der Verlagsgruppe
Droemer Knaur GmbH & Co. KG, München

Redaktion: Antonia Zauner und Helene Weinold
Umschlaggestaltung: Franzi Bucher, München
Umschlagabbildung: shutterstock / Irtsya, shutterstock / Anastasiia Kucherenko; creative Market / Graphic Box, creative Market / Lisa Glanz; iStock / mludzen, iStock / GeorgePeters
Layout, Satz und Umbruch: Michaela Lichtblau
Druck und Bindung: CPI books GmbH, Leck
ISBN 978-3-426-51719-2

2 4 5 3 1

Kapitel 1

Wie war das noch gleich? Jedem Ende wohnt ein neuer Anfang inne?

Jule schüttelte den Plastikbecher, bis der Quark ins Sieb plumpste.

Nein, anders: Jedem Anfang wohnt ein Zauber inne. Von wem war das noch mal?

Der Quark tropfte vor sich hin, und Jule wollte einfach nicht einfallen, welcher Dichter diese Weisheit von sich gegeben hatte. Obwohl es eigentlich egal war, denn den entscheidenden Punkt hatte er übersehen: Einen zauberhaften Anfang konnte es nur nach einem Ende geben. Und Enden waren selten zauberhaft.

Ende, Anfang, Ende, die Sachen dazwischen. Gehört schließlich alles zusammen. Also: Wo bleibt der Zauber?

Die Mehltüte war leider ebenfalls am Ende, Jule warf sie in den Papiermüll. *Vielleicht kann sie ja als Eierkarton neu anfangen. Hesse! Hermann Hesse hat das gesagt!*

Schade. Für eine Diskussion über unschöne Anfänge war der nicht mehr greifbar. Und selbst wenn: Jule half das gerade überhaupt nicht. Fürs Erste musste sie die Augen fest zukneifen und weitermachen. Beziehungsweise neu anfangen. Jule hätte ja mit ihrem bisherigen Leben gerne so weitergemacht. Es war praktisch, bequem und gut.

Gewesen, Jule, gewesen. Vergangenheit.

Begleitet von einem Seufzer, schob sie ein paar ausgebüxte, wellige Strähnen zurück in ihren kurzen Pferdeschwanz. Eine Sekunde später kringelten sie sich wieder vor ihrer Nase und störten beim Backen. So wurden die Käsestangen ja nie fertig! Und vom Grübeln erst recht nicht.

Vorsichtshalber warf sie einen schnellen Blick in ihre Kladde. Sie hatte schon lange keine Käsestangen mehr gebacken und wollte auf Nummer sicher gehen. Diese Kladde war einmal für die Buchhaltung gedacht gewesen, vermutlich in den Fünfzigern. Jule hatte sie als Jugendliche bei der Wohnungsauflösung ihres Großvaters abgestaubt. Seither füllte sie die Seiten mit ihren Erfahrungen in Sachen Basteln, Handwerken und Kochen. Anfangs hatte sie mit Post-its für ein wenig Ordnung gesorgt. Nach einigen Jahren waren diese allerdings zerfleddert gewesen, also hatte Jule Bastelkarton zwischen die Seiten geklebt und ein wenig überstehen lassen. Schließlich hielt nichts länger als ein Provisorium.

Ungehalten pustete Jule nach den Strähnen und öffnete eine neue Tüte Mehl. Locker aus dem Handgelenk verteilte sie die halbe Tüte auf der Arbeitsfläche. Darauf kippte sie den Quark aus dem Abtropfsieb und zwei Packungen Butter, in kleine Würfel gehackt. Heute gab es die doppelte Menge: Je ein Pfund Mehl, Quark und kalte Butter. Aus den Zutaten schichtete sie einen Berg auf, einen winzigen, butterspeienden Vulkan.

Energisch wischte sie sich mit dem Handrücken über die Stirn und klebte die Strähnen damit endlich an eine andere Stelle. Sie biss sich auf die Lippe und lenkte ihre Gedanken zu den positiven Dingen des Tages. Musste ja gar nicht alles zauberhaft sein, nur weniger mies als die Ereignisse der letzten Stunden.

Der Sonnenschein beim Aufstehen, kam ihr in den Sinn. Dann das Frühstück mit Cora und Maike, stundenlanges Backen und Plattenrichten für Maikes dreißigsten Geburtstag, die große Reinfeier-Party heute Abend, der leckere Obstwein, der im Kühlschrank wartete.

Und schon kreisten Jules Gedanken wieder um die schlechten Neuigkeiten, die heute wie ein Hagelschauer auf sie niedergegangen waren: Anruf der Zeitung, viel Herumdruckserei. Leider könne man die mündliche Zusage für den Arbeitsvertrag nicht so einhalten wie geplant. Einwände des Controllings, wirtschaftliche Lage auf dem Zeitungsmarkt. Blabla. Bitte haben Sie Verständnis, liegt bestimmt nicht an Ihnen. Glauben Sie weiter an sich. Alles Gute für die Zukunft. Blabla.

Noch bevor Jule diesen Schock verdauen oder sich bei ihren Freundinnen ausweinen konnte, hatte Maike am Mittagstisch die Bombe platzen lassen: In zwei Wochen würde sie für ihren Traumjob umziehen. Statt wie geplant in Frankfurt zu arbeiten, ging es nach Berlin. Die Bank wollte mit neuen Gesichtern frischen Wind in die Firmenkundenbetreuung bringen.

Jules Finger tanzten durch das Mehl auf der Arbeitsplatte.

»ENDE«, schrieb sie und fügte vorn ein »BE« und hinten ein »N« hinzu. Nein, das war ihr zu negativ. Sie verwischte das »BE« wieder. Ihr Blick fiel auf einen der Teller mit Partyknabbereien.

Sie setzte ein »METT« an den Anfang und griff mit beiden Händen nach einem großen Messer. Mettenden war ein gutes Wort. Neutral und sehr lecker. Und irgendwie brachte es Jule zum Schmunzeln.

Alles wird gut. Alles fängt neu an, sagte sie sich in Gedanken. *Das Ziel im Leben ist nicht das Ende, sondern das Leben selbst. Alles hat ein Ende, aber die Mettwurst hat zwei.*

Dann zerhackte sie mit Schmackes ihren Berg aus Mehl, Butterwürfeln und Quark. Den Quark-Öl-Teig hätte sie natürlich auch einfach in einer Schüssel kneten können, aber Oma Wilhelmines althergebrachtes Gemetzel mit dem Messer war das beste Rezept gegen miese Stimmung. Außerdem wurde selbst der dauerfröstelnden Jule auf diese Weise warm, trotz der eisigen Januarluft, die durch das gekippte Fenster strömte. Die WG-Küche war bis zur Party am Abend eine improvisierte Kühlkammer.

Das Back-Gemetzel beanspruchte Jules Konzentration so sehr, dass sie Maike erst bemerkte, als diese sich über ihre Schulter lehnte und ihr ins Ohr flüsterte: »Backen ohne Gnade! Der neue Trend in deutschen Fernsehküchen!«

Jule quiekte und schnappte nach Luft. »Du Wahnsinnige! Tu so was doch nicht bei jemandem mit einem Messer!«

Maike grinste und pulte ein Loch in eine Frischhaltefolie, um an die Käsewürfel heranzukommen.

Für einen Augenblick ließ Jule von ihrem Teig ab.

»Finger weg!«, rief sie empört.

Der Würfel verschwand in Maikes Kirschmund. »Du wirkst ziemlich unentspannt. Was für einen Frosch hast du verschluckt?«

»Berlin, Maike. Berlihin!«

»Ja und?« Maike zuckte mit den Schultern. »Du warst ein Jahr lang in Japan, und wir haben dich vermisst. Ich gehe nach Berlin. Das ist quasi um die Ecke.«

»Japan ist über ein Jahr her. Es war eine Phase. Nicht so … lebenslänglich.« Jule pfefferte das Messer in die Spüle und walkte den Teig mit den Händen durch.

»Jule, bei dir ist alles fürs Leben und nach ein paar Monaten plötzlich eine Phase.«

In Jules Nacken kribbelte und spannte es. Maike hatte so ein Talent, Dinge auszusprechen, die sie nur allzu gern verdrängte.

»Danke, dass du den Finger in die Wunde legst.«

Sie konnte nicht sehen, was ihre Freundin hinter ihrem Rücken trieb, aber sie hätte zwei Cupcakes auf ein dramatisches Augenrollen verwettet. Ein leises Klimpern verriet, dass Maike an den Reißverschlüssen ihrer Inka-Strickweste nestelte. Ein tiefes Seufzen folgte.

»Jolanda.« Wenn Maike Jules vollen Vornamen hervorkramte, wollte sie ein ernstes Gespräch führen.

Auch das noch.

»Ich kann durch deinen Hinterkopf sehen, was du denkst.«

Ja, wirklich? Mettenden, Mettenden, Mettenden!

»Sechs Stunden noch. Ich bin die Letzte von uns.«

Willkommen im Club der Dreißiger!

Frischhaltefolie raschelte. Jule riss sich zusammen. Sie wollte die Käsewürfel verteidigen, aber dafür hätte sie Maike in die Augen sehen müssen.

»Mir ist heute früh vor dem Spiegel klargeworden, dass dreißig ein Alter ist, in dem bestimmte Dinge enden müssen. Und weißt du, wieso?«

Enden und Anfänge. Entweder konnte Maike tatsächlich Gedanken lesen, oder das Thema hing wie eine düstere Gewitterwolke in der Luft.

»Weil ich im Bad endlich Platz für eine große Palette Antifaltencreme habe, wenn du auch noch ausgezogen bist?«, platzte es aus Jule heraus. Sie biss sich auf die Oberlippe. Es war vollkommen ungerechtfertigt, ihren Frust an Maike auszulassen.

»Seit wann bist du so dramatisch, Jule?«

Jule schniefte und atmete tief durch. Maike hatte recht, sie steigerte sich zu sehr in die Sache hinein. Dann schaute sie über die Schulter. »Es ist einfach so viel auf einmal. Ich habe das Gefühl, mein Leben geht gerade komplett in die Binsen.«

»Oh, Jolanda.« Maike ließ den eben eroberten Käsewürfel im Mund verschwinden, kam auf Jule zu, drehte sie zu sich und umarmte sie fest. Eine Duftwolke aus Rosenshampoo und kaltem Mentholzigarettenqualm umhüllte sie. Jule hielt die Luft an. »Jule, es ist nicht einfach, seinen Platz im Leben zu finden.«

»Rauchst du wieder?« Jule konnte nicht anders, sie musste husten.

Maikes Griff lockerte sich kurz, dann quetschte sie ihrer Freundin erneut die Rippen. »Du, ich, Cora. Wir müssen alle langsam mal erwachsen werden. Ob wir wollen oder nicht: Irgendwann ist halt Schluss mit manchen Sachen: Weltenbummeln, Gelegenheitsjobs und Partys bis in die Nacht. Und soll ich dir was sagen? Ich glaube, ich vermisse das alles nicht. Das war eine tolle Zeit, aber jetzt brechen andere tolle Zeiten an. Und wir, wir halten immer zusammenhalten, egal wie viele Längen- und Breitengrade zwischen uns liegen.«

»Findest du das nicht seltsam, ab sofort ein Leben in Hosenanzug und Kostüm zu führen? Und wegzuziehen? Eine Karriere bei einer Bank kannst du doch viel besser hier machen, in Mainhatten! Außerdem: Wenn wir es bis jetzt nicht geschafft haben, erwachsen zu werden, dann lohnt es sich doch nun auch nicht mehr, oder?«

Sie schob Maike ein Stück weit von sich weg und spreizte ihre mehligen Finger ab, um deren Strickweste nicht zu versauen.

Ich kann mir einfach nicht vorstellen, wie Maike in Business-Schick aussieht.

Keine glatten, langen, blonden Haare mehr, sondern ein fester Knoten. Grauer Tweed statt Ethnolook. Berlin statt Frankfurt und ein dickes Plus auf dem Konto statt ewig roter Zahlen.

»Ihr lasst mich hier allein zurück. Cora für Ziegenköttel und Globuli-Tomaten und du für einen Drehstuhl und einen Dutt.«

Zwei Monate waren seit Coras Auszug vergangen. Zusammen mit ihrem Freund arbeitete sie jetzt tief in der Eifel in einer spirituellen Gemeinschaft auf einem Biobauernhof.

Maike spreizte die neongrünen Fingernägel von sich. Sie wirkte irritiert. »Aber du sitzt doch ab Februar auch im Büro. Hosenanzug, Hochsteckfrisur, hohes Honorar. Das ganze Programm. Oder nicht?«

»Hm«, machte Jule und schaute sich den Boden mit den Karofliesen ganz genau an.

»Jetzt sag nicht, du kneifst, weil du Angst hast, dich über Jahre auf eine Sache festlegen zu müssen! Bitte nicht! Jolanda! Bei der Zeitung arbeiten ist dein großer Traum.« Vorsorglich schüttelte Maike ihre Freundin gründlich durch.

»Diesmal bin nicht ich weggelaufen, sondern *die* haben gekniffen.«

»Weshalb hast du nichts gesagt!«

»Ich wollte dir nicht deinen Tag verderben.«

»Aber du hast doch die Zusage.«

»Tja.« Jule wandte sich wieder ihrem Teig zu und klatschte in die Hände, bis das Mehl staubte. »Die haben es sich anders überlegt. Schöne Scheiße, nicht?« Tränen stiegen ihr in die Augen.

Jetzt heul nicht rum! Heulen ändert nichts, gar nichts!

Maike versuchte, sie von der Anrichte wegzudrehen, aber Jule versteifte sich und steckte all ihren Frust in ihr Backwerk.

»Das ist echt das Letzte! So, so unfair!« Maike stapfte in der Küche herum, ihre Hände waren zu Fäusten geballt. »Das können die nicht machen!«

»Ich wüsste lieber, was *ich* jetzt machen soll.«

»Na, dich beschweren. Klagen! Hast du die Zusage per Mail bekommen? Irgendwas Schriftliches?«

Jule schüttelte den Kopf. Das Mehlmassaker auf der Arbeitsplatte war unterdessen zu einem geschmeidigen Teig geworden, der sich beim besten Willen nicht mehr prügeln ließ. Sie schwang das Nudelholz, um den Teig auszurollen.

»Ich wollte endlich mal im Leben ankommen! Einen festen Job haben, Sicherheit, eine Heimat, Wurzeln schlagen, mit guten Freunden drumherum … meinetwegen erwachsen werden. Irgendsowas, was man halt will, wenn man über dreißig ist. Und dann pustet das blöde Schicksal mal eben so in mein Kartenhaus von Leben, und alles fliegt fröhlich davon.«

»Ich helfe dir, wo ich kann, ja? Du findest einen anderen Job.«

»Irgendeinen anderen Job findet man immer. Aber eine Festanstellung bei einer Zeitung … so etwas wächst nicht auf Bäumen. Ich kann auch ins Café zurückgehen und mir für den Hungerlohn die Hacken ablaufen, bis ich ins Pflegeheim komme. Ich werde noch auf dem Totenbett von Herrentorte und Frankfurter Kranz träumen.«

Maike kniff ihr unsanft in die Schulter. »Die Jule, die ich kenne, die heult nicht rum und suhlt sich dermaßen in Selbstmitleid. Und die Jule, die ich kenne, die hat eine Leidenschaft für gute Kuchen und liebt es, wenn ihre Gäste glücklich sind!«

Jule schniefte, richtete sich auf, atmete durch und kuschelte sich an die Schulter ihrer Freundin. Wer würde sie in Zukunft in den Arm nehmen und trösten? »Du hast ja recht. Aber ich bin fix und fertig. Ich will nicht schon wieder wegrennen und mich mal hier, mal da verkriechen. Ich will endlich ankommen.«

»Mach doch selber ein Café auf.« Maike drückte sie fester an sich und strich ihr beruhigend über den Rücken. »Für so verrückte Künstlertypen wie dich und mich.«

»Mit welchem Geld? Und außerdem gibt es die Dinger schon an jeder Ecke.«

»Wer nichts wird, wird Wirt«, lästerte Maike und zwinkerte. »Oder in meinem Fall: Betriebswirt.«

Jule löste sich von ihr und fuhr damit fort, den Teig auszurollen.

»Soll mich das ermutigen? Weißt du eigentlich, wie viele Gastronomen in den ersten Jahren pleitegehen? Die Banken leihen einem kein Geld, wenn man sagt, man möchte ein Café eröffnen.«

»Na, das klingt doch, als hättest du schon mal darüber nachgedacht und dich schlau gemacht.«

Jule errötete. Sie besaß tatsächlich ein prallgefülltes, geheimes Notizbuch mit Überlegungen für ein eigenes Café. »Schlau genug, um zu wissen, dass die Idee völliger Murks ist. Wie ich bereits sagte: An jeder Ecke gibt es heutzutage ein trendiges Café.«

»Ach komm! Die meisten von denen sind doch wirklich 08/15 und völlig blutleer. Du würdest so viel Liebe und Lebendigkeit mitbringen, damit eroberst du dir im Sturm Stammgäste!«

»Das kann ich schlecht in den Businessplan schreiben, oder?«

Maike fuhr sich mit dem Finger über die Lippen. »Hör doch mal auf, so negativ zu sein! Ich meine das ernst, Jule. Du sprühst vor Ideen, und du hast das Zeug, etwas ganz Besonderes auf die Beine zu stellen. Schau dir doch mal die Deko für die Party an und das, was du uns da alles an Essen auftischst! Oder den Wohnzimmertisch, den du abgeschliffen und neu lackiert hast! Du entdeckst Möglichkeiten und erschaffst Neues, wo andere nur ein paar Käsewürfel und Sperrmüll sehen.«

Mittlerweile hatte Jule den Teig in schmale Streifen geschnitten und auf dem Backpapier ausgelegt. »Mein Lebenstraum ist es, in einer Redaktion zu arbeiten. Ernsthafter Journalismus. Reportagen machen, etwas Wichtiges zum Weltgeschehen beitragen! Menschen inspirieren.«

»Warum bewirbst du dich nicht bei einem dieser neuen Handarbeitsmagazine? Ein bisschen kreativ, ein bisschen Wohlfühlen, andere inspirieren und bewegen. Das passt gut zu dir. Mal ehrlich: Bei den Tageszeitungen schreibt man heute nur noch die Agenturmeldungen ab, statt die Welt zu retten. Das frustriert doch ohne Ende!«

»Ich kann nicht mal häkeln. Nein, ich werde mich bei einem Partyservice bewerben und auf Nummer sicher gehen. Woher sollte ich denn das Geld für ein Café nehmen? Und weshalb denke ich da überhaupt weiter drüber nach?«

Maikes Mund klappte auf, dann wieder zu. Auf ihrer Stirn tauchte eine einzige lange Falte auf. »Du denkst darüber nach, weil du das wirklich machen möchtest. Und wir wissen beide, woher das Geld dafür kommt.«

»O nein, Maike! Schau mich nicht so an! Geh mal lieber zur Seite, ich muss zum Kühlschrank.«

»Ruf deine Oma an. Mensch, Wilhelmine wartet nur darauf, dir aus der Patsche zu helfen!«

»Meine … nee, nee! Auf keinen Fall!«

Jule holte ein Ei und Käse aus dem Kühlschrank.

Maike redete einfach weiter: »Sei nicht so stur! Deine Oma meldet sich zweimal die Woche. Sie möchte, dass du das Geld nimmst. Und wenn ich ihr einen Tipp gebe, dass du es jetzt brauchst, dann zieht sie hier ein, bis du aufgibst. Wilhelmine lässt nicht locker.«

Wilhelmines Geld … ich kann doch nicht … aber sie braucht es ja wirklich nicht …

Vor Monaten hatte Jules Großmutter mit ihrer Tippgemeinschaft einen Lottogewinn eingeheimst. Kein Riesenjackpot, aber mehr Geld, als die bald Hundertjährige ausgeben konnte. Seither versuchte sie, ihre zwei Enkel zwangszubeschenken. Jules Cousin Ole hatte freudig zugegriffen und in seinen Bauernhof investiert. Jule dagegen fürchtete sich davor, eine solche Summe Geld auf dem Konto zu haben.

Sie schlug das Ei auf und verquirlte das Eigelb. Das Eiweiß stellte sie zur Seite, um Baiser daraus zu machen. Dann rieb sie den Käse und überlegte, wohin sie das Paprikapulver gestellt hatte.

»Sie soll das mal lieber spenden.«

»Sie spendet es dir.«

»Ich kann es ja in zehn oder zwanzig Jahren erben.«

Maike ließ endgültig ihren Ärmel los, stemmte die Fäuste in die Hüften und sagte kühl: »Ich melde dich gleich im Kindergarten an, wenn du so weitermachst! Wilhelmine weiß, was sie tut. Nimm das Geld aus der warmen Hand, dann kann sie sich noch darüber freuen, was du damit anstellst.«

»Und was genau soll ich damit anstellen?« Jule vermengte den geriebenen Käse mit dem Paprikapulver, das sie in der Zwischenzeit hinter der Küchenrolle gefunden hatte. »Ich muss die Käsestangen fertigmachen.«

»Tu das. Und denk bitte endlich daran, mir das Rezept zu geben.« Maike strich ihr sanft, aber bestimmt über die Schulter, bevor sie aus der Küche huschte. Sie raschelte kurz an der Pinnwand im Flur herum. Dann legte sie etwas auf den Tisch.

»Du kannst mir auch einfach helfen, Maike. Backen lernt man am besten beim Backen.«

Maike tippte auf ihre Uhr. Jule verdrehte die Augen. »Wir müssen nur noch den Käse auf die Streifen streuen und sie ein wenig eindrehen. Den Rest macht der Ofen bei 200 Grad.«

»Och, ich glaube, ich bin in einer halben Stunde wieder da. Wie lange brauchen die Dinger?«

»Du lenkst ab!«

Maike grinste, warf ihr eine Kusshand zu und verzog sich.

»Eine Viertelstunde!«, rief Jule ihr nach. Die Haustür fiel ins Schloss. »Ober- und Unterhitze!«

Kopfschüttelnd schaute Jule nach, was Maike ihr hingelegt hatte. Sie erkannte die Zeitungsanzeige, die Oma Wilhelmine ihr an Weihnachten zugesteckt hatte: Ehemalige Schankwirtschaft zu verkaufen. In Müggebach, Wilhelmines Geburtsort. Sie war der Meinung, dass dort eine Bäckerei eröffnet werden sollte. Oder ein Laden für besondere Dinge. Oder ein nettes kleines Café, denn im Dorf gab es keins mehr. Ob Jule nicht mit ihrem Kapital … doch Jule hatte entsetzt den Kopf geschüttelt. Frankfurt war doch ihre Heimat! Sie war ein Stadtkind, und sie gehörte in eine Redaktion, in eine Festanstellung, klare Sache.

Jedenfalls klar bis heute früh, bis Jules Kartenhaus-Traumwelt von einem ungnädigen Riesen in alle Winde verstreut worden war.

Das war ein so klares Ende, dass Jule plötzlich etwas in sich spürte: das Aufkeimen von Hoffnung. Zum ersten Mal seit Stunden hatte sie das Gefühl, dass es nach all den Enden vielleicht wirklich einen neuen Anfang geben konnte. Einen Anfang, dem tatsächlich ein Zauber innewohnte.

Jules Käsestangen-Originalrezept steht am Ende des Buches auf Seite 309.

Für eigene Back-Ideen ist gleich hier Platz!

Kapitel 2

Von: Jolanda Moller <jule@jules_linde.de>
An: Wilhelmine Arbt <Wilhelmine@mailmail.de>
Betreff: Angekommen!

Liebste Oma,

der Bahnhof von Müggebach sieht noch fast so aus wie auf dem Foto, das du bei deiner Abreise vor über einem halben Jahrhundert gemacht hast. Er wurde liebevoll renoviert, und in den Räumlichkeiten befindet sich jetzt die Bibliothek. Es ist schön hier und gar nicht so provinziell, wie ich mir das immer vorgestellt hatte. Ich verstehe immer mehr, wie schwer es dir damals gefallen sein muss, von hier wegzuziehen.
Wenn ich mich eingelebt habe und das Café einmal läuft, musst du mich unbedingt besuchen, ja? Bis dahin habe ich aber noch eine Menge Arbeit vor mir.
Ich habe dir ein paar Bilder angehängt, wie die Schankstube derzeit aussieht. Und nein, es liegt nicht am Foto, der Raum wirkt tatsächlich unheimlich dunkel! Ich glaube, die Familie hat dort über Jahre ihren Sperrmüll und jede Menge Kleinkram, den niemand wegwerfen wollte, gesammelt. Die Linde ist ja jetzt schon ein halbes Jahrzehnt zu, und im Moment wirkt alles vernachlässigt, staubig und trostlos. Oben, in der Wohnung, hat auch schon lange niemand wirklich renoviert. Das Ganze sieht aus wie ein Museum der Einrichtungstrends von den 50ern bis

zum Pressspan-Kinderzimmer-Schick aus meiner Kindheit. Gruselig!

Allmählich zweifle ich an meinem Zeitplan. Hatte ich dir schon erzählt, dass ich gerne im Juni öffnen möchte? Da kommen die ersten Radwanderer und es ist noch etwas Zeit, bis alle in die Sommerferien fahren, so dass die Leute dann hoffentlich bei mir auf der Terrasse in der Sonne sitzen und sich Kaffee und Kuchen schmecken lassen.

Bitte sag Mama nichts von meinen Zweifeln! Ich werde das hinbekommen, und im schlimmsten Fall eröffne ich erst zum Ende der Ferien – finanziell reicht das noch locker. Ich möchte mir nicht schon wieder die alte Leier anhören, von wegen ich hätte BWL studieren und mir einen Juristen oder wenigstens einen Medizinstudenten angeln sollen. »Die Sabine aus deiner Klasse, die hat jetzt schon zwei Kinder, und ihr Mann verdient 100 000 im Jahr!«

Aber ich bin nicht Sabine. Ich bin ich!

Ich kann dir gar nicht genug danken, dass du an mich glaubst und dass du mir diese Chance gibst. Ich werde hier eine Heimat finden und mit Herz, Verstand und meinen eigenen Händen etwas schaffen.

Ich küsse und umarme dich, je t'embrasse
Deine Jolanda

»Ein Haus sollte man niemals bei Sonnenschein kaufen.« Eine der vielen Weisheiten, die Jules Mutter seit Jahren wiederholte wie eine hyperaktive Blaumeise ihr Balzlied. Natürlich hatte sie recht. Jules Mutter war Maklerin – und führte Besichtigungen möglichst nur bei strahlendem Wetter durch.

»Im Frühling und bei Sonne, da verkaufst du jede Bruchbude«, piepste es belehrend in Jules Kopf. »Auch die mit dreißig Jahren Renovierungsstau. Die Leute haben dann nur Augen für die Blumen im Garten, alle Räume wirken hell und freundlich, und es liegt viel positive Energie in der Luft.«

Ja, Mama. Du hast ja recht.

Trotzdem hatte Jule nicht auf ihre Mutter gehört und die Schankstube »Zur alten Linde« an einem strahlend schönen Wintertag im Januar besichtigt – und gekauft. An einem kühlen, regnerischen, grauen Wintertag wäre vielleicht alles ganz anders gekommen und Jule würde jetzt nicht völlig verspannt und zerschlagen mit dem Rücken auf vollkommen unergonomischen, aber dafür altehrwürdigen Eichendielen liegen.

Ich habe mich für so schlau gehalten. Sie pustete eine Staubfluse über den Boden. *Da habe ich mich schön von Wilhelmine und Maike beschwatzen lassen. Hätte ich auf Mama gehört, hätte ich mir von dem Geld ein schickes Apartment in der Stadt gekauft und mir ein paar Monate Zeit genommen, um einen vernünftigen Job zu finden. Oder ich hätte es mir so richtig gutgehen lassen können.*

Jules Blick folgte träge dem Staub, der durch den düsteren Wintergarten tanzte. Durch die schmutzigen Scheiben fiel gerade genug Licht, um den Staub ein wenig glitzern zu lassen. Mit viel Fantasie war es sicherlich möglich, darin Feenstaub zu sehen, der einen zauberhaften Anfang einleitete. Nur fehlte Jule gerade jede Kraft für Fantasie. Der Staub folgte seiner ganz eigenwilligen Choreographie, wobei er immer wieder um Gerümpelberge herumdriften musste, die Jule in den letzten Tagen zusammengetragen hatte. Die hatten mittlerweile eine stattliche Höhe erreicht, in etwa die der nördlichen Schwarzwaldausläufer, die man von den Feldern hinter dem Haus aus sehen konnte.

Seit fast einer Woche wühlte sie sich nun schon durch die Eingeweide der ehemaligen Schankwirtschaft, säuberte, sortierte und fluchte deftig. Der Vorbesitzer, ein gewisser Herr Raupp, hatte das Gebäude zwar nicht vollkommen vernachlässigt, sich aber ganz offensichtlich nur zu einigen halbherzigen Renovierungsversuchen durchgerungen, die dann im Sand verlaufen waren. Seither diente das Haus als Lagerplatz für … Dinge. Von den meisten wusste Jule nicht, ob sie überhaupt noch zu gebrauchen waren. Dieser Herr Raupp hatte es sich leicht gemacht und die Linde komplett mit allem Krims und Krams verkauft.

Ob er Angst hatte, beim Aufräumen einer alten Erinnerung zu begegnen?, mutmaßte Jule. *Oder war es für ihn so am wenigsten schmerzhaft, sich von seinem früheren Leben zu trennen?*

Kennengelernt hatte Jule ihn jedenfalls nicht, denn zum Notartermin war nur ein Stellvertreter mit einer Vollmacht erschienen. Komische Sache eigentlich, aber weder Jules Bauchgefühl noch ihr Fluchtinstinkt hatten angeschlagen. Vorsichtshalber war sie vorab mit einem Gutachter durch die Linde gegangen, der die Bausubstanz als sehr gut eingeschätzt hatte. Mit den veranschlagten Kosten für die Renovierung würde Jule vermutlich hinkommen – viel Eigenleistung von Jule vorausgesetzt. Jule hätte so gern ihre Mutter hinzugezogen, aber den fast unvermeidlichen Nervenkrieg gemieden. Mittlerweile wusste ihre Familie vom Kauf, und wie erwartet war ihre Mutter schwer eingeschnappt, inklusive mehrerer impulsiver Anrufe mit der Ankündigung, dass sie Jules Café – so ihre Tochter es überhaupt jemals eröffnen würde – niemals betreten werde.

Meine Entscheidung war richtig, und das werde ich ihr beweisen! Und den Leuten hier im Dorf auch!

Jule seufzte. Ihr Blick wanderte zu einem kleinen Papierstapel neben der Haustür – liebevoll beschwert mit einem Zinnkrug aus Helgoland. Seit ihrem Einzug fand sie jeden Tag einen Zettel in ihrem Briefkasten. Die tägliche Botschaft bestand immer aus dem einen Satz, geschrieben am Computer in Comic Sans: »Kein Abriss der Linde!«

Als Antwort klebte Jule jeden Abend einen Zettel an den Briefkasten: »Ich reiße nicht ab!«

Leider glaubte der Zettelschreiber ihr nicht und bekräftigte seine Meinung Nacht für Nacht mit immer größer werdender Schrift.

Jule zupfte an ihren Haaren, die sich bereits vor Stunden aus dem Pferdeschwanz gelöst hatten und jetzt völlig staubig und verfilzt waren. Was sie jetzt brauchte, war ein ordentlicher Schwung Motivation, um aufzustehen und weiterzumachen. Sie führte sich vor Augen, was sie in dieser kurzen Zeit bereits alles geschafft hatte. Unter anderem war die kleine Wohnung im ersten Stock bereits einigermaßen bewohnbar, sie hatte sich ein gebrauchtes Fahrrad organisiert, und der Container vor der Tür füllte sich zusehends mit Sperrmüll.

Das war für Jule der härteste Teil des Entrümpelns: entscheiden, was noch brauchbar war. Anfangs hatte sie sich noch begeistert auf jedes Stück *Braustubengemütlichkeit* gestürzt und in Upcycling-Ideen geschwelgt. Nur leider schaufelte sie dadurch die Dinge einfach nur von einem Haufen auf den nächsten, ohne etwas wegzuwerfen. Hartnäckig hielt sich dieses Gefühl, das auch auf Flohmärkten aufkam: Hinter der nächsten Ecke lauerte bestimmt *das* Schätzchen, das nur ein wenig Geduld und eine liebevolle Hand brauchte, um den Raum in gemütlichem

Vintage erstrahlen zu lassen. Und dieses Schätzchen durfte auf keinen Fall übersehen werden!

Mittlerweile war der Wintergarten allerdings mit möglichen Rohdiamanten so zugestellt, dass Jule befürchten musste, bald von Milchkännchen, Stühlen und Leuchtern erschlagen zu werden.

»Dummdummdidumm«, summte Jule vor sich hin und klopfte mit den Fingern auf ein Milchkännchen. »Hallo? Motivation? Du wirst mich doch für heute nicht schon verlassen haben?« Ihre Gelenke knackten, als sie sich auf die Ellbogen stützte. Unruhig schielte sie zum Gerümpelberg hinüber. Bewegte sich dort etwas? Rutschte das Zeug und begrub sie gleich unter einer Lawine aus Kitsch?

Ein Scharren auf der Terrasse. Jule drehte den Kopf. Die Wintergartentür stand offen, dahinter lockte der Garten mit den ersten Blumen, staubfreier Luft und der milden Wärme des beginnenden Frühlings. Auf den Paneelen der Terrasse stand ein gewöhnliches braunes Huhn und schaute herein. Es legte den Kopf schief, gackerte und trapste mit selbstbewussten Schritten in den Wintergarten. Offenbar suchte es nach Futter, denn es pickte mal hier, mal da. Vorsichtig umkreiste es Jule.

»Ich bin noch nicht tot«, sagte sie.

Das Federvieh gackerte erschrocken und floh in den Garten. Es wirkte dabei so verdutzt, dass Jule lachen musste.

Was liege ich auch hier herum? Auf! Hoch jetzt und ein bisschen in die Sonne! Wenn schon ausruhen, dann wenigstens an der frischen Luft.

Stöhnend wälzte sie sich auf die Knie, stand auf und klopfte eine Wolke Staub aus ihren Klamotten. Mit steifen Gliedmaßen tapste Jule nach draußen. Das Huhn saß jetzt auf dem Komposthaufen.

Wo kommst du eigentlich her?

Von der Brauerei zur Rechten eher nicht. Es sei denn, es war aus der Küche ausgebüxt. Links neben Jules Garten gab es nur adrette Neubau-Reihenhäuser mit winzigen Gärten. Wer in so einem Handtuchgarten Geflügel halten wollte, hatte bestimmt einen Handtuchgarten-Nachbarn mit Rechtsschutzversicherung und einer Abneigung gegen Gegacker. Hinter Jules Grundstück begannen die Felder.

Na, irgendjemand wird dich schon vermissen und nach dir suchen.

»Gönn dir einen Happen Wurm vom Kompost«, rief sie dem Tier zu. »Und wenn dir langweilig ist, komm rein und erzähl mir was.«

Die Wärme der Sonne lockerte allmählich Jules Muskeln und entspannte sie. Sie atmete tief ein, atmete an gegen den Geruch von Staub und kaltem Rauch, der wie ein uralter, unglückseliger Geist in den Holzbalken hing. Nach dem Regen der Nacht war die Luft wie frisch gewaschen, mit einer Note Malz und den zarten Aromen erster Frühlingsblumen.

März. Frühlingsanfang. Ein schöner Monat für einen Neubeginn. Möglicherweise war doch etwas dran an der Sache mit dem Zauber des Anfangs.

Der nächste Atemzug füllte ihre Lungen mit einem Schwung Kuhstallduft. Überrascht hustete sie.

Na, willkommen im Landleben! Getreide und Blumen wachsen wohl nicht nur mit Luft und Liebe.

Sie schnupperte noch einmal vorsichtig.

Hm. Okay. Verglichen mit dem Geruch einer U-Bahn-Haltestelle geht's eigentlich.

Jule streckte die müden Gliedmaßen und stolperte sich durch ein paar Lockerungsübungen, an die sie sich sehr dunkel erinnerte. Ihr Rücken knackte vernehmlich, schmerzte aber deutlich weniger.

Also weiter im Programm.

Schwungvoll schrieb sie mit dem Finger in den Schmutz der Glastür: »Ent-Sorgen«. Ein gutes Wort für ihre Sammlung. Jule zog ihr kleines, flaches Notizbuch aus der Hosentasche. Es war wesentlich kleiner als ihre Kladde. Sie trug es immer bei sich. Darin klemmte ein schmaler Bleistift, mit dem sie Gedanken und Wörter notierte, die ihr einfach nicht aus dem Kopf gingen, die etwas Besonderes waren, über die man nachdachte, sie im Kopf herumwälzte.

Ob man Sorgen so leicht entrümpeln konnte wie ein altes Haus? Einfach alles, was einen bedrückte, in einen großen Müllbeutel werfen und vor die Tür stellen, bis die Müllabfuhr ihn mitnahm?

Von einem Sorgen-entsorgten Leben trennten Jule allerdings noch einige Wochen und Monate voller Arbeit. Vielleicht auch Jahre. Man wusste ja nie genau, wohin einen das Leben führte.

Sie schaute auf die Uhr: halb zwölf. Jule nahm sich vor, in der nächsten Stunde wirklich unbrauchbaren Sperrmüll in den Container zu werfen. Anschließend durfte das hippe Öko-Superboost-Wundershampoo, das Maike ihr aus Berlin geschickt hatte, beweisen, was in ihm steckte. Für das Mittagessen wollte sie sich die Gaststätte der Brauerei ansehen. Mit etwas Glück war der Eigentümer im Haus und zu sprechen. Dann konnte Jule sich gleich vorstellen und auf gute Nachbarschaft anstoßen. Schließlich eröffnete sie keine Konkurrenz, und da galt es, so früh wie möglich Missverständnisse auszuräumen, bevor zu den Comic-Sans-Zetteln am Ende noch Anwaltsschreiben kamen.

Deutlich motivierter nahm Jule sich einen Sperrmüllhaufen vor und schleifte löchrige Rigipsplatten vor die Tür.

Weshalb hebt jemand so etwas auf?

Nach der zehnten Platte musste sie eine kurze Pause einlegen und genoss noch einmal den Sonnenschein auf der Terrasse. Sie setzte die Sprudelflasche an die Lippen, um sich den mehligen Staub aus der Kehle zu spülen.

Plötzlich gab es neben dem Tresen einen Rums, als würde die gesamte Decke einstürzen. Jule prustete Wasser, knallte die Flasche auf den Boden und hetzte in die Schankstube.

In einer Staubwolke hustete jemand.

»Alles in Ordnung?« Der Mann in der Staubwolke schüttelte sich, hustete noch einmal und nahm seine Brille ab. Er hatte wohl die Platten umgestoßen, die Jule neben der Tür abgestellt hatte.

»Entschuldigung. Ich wollte nicht so reinplatzen.«

Jule atmete auf und sah sich den Eindringling genauer an. Dort, wo die Brille gesessen hatte, strahlten zwei blaue Augen. Was sie vom Rest des Mannes unter dem Staub erkennen konnte, sah sehr angenehm aus: helles Haar, glattrasiertes Gesicht, dunkle Jeans, kurzes Hemd. Mit der Schuhspitze schob er Rigipsbrösel zusammen.

»Hallo«, war alles, was Jule herausbrachte. Woher kannte sie diese Augen und diese Stimme? Er hatte etwas von Terence Hill, und beinahe erwartete sie, dass er sich mit *Nobody* vorstellte. Sie wischte sich die Hände an der Hose ab. Eine sinnlose Geste, denn dabei wurden weder ihre Hände sauber, noch änderte das etwas an ihren wirren, schmutzigen Haaren oder den Sprudelflecken auf ihrem T-Shirt.

Seine Kornblumenaugen fixierten sie. Sonnenlicht flutete durch die Tür, er stand leicht breitbeinig da.

»Ich bin …« *Nobody?* »… ein wenig spät dran, nicht?«

»Spät dran, wofür?« *Für mein jüngeres Ich? Sehe ich so alt aus?*

Er streckte ihr die Hand entgegen, bemerkte, dass sie noch immer staubig war, und sah sich nach einem sauberen Handtuch um. »Keine Sorge, ich mache das schon weg. Gib mir doch einfach ein Kehrblech.«

Noch immer starrte sie ihn an, als wäre er geradewegs vom Mars eingeschwebt. Irgendwo in ihrem Kopf hüpfte eine Erinnerung herum, die sich einfach nicht packen ließ.

»Na, eine Kehrschaufel. Das Ding, das unter den Handfeger kommt, um das Gehuddel … um den Dreck draufzufegen.«

Wie in Zeitlupe griff Jule mit ihrer staubigen Hand zu und schüttelte seine. Noch dreckiger konnten sie beide kaum werden. Ihre Reaktion schien ihn zu verblüffen. Vielleicht weil er ein Kehrblech statt einer Hand erwartet hatte?

»Kann ich irgendwas für Sie tun? Wollen Sie sich das Gesicht waschen?«

Oder ist er am Ende ein Versicherungsvertreter? Dann … Jule überlegte, wo der große Besen stand.

»Alles in Ordnung mit dir, Jolanda?«

»Woher …?« Vor Verblüffung stand ihr der Mund offen. Doch das verflixte letzte Puzzleteil wollte ihr nicht in den Sinn kommen.

Er schnappte sich ungefragt einen alten Handfeger, der neben der Tür stand, und begann damit, die Trümmer seiner Ankunft zusammenzukehren. Plötzlich hielt er inne, schaute vom Boden zu ihr herauf und runzelte die Stirn. »Sag mal, kann es sein, dass du mich nicht mehr erkennst?«

Betreten schüttelte sie den Kopf. Weshalb nur konnte sie sich an einen Mann mit solchen Augen nicht erinnern?

»Wir haben doch erst telefoniert.«

»Ah … wirklich?« Langsam wurde ihr die Situation unangenehm. Nobody sollte doch bitte aufhören, sie weiter auf die Folter zu spannen.

»Na, vielleicht wasche ich mich doch besser schnell. Dann kommst du sicherlich darauf.«

»Am Waschbecken hinter der Theke hängt ein Handtuch.« Jule deutete hinter sich. Allmählich wurde sie sauer.

»Sie können mir aber auch einfach sagen, wer Sie sind.«

Er grinste und wusch sich zügig Gesicht und Haar.

»Ich hätte ja nicht gedacht, dass du dich tatsächlich traust, der Alten Linde neues Leben einzuhauchen. Du hattest immer so viel Mumm in den Knochen, aber wenn du das Gefühl hattest, es kommt nicht darauf an oder es ist dir nicht wichtig genug, bist du immer fortgerannt.«

Erwartungsvoll schaute er sie an, während er sich Wassertropfen aus dem Haar tupfte, das jetzt in alle Richtungen gleichzeitig abstand.

Mit einem Schlag kam die Erinnerung zurück: an einen Sommertag im Garten ihrer Eltern. An einen etwas pummeligen Jungen mit wild abstehendem Blondhaar und mit einem dicken Aufkleber über dem linken Auge. Er musste etwa drei Jahre alt gewesen sein und Jule fünf. Seine Eltern hatten ihn für ein paar Tage vorbeigebracht, weil sie selbst verreisen wollten. Dieser Junge war splitterfasernackt aus dem Planschbecken geklettert, sein nicht abgeklebtes, strahlend blaues Auge hatte mit der Sonne um die Wette gefunkelt.

»Ole!«, schrie Jule. »Mensch, du …« Sie machte einen Schritt auf ihren Cousin zu, unschlüssig, ob sie ihn fest drücken oder ihm einen ordentlichen Klaps dafür geben sollte, dass er sie so veräppelt hatte.

Er nahm ihr die Entscheidung ab und schloss sie in die Arme. Sie lachten und klopften sich gegenseitig auf die Schultern.

»Mensch, Jolanda! Schön, dich endlich wieder zu sehen! Und ganz ehrlich: Auf der Straße hätte ich dich auch nicht erkannt. Ist doch schon fast ein Leben her, dass wir uns gesehen haben. Aber ich wusste ja, dass du hier herumwuselst.«

»Sag bitte Jule wie alle anderen auch. Wir haben es ja immer gut geschafft, uns auf den Familienfesten zu verpassen.«

»Einer war immer nicht da, stimmt.«

»Du siehst so viel bes… schlanker aus als früher.«

»Und du hast zum Glück ein wenig zugelegt.«

»Hey!« In gespieltem Zorn verschränkte Jule die Arme vor der Brust. »Ja, ich erinnere mich: Du warst auch schon ein sehr ehrliches und direktes Kind. *Unverblümt,* könnte man fast sagen.«

Er knickste und zog eine unsichtbare Schürze zu den Seiten. »Also ich erinnere mich vor allem daran, dass wir dich häufiger wegen deiner mageren Rippen aufgezogen haben.«

»Und jetzt gehe ich stramm auf die vierzig zu!«

»Kleidergröße oder Alter? Wann hast du Geburtstag?«

Dafür knuffte sie ihn doch mit der Faust gegen den Arm und musste wieder kichern.

»Ich bin im November dreißig geworden! Ich habe noch etwas Zeit bis zum nächsten Runden. Übrigens«, versuchte sie, das Gespräch auf ein anderes Thema zu lenken. »Maike und Oma haben mir ja ein schönes Ei gelegt!«

»Wieso denn das?«

»Na, von wegen: der Linde neues Leben einhauchen und so. Da habe ich in den nächsten Monaten aber noch so einiges vor.«

Jetzt wirkte sogar Ole ein klein wenig verlegen. Er putzte seine Brillengläser mit einem Hemdzipfel. Als er sie wieder auf die Nase setzte, musste er feststellen, dass sie schmutziger als vorher war. Das tat seinem strahlenden Lächeln aber keinen Abbruch.

»Ich weiß, dass du das schaffst! Wenn ich mit dem Bauernhof nicht so viel Arbeit am Hals hätte, … aber irgendwas finde ich schon, bei dem ich dich unterstützen kann.«

»Und heute wolltest du einfach mal reinschnuppern, ob ich schon fleißig bin oder ob ich unter einem Berg aus Ramsch liege und verhungere?«

»Da ich gerade meine Mutter am Bahnhof abgesetzt habe und hier die Tür so schön offen stand: Ja, ich wollte mal schauen, was du so treibst.«

»Aufräumen, entrümpeln, überlegen, ob ich mit den Möbeln noch etwas Schönes machen kann oder ob alle wegmüssen. Was man halt so macht, wenn man ein altes Haus voller alter Sachen gekauft hat.«

»Wenn du magst, kannst du auch jederzeit bei mir vorbeikommen. Ich habe in der Scheune einen gut ausgestatteten Arbeitsplatz. Falls du mal was Größeres aus Holz hast, das repariert werden muss, kannst du jederzeit gerne zum Werkeln vorbeikommen. Und natürlich auch zum Quatschen oder wenn du etwas brauchst. Hast du alles an Werkzeug?«

»Ich denke schon. Und ansonsten ist der Baumarkt ja nicht weit.«

Ole nickte und zog einen kleinen Zettel und einen Bleistiftstummel aus seiner Hosentasche.

Scheint ja in der Familie zu liegen, immer etwas zum Schreiben dabeizuhaben.

»Für den Fall, dass sie dir beim Umzug verloren gegangen ist, schreibe ich dir meine Telefonnummer auf und meine Adresse. Und wenn du Möbel entsorgen musst, ruf mich an. Dann stehe ich hier in null Komma nichts mit fleißigen Helferlein. Ich kenne ein paar Leute, die alte Möbel aufbereiten, und ein Cousin väterlicherseits recycelt in den Ferien Möbel mit Teenagern, die noch keinen Ausbildungsplatz gefunden haben.«

Ole drückte ihr den Zettel in die Hand.

»Alla, dann mach's mal gut und bis bald.«

Er lächelte, nickte und verschwand durch die Tür.

»Alla gut«, sagte Jule. Obwohl er längst weg war, lächelte sie noch immer. Auch wenn Ole gesagt hatte, dass er wenig Zeit hatte, fühlte sie sich schon nicht mehr ganz so allein in der neuen Heimat.

Das Zaubershampoo funktionierte so gut, wie Maike es versprochen hatte. Ob das an rechtsdrehenden Tachyonen lag oder am ursprünglichen Distelöl aus der heilen Natur, war Jule ziemlich schnuppe. Hauptsache, es hielt die Versprechungen auf der Packung ein. Und das tat es: Jules Haar war nicht nur makellos sauber, es fühlte sich außerdem weich an, glänzte und roch nach Kokos. Normalerweise waren ihre Locken pures Stroh, wenn Jule zu heiß duschte – und sie duschte selten nicht zu heiß.

Sie drehte und wendete sich vor dem kleinen Spiegel.

Kann sich sehen lassen.

Die nussbraunen, fast schulterlangen Strähnen lockten sich ganz leicht, was sie normalerweise überhaupt nicht ausstehen konnte, aber heute lagen die Haare irgendwie anders. Nicht so durcheinander, sondern genau dort, wo Jule sie haben wollte. Das Shampoo hatte es tatsächlich geschafft, ihrer Schnell-einmal-mit-der-Bürste-durch-Frisur geschmeidige Eleganz und einen rötlichen Schimmer zu verleihen. Für die perfekte Werbeanzeige fehlte nur noch ein ansehnliches Badezimmer. Jules Blick fiel auf die blutroten Fliesen mit der altrosafarbenen Spachtelmasse. Das war nicht Vintage, das war nur zu ertragen, wenn sie sich das braune Achtziger-Jahre-Bad ihres Elternhauses in Erinnerung rief.

Seufzend kniff sie die Augen zu, um nicht sofort einen Schlachtplan für die Badrenovierung zu entwerfen. Auf die Schnelle taten es auch ein paar hübsche Malereien mit Window Color auf der Schiebetür der Dusche. Morgen. Oder übermorgen.

Trotz allem, was im und um das Haus herum noch zu tun war, liebte Jule die Linde bereits aus vollem Herzen. Die Gaststätte besaß zwar keinen Vorgarten, aber wie bei jedem älteren Haus im Dorf gab es auch neben der Linde ein Tor, hinter dem ein breiter Weg in den Garten führte. Hier war früher der Traktor zu einer Scheune gefahren, die es längst nicht mehr gab. Momentan stand dort der Container für den Sperrmüll.

Direkt vor dem Gehsteig befuhren morgens und abends die Pendler die schmale Hauptstraße, um aus den abgelegenen Schwarzwalddörfern zum Bahnhof oder zur Autobahn zu kommen. Außerhalb dieser Stoßzeiten war es in Sachen Verkehr ziemlich ruhig. Auf der anderen Straßenseite bot der Rathausplatz Parkmöglichkeiten. Die meisten Anwohner parkten jedoch weder dort noch in ihren Hinterhöfen, sondern am Straßenrand. Mit dieser Sturheit – oder Bequemlichkeit – sorgten sie für eine ganze Menge Verkehrshindernisse. Wenn der Bus vorbeifuhr, wurde der Verkehr dermaßen lahmgelegt, dass man auch ohne den Zebrastreifen vor der Brauerei problemlos über die Straße kam. Das Rathaus war ein eckiger, in die Jahre gekommener und architektonisch vollkommen uninspirierter Nachkriegsbau und die Fläche davor ebenfalls eher zweckmäßig als eine Zierde und Visitenkarte für den Ort. Nur eine winzige Ecke mit Rasen und Bäumen und einem alten Brunnen sorgte für ein wenig Grün.

Jule riss sich von der Betrachtung des grünen Fleckchens los und schlenderte zur Einhorn-Brauerei hinüber. Für einen Wochentag war die Wirtschaft gut besucht, wenn auch nicht brechend voll. In einer Ecke schauten einige Menschen Fußball, die übrigen Gäste verteilten sich über den ganzen Raum. Jule ergatterte einen kleinen Tisch ganz am Südende des großen Saals, direkt an der unverputzten alten Ziegelmauer. Von hier aus konnte sie durch die großzügig verglaste Ostseite des Gebäudes zur Linde hinübersehen und vor allem einen Blick auf ihren verwilderten Garten werfen – zumindest auf den Teil, der einmal für ihre Gäste offen stehen sollte. Das warme Abendlicht täuschte nicht darüber hinweg, dass noch eine Menge Arbeit auf Jule wartete.

Laut der Erklärung in der Speisekarte befand sich das Einhorn in einem Gründerzeitgebäude, das früher Produktion, Büros und Ausschank Raum geboten hatte. Heute war das Gebäude entkernt, saniert und eine einzige, großzügige Speisehalle. Das Bier wurde im Anbau gebraut. Ein kundiger Architekt hatte den alten Industriebau geschmackvoll modernisiert, ohne den robusten Charme zu zerstören. Im Großen und Ganzen entsprach das Ambiente deshalb dem, was man erwartete, wenn in einer Brauerei eine Gaststätte eröffnete. Im Einhorn hatte man glücklicherweise auf das Zuviel an Rustikalität und Kitsch verzichtet, das diese Erlebnisgastronomien oftmals auszeichnete. Statt Hirschgeweihen, eingestaubtem Plastikefeu oder alten Blechwerbetafeln an den Wänden sprachen Mauerwerk und Sonnenlicht für sich.

Die West- und die Ostseite der Halle waren fast vollständig verglast, eine Empore bot auf halber Höhe Sitzgelegenheiten an. Von den Braukesseln dienten nur zwei besonders imposante Exemplare mit deckenhohen Rohren der Dekoration. Drei geschickt plazierte Fenster in der rückwärtigen Mauer ermöglichten einen Ausblick in den Anbau und auf die eigentliche Bierproduktion. Es roch einladend nach Malz und gutbürgerlicher Küche.

Während Jule auf ihr Bier und ihre Schweinelendchen wartete, bastelte sie Postkarten für Maike, Cora und ihre Oma. Sorgfältig breitete sie den Inhalt ihrer Tasche auf dem Tischchen aus. Darunter waren liebgewonnene Bastelsachen und kleine Eindrücke ihrer neuen Heimat, die sie in den letzten Tagen gesammelt hatte: alte, vergilbte Speisekarten, die sie in der Linde gefunden hatte, mehrere Bögen weißer Karton, verschiedene Stempelkissen und Schwämmchen, eine Sprühflasche mit Wasser und das fleckige Schlampermäppchen, von dem sie sich seit Schultagen nicht trennen konnte. Den Holztisch schützte sie mit einer alten Tüte vor Farbe.

Aus dem weißen Karton faltete sie drei Klappkarten, auf deren Ränder sie mit einem Schwämmchen zart ockerfarbene Distress Ink auftrug. Auf die Vorderseiten stempelte sie Blüten auf. Dieselben Blüten stempelte sie noch einmal auf die alten Speisekarten, schnitt sie aus und klebte sie über die Blüten auf der Karte. Dann betupfte sie mit dem Stempelkissen die Briefumschläge.

Die Bedienung staunte nicht schlecht, als sie das Bier vor Jule abstellte. »Das sieht ja toll aus!«

»Ich mache auch keine Sauerei.« Jule sprühte vorsichtig ein wenig Wasser über die aufgestempelte Farbe.

»Und wenn, dann bringe ich Ihnen halt einen Lappen. Mit welcher Farbe kann man denn solche Effekte machen?« Neugierig schaute sie Jule über die Schulter.

»Distress Ink.«

Sie reichte Jule einen Pappdeckel und ihren Kugelschreiber. »Können Sie mir das aufschreiben? Und auch, wo ich das am besten herbekomme?«

»Zugegeben, ich bestelle meine Stempel im Netz. Gibt es hier oder in Karlsruhe eigentlich einen guten Bastelladen?«

»Hier in der Gegend leider nicht. In der Stadt haben Sie sicher mehr Glück. Ich könnte Ihnen den ganzen Abend zuschauen. So schön! Aber ich muss dann wieder.«

»Danke. Ähm … ist der Chef eigentlich da?«

Die Bedienung hielt kurz inne. »Ist etwas nicht in Ordnung?«

Beschwichtigend hob Jule die Hände. »Alles bestens. Ich wollte nur auf gute Nachbarschaft anstoßen.«

»Er ist verreist«, antwortete die Bedienung. »Für längere Zeit.« Sie wandte sich zum Gehen, zögerte kurz, als wollte sie noch etwas hinzufügen, entschied sich dann aber wohl anders.

Nachdenklich griff Jule zum Bier. Es war frisch gezapft und schmeckte sehr malzig und charaktervoll. So, wie sie sich ein gutes Bier aus einer kleinen Brauerei vorstellte. Da musste sie später doch glatt einmal fragen, ob hier auch abgefüllt wurde.

Jule war noch mit der Fertigstellung der Karten beschäftigt und damit, jeden Arbeitsschritt gewissenhaft in ihrer Kladde festzuhalten, als die Bedienung das Essen vor ihr abstellte. Eigentlich wollte sie während des Essens weiterbasteln und noch ein paar winzige, getrocknete Lindenblätter auf den Briefumschlag kleben, aber Fleisch und Soße schmeckten zu gut, um der Mahlzeit nicht die volle Aufmerksamkeit zu schenken. Die Brauerei Einhorn lag eindeutig nicht nur in Sachen Inneneinrichtung über dem Standard einer Brauereigaststätte. Dem Geschmack nach zu urteilen, wurde hier frisch und mit hochwertigen Zutaten gekocht. Das verwunderte Jule, die vorher einen Blick auf die Preise geworfen und diese für normal befunden hatte. Vielleicht einen Euro höher, als sie es aus Frankfurt kannte, aber keinesfalls unerschwinglich. Allein die sämige Pfefferrahmsoße war diesen Euro mehr allemal wert, von den wundervoll lockeren Spätzle ganz zu schweigen.

Das brachte Jule ins Grübeln. Bekam die Brauerei bei den Bauern der Umgebung gute Einkaufspreise? Oder war sie ein Familienbetrieb mit geringen Personalkosten?

Ganz entgegen ihrer Gewohnheit bestellte Jule sich einen Nachtisch. Das gute Essen hatte sie neugierig gemacht. Auch hier galt augenscheinlich das Gebot der Frische, denn der Obstsalat war für heute ausverkauft. Jule probierte deshalb das Aprikosenparfait und ließ sich die ausgewogene Mischung aus Vanille und Frucht auf der Zunge zergehen. Im Handy notierte sie sich, in der Linde ebenfalls mit einer Tageskarte zu arbeiten.

Satt und zufrieden ging sie schließlich an leeren Tischen vorbei, um am Tresen zu bezahlen. Sie wollte nicht länger sitzen und auf die Bedienung warten und sowieso noch nach der Hausmarke fragen.

Fast alle Gäste hatten ihr Mittagessen beendet und waren bereits gegangen. Am Tresen saßen nur wenige Leute. Einer sah aus wie ein klassischer Consultant, der wohl nach einem frühen Geschäftstermin direkt vom Bahnhof auf ein Feierabendbier reinschaute: Sein dunkelgrauer Dufflecoat lag auf dem Barhocker neben ihm, sein fliederfarbenes Businesshemd war leicht zerknittert. In einigem Abstand zu ihm unterhielten sich zwei Männer. Sie trugen karierte Hemden und derbe Hosen und sahen aus, als wären sie einem Bauernhofbuch für Kinder entsprungen. Am Tresen saß nur eine einzige Frau, eine gepflegte Mittvierzigerin mit für Jules Geschmack etwas zu strengem, blondem Bubikopf. Diese unterhielt sich angeregt mit dem Kellner, der dabei war, den Thekenbereich zu säubern. *Mika* stand auf dem Schild an seiner Brust.

Da die Blondine in ihrem Redestrom keine Pause einlegte, stellte sich Jule schließlich neben sie und räusperte sich. »Entschuldigung.«

Sowohl der Kellner als auch Frau Bubikopf musterten sie sofort eingehend.

»Wie kann ich helfen?«, fragte er unterkühlt höflich.

Jule betrachtete ihn und kam zu dem Schluss, dass die Dichte an gutaussehenden Männern in ihrem Alter auf dem Land deutlich höher ausfiel als in der Stadt. Seine Gesichtszüge waren markant, eine Winzigkeit nordisch – ob da der Finne nicht nur im Namen mitschwang? Seine Augen schimmerten im diffusen Licht in einem verwaschenen Grün, das in einem interessanten Kontrast zu seinen schwarzen Haaren stand, die dank kaum merklicher Locken ein wenig widerspenstig um seinen Kopf standen. Wenn er ihr erzählen würde, er würde jeden Morgen einen Baum fällen, dann mit dem Pferd durch die Wälder preschten und anschließend zur Abkühlung eine Runde durch einen See schwimmen, Jule hätte es ihm unbesehen geglaubt.

Leider erzählte er nichts dergleichen, ganz im Gegenteil: Mit geradezu feindseligem Blick lauerte er darauf, was Jule sagen wollte. Die spürte wiederum eine leichte Lähmung der Zunge, brachte aber immerhin zwei komplette Sätze heraus: »Ich möchte gerne zahlen. Und verkaufen Sie das Bier auch abgefüllt?«

»Zu eins: Die Rechnung mache ich gleich fertig. Zu zwei: Wir füllen ab, ja. Sie können bei uns gegen Pfand Bügelflaschen mit einem oder zwei Litern bekommen.«

»Oh, das lässt sich nicht gut verschicken.«

»Nein, nicht wirklich.« Als würde ihm erst jetzt der Gedanke kommen, er könnte zu einer Kundin etwas freundlicher sein, hoben sich seine Mundwinkel zu einem schmalen Lächeln. »Und das gute Essen auch nicht, deshalb laden Sie Ihre Freunde doch lieber hierher ein.«

»Müggebach ist ohnehin zu jeder Jahreszeit eine Reise wert«, warf die Blonde ein. Sie stützte sich mit dem Ellbogen auf den Tresen, schlug die schlanken Beine unter dem knielangen Rock übereinander, strich sich das Kinn und taxierte Jule. »Kaufen Sie die Wochenendausgabe der Zeitung. Ausflugstipps rund um den Ort und die Nachbardörfer. Unsere kleine Gemeinde hat viel zu bieten. Die Zeitung können Sie besser verschicken, nach … äh … Dingens. Wo kommen Sie her?«

»Frankfurt.«

Die Blonde hob die Augenbraue und nickte mit dem Kinn zum Kellner hinüber, als hätten sie beide genau diese Antwort erwartet.

Liebe Güte! Trage ich eigentlich einen Von-auswärts-Stempel auf der Stirn?

Jule schoss das Blut in die Wangen und die Wut in den Magen.

Mika zog eine Quittung aus dem Kassendrucker. »Helfen Ihre Freunde beim Renovieren?« Seine Stimme klang bemüht gleichgültig. »Oder reißen Sie die Linde ab und bauen einen seelenlosen Apartmentkomplex? Ist bei Immobilienhaien ja gang und gäbe, hübsche Frauen vorzuschicken, um günstig an gute Grundstücke zu kommen.«

Um ein Haar wäre Jule die Kinnlade heruntergefallen. Das »hübsch« ließ sie sich ja noch gefallen, aber der Rest der Anschuldigungen machte sie einfach sprachlos.

Man sieht mir also nicht bloß die Auswärtige an der Nasenspitze an, nein, da ist auch ein Die-böse-Lindenkäuferin-Stempel auf meiner Stirn!

Unwillkürlich knurrte Jule und knallte das Geld in möglichst kleinen Münzen auf den Tisch. Das Duo sah sie leicht irritiert an.

»Meine Pläne gehen Sie eigentlich nichts an, aber machen Sie sich mal keine Sorgen um die Kuscheligkeit ihres Ortsbilds oder um Heuschrecken oder um Konkurrenz: Die Linde wird als gemütliches Café wieder auferstehen. Wie wäre es, wenn Sie mich nicht von Anfang an verurteilen, weil sich womöglich unsere Vorfahren Anno Schlagmichtod die Mistgabeln über den Schädel gezogen haben? Sie kennen mich doch überhaupt nicht!«

Ohne Antworten abzuwarten, machte sie auf dem Absatz kehrt und schritt auf die Tür zu.

»Der Mirabellenbaum, Frau Moller!«, rief Mika ihr hinterher.

Völlig perplex konnte Jule gerade noch einen Zusammenprall mit der Glastür verhindern. »Der … was?«, fragte sie über die Schulter.

Mika stand seelenruhig hinter dem Tresen und polierte einen Bierkrug. So, als wäre er bloß ein Statist in einer merkwürdigen Art von Western. »Der Mirabellenbaum. Er ist seit Jahren nicht mehr richtig geschnitten worden, und auch wenn jetzt nicht die beste Jahreszeit ist: Machen Sie einen ordentlichen Erziehungsschnitt, bevor er richtig austreibt. Sonst ist er spätestens im Herbst hinüber.«

Mehr gab es dazu wohl nicht zu sagen, denn er schwieg. Und auch Jule wusste nicht, was sie darauf entgegnen sollte. Ihr Weltbild, dass bloß Großstädte voll mit merkwürdigen Menschen waren, geriet ins Wanken.

Grußlos verließ sie das Einhorn und hastete zur Linde hinüber.

Die Anleitung für Jules Grusskarte
gibt's am Ende des Buches auf Seite 310.

Eigene Entwürfe können hier
festgehalten werden!

Kapitel 3

Die unfreundliche Begegnung im Brauhaus hatte Jule mehr aufgewühlt, als sie gedacht hätte. Bis zum Abend hatte sie sich ins Entrümpeln gestürzt und viel von ihrem Ärger vergessen können, aber im Schlaf war alles wieder hochgekommen. Die halbe Nacht lang hatte sie sich hin- und hergewälzt, und jetzt fühlte sie sich nicht danach, sofort mit der Arbeit zu beginnen.

Schlaftrunken öffnete sie das Schlafzimmerfenster und lehnte sich schwer auf die Fensterbank. Die Morgendämmerung brach gerade an, und die Sterne verblassten. Die Luft roch nach Frost. Ein kalter Windhauch vertrieb ihre Kopfschmerzen. Im Garten spazierte bereits das Huhn herum und gackerte einen hungrigen Morgengruß.

»Guten Morgen«, rief Jule ihm zu und winkte. »Weißt du was? Ich mache einen Spaziergang und schaue, wo du eigentlich ausgebüxt bist.«

Eilig wickelte sie sich in mehrere Schichten warmer Kleidung. Das half allerdings nur wenig gegen den Frost. Kaum war sie zur Haustür hinaus, bibberte sie bereits.

Langsam ist mal genug mit Winter.

Wieder war ihr Friedensangebot vom Briefkasten heruntergerissen worden. Dafür lagen heute gleich zwei Zettel im Kasten, diesmal mit neuem Text: »Kein Starbucks in Müggebach!!!« Jule hielt die Zettel mit spitzen Fingern hoch, halb genervt und halb gespannt, was in den nächsten Monaten noch an Unsinn kommen würde. Irgendwer im Dorf hatte eindeutig zu viel Zeit.

Entschlossen stiefelte sie los und wandte sich Richtung Osten. Sie wollte in das kleine Sträßchen einbiegen, das zwischen ihrem Garten und den Neubauten hindurchführte. Sie brütete noch über dem Zettel und klopfte sich die Finger in den dünnen Handschuhen warm, als auf einmal Bremsen quietschten. Etwas Riesiges, Schwarzes schoss aus dem Sträßchen auf sie zu. Ehe sie auch nur reagieren konnte, touchierte die wuchtige Stoßstange bereits ihre Schienbeine, und Jule plumpste schwungvoll und mit dem Bauch voran auf einen bulligen Kühlergrill. Ein kopfgroßer, flacher Stern presste sich in ihren Magen, dann küsste ihr Kinn das Blech.

Benommen kroch sie von dem riesigen SUV herunter und taumelte zur Seite. Dort lehnte sie sich gegen die Hauswand und verstand nicht recht, was gerade passiert war. Wie hatte sie bloß dieses Monstrum von Auto übersehen können?

Die Fahrertür flog auf, und sehnige Hände packten Jule bei den Unterarmen. Vor ihr stand eine sehr schlanke, kurzhaarige Frau mit großen Augen in elegantem Casual und der Ausstrahlung einer Audrey Hepburn. Jule war so verdattert, dass sie gar nicht mitbekam, dass diese feenhafte Gestalt mit ihr sprach: »... wirklich, was bin ich froh, dass unser Auto eine so gute Bewertung beim Fußgängerschutz hat. Da kann eigentlich gar nichts mehr passieren. Sollten Sie dennoch mehr als ein paar blaue Flecken an den Schienbeinen haben ... hier ist meine Karte.« Sie steckte der verblüfften Jule etwas in die Jackentasche und wedelte mit der Hand zu den Neubauhäusern hin. »Wir wohnen ja da drüben, kommen Sie einfach vorbei, und ich mache Ihnen einen warmen Macha. Oder nein, Sie sehen aus, als würden sie Lapacho trinken. Nachher. So in einer Viertelstunde? Dann sind die Racker im Kindergarten. Oder wohnen Sie weit weg? Soll ich Sie fahren? Wollen Sie ins Krankenhaus? Wenn Sie Prellungen haben, sollten wir kühlen. Mir ist das alles schrecklich unangenehm.«

»Ich bin Ihre neue Nachbarin«, brachte Jule hervor. Sie zeigte auf die Linde. »Ich glaube, mir geht es gut.«

Die schicke Frau winkte ab. »Machen wir das doch so: Ich stehe nachher mit ein paar Erfrischungen bei Ihnen vor der Tür. Ich kann Ihnen bestimmt bei irgendwas zur Hand gehen, und wir lernen uns kennen, ja? So als Entschuldigung und guten Einstand. Sehr schön.« Sie klatschte in Hände und lächelte ein bezauberndes Kleinmädchenlächeln. »Jetzt müssen wir aber weiter. Unsere Kita ist da ganz streng, wenn man mal eine Minute zu spät kommt. Bis später!«, flötete sie und schwang sich elegant hinter das Steuer ihres wuchtigen Vehikels. Ehe Jule fragen konnte, ob es den Kindern auf dem Rücksitz denn gutging, fuhr der SUV bereits an. Durch die getönten Scheiben konnte sie nicht ins Wageninnere sehen. Und selbst wenn dort weinende Kinder saßen, war es jetzt zu spät, denn der SUV brauste los und fädelte sich geschickt in den dichten Berufsverkehr ein.

Allmählich hörten Jules Knie auf zu zittern. In ihrer Jackentasche fühlte sie die steife Visitenkarte. Sie zog sie heraus und begutachtete die angenehm schwere Papierqualität. Das Design war stilsicher, es handelte sich ganz sicher nicht um eine dieser Kostenlos-Karten aus einer Onlinedruckerei. Neben den Adressdaten stand dort schlicht: Milena Kiening, Consultant Energiemanagement.

Milenas wohl durch Yoga oder Pilates gestärkter Körper kam Jule ins Gedächtnis. *Hoffentlich berät sie zu erneuerbaren Energien und erzählt mir nicht, meine Energie könne nicht fließen, weil mein Bett über einer alten Bierleitung steht.*

Nachdenklich steckte Jule die Karte wieder ein. Ihr war ein wenig flau im Magen, und ihre Knie schienen noch immer aus Pudding zu bestehen. Besser, sie ging zurück und genehmigte sich ein ordentliches Frühstück, bevor sie dem nächsten lebensgefährlichen Nachbarn begegnete.

Nach diesem Erlebnis war Jule nicht danach, noch mehr ihrer Nachbarn kennenzulernen, und so igelte sie sich für den Tag in der Linde ein und räumte im Keller alles so weit zur Seite, dass sie Regale aufstellen konnte. Solange sie nicht wusste, was sie mit dem überall herumliegenden Kleinkram machen sollte, wollte sie ihn wenigstens ordentlich verstauen. Jede Kiste wurde beschriftet mit Inhalt, Zustand und Datum. Schweren Herzens hängte Jule einen großen Zettel an jedes Regal:

»Was länger als ein halbes Jahr steht, kommt raus!«

Und kleiner darunter: »Ausnahme: konkrete (!) Idee für Gebrauch!«

Das Wort »konkrete« unterstrich sie dreifach.

Ihr kam noch eine Idee: »Jede zu spät entsorgte Kiste kostet 5 Euro!«

Das strich sie wieder durch. Was sollte sie auch mit dem gesammelten Geld anstellen, das ihr ein bisschen weh tat? Es spenden? Das würde Jule ebenso freuen wie den guten Zweck, war also eine schlechte Motivation.

Nach kurzer Grübelei beschloss sie: »Für jede pünktlich entsorgte Kiste kommen 5 Euro ins Für-mich-Sparschwein!« Schließlich würde sie in den nächsten Monaten sehr wenig Geld für Kleidung, Ausgehen und anderen kleinen Luxus haben.

Es heißt doch immer, man soll positiv denken.

Nachdem sie alle Zettel angebracht hatte, warf sie einen Blick auf die Uhr – kurz vor eins. Diese Milena hatte wohl doch keine Zeit gehabt. Als Jule nach der Post sah, entdeckte sie dann auch einen winzigen Zettel an ihrer Eingangstür, schnell von einem Blöckchen mit dem Logo eines Maschinenbaukonzerns abgerissen: »Leider doch keine Zeit für Tee. Komme morgen. Falls was weh tut, sofort anrufen! Milla.«

Hatte sie vielleicht unten im Keller das Läuten nicht gehört? Sie drückte probeweise auf ihre Klingel. Nichts.

»Noch etwas für die To-do-Liste«, seufzte Jule und ging zurück an die Arbeit.

Am späten Nachmittag wagte Jule sich aus ihrem düsteren Keller-Exil. Eine Tüte mit Brötchen in der einen, einen Humpen Kaffee in der anderen Hand, schlurfte sie auf die Terrasse. Im struppigen Gras des Rasens bemerkte sie das Huhn, das mit stoischer Hühnergelassenheit nach Fressbarem Ausschau hielt und auf dieser Welt scheinbar keine anderen Probleme kannte.

»Dir geht's gut!«, seufzte Jule. Sie schleifte einen der alten Stühle hinaus und plumpste darauf. »Sag mal: Du bist doch von hier. Wie stelle ich mich am besten meinen Nachbarn vor, ohne als Immobilienhai verdächtigt oder überfahren zu werden?«

Gackern.

Jule brummte, leerte den Humpen in einem Zug und beäugte dann misstrauisch den Inhalt der Tüte. Ihre Vorräte waren aufgebraucht bis auf diese zwei älteren Brötchen vom Bäcker gegenüber dem Bahnhof. Jule sah von der Tüte auf. Das Huhn war bis auf zwei Meter an sie herangerückt.

Gackern.

Es tat drei weitere Schritte auf Jules Tablett zu.

»Du willst echt die Brötchen probieren? Aber sag nicht, ich hätte dich nicht gewarnt!«

Jule brach eins der trockenen Dinger auf, woraufhin es in mehrere Stücke zerfiel. Die Reste lösten sich beim Flug über den Rasen in einem wahren Krümelregen auf.

»Iss ja alles auf! Und ich will keine Klagen hören, du hast es so gewollt! Und falls es dir schmeckt: Die Dinger kommen mir trotzdem nicht noch mal ins Haus!«

Das Huhn zuckelte im Eiltempo auf die Krümel zu. Doch statt zu fressen, beobachtete es aufmerksam jede von Jules Bewegungen.

»Ich tu dir schon nix. Höchstens dem Stuhl hier.«

Huhn und Jule starrten sich an, bis Jule lachen musste.

»Wenn ich aus dem Ding etwas Schönes zaubere, ist es dein Job, mich dabei anzufeuern. Und wie wäre es, wenn du dich vorstellst? Sagen wir … Berthe? Gell? Gell sagt man hier doch, oder? Oder lieber alla gut?«

Endlich trapste Berthe auf die Krümel zu und pickte.

Mit mäßiger Begeisterung würgte Jule das verbleibende Brötchen hinunter. Trotzdem ging es ihr allmählich besser. Was sicherlich mehr an der tierischen Gesellschaft oder dem sanften Wispern des Windes in den Blättern lag als an der Qualität des Backwerks. Jedenfalls verblasste der Schreck über den Frontalzusammenstoß mit dem SUV zusehends, und Jule hatte keine Lust mehr, in das dunkle Haus zurückzukehren. Außerdem reizte es sie, sofort auszuprobieren, was sich aus dem alten Stuhl machen ließ, auf dem sie saß.

Voller Tatendrang schaffte Jule ihren Werkzeugkasten und ihre geliebte Kreativkladde auf die Terrasse. Nach ein wenig Blättern schlug sie die Seite mit ihren Schleif-Erfahrungen auf. Vor einigen Jahren hatte sie für die Wohngemeinschaft in Frankfurt eine große Holzplatte abgeschliffen und lackiert. Daraus war ein gemütlicher Gemeinschaftstisch entstanden. Ihre Aufzeichnungen verrieten allerdings, wie viele Fehlschläge sie bis zu diesem Endergebnis hatte einstecken müssen:

- *Nie wieder von Hand mit Schmirgelpapier so große Flächen abschleifen!*
- *Bloß nicht sofort das feine Schleifpapier verwenden! So grob wie möglich beginnen (Notiz: 80er-Schleifdingens sind jetzt alle).*
- *Nicht vergessen: Nach jedem Durchgang mit einem leicht feuchten Lappen abwischen und trocknen lassen.*

- Zu nasse Lappen sind keine gute Idee! Zu nasse Lappen sind keine gute Idee! Zu nasse Lappen sind wirklich keine gute Idee! Es geht nur darum, den Staub zu entfernen, und die Faserenden sollen sich leicht aufstellen.
- Nächstes Mal lieber einen Tisch vom Flohmarkt holen, den Lack anschleifen und neu lackieren.

Jule betrachtete den Stuhl. Der alte Lack war noch makellos und musste nicht komplett entfernt werden. Da reichte es, mit einem groben Schleifpapier anzuschleifen. Sie wühlte in ihrer riesigen Werkzeugkiste, schüttelte den Kopf und ging zum Schuppen hinüber. Dort stöberte sie in ein paar Umzugskartons, in die sie alles Mögliche geworfen hatte. Nirgends war ihr Deltaschleifer zu finden. Dann fiel es ihr wieder ein: Ihr Vater hatte sich das Werkzeug geliehen und offenbar vergessen, es ihr zurückzugeben.

Na super!

Sie schickte ihm eine SMS und bat ihn, den Schleifer bald zu bringen oder zu schicken. Dann wählte sie Oles Nummer. Nach endlosem Klingeln meldete sich eine fröhliche Stimme mit einem schlichten: »Hallo.«

Jule räusperte sich. Sie konnte es nicht ausstehen, wenn jemand sich am Telefon nicht mit seinem Namen meldete: »Jule hier, Jolanda.«

Das Geräusch am anderen Ende der Leitung klang, als wäre Ole der Hörer aus der Hand gefallen.

»Alles in Ordnung?«

Es rappelte. »Komme gerade aus dem Stall. Dreckige Hände. Entschuldige. Rufst du an, damit ich mit Anhänger und Helferlein Möbel mitnehme? Können wir uns in die Einfahrt stellen?«

»Ach. Öhm. Möbel mitnehmen?« Das hatte Jule schon ganz vergessen. Aber warum nicht? Irgendwann musste ja mal Schluss sein mit dem Hin- und Herräumen von Krempel und der Suche nach dem besonderen Schatz.

»Ja klar! Und bei der Gelegenheit wollte ich dich fragen, ob du mir einen Schleifer ausleihen kannst.«

»Deltaschleifer oder Schwingschleifer?«

»Beides?« Es schadete nie, etwas Auswahl bei den Werkzeugen zu haben.

»Kein Problem. Wir haben aber erst Samstag Zeit. Passt das? Und kommst du vorher zum Baumarkt?«

»Samstag geht, und zum Baumarkt wollte ich sowieso. Ich brauche ja noch Farbe und Lack und … ach, du weißt ja: Baumärkte können einen ganz schnell arm machen. Was brauchst du?«

»Für beide Geräte grobes Schleifpapier. Mir sind 60er und 80er ausgegangen.«

Jule lachte schallend. Ole war irritiert.

»Den Witz habe ich jetzt nicht verstanden.«

»Ach, nicht so wichtig.«

»Alla gut. Ich muss dann mal wieder, bevor Benni meine Hose durchgekaut hat.«

»Das habe ich jetzt nicht verstanden.«

»Das verstehst du spätestens, wenn du mich besuchen kommst.«

»Benni heißt doch auch Oma Wilhelmines Wellensittich?«

Ole hustete verlegen. »Bis Samstag!«

»Okay, bis dann.«

Jule warf das Handy auf die Gartenpolster, stemmte die Fäuste in die Hüften und überlegte, was sie mit dem Rest des Abends anfangen sollte.

Weil sie ohnehin mit dem Stuhl nicht weiterkam und es sich nicht lohnte, etwas Größeres anzufangen, suchte sie nach ihrer Einkaufsliste für den Baumarkt und schwang sich aufs Rad. Im

Supermarkt daneben würde sie sich noch etwas Essbares besorgen und es sich später auf dem Sofa gemütlich machen.

Schlingernd bog Jule kurz vor Einbruch der Dunkelheit in ihre Einfahrt ein. Die überfüllten Fahrradtaschen sorgten für mächtig Schlagseite, und um ein Haar wäre sie in den Container mit dem Sperrmüll hineingekracht. Kaum hatte sie ihn im wackeligen Licht ihrer Fahrradlampe passiert, piepte ihr Handy und meldete eine SMS. Das brachte sie endgültig aus dem Gleichgewicht. Sie stolperte vom Fahrrad und landete mit der Nase in einem Büschel Löwenzahn. Zum Glück, ohne sich weh zu tun.

Notiz an mich: Fahrradanhänger kaufen und Unkraut jäten.

Kaum hatte Jule sich hochgerappelt, da kam schon Berthe um die Ecke gebogen und betrachtete sie mit einem auffordernden Blick.

»Ach, Berthe«, seufzte Jule. »Woher weißt du, dass ich Hühnerfutter gekauft habe?«

Wie immer schwieg das Huhn eisern, wich ihr aber nicht von der Seite, als sie das Fahrrad vor dem Schuppen abstellte.

»Sag mal: Weshalb behaupten eigentlich alle, Frauen hätten einen Schuhtick? Ich glaube, ich habe heute den ganzen Baumarkt leer gekauft.« Sie klopfte auf die prallgefüllten Fahrradtaschen.

Leises Gackern.

»Ja, keine Sorge, wir Menschen kaufen immer zu viel ein, auch Hühnerfutter! Schade, dass du mir nicht beim Schleppen der Farbeimer helfen kannst.«

Sie seufzte und hob den Zeigefinger. »So. Du wartest jetzt hier auf mich. Erst wird aufgeräumt, dann gibt es was zu futtern.«

Auf seine merkwürdige Art und Weise legte das Huhn den Kopf schief. Jule war sich sicher, dass es etwas im Schilde führte, aber anscheinend wollte es damit warten, bis es unbeobachtet war. Prompt hörte Jule, kaum dass sie sich abgewandt hatte, ein Flattern hinter ihrem Rücken. Gefolgt von einem lauten Rumpeln, als das Fahrrad umfiel. Jule ließ den großen Eimer fallen und rannte zurück. Berthe saß auf einer der Taschen und pickte ungeduldig am Verschluss.

»Kusch!«, rief Jule und wedelte mit den Händen.

»Keine Sorge, ich gehe schon«, hörte sie eine dunkle Männerstimme hinter sich sagen.

Jule quietschte vor Schreck. Ohne nachzudenken, griff sie nach einem Besen, der an der Wand lehnte, und wirbelte herum. Sie konnte gerade noch rechtzeitig stoppen, um die harten, roten Borsten nicht Mika, dem Kellner aus der Brauerei, ins Gesicht zu schlagen. Mit einer schnellen Bewegung brachte er seinen Arm zwischen den Besen und seinen Kopf. Seine Miene war ruhig und unbewegt.

»Wie ich bereits sagte, Frau Moller: Ich gehe. Auch ohne schwäbische Kehrwoche.«

»Wie …?« Jules Puls hämmerte. Sie umklammerte noch immer den Besenstiel. »Was haben Sie auf meiner Terrasse verloren?«

»Vielleicht alles. Vermutlich nichts.«

»Dann haben Sie sich vermutlich in der Tür geirrt und wollten zur Arbeit gehen?« Sie piekte ihn mit den Borsten leicht in die Rippen. Diesmal wehrte er nur matt ab. An seinen Mundwinkeln erschien ein Lächeln. So klein, dass Jule es beinahe übersehen hätte, denn sofort wurde seine Miene wieder ernst.

»Ich irre mich nie in der Tür.«

»Wollten Sie mir dann den Zettel direkt in die Hand drücken, oder liegt wieder einer im Briefkasten?«

»Zettel?« Seine Gesichtszüge entglitten ihm kurz.

»Na: ›Kein Abriss der Linde!‹ – jeden Tag ein Ausrufezeichen mehr. Und seit gestern: ›Kein Starbucks in Müggebach!‹ War wohl kein Platz mehr für noch mehr Ausrufezeichen?«

»Da sagt einfach jemand, was alle hier denken. Wenn ich irgendwann Geld für einen neuen Drucker habe, kann ich Ihnen gern auch etwas schreiben.«

Jule hob den Besen in Richtung seiner Nase. »Ich sammle Rezepte und Bastelideen. Mit allem anderen Geschreibsel verschonen Sie mich bitte.«

»Ich dachte an Gartentipps. Von Nahem sieht der Garten noch viel verwilderter aus. Wenn ich mir allein die ungepflegte Hecke anschaue, bricht mir das Herz.«

Jule schwang sich den Besen über die Schulter. »Da drüben ist der Schuppen. Sie können nach Herzenslust mit der rostigen Schere die Hecke schneiden, wenn Ihnen mein Zeitplan nicht passt.«

»Ich könnte auch eine ziemlich gute elektrische Heckenschere leihen und mitbringen.« Jetzt wirkte er aufrichtig interessiert. Jule dagegen war eher irritiert. Vor allem über ihr eigenes Angebot. Sie starrten sich an.

Schließlich war es Mika, der mit den Schultern zuckte und sich an einem Lächeln versuchte. »Also, die Regeln für die übliche Konversation auf dem Land kennen Sie anscheinend nicht.«

»Ich ahne, dass meine Antwort jetzt sein müsste: ›Meine Hecke lasse ich verwildern, wie ich will!‹«

Er nickte. »Wenn man Ihnen auf die Sprünge hilft, klappt es ja doch ganz gut.«

Jule überlegte, wie viel Ärger sie sich wohl im Dorf einhandeln würde, wenn sie ihm jetzt den Besen um die Ohren drosch.

»Dafür, dass Sie einfach so in meinem Garten auftauchen, sind Sie ganz schön dreist.«

»Eher traurig und wütend.«

»Eine Nummer weniger dramatisch können Sie nicht, oder?« Jule verdrehte die Augen. »Wenn Sie in Ihrem Leben sonst nichts zu tun haben und es Ihnen über Ihre Trauer hinweghilft, dann schneiden Sie halt meine Hecke in Form. Aber nächstes Mal klingeln Sie gefälligst!« *Bis dahin ist die Klingel dann hoffentlich repariert.*

»Und den Mirabellenbaum?«

»Wollen Sie den fällen?«

Er zuckte zusammen. »Wenn Sie den fällen …«

»Sie können machen, was immer Sie wollen, solange Sie vorher klingeln. Einverstanden?«

»Bleibt mir ja nichts anderes übrig, wenn ich hier irgendwas retten möchte.«

Widerwillig reichten sie sich die Hände. Kurz und ohne besonderen Druck. Mika ging an ihr vorbei, um das Grundstück zu verlassen. Vor Berthe blieb er stehen. Er stutzte kurz.

»Kennen Sie das Huhn?«, versuchte Jule ihr Glück.

»Nein. Ich dachte nur, Sie hätten mich mit dem ›Kusch‹ gemeint. Sonst … ach, unwichtig.«

Mit eiligen Schritten ging er davon.

Jule wusste nicht recht, was sie von dieser Begegnung halten sollte.

»Na, Berthe, was meinst du: Kommt der wirklich wieder, um diese elende Hecke zu schneiden? Das sind doch mindestens fünfzehn oder zwanzig Meter. Das tut sich doch niemand freiwillig an!«

In ihrem Rucksack piepte es ein weiteres Mal. Schnell wühlte sie nach dem Handy. Als sie es endlich zu fassen bekam, warf sie es sofort wieder zurück: eine Mail von ihrer Mutter. Das konnte warten. Fand Jule jedenfalls. Ihre Mutter wahrscheinlich nicht.

Als letzte Amtshandlung des Tages verkniff sie sich eine Antwort und schleppte dafür Unmengen an verschiedenen Farben in ihre Wohnung hinauf. Ihnen folgten diverse Malerutensilien und ein Stoß bleischwerer Prospekte. Werbung für die Farben der Saison, für Accessoires und Werkzeuge. Sie hatte sich im Baumarkt beraten lassen und besaß nun mehrere Nuancen Lindgrün. Jule mochte Pastelltöne und klare, leuchtende Sommerfarben. Ihr schwebte vor, den Schankraum anfangs schlicht und ein wenig nüchtern zu halten, aber nicht völlig farblos. Sie würde mit einem der Grüntöne Akzente setzen. Vielleicht konnte sie mit Hilfe von Schablonen ihre Lieblingswörter, besondere Zitate oder Sprüche auf Wände und Möbel aufbringen?

Bis weit in die Nacht machte Jule kleinere Probeanstriche auf der alten Tapete des Schankraums, um zu sehen, welche Farben gut zusammenpassten. Mit dem Kopf voller Ideen legte sie sich schließlich ins Bett und schlief sofort ein.

»Baked Beans.« Jule drehte und wendete die Dose. Vor lauter Baumarkt hatte sie glatt vergessen, Lebensmittel zu kaufen. Die Auswahl für das Frühstück war am nächsten Morgen entsprechend klein. Genau genommen blieb ihr nur die Wahl zwischen dieser Dose, die sich weit hinten im Küchenschrank versteckt hatte, und stillem Hungern. Jules Magen knurrte so laut, dass sie die Dose nicht einmal mehr aufwärmte, sondern sich nur noch schnell die Zeitung schnappte. Sie nahm die Wendeltreppe, die vom winzigen Balkon hinunter auf die Terrasse führte – eine der wenigen Modernisierungen der letzten Jahre – und ließ sich auf einen Haufen alter Stuhlpolster fallen. Während sie ihr Frühstück möglichst einladend auf dem Tablett arrangierte, bemerkte sie eine Reihe runder, dunkler Flecken auf den Paneelen. Sie zogen sich von der Hauswand bis zur Rasenkante. Diese Trennlinie setzte sich noch ein Stück weit in den Garten hinein fort. Zu Jules Linker wucherte der Rasen, rechts der Linie gab es eine kleine gekieste Fläche. Vielleicht war hier einmal eine Art Biergarten gewesen. Sogar mit einem kleinen Sandkasten, dessen Holzrahmen allmählich zerfiel.

»Gar keine schlechte Idee«, murmelte Jule und umriss mit dem Löffel die Kiesfläche. Mit ein paar geschmackvollen Kübelpflanzen oder einer niedrigen Hecke konnte sie ganz einfach einen Teil des Gartens als Außenbereich für das Café markieren und den anderen als privat kennzeichnen. Eigentlich war es logisch, dass zu einem so schönen, hellen Wintergarten auch die Möglichkeit gehörte, draußen zu sitzen. Wenn sie den Sandkasten herrichtete, konnten die Eltern gemütlich bei Kaffee und Kuchen plaudern, während die Kinder ihren Spaß hatten.

Mit der freien Hand pulte Jule Kieselsteine zwischen den Paneelen hervor und legte damit: »tren-nen«. Ein Wort wie ein Reißverschluss. Wie ein Vorhang, den man auf- und zumachen konnte. Trennen enthielt auch ein Nebeneinander, eine Zusammengehörigkeit.

Hungrig vollzog sie die nächste Trennung und riss den Deckel der Bohnendose auf.

Ein Frühstück für Helden sah anders aus. Immerhin brachte es ein wenig den Zauber des Studentenlebens zurück, den Jule ab und an vermisste. Einfach mal improvisieren und so richtig schlechte kalte Küche in sich hineinstopfen.

Obwohl die Tomatensoße kalt und die gekochten Bohnen leicht mehlig und glitschig waren, ergriff ein tiefes Gefühl der Zufriedenheit von Jule Besitz. Andächtig wie einen Jahrgangswein hob sie die Bohnen der Sonne entgegen.

Prost, Leben!

Während Jule Bohnen aus der Dose löffelte, in Erinnerungen schwelgte und sich in der Sonne rekelte, verflüchtigte sich die Anspannung, die von der düsteren, vollgestopften Schankstube ausging. Das Haus in ihrem Rücken steckte wieder voller Möglichkeiten und Potenzial. Ein freudiges Kribbeln fuhr ihr in die

Glieder, und am liebsten wäre sie aufgesprungen, um sofort weiterzuarbeiten, bis alles fertig war.

»Sag mal, Berthe: Wie würdest du ein Café einrichten? Hm? Soll ich das wirklich ganz schlicht machen? Eher zünftiger Landhausstil? Shabby Chic? Hipstereulen? Mediterran? Überall Hühner auf den Vorhängen und Eierbechern? Oder lieber Gänse? Mögen Hühner aufgestickte Gänse?«

Das Huhn hielt sich mit seiner Meinung vornehm zurück. Gelassen pickte es herum, als könnte es durch diesen simplen Vorgang seine Gedanken und die Atome des Universums sortieren.

»Keine Meinung ist auch eine Meinung!«

Sie kratzte sich am Kopf. Weiße Wände, verziert mit Wörtern. Das war ein Anfang, aber es war eben noch kein Konzept. Was war mit den Möbeln? Der Auswahl der Kuchen? Geschirr? Sollte alles neu sein, oder wäre es nicht passender, die alten Sachen aus der Linde Stück für Stück aufzuarbeiten?

In ihr Büchlein kritzelte Jule *Huhn* als Synonym für einen modernen, gemütlichen Landhausstil. Dann gähnte die Leere des Papiers sie erneut an. Es gab so viele Möglichkeiten und so viele Stilrichtungen, die ihr gefielen.

… die *ihr* gefielen?

Die Erkenntnis traf sie unvermittelt. Sie blätterte einige Seiten vor und schrieb: Wer soll in mein Café kommen und sich hier wohl fühlen?

Da hätte ich auch gleich dran denken können. Selbstverständlich muss ich selbst lieben, was ich tue. Aber ich darf bei all dem nicht vergessen, dass meine Gäste sich bei mir wohlfühlen und wiederkommen sollen.

Jule blies die Backen auf. Ihr ehemaliger Job in dem schicken Frankfurter Szenecafé stand ihr vor Augen. Ganz am Anfang, da hatte dieser Hauch des Besonderen in der Luft gelegen. Damals hatte Jule noch geglaubt, den Job fürs Leben gefunden zu haben: Eine extravagante Inneneinrichtung traf auf ein gemischtes, intellektuelles Publikum, Kaffeespezialitäten aus aller Welt wurden serviert, die Kuchenauswahl war international und regional zugleich. Erst mit der Zeit hatte Jule verstanden, welche Art von Menschen dort verkehrte: definitiv keine, mit denen sie sich wohl fühlte. Kuchen und Kaffee waren bloße Fassade für das Spiel von Sehen und Gesehenwerden. Dabei machte es kaum einen Unterschied, ob sich dort junge Banker trafen, Mütter oder ältere Damen mit Schoßhündchen. Fast alle Gespräche drehten sich um das eigene Ego oder um die gefühlte Ungerechtigkeit der Welt – ungerecht vor allem gegenüber dem Jammernden. Von der inspirierenden, künstlerischen Atmosphäre, die Jule anfangs zu spüren geglaubt hatte, war nur eine Wolke aus Eitelkeiten und Unzufriedenheit geblieben. War sie denn der einzige Mensch an diesem Ort, der den Sonnenschein schätzte, der durch die hohen, prachtvollen Jugendstilfenster schien?

In meine Linde sollen zufriedenere Leute kommen, die gute Gespräche lieben, die vom Alltag abschalten und Kraft tanken wollen, die sich bei mir wie in einem Wohnzimmer fühlen.

Und natürlich Kreative, Menschen, die sich gegenseitig inspirierten, die einen Spleen hatten, die einander zuhörten, die miteinander diskutierten und konstruktiv stritten, die nicht aneinander vorbeiredeten, um ihre eigenen Eitelkeiten auszuwalzen. Möglicherweise konnte die Linde ein Platz werden, an dem die Menschen nicht nur redeten, sondern auch selbst ihre Ideen umsetzten.

Völlig versunken in ihre Vision, angelte Jule mit dem Löffel nach den letzten Bohnen und saugte die Soßenreste auf. Sie fühlte sich satt und behaglich wie eine dicke Katze und beschloss, sich die Muskeln noch ein paar Minuten länger von der

Sonne wärmen zu lassen. Was gab es da Schöneres, als die Zeitung zu zerpflücken? Schließlich musste sie informiert bleiben, denn kurz nach ihrer Ankunft in Müggebach hatte sie sich als freie Mitarbeiterin bei dem Regionalblatt beworben. Das würde dann hoffentlich ein kleiner Nebenverdienst werden und ihr außerdem die Gelegenheit geben, schnell ihre neue Heimat inklusive aller Vereine und wichtigen Leute kennenzulernen. Außerdem war Jule absolut nicht bereit, ihren Traum von der Zeitungsarbeit gänzlich zu begraben.

Der Aufmacher für den Regionalteil war ein Artikel über ein Anwohnerbegehren gegen den Bau eines Hospizes in einem Wohngebiet. Bereits die Überschrift klang nach Boulevardblatt, und der Artikel stand dem in nichts nach. Die Schreiberin ergriff mit dramatischen Worten Partei für die Anwohner, die um den Wert ihrer Häuser fürchteten und Angst um ihre Enkel und die Nachtruhe hatten. Jule schüttelte den Kopf. Sie war der Meinung, dass ein guter Journalist so sachlich wie möglich berichten sollte. Eine eigene Meinung einbringen, in Ordnung. Aber dieser Artikel zeigte völlig unreflektiert nur eine Seite des Problems.

Ist bestimmt wieder so ein Studentenartikel oder ein freier Mitarbeiter. Irgendwer, der noch ganz viel lernen muss.

Eine Tess Thiel-Teutenbacher zeichnete verantwortlich. Der Name sagte Jule nichts. Möglicherweise hatte die Dame ja ein persönliches Interesse an der Sache, einen Erbonkel oder eigenen Besitz. So viel Gewese um ein einstöckiges Gebäude mit zehn Hospizplätzen war doch absolut absurd.

Jule blätterte um, und wenn sie nicht auf Polstern am Boden gesessen hätte, wäre sie sicherlich vom Stuhl gefallen: Eine komplette Seite widmete sich der Alten Linde und ihrer Geschichte. Auf herzzerreißende Weise wurde von der Bedeutung als Dorftreffpunkt zu Kaisers Zeiten erzählt, vom Wiederaufbau nach dem Zweiten Weltkrieg, von den Souvenirs, die Gäste dem Vorbesitzer aus aller Welt mitgebracht hatten, damit er die weite Welt kennenlernte, denn dieser Otto Raupp hatte sich bis an sein Lebensende beharrlich geweigert, auch nur das Dorf zu verlassen. Und natürlich wurden ehemalige Gäste zitiert, die in Erinnerungen an ihr erstes Bier oder ihren ersten Stammtisch schwelgten. Der Artikel wurde nicht müde, zu betonen, welch ein Verlust die Schließung der Wirtschaft für Müggebach war. Fünf Jahre vermisste man schon die traditionelle Gemütlichkeit. Und alle waren sich einig, dass der Verkauf der Linde an eine Auswärtige, eine Städterin, ja nur den Niedergang eines Stücks Dorfkultur bedeuten konnte, wo nebenan doch schon die alte Sparkasse den Neubauhäusern hatte weichen müssen.

Jule betrachtete das Foto dieser Sparkasse und kam zu dem Schluss, dass ein Abriss dieses Nachkriegsbaus ganz sicher kein Schaden für die Optik des Dorfes gewesen war. Dann las sie die letzten Sätze des Artikels und wusste nicht recht, ob sie die Bohnen wieder erbrechen oder wutschnaubend zur Redaktion stürmen sollte:

»Ob die Alte Linde zugunsten teurer Apartments abgerissen oder in ein seelenloses Café verwandelt wird, spielt keine Rolle mehr: Müggebach hat unwiederbringlich ein wertvolles Stück Kulturgut verloren.«

»Wow!«, brach es aus Jule heraus. »Ich bin ja wohl im falschen Film!«

Sie suchte nach dem Verfassernamen. Tess Thiel-Teutenbacher. Anscheinend doch keine freie Mitarbeiterin. Stirnrunzelnd studierte Jule das Impressum der Zeitung und kam dann aus dem Kopfschütteln nicht mehr heraus: Diese Boulevardjournalistin war tatsächlich als Chefredakteurin des Lokalteils aufgeführt.

Unfassbar!

Wollte sie wirklich unter dieser Frau als freie Mitarbeiterin tätig sein? Oder sollte sie einen geharnischten Leserbrief schreiben?

Während sie grübelte, knüllte sie den Artikel zu einem kleinen Ball und stopfte ihn unter die Polster. Sie würde jetzt genussvoll die staubigen, scheußlichen, verblassten dunkelgrünen Vorhänge von den Wänden reißen und wegwerfen. Danach ging es ihr sicherlich wieder besser.

Im Laufe des Tages verrauchte Jules schlimmste Wut und köchelte auf kleiner Flamme weiter. Ihr war klar, dass sie nicht einfach jemanden anschreien konnte, also musste sie sich etwas anderes überlegen, um das Image der traditionsfressenden Städterin loszuwerden. Präsenz auf den Dorffesten zeigen würde sie auf jeden Fall, und bestimmt gab es auch einen »Unser Dorf soll schöner werden«-Verein oder etwas Ähnliches. Aber was konnte sie darüber hinaus tun?

Den verknitterten Zeitungsartikel klebte sie an die leicht nikotingelbe Wand und daneben einen dieser unsäglichen Zettel aus ihrem Briefkasten, um sich darauf Notizen zu machen.

Einen Gegenartikel einfordern!

schrieb Jule. Da stellte sich natürlich die Frage, ob das im Dorf für noch mehr Ärger sorgen würde.

Ein Renovierungsblog mit Kommentarfunktion führen.

Das Wort »Kommentarfunktion« strich sie sofort wieder durch. Sie tippte sich mit dem Stiftende auf die Lippen und strich schließlich die komplette Idee. Was, wenn sie ausgerechnet ein Foto postete, auf dem jemand seinen alten Lieblingsstuhl erkannte und der war plötzlich weiß? Das machte sie zu angreifbar.

Und woher zum Geier soll ich eigentlich die Zeit fürs Bloggen nehmen? Nee, nicht noch ein Projekt anfangen.

Den Leuten hier irgendwie »Hallo« sagen.

Das klang gut. Nur konnte sie sich schlecht mit Pfingstrosen an den Straßenrand oder auf den Markt stellen. Schade, dass sie kein Schaufenster hatte.

Ihr Blick fiel auf das Fenster neben der Eingangstür. Hier hatte schon einmal jemand versucht, die Linde liebevoll zu renovieren. Die äußere Fensterscheibe war neu und zweifach verglast. Bei der inneren Scheibe war die ursprüngliche Einfachverglasung erhalten und der Fensterrahmen fachmännisch abgeschliffen und mit Holzöl behandelt worden. Zwischen den Scheiben gab es einen breiten Raum, um Pflanzen oder Dekorationen aufzustellen.

Genau das, was Jule gerade brauchte.

Mit einem breiten Schmunzeln auf den Lippen sprintete sie an ihren Bastelschrank. Das wäre doch gelacht, wenn sie nicht etwas Schönes zustande brachte! In ihrer Kladde fand sie dann auch sofort die Anleitung, die sie mit ihren Probeartikeln an die Zeitung geschickt hatte.

Kurze Zeit später hängte sie einen farbenfrohen Kranz in den Fensterrahmen, so dass er von der Straße aus gut zu sehen war. Daneben stellte sie eine kleine Staffelei, auf der die Bastelanleitung ausgestellt war.

Wochentipp – Eine frühlingshafte Begrüßung

Gibt es eine schönere Art, gleich an der Tür eine herzliche Begrüßung auszusprechen, als mit einem Türkranz?
Kränze sind so vielfältig wie Menschen. Und das Beste ist: Diesen Türschmuck kann man sehr leicht selbst basteln.

Wir brauchen einen Styroporring, wie man ihn in jedem Bastelladen kaufen kann, vergilbte Buchseiten, farbiges Papier und Zeit. Viel Zeit. Es ist eine schöne Bastelei, um nebenher ein Hörbuch oder ein paar Folgen einer Fernsehserie zu genießen. Oder man bastelt gemeinsam mit einem lieben Menschen und schwatzt dabei.
Viel Zeit ist nötig, weil der Kranz komplett mit Schmetterlingen aus alten Buchseiten beklebt wird, die sich gegenseitig etwas überlappen. Diese Schmetterlinge kann man mit Hilfe einer Schablone ausschneiden oder mit einem großen Stempel aufstempeln. Sie werden wie Fischschuppen auf den Styroporkranz geklebt – das geht am einfachsten mit der Heißklebepistole.
Um den Kranz noch ein wenig peppiger zu gestalten, wird er noch mit bunten Schmetterlingen und Blumen verziert. Hierfür eignen sich Reste von farbigem Briefpapier, Bastelkarton, Speisekarten oder Magazinen.
Besonders schön sehen unterschiedlich große Schmetterlinge aus, die sich auf einer Seite des Kranzes niedergelassen haben – hier sind der Fantasie keine Grenzen gesetzt. Als Aufhänger dient ein altes, farblich passendes Geschirrtuch, das wie eine Ziehharmonika gefaltet und mit Stecknadeln befestigt wird.

Ich wünsche allzeit ein offenes Auge für die schönen Dinge des Lebens.

Jolanda

Kapitel 4

Zinnkrüge. In ihrem ganzen Leben hatte Jule nicht so viele von den Dingern zu Gesicht bekommen wie hier in weniger als einer Stunde. Sie waren auf einem langen Brett aufgereiht, das über Kopfhöhe einmal um die gesamte Schankstube lief. Sie standen in den Fensternischen und hinter den Eckbänken. Es gab sie in klein, in groß, mit Deckel, ohne Deckel, schlicht und mit opulenten Verzierungen, aus der Region und aus aller Welt. Die ersten Exemplare hatte Jule noch interessiert bewundert, gedreht und gewendet, die Wappen verglichen, die Prägestempel untersucht. Jeder dieser Krüge erzählte eine kleine Geschichte für sich, und es kam ihr ungerecht vor, das nicht wenigstens kurz auf sich wirken zu lassen. Zwanzig Krüge später wurde ihr klar, dass sie auf diese Weise niemals mit dem Entrümpeln fertig werden würde. Um sich selbst etwas anzuspornen, hatte Jule deshalb auf eine Zeitungsannonce geantwortet: Morgen würde ein Sammler die Kisten mit den Krügen abholen. Er konnte nicht viel zahlen, freute sich aber am Telefon wie ein Schneekönig. Außerdem war das die ideale Gelegenheit, um endlich die letzten Umzugskartons auszupacken, weil Jule sonst nicht genügend leere Kisten hatte. Aber vielleicht sollte sie doch das eine oder andere besonders schöne Exemplar behalten?

Sie stand gerade auf der Trittleiter und begutachtete einen der letzten Krüge, als das Klingeln ihres Handys sie aus ihren Überlegungen riss. Sie erstarrte kurz, aus Sorge, es könnte eine Standpauke ihrer Mutter sein, deren Mail sie noch immer nicht gelesen und schon gar nicht beantwortet hatte. Aber die Uhrzeit war ungewöhnlich. Also versuchte Jule, so zügig wie möglich von der Leiter zu kommen und nicht über die Krüge zu stolpern, die sich um ihre Füße herum auf den Sprossen tummelten. Noch zweimal Klingeln und der Anrufbeantworter würde rangehen.

Jule stolperte über Kartons.

Klingeln.

Sie griff nach dem Handy. Die Nummer auf dem Display war ihr unbekannt. Eine lokale Vorwahl.

Hauptsache, nicht noch mehr Verwaltungskram, dachte sie, nahm ab und meldete sich mit Namen.

Zunächst hörte sie ein unterdrücktes Husten, dann eine sehr kratzige Frauenstimme: »Tess Thiel-Teutenbacher, guten Morgen.«

Die Lokalredakteurin! Jules Puls schoss augenblicklich in die Höhe.

»Frau Moller. Haben Sie meine Mail noch nicht gelesen?«

»Guten Morgen. Doch, natürlich«, sagte sie aus Reflex, ohne wirklich sicher zu sein, ob Frau Thiel-Teutenbacher die »Ihre Bewerbung wird geprüft – bitte haben Sie Geduld«-Standardmail unterschrieben hatte oder jemand anderes.

»Dann muss ich davon ausgehen, dass Sie nicht mehr an einer freien Mitarbeit interessiert sind?«

Jule traf schier der Schlag. Wo stand ihr Laptop?

Völlig außer Atem, versuchte sie, Zeit zu schinden. Das konnte doch gar nicht sein, dass sie die Mail übersehen hatte! »Entschuldigung, ich, ich … hatte es so verstanden, dass es momentan noch keinen Auftrag für mich gäbe.« Mit einer Hand wühlte sie sich durch die historischen Geschäftsbücher der Linde.

Die Frau am anderen Ende klang jetzt nicht mehr nur durch die Erkältung verstimmt: »Ich hatte Ihnen bereits vor einer Stunde eine Anfrage geschickt und anbei unsere Konditionen.

Ich erwarte von meinen freien Mitarbeitern, dass sie ihr Mailkonto zeitnah checken.«

Jule war kurz davor, sich das Smartphone vom Ohr zu reißen, um in ihr Mailpostfach zu sehen. Um Beherrschung ringend, versuchte sie, bei Frau Thiel-Teutenbacher keinen zu schlechten Eindruck zu hinterlassen. Sie flunkerte ein wenig, weil »Zinnkrüge sortieren« klang, als könnte man nebenher problemlos seine Mails checken: »Selbstverständlich lese ich regelmäßig meine Mails. Nur arbeite ich gerade heute mit Farbe und habe ständig die Hände schmutzig. Darf ich Sie zurückrufen?«

Ein verhusteter Seufzer, dann die Antwort: »Sie erreichen mich noch für fünf Minuten unter dieser Nummer.«

Ohne weitere Höflichkeitsfloskeln legte Frau Thiel-Teutenbacher auf, und Jule bekam eine Gänsehaut. Ihre zukünftige Chefin klang ja nicht gerade nach einem Menschen, mit dem man gemütlich bei einem Tee plauschen konnte – hoffentlich lag das an der Erkältung. Wenn sie allerdings an den Artikel über die Linde dachte …

Der Laptop blieb weiterhin verschwunden, aber auf dem Handy fand Jule die Mail sofort.

Jule plumpste auf einen Stuhl. Sie seufzte erleichtert und überflog den Auftrag und die Konditionen. Es ging um einen Bericht über die örtliche Handarbeitsgruppe, die sich heute am späten Nachmittag traf. Bestellt wurde ein relativ langer Artikel mit Fotos. Ein klassischer Lückenfüller für die ereignislose Zeit so kurz vor den Osterferien. Unwillkürlich machte sich Jule bereits gedankliche Notizen, den Artikel mit einem Frühjahrs- und Osterthema zu beginnen.

Die Konditionen lasen sich wie üblich: geringes Zeilenhonorar, Lieferung bis spätestens morgen zur Mittagszeit. Keine Garantie auf Veröffentlichung, Kürzungen vorbehalten. Sie solle bitte außerdem schnellstmöglich den Vertrag ausdrucken, unterschreiben und im Lokalbüro einreichen.

Jule zuckte mit den Schultern. Schlechte Bezahlung war sie gewohnt, und sie hatte nicht erwartet, dass ein kleines, regionales Blatt da eine Ausnahme darstellen würde. Am Anfang galt leider nur zu oft: Friss oder stirb. Wenn sie sich mit den ersten Artikeln bewiesen hatte und einige Leute aus der Redaktion persönlich kannte, würde sie versuchen, ein besseres Honorar auszuhandeln. Sonst konnte sie es sich auf Dauer nicht leisten, zu diesen Bedingungen zu arbeiten und dafür ihr Café zu vernachlässigen. Für den Moment aber musste sie zähneknirschend einwilligen und das Ganze als Investition in die Zukunft sehen. Immerhin wurde sie jetzt dafür bezahlt, das Dorf und seine Vereine kennenzulernen und mit Menschen ins Gespräch zu kommen.

Nach kurzem Durchatmen meldete sie sich bei Tess Thiel-Teutenbacher.

»Guten Tag, Frau Thiel-« Etwas Weiches strich um ihre Füße, Jule quiekte erschrocken.

»Thiel-Teutenbacher«, korrigierte die Lokalredakteurin scharf.

Ein vorwurfsvolles Gackern kam von unten. Berthe vermisste ganz offensichtlich ihr Frühstück. In Gedanken drohte Jule dem Tier mit dem Suppentopf. »Entschuldigung. Ich … bin gestolpert.«

»Ist mein Name für Sie zu kompliziert?«

»Nein, nein!«, beschwichtigte Jule. Ihr wurde heiß. »Ich bin wirklich gestolpert. Also, über ein Huhn.«

Frostige Stille am Ende der Leitung. Jule wusste in ihrer Verlegenheit nicht recht, was sie sagen sollte. Humor war offenbar nicht der richtige Weg. Hektisch stammelte sie etwas zusammen: »Also, ich wollte nur kurz sagen, dass ich den Auftrag annehme. Ich bin ja selbst begeistert von kreativen Arbeiten.«

»Aha. Na, macht ja nichts. Hauptsache, Sie liefern pünktlich und professionell. Ich muss jetzt zu einem wirklich wichtigen Termin.«

»Selbstverständlich«, brachte Jule hervor und hörte ein Tuten in der Leitung.

Nun gut. Sie mussten ja keine Freunde werden, sie und ihre Chefin.

Jule starrte Berthe an. »Jetzt habe ich glatt vergessen, nach dem Artikel über die Alte Linde zu fragen. Wie würdest du einer so kühlen Person nahebringen, dass sie ruhig mal hätte anrufen können, bevor sie den Artikel veröffentlicht hat?«

Das Huhn schlich herum und behielt sie im Auge. Offenbar wollte es verdeutlichen, dass zumindest seine Loyalität und Liebe mit etwas Hühnerfutter käuflich waren.

»Jaja, ich gehe gleich und hole dir was!« Jule kratzte sich an der Nase und dachte nach. Bis zu ihrem ersten Zeitungstermin war leider noch jede Menge Zeit, um sich mit Zinnkrügen, uralten Spinnweben und Staub zu beschäftigen.

»Hilft ja nix«, seufzte sie und schaute zu Berthe hinüber. »Packen wir es an!«

Müggebach, das wurde Jule allmählich klar, war ein Dorf, das aus sehr vielen, sehr anstrengenden Anstiegen bestand. Es schmiegte sich an mehrere Hügel und floss nach Süden hin in ein weites Tal hinunter, durch das auch die Bahnstrecke führte. Da Jule im alten Ortskern, also am tiefsten Punkt wohnte, führten für sie zwangsläufig fast alle Wege nach oben. Der Handarbeitstreff stellte da keine Ausnahme dar.

Fluchend kämpfte Jule sich auf dem Rad durch eine steile Seitenstraße, um wenigstens nicht im Feierabendverkehr fahren zu müssen. Der Anstieg zog sich, und ihr Deo war, trotz der kühlen Luft, kurz davor, zu versagen. Gerade schlug die Kirchturmuhr: Punkt 17:00 Uhr. Sie würde bereits zu ihrem ersten Zeitungstermin zu spät kommen. Aber alles Seufzen, Stöhnen und Klagen half nichts, die Straße wurde nicht flacher.

Verärgert über sich selbst, biss sie die Zähne zusammen. In letzter Zeit war sie so häufig mit dem Fahrrad unterwegs und so viel am Räumen und Möbelschleppen gewesen, da hätte ihre Fitness doch ruhig einmal etwas davon mitbekommen können. Das dauerte wieder so verflixt lange!

Ungeduld, Ungeduld, Ungeduld. Jule, du bist die lebende Ungeduld!

Kurz war sie versucht abzusteigen und sich diesen Gedankengang aufzuschreiben. Woher kam das Wort *Geduld*? Dulden? *Duldsam sein*? *Geduld ist eine Tugend. Das Wort klingt schon so langsam und schwer, dass man sich hinsetzen und verschnaufen möchte.*

Die nächste Herausforderung war, in einem Gewirr kleiner Sackgässchen das richtige Haus zu finden. Hier mischte sich Nachkriegsbebauung mit Fachwerkhäusern in mehr oder weniger renoviertem Zustand. Hinter breiten, schulterhohen Hoftoren stand hier und da ein kleiner Traktor. Die Abendluft roch warm nach Stall, und irgendwo muhten Kühe. An einem dieser kleinen Höfe fand Jule endlich die richtige Hausnummer und ein offenes Tor. Zögerlich schob sie ihr Fahrrad auf den Hof und sah sich um: Einen Trecker gab es hier nicht, und auch ansonsten wirkten das Haupthaus, die ehemalige Scheune und ein Nebengebäude recht verfallen. Unkraut spross auf der festgetretenen Erde, alles wirkte verlassen. Erst auf den zweiten Blick sah sie Licht durch eine Milchglasscheibe leuchten. Vermutlich die ehemalige Waschküche. Jule lehnte ihr Fahrrad an eine Wand und lauschte kurz. Dort drin saßen definitiv mehrere Frauen beisammen und schwatzten. Ein sehr passender Ort für alte Handarbeiten.

Sie fotografierte das Gebäude und klopfte an. Drinnen verstummten augenblicklich die Gespräche. Ein Stuhl scharrte. Die Tür ging auf, und Jule stand einer leicht molligen, kleinen Frau gegenüber, deren glänzend rabenschwarz gefärbte Haare wie der Flaum eines Entenkükens aus ihrem Dutt abstanden.

Sie trug einen vielfarbigen, stark gemusterten Arbeitskittel. Ihre Füße steckten in dunkelgrünen Schuhen. Ihre Erscheinung war eine wilde Mischung aus großmütterlichen Schnitten, Pippi Langstrumpf und exzentrisch gemusterten Stoffen, denen etwas Handgefertigtes anhaftete. Gerade so, als wäre sie ein wandelndes Werbeplakat für die Handarbeitsgruppe.

Das Gesicht der Frau wirkte für einige Sekunden leicht bulldoggenhaft. Sie musterte Jule von oben bis unten mit einem Blick, in dem deutlich zu lesen war, dass sie überlegte, ob die Fremde ihr nicht einen Staubsauger oder eine Religion an der Haustür andrehen wollte. Jule rieb nervös ihre Hände aneinander. Dann aber begannen die dunklen Augen der kleinen Frau zu leuchten, und die wenigen Falten glätteten sich zu einem alterslos heiteren Ausdruck.

»Die neue Lindenwirtin! Wie schön, dass du bei uns reinschaust!«

Jule hatte sich bereits eine Batterie von möglichen Gesprächsanfängen bereitgelegt, aber keiner davon taugte als Antwort auf diese Feststellung und auch nicht auf das spontane Du.

»Äh«, sagte Jule deshalb nur. Definitiv kein besonders intelligenter Einstieg in das Gespräch. Es wurde langsam Zeit, schlagfertiger auf die Ureinwohner von Müggebach zu reagieren und sich mit dem Von-auswärts-Stempel abzufinden, den sie offensichtlich auf der Stirn trug.

Die Frau mit dem Faible für ungewöhnliche Farben streckte Jule die Rechte hin. »Gerta. Komm doch rein.«

Ihre ehrliche Herzlichkeit war ansteckend. Jule lächelte und schüttelte die dargebotene Hand. »Jolanda Moller. Jule.«

Schon fasste Gerta sie am Arm und zog sie in die warme Stube. »Wir sind ja Nachbarn. Ich habe dich ein paarmal mit dem Fahrrad vorbeiflitzen sehen. Aber ich dachte: Lass die erst mal ein wenig hier im Ort ankommen, bevor du hallo sagst.«

Jule hatte eine kurze Vision von einer lächelnden Nachbarin, die mit Kuchen vor ihrer Tür stand. »Oh, ich … wollte beizeiten noch herumgehen und mich den Nachbarn vorstellen.«

»Ach!«, winkte Gerta ab. »Du hast genug zu tun. Setz dich erst mal. Möchtest du einen Tee? Oder lieber Kuchen? Beides?« Ehe Jule widersprechen konnte, hatte Gerta sie schon auf einen Stuhl gedrückt. »Was hast du uns denn Schönes mitgebracht? Deine Tasche ist ja winzig. Stickst du? Das wäre toll! Wir bräuchten in der Runde mal jemanden, der richtig gut sticken kann. Das würde ganz hervorragend in unser Programm passen. In den Osterferien laden wir wieder Schüler ein und wollen ihnen die ganze Bandbreite der Handarbeiten vorführen.«

»Was? Sticken? Äh … Tee klingt gut, danke. Die Schulsache auch.« Jule setzte sich auf dem weichen Kissen zurecht und schaute sich neugierig im Raum um. Er war winzig, mit einer niedrigen Decke und einem unebenen Betonboden. Trotz der Enge hatten es die Handarbeiterinnen – auf den ersten Blick waren es nur Frauen – geschafft, zwei große Webstühle, einen Tisch und ein Sammelsurium an Stühlen hineinzuquetschen. Überall stapelten sich Spinnräder, Nähmaschinen, Webrahmen, Strick- und Häkelutensilien, Kuchen und Thermoskannen. Aus Taschen und Körben quollen Wolle und Stoffe in allen Farben. Die Luft roch nach Parfüm, Schaf und Kaffee.

Neugierig musterten die Frauen den Neuankömmling. Die meisten entsprachen so gar nicht der Erwartung, mit der Jule zu diesem Treffen gekommen war. Sie hatte sich einen gemütlichen Kreis von Landfrauen in Tracht und mit gestärkten Schürzen vorgestellt, die an Spitzenschals für das nächste Traditionsfest klöppelten. Ihr Bild vom dörflichen Leben war ganz offensichtlich sehr von alten Fernsehfilmen und kitschigen Romanen geprägt. Jedenfalls ging es meilenweit an der Realität vorbei. Ein oder zwei Frauen kamen dem Typus »mütterliche Bäuerin« nah, die anderen waren eine kunterbunte Mischung vom Teenager bis zur älteren Dame mit wild gefärbtem Hennahaar. Einige kleideten sich völlig in Strick, andere trugen aktuelle Mode oder selbstgenähte Kleidung aus mal mehr, mal weniger auffälligen Stoffen. Wenn es eine Gemeinsamkeit gab, dann die, dass jede ihren persönlichen Stil lebte.

Eine dampfende Tasse mit Pfefferminztee wurde bis zu Jule durchgereicht.

»Das ist Jolanda Moller, die neue Lindenwirtin«, stellte Gerta sie den anderen vor. Den Blicken nach zu urteilen war das für die Anwesenden keine Neuigkeit.

»Hallo. Abend. Jule ist okay. Ich«, sie spürte, wie sie knallrot wurde, »muss euch aber gestehen, dass ich gar nicht stricken kann.«

»Soso«, meinte die Hennarote, die an einem Spinnrad saß. »Handarbeiten ist Stricken für dich.« Ihr Blick verriet Skepsis und die Angriffslust eines Terriers und stand in völligem Gegensatz zu ihrem melodischen slawischen Akzent.

Eine honigblonde Schönheit, die wahrscheinlich kaum volljährig war, zeigte mit bunten Stricknadeln auf die Alte. »Nur weil du nichts vom Stricken hältst, Ewa, heißt das noch lange nicht, dass Stricken langweilig und einfach ist.«

Auf dem extrem langen Seil zwischen ihren Nadeln hing etwas, bei dem Jule nicht sicher war, ob es ein gigantischer Schal, ein Sack oder eine Decke werden sollte. Mit Stricken, wie sie es kannte, hatte dieses … Ding nichts gemeinsam.

»Meine liebe Pe-ne-lo-pe! Du hörst nur, was du hören magst.«

Die zwei schnaubten sich an. Jule hatte wohl mit Anlauf ein Fettnäpfchen erwischt und den Laden aufgemischt. Hoffentlich tappte sie nicht sofort zielstrebig in das nächste. »Aber das war doch nur ein Beispiel, das mit dem Stricken. Ich wollte eigentlich nur sagen, dass ich nicht hier bin, um zu handarbeiten …«

Gekränktes Hüsteln machte die Runde. »… also, irgendwann schon, aber heute komme ich als freie Journalistin für die Zeitung.«

Sofort hörten die Streithähne auf, sich zu zanken. Es wurde mucksmäuschenstill. Alle Augen waren jetzt auf Jule gerichtet.

»Ach.« Gerta fing sich zuerst. »Da traut sich die Chefin wohl nicht mehr persönlich zu uns.« Kampfbereit schob sie das runde Kinn vor und verschränkte die Arme.

Drei, zwei, eins: Fettnäpfchen! Jule klammerte sich an die warme Tasse.

»Ähm. Mir wurde nur gesagt, ich soll einen Artikel über euch schreiben und ein paar schöne Fotos machen.«

Die Honigblonde warf ihre langen Haare zurück und schüttelte den Kopf. »Du hattest noch nicht viel mit Tess zu tun, oder?«

»Wir haben einmal telefoniert.«

Wissendes Nicken von allen Seiten. Die bunten Stricknadeln zeigten jetzt angriffslustig auf Jule. »Lass dich bloß nicht vor ihren Karren spannen!«

Jule dachte an das Telefonat zurück. Der Kontakt zu ihrer neuen Chefin war nicht angenehm, und der reißerische Stil ihrer Artikel sagte sicherlich nicht allen Zeitungslesern zu. Aber das allein konnte nicht der Grund dafür sein, dass die Handarbeiterinnen dermaßen aufgebracht waren. Sie dachte an Oma Wilhelmines Lektionen über das Dorfleben. Entweder steckte da eine uralte Familiengeschichte dahinter oder eine andere Dickköpfigkeit.

Sie räusperte sich und suchte nach den richtigen Worten: »Vielleicht fangen wir einfach ganz von vorne an. Ich möchte eine schöne Reportage schreiben und dabei so viel wie möglich über euch erfahren. Als Einstieg dachte ich an …« Sie wedelte mit den Fingern und überlegte schnell. »Vorurteile. Es geht sicher nicht nur mir so, dass man beim Thema ›Handarbeiten‹ als Erstes an eine Gruppe von Rentnerinnen denkt, die eine Unmenge an kratzigen Socken strickten.« Wieder antwortete ihr Hüsteln.

Ich glaube, ich brauche dringend ein Rhetorikseminar.

Jule beeilte sich, ihre Ausführungen in ein ruhigeres Fahrwasser zu bringen. »Wenn ich mich bei euch umsehe, ist alles bunt und vielfältig und kreativ: die Menschen, die Dinge, die hergestellt werden, die Techniken, die ihr anwendet.«

Die Stimmung um sie herum wurde versöhnlicher, auch wenn es nach wie vor so still war, dass man eine Häkelnadel hätte fallen hören können. Jule lächelte und fuhr fort: »Mir geht es ja genauso. Ich bastle und male sehr gerne, und jeder, dem ich das erzähle, denkt, ich schneide Sterne für den Weihnachtsbaum aus. Oder die Leute fragen, ob ich nicht bis nächste Woche ihren Hund in Öl malen könnte.« Einige der Frauen kicherten jetzt. Die Blonde und Gerta nickten zustimmend. »Und obwohl ich das weiß, habe ich genauso meine Vorurteile und Vorstellungen über Dinge, mit denen ich mich noch nicht auskenne. Natürlich brauchen wir alle Vereinfachungen, Klischees und Schubladen. Wie sollte man denn auch ein Universalgenie sein und über alles Bescheid wissen? Aber wir können lernen, nicht gleich die Vorurteilskeule auszupacken. Lieber sollten wir unseren Blick öffnen und Fragen stellen, statt Menschen einen Stempel aufzudrücken. Dann entdeckt man ganz neue Seiten, die man nie gefunden hätte, wäre man bei seinem Vorurteil geblieben.« Mit einer weiten Geste unterstrich sie ihre Ausführungen. »Und das ist, was ich in meinem Artikel herausarbeiten möchte: Es gibt Vielfalt, und nicht alles ist so, wie es auf den ersten Blick erscheint.«

Sie lächelte in die Runde und zückte ihr Notizbuch. Die Handarbeiterinnen begannen bereits wieder mit entspannter, munterer Plauderei. Gerta und Penelope rückten näher.

»Na, dann stempeln wir dich mal nicht vorschnell als Tess' Handlangerin ab.« Gerta zwinkerte. »Also, was möchtest du wissen.«

Nachdenklich sah Jule auf. »Da ich selbst dachte, ihr trefft euch zum Stricken, Trachtennähen und Spitzenklöppeln: Fangen wir doch damit an, wie ihr euch selbst seht und was hier alles aus Wolle gemacht wird.«

»Aus Garnen«, korrigierte die Honigblonde. Sie hatte ihren Stuhl gedreht und hing über der Lehne. Ihre Miene verriet eine leichte Arroganz. »Genau genommen ist Wolle das unverarbeitete Material.«

Gerta schüttelte den Kopf und lächelte: »Ich glaube, so spitzfindig sollten wir nicht sein, wenn wir wollen, dass die Leute sich für Handarbeiten interessieren.«

»Geschenkt, Gerta. Du weißt, meine Zunge ist manchmal schneller als mein Verstand.«

Jule notierte, was die beiden sagten.

Gerta leerte den Inhalt ihrer Tasche auf den ohnehin schon überfüllten Tisch und schob Jule eine Papiertüte mit weißer Schafwolle zu, die sehr nach Tier und Spülmittel roch. »Grundsätzlich kann man mit Wolle fast alles machen: feine Stoffe, robuste Teppiche, Steppdecken. Ja, sogar Dämmmaterial! Es kommt immer auf die Sorte an. Schafrassen aus Mittel- und Nordeuropa haben oft sehr robuste Wolle, die gut vor Kälte und Regen schützt. Sie ist eher kratzig. Die Wolle aus Südeuropa und Australien – meistens Merino – ist oft weicher, aber dafür weniger haltbar und empfindlicher.«

»Vergiss das Mulesing nicht!«, unterbrach Penelope. »Scheußlich!«

»Das führt wieder zu weit. Da kann Jule später mal einen eigenen Artikel drüber bringen.«

»Den Schafen werden ohne Betäubung die Schwänze kupiert und Hautstücke abgeschnitten!« Penelope wandte sich jetzt direkt an Jule. »Um den Fliegenbefall einzudämmen. Weil's so schön einfach ist. Widerlich! Und zum Schlachten werden sie dann lebendig per Schiff von Australien in den Nahen Osten gekarrt. Irrsinn!«

»Ist gut, Penelope. Wir machen darauf aufmerksam, wenn das Schäferfest ist. Ende Mai. Ich bin mir sicher, Jule nimmt teil und unterstützt den Tierschutz mit einem weiteren Artikel.«

Jule schaute kurz auf und nickte. Am liebsten hätte sie sofort mehr über Mulesing erfahren, aber Gerta hatte recht: Tierquälerei war nicht das Hauptthema des Artikels und viel zu wichtig, um nur eine Randnotiz zu sein.

Jule seufzte schwer: »Weshalb ist es nur unmöglich, an einem Tag mit einem einzigen Artikel die Welt zu retten.«

Penelope schnaubte unwirsch und schaute Jule böse an. »Wir können in Müggebach ja nicht einmal unsere eigenen Traditionen retten, weil ständig Auswärtige die schönsten Gebäude kaufen und die Gegend verschandeln, ohne jedes Gespür dafür, wie das Leben bei uns funktioniert.«

Instinktiv zuckte Jule zusammen. »Wie kommst du jetzt darauf?«

»Weshalb hast du die Linde gekauft?«

»Weil sie zum Verkauf stand und meine Oma und mein Cousin mir sagten, das Dorf könne einen neuen Treffpunkt gut gebrauchen.«

»Wir brauchen hier aber keinen Starbucks!« Penelopes Hände fuchtelten durch die Luft.

»Die Zettel sind von dir?«

»Welche Zettel?« Offenbar regte die Situation Penelope derart auf, dass sie zum Strickzeug griff und die Nadeln klappern ließ, um sich wieder zu beruhigen.

»Woher kommt die Idee, ich würde hier eine Starbucks-Filiale eröffnen wollen?«

»Das weiß doch jeder.«

Jetzt war es an Jule, eingeschnappt zu sein. Sie verschränkte die Arme. »Okay. Jeder. Nur ich nicht.«

»Oder wird das das nächste Abrissprojekt? Wieder ein paar herzlose Betonkästen mehr an der Hauptstraße?«

»Ich habe überhaupt nicht vor, die Linde abzureißen!«

»Schluss jetzt!«, ging Gerta endlich dazwischen.

Jule atmete auf. »Ich schreibe für die Zeitung, weil ich das Dorf und die Menschen kennenlernen will. Wie auch immer da Missverständnisse und Gerüchte aufkamen: Sprecht mich doch direkt an.«

Gerta legte ihr die Hand auf den Arm. Eine Geste, die Jule eigentlich bei Fremden nicht besonders mochte, die aber in diesem Augenblick sehr guttat. »Danke, Jule, das werden wir. Lass uns für heute doch wieder über Wolle reden und uns kennenlernen, ja?«

»Also gut.« Jule setzte wieder an, sich Notizen zu machen. »Ihr achtet in eurer Gruppe drauf, nur Produkte aus artgerechter Haltung zu verwenden?«

Gerta zögerte: »Soweit wir es können, ja. Wir verarbeiten viel Wolle aus der Region, aber bei Stoffen und fertigen Garnen ist es fast unmöglich, die Herkunft zu erfahren. Und so radikal sind wir dann doch nicht eingestellt.«

»Ich bin sehr konsequent«, merkte Penelope an.

»Du strickst aber auch nur.«

»Was heißt hier *nur?*«

»Ich bitte dich, Penelope!« Gertas Brauen zogen sich zusammen. »Stell dich doch nicht so an. Du weißt, was ich meine.«

»Liebe Güte«, murmelte Jule vor sich hin. »Ich finde das immer irre, wie weit man denken muss, wenn man einmal anfängt, sich näher mit Tier- oder Umweltschutz zu beschäftigen.«

»Jetzt komme ich nicht mehr mit.« Penelope schüttelte den Kopf und strickte einige nervöse Maschen.

Jule erklärte: »Es geht ja nicht nur um die Wolle, sondern auch um die Farben, und bestimmt gibt es noch eine ganze Menge chemischer Verfahren, mit denen Wolle und Stoffe veredelt oder vor Motten geschützt werden.«

Penelope hob ihr Werk hoch und breitete es mit den Armen aus. Es war sehr bunt, hatte ein wundervolles, kompliziert aussehendes Muster und war groß genug, um als kleine Tischdecke durchzugehen.

»Ich achte immer darauf, dass alles schadstofffrei ist.«

Jule biss sich auf die Zunge. Sie spürte bereits die Nähe des nächsten Fettnapfs und schwieg deshalb lieber zur chemischen Zusammensetzung mancher Farbstoffe und woher die dafür benötigten Substanzen kamen – als Studentin hatte sie sich für eine größere Reportage eine Zeitlang sehr ausführlich mit Bergbau in Entwicklungsländern beschäftigt.

Um das Thema auf einer unverfänglichen Ebene zu halten, schloss sie deshalb eine hoffentlich harmlose Frage an: »An was strickst du gerade?«

»Das ist ein Nuvem«, antwortete Penelope in einem Tonfall, als müsste jeder sofort wissen, worum es ging. »Ein sehr leichtes Tuch. Der Name bedeutet auf Portugiesisch ›Wolke‹.«

Jule versuchte, eine Vorstellung davon zu bekommen, wie man sich dieses gigantische Strickwerk um den Hals legte, ohne ein Loch hineinzuschneiden und es als Poncho zu tragen. Den Nuvem? Das Nuvem?

Dankenswerterweise kam Gerta wieder auf das eigentliche Thema zurück: »Wolle.«

»Richtig.« Jule tauchte aus ihren Gedanken auf. »Wolle.«

»Wolle ist unheimlich vielseitig. Wenn du für deinen Artikel mehr über diesen wundervollen Suchtstoff«, Gerta griff mit beiden Händen in die fluffigen Fasern und schnüffelte daran, »wissen möchtest, dann komm mal bei mir vorbei. Außer dem Scheren der Schafe mache ich eigentlich alles selbst: sortieren, waschen, kardieren, kämmen, spinnen, färben, verarbeiten.« Sie lachte. »Aber ich sehe schon an deinen Augen, dass das jetzt viel zu viele neue Begriffe auf einem Haufen sind.«

»Jap. Wird ja ein Artikel und kein Sachbuch.«

»Dann schreib am besten auf, dass wir alle möglichen Arten von Garnen und Stoffen verwenden, sehr neugierig und experimentierfreudig sind und Neulinge mit offenen Armen willkommen heißen.«

»Gut.« Jule notierte und arbeitete sich dann aus ihrem Pullover heraus. In der winzigen Waschküche wurde sogar ihr, der Frostbeule vom Dienst, schnell warm. »Habt ihr eigentlich ein Motto? Also, habt ihr euch als Aufgabe gesetzt, altes Handwerk zu erhalten, oder arbeitet ihr mit euren Stücken auf etwas Bestimmtes hin, wie einen Weihnachtsmarkt oder eine Versteigerung zu sozialen Zwecken?«

Penelope kicherte. Sie wirkte mehr wie ein Model, das geziert Shrimp-Cocktails auf Partys verzehrte, als wie jemand, der zur Entspannung übergroße Schals strickte. »Also eigentlich haben wir vor allem eine Menge Spaß. Und in geselliger Runde ist das Werkeln natürlich auch viel schöner als ganz allein. Und man kann immer jemandem über die Schulter schauen und etwas lernen. Das Muster für meinen nächsten Schal habe ich mir beispielsweise von der Decke abgeschaut, die Gerta zuletzt auf dem Webstuhl hatte. Jetzt teste ich, ob sich das mit Stricknadeln umsetzen und ein wenig modifizieren lässt.«

Gerta rieb sich nachdenklich das Kinn. »Ganz am Anfang war die Gruppe schon so eine Art Traditionsverein. Meine Schwiegermutter hat im Haus nebenan tatsächlich noch Trachten bestickt. Dann kamen die Siebziger und Achtziger, und wir jungen Mädchen haben alles Mögliche ausprobiert. Bilderweben war damals der letzte Schrei. Handarbeiten hatten wir ja alle gelernt, weil man das als Frau eben können musste. Aber wir wollten eben keine braven Hausfrauen mehr sein und den Männern die Socken stopfen, sondern uns an modernen Sachen versuchen.«

Eifrig schrieb Jule mit. Ihr Hirn formulierte bereits erste Sätze, und sie fragte sich immer mehr, wie sie all die interessanten Informationen in einem einzigen Artikel unterbringen sollte. »Weshalb seid ihr nicht mehr im Haus? In der Waschküche ist es ja doch sehr beengt.«

Gertas Finger krallten sich in die Wolle. »Als die alte Dennig gestorben ist, haben die Kinder das Haus erst vermietet und sind dann weggezogen. Hat sich nicht mehr gelohnt, das zu renovieren. Wir waren dann eine Weile in der Scheune. Aber seit es da durchs Dach regnet, sind wir hier. Na, jedenfalls, solange es noch geht.«

Jule horchte auf. »Wird abgerissen?«

Gertas Kiefer mahlten. Bevor sie antworten konnte, war Penelope schon wieder auf hundertachtzig. »Die Enkel haben den Hof als Schenkung bekommen, und ihnen sind die schönen alten Gebäude natürlich egal. Die sehen nur einen Haufen Geld in dem Grundstück. Weißt du, was die hier hinbauen wollen? Luxus-Apartments für Senioren.«

Ah, dachte Jule, *daher weht der Wind.*

»Hier oben auf dem Berg, wo die alten Leute doch gar nicht ins Tal runterlaufen können! Und damit sie nicht hier festsitzen oder bis zur Bushaltestelle gehen müssen, soll es für jeden einen Parkplatz im Sträßchen geben. Ja nee, hier kommen ja kaum die kleinen Trecker durch. Und dann stell dir mal vor, hier parken überall noch dicke Limousinen oder SUVs! Die Rentner, die sich in dem Ding eine Wohnung leisten können, die fahren doch keine Kleinwagen!«

Mit Schaudern sah Jule wieder den großen Stern auf sich zuschießen und sich selbst auf der Motorhaube liegen. Mit dem

Bleistift kritzelte sie nervös in ihrem Buch herum. »Stört dich mehr, was da gebaut werden soll oder dass euer Treffpunkt bald nicht mehr existiert?«

Penelope seufzte tief und vergrub ihren Kopf in ihrem Nuvem. »Tut mir leid«, nuschelte sie unter der Wolle hervor. »Das wühlt mich alles so auf, ich schieße schon wieder übers Ziel raus.«

»Es geht auch darum, dass ein solcher Bau der Höflesiedlung den Charakter nehmen würde«, sprang Gerta ein. »Aber wir sind natürlich auch enttäuscht über die Art und Weise, wie mit uns umgegangen wird.« Erneut versuchte sie, ihr rundes Kinn vorzurecken. In diesem Moment hatte sie etwas Kämpferisches, Bissiges. »Weißt du, Jule, es ist einfach eine Sauerei! Erstens: Das Wohnprojekt passt überhaupt nicht in diese Gegend, da gibt es bessere Ecken in Müggebach. Vor allem Ecken, in denen die alten Leute sich dann auch von allein bewegen, einkaufen und essen gehen können. Nur sind die Dennig-Erben halt so dick mit dem Sohn des Bürgermeisters.« Gerta kreuzte zwei Finger. »Filz halt. Es gibt mehr Gemeinsamkeiten zwischen Schafwolle und Politik, als man so glauben mag.«

»Darf ich das zitieren, oder reite ich euch dann rein?«

»Zitieren? Oje, lieber nicht. Die wissen zwar, was ich von ihnen halte, aber sie brauchen es nicht noch schriftlich zu bekommen.«

»Schade. Was ist denn Zweitens?«

Gerta holte tief Luft. Sie sah noch immer aus, als würde sie liebend gern jemandem die Gurgel umdrehen. »Zweitens wurde uns immer wieder versichert, wir könnten den Raum hier nutzen, so lange wir wollten. Es gab große Pläne, die Scheune extravagant zu renovieren und die Waschküche als Treffpunkt bestehen zu lassen. Aus Nostalgie und weil man die Tradition und den Zusammenhalt im Dorf fördern wollte. Alles bloß Gewäsch!«

»Und wann müsst ihr raus sein?«

»Das ist es ja«, seufzte Gerta. »Nachdem es immer hieß, wir müssten nicht raus, haben die uns letzte Woche gesagt, dass nach Ostern Schluss ist. Wie sollen wir denn bis Mitte April einen Raum finden, in dem wir die großen Webstühle unterbringen können und in dem wir niemanden stören?«

»Und diese Tess Teile-Teufelsbacher von der Zeitung«, fiel Penelope mit ein, »die hat ewig lang so getan, als würde sie auf unserer Seite stehen und für uns kämpfen! Dabei geht es der immer nur um eins: aufgeblasene Sensationsgeschichten! Wenn man unseren Regionalteil liest, könnte man meinen, wir wären hier mitten in Berlin und man könnte nachts nicht mehr auf die Straße gehen. Die ist doch als Baby vom Wickeltisch gefallen! Die dreht ihr Fähnchen schneller, als der Wind wechseln kann.« Sie schnaufte erregt und klirrte mit den Nadeln wie mit Schwertern.

»Uff«, machte Jule. Ihr schwirrte der Kopf, und der Tee war auch alle. Dann überholte ihre Zunge ihre Vernunft: »Ihr könntet euch auch in der Linde einquartieren.«

Augenblicklich wurde es still. Selbst Penelopes Nadeln des Todes verharrten in der Luft. Jule blickte sich in der Runde um, verblüfft darüber, was sie da eben vorgeschlagen hatte. War das wieder so ein impulsives Ding von ihr? Nein, eher nicht. Tief im Herzen spürte sie, dass sich da eine großartige Chance bot. Alles passte zusammen und fühlte sich richtig an. Sie konnte die Webstühle schon förmlich in ihrer Linde stehen sehen: den kleinen im Wintergarten, den großen in der Ecke vor der Tür zum Keller. Mit der bunten Wolle wäre das sicher eine tolle Deko. Nein, nicht bloß Deko! Dekorative Gebrauchsgegenstände, die sich immer wieder wandelten und andere dazu verführten, sich mit altem Handwerk zu beschäftigen. Und regelmäßige Handarbeitstreffen … Weshalb eigentlich nicht?

»Wie ich schon sagte: Die Alte Linde soll ein gemütlicher Treffpunkt werden.«

Schon ratterten die Gedanken weiter. War das alles wirklich so unkompliziert, wie es erschien? Wie sollte Jule das mit den Getränken machen? Musste sie dann verlangen, dass man bei ihr den Kaffee kaufte, statt Thermoskannen mitzubringen?

Verlier dich nicht in Details, Jule.

Gerta tätschelte ihr auf ihre mütterliche Art den Arm und holte Jule zurück ins Hier und Jetzt. »Was für ein wundervolles Angebot! Lass uns in den nächsten Tagen in Ruhe darüber sprechen, ob dir das nicht zu viel wird. Heute geht es um deinen Artikel, und ich bin ganz zuversichtlich, dass du keinen reißerischen Schund produzierst wie die Teufelsbacher.«

»Sie heißt nicht …«

»Hier schon!«, giftete Penelope.

Nachdenklich rieb Jule sich die Nase und fragte sich, ob über sie im Dorf im selben Ton geredet wurde. »Das bekomme ich schon hin. Aber jetzt zeigt mir erst mal, was ihr hier so produziert. Ist es in Ordnung, wenn ich herumgehe und jedem über die Schulter schaue?«

Gerta lächelte. »Ja, natürlich. Und frag alles, was du wissen möchtest.«

»Und beim nächsten Treffen bin ich dann privat dabei.«

»Zum Stricken?«

Beide lachten. »Nein, ich habe auf dem Dachboden einen Webrahmen gefunden und will mir unbedingt einen Teppich aus alten Stoffresten weben. Nur habe ich noch keine Ahnung, wie herum man das Ding überhaupt hält.«

»Na, das bekommen wir hin.«

Jule erhob sich und schlenderte auf eine der Näherinnen zu.

In den nächsten zwei Stunden dachte sie nicht mehr über Webstühle und schwatzende Strickerinnen in ihren Räumen nach, sondern tauchte völlig in die Faszination der unterschiedlichen textilen Handwerkskünste ein.

Es war bereits dunkel, als Jule sich auf den Heimweg machte. Sie schob ihr Fahrrad neben Gerta her und unterhielt sich angeregt mit ihr. Gemeinsam bogen sie in das winzige Sträßchen ein, das zwischen den Neubauhäusern und der Linde in Richtung Felder führte. Bislang hatte Jule noch keine Zeit gefunden, sich dort umzusehen, und war einfach davon ausgegangen, dass diese Straße auf einen Feldweg und irgendwo auf einen Radweg führte. Jetzt sah sie, dass hinter den Neubauten, eng an den Feldrand gequetscht, ein dicht mit Rispenspiere umwachsenes Grundstück lag.

»Da ist noch ein Haus versteckt, Gerta?«

»Oh, ja. Wir haben nicht verkauft. Das Neubaugebiet hätte größer werden sollen.«

Sie erreichten eine breite, geschotterte Zufahrt. Ein Tor gab es nicht, dafür aber einen schiefhängenden, altmodischen Briefkasten ohne Namen.

»Der ist ja klasse! So einen hätte ich auch gerne! Was für ein cooles Vintage-Teil!«

»Vintage?« Gerta schaute sie misstrauisch von der Seite an. »Das ist dieses Modewort für ›alter Kram‹, richtig?«

Sie gingen die Zufahrt entlang. Alle paar Meter sprangen Lampen an, die offensichtlich an einen Bewegungssensor gekoppelt waren.

»Sag mal, Gerta: Fehlt dir zufällig ein Huhn? Mir ist eins zugelaufen. So ein ganz gewöhnliches, braunes. Und das muss ja irgendwann wieder nach Hause, das vermisst doch sicherlich jemand.«

»Also, hier gibt es weit und breit keinen, der Hühner hält. Das wüsste ich.«

»Schade. Was mache ich jetzt mit Berthe?«

Gerta zuckte die Schultern, als wäre die Frage in ihren Augen überflüssig. »Na, halt irgendwie schauen, dass der Marder es nicht holt, und dann freust du dich über die Eier, und irgendwann gibt es Hühnerbrühe.«

»Uff!«, machte Jule. »Wo kriege ich so schnell einen Hühnerstall her?«

»Einen alten Hasenstall haben wir noch, der taugt nur nicht für ein Huhn. Aber falls du junge Schlachthasen brauchst, bekommst du die von …«

»Danke, ich … muss mich erst um das Huhn kümmern. Und ein Haus renovieren. Und ich weiß noch nicht, ob ich Tiere essen kann, die ich mal persönlich kannte.«

Sie umrundeten die ersten Büsche und stießen auf eine kleine Scheune. Im diffusen Licht der Lampen sah sie auf den ersten Blick wie ein Hexenhaus aus, ganz von blühenden Magnolien umgeben. Links und rechts des Scheunentors hingen hölzerne Masken mit verzerrten Fratzen. Für einen kurzen Augenblick fühlte Jule sich in eine Vorstellung des Nō-Theaters zurückversetzt, die sie in Japan besucht hatte.

Neben der Scheune befand sich ein freistehendes kleines Haus. Es duckte sich hinter Bäumen mit erstem Frühjahrsgrün, und trotz der Finsternis konnte Jule ahnen, wie farbenprächtig es war. Gerta erzählte, wie sie und ihr Mann sich bei der Renovierung die Holzbauweise und die fröhliche Buntheit isländischer und schwedischer Gebäude zum Vorbild genommen hatten – obwohl sie in ihrem ganzen Leben noch nicht in Skandinavien gewesen waren. Das erste Wort, das Jule zu diesem Haus in den Sinn kam, war tatsächlich: *Villa Kunterbunt*. Inklusive Veranda mit Wikingerdrachenkopf aus Holz über der Treppe.

»Macht es dir wirklich keine Umstände, jetzt noch Tee zu kochen?«

Ihre neue Nachbarin war bereits halb im Haus verschwunden.

»Ach was!«, Gerta winkte ab. »Umstände macht man sich nur selbst!«

Jule schüttelte den Kopf über so viel Dynamik. Ihr rauchte nach dem langen Arbeitstreffen der Kopf. Außerdem fror sie. Der Frühling ließ noch auf sich warten. Sie klemmte die Hände unter die Achseln und wippte mit den Zehen auf und ab.

Gerta ließ nicht lange auf sich warten. Sie stellte zwei Teebecher auf einen Tisch und warf ein dunkelbraunes Schafsvlies auf eine Bank. Kaum hatte Jule Platz genommen, häufte sie noch Wolldecken auf ihre Knie. Gertas kantige, aber lebhafte Dynamik erinnerte Jule an ein gut im Futter stehendes Erdmännchen.

»Alla, auf gute Nachbarschaft!«

»Auf gute Nachbarschaft!« Jule hob die Tasse und blies über den heißen Tee. Kräftiger Pfefferminzduft hüllte sie in eine heimelige Wolke. Andächtig bewunderte sie die irdene Tasse, die eindeutig handgefertigt war.

»Der Antrecht töpfert noch«, sagte Gerta, als könnte sie Gedanken lesen. »Wenn du dein Geschirr für die Linde von ihm willst, lade ich ihn mal ein und wir reden drüber.«

»Warum warst du eigentlich so sicher, dass ich die Linde gekauft habe? Ich hätte ja auch einfach jemand sein können, der beim Renovieren hilft.«

»Ach, das kann man in einem Dorf gar nicht geheim halten. Vor allem nicht, wenn's eine Stober-Nachfahrin wieder hierherverschlägt. Und dann auch noch in die Linde.«

»Ja, aber ich habe meinen Stammbaum doch nicht an die Tür genagelt!«

»Brauchst du auch nicht. Ole hat mir vor zwei Wochen Wolle zum Verspinnen gebracht und erzählt, seine Cousine hätte die Linde gekauft. Und ich bin sicher nicht die Einzige, der er das gesagt hat.«

»Der Ole Stober, der hier am Ortsrand einen Bauernhof hat?«

»Ja, der Ole hat es endlich geschafft, den Familienhof wieder zusammenzubringen. War ja vorher kein Zustand … da gab es aber mal zwischendrin einen Namenswechsel und viele Leute, die sich mit dem Land unglücklich gemacht haben. Eure Großmutter Wilhelmine ist eine geborene Stober, heiratete dann aber einen Arbt, und deine Tante kehrte nach Müggebach zurück und heiratete einen Stober, aber keinen aus eurer Linie. Der Ole heißt nicht nach den hiesigen Stobers, sondern der hat den Namen von den Stobers, die vor 150 Jahren aus Eggenstein hierherkamen. Das sind zwei Familien, die sich vorher nie vermischt haben. Die Eggenstein-Stobers waren Kaufleute und haben mit den Acker-Stobers nichts zu tun. Ein schöner Zufall ist das.«

Gerta hob bei jedem neuen Namen einen Finger und tippte mit dem Zeigefinger der anderen Hand darauf, als wollte sie die Einfachheit ihrer Ausführungen herausstellen.

Jule wusste allerdings nicht einmal, wo Eggenstein lag. »Da komme ich nicht mit, ich brauche einen Stammbaum zum Spicken.«

»Das wird schon alles. Leb dich erst einmal richtig ein.«

Jule rieb sich die Stirn und schmunzelte dann. »Was haben die Stobers denn jetzt mit der Linde zu schaffen?«

Nach einem Stoßseufzer nahm Gerta einen großen Schluck Tee. Ihre munteren Augen fixierten Jule.

»Eine dieser albernen Dorfgeschichten. Die Linde war schon immer im Familienbesitz der Raupps. Das sind ganz Alteingesessene, die das Dorf mit aufgebaut haben, aber auch schon viele Schicksalsschläge wegstecken mussten. Sind in der großen Depression verarmt, haben im Krieg vier Söhne verloren und immer wieder ihr Vermögen und die Ländereien. Äcker haben die keine mehr. Nur die Linde, die konnten sie halten. Zuletzt ging das aber nur noch wegen der Sturheit vom alten Raupp, denn die Raupps streiten sich seit Generationen mit der Familie Einhorn. Die waren schon immer Brauer und Hopfenbauern gewesen.«

»Die Brauerei da drüben?«

»Genau die.«

Jule probierte den Tee und vergaß über den intensiven Geschmack um ein Haar ihre weiteren Gedanken. Pfefferminze und …? Da schmeckte sie noch etwas durch. Gerta musste ihr unbedingt die Marke verraten, damit sie diesen erfrischenden Tee in ihrem Café anbieten konnte. »Hm. Ja, die Raupps habe ich gar nicht kennengelernt. Er hat sich aus gesundheitlichen Gründen beim Notar vertreten lassen. Aber jetzt verstehe ich. Der Verkauf muss unglaublich schmerzhaft für ihn gewesen sein.«

Gerta tätschelte ihr den Arm. »Aber immerhin an eine Stober. Der Raupp war so pleite, der hätte keinen Monat länger durchgehalten und die Linde dem Einhorn verkaufen müssen. Ein richtig Auswärtiger wäre ihm natürlich lieber gewesen. Aber Stober, das geht gerade noch so. Mit euch hatten die Raupps nur mal einen Händel über ein Grundstück und über ein paar Sack Gerste. Wird noch vor neunzehnhundert gewesen sein. Vermutlich hat es auch damit zu tun, dass man hier fast kein gescheites Brot mehr bekommt.« Mit einem Mal prustete Gerta los, ihr rosiges Gesicht wurde von Lachfalten durchzogen. »Aber sonst haben wir hier im Dorf noch alle Kaffeetässchen im Schrank. Mach dir mal keine Sorgen.« Sie klopfte Jule noch einmal aufmunternd auf den Arm. »Das wirkt alles nur so befremdlich. Dorfleben ist auch nicht anders als eine EU-Kommission oder ein Aufsichtsrat – am Ende geht es irgendwie immer darum, wer wem vor Jahrhunderten mal das Hühnchen geklaut oder jemanden einen Deppen genannt hat. Alles eingeschnapptes Herumgegockel, weil niemand es über sich bringt, sich eines Tages die Hand zum Frieden zu reichen oder sich einfach mal zu entschuldigen.«

»Erinnert mich an Fußballfans, die sich die Köppe einhauen, weil 1950 mal ein Elfmeter nicht gegeben wurde.«

Beide kicherten vor sich hin. Das gemeinsame Lachen und der heiße Tee taten Jule gut. Ein wundervoller Ausklang für den Tag. Dann kam die Frage, vor der Jule sich insgeheim gefürchtet hatte: »Was hast du mit der Linde nun eigentlich vor? Keine Sorge, die Tratschweiber im Dorf erfahren von mir nix.« Etwas übertrieben dramatisch fuhr Gerta sich mit Zeigefinger und Daumen über die Lippen. »Und wenn du keine Lust hast, etwas zu erzählen, weil sicher jeder fragt, dann genieß einfach deinen Tee.«

Gibt es schon so viel zu erzählen? Mehr als vage Bilder im Kopf und dieses übermächtige Gefühl, das ich verspüre, wenn ich an mein Café denke?

Jule trank den letzten Schluck aus und suchte nach Worten. Was sie mit der Linde verband, war zutiefst emotional geprägt. Sie wusste genau, welche Atmosphäre das Café einmal haben sollte. Nur hatte sie sich bislang davor gescheut, allzu konkrete Beschreibungen zu finden, um diesem Gefühl Ausdruck zu verleihen. Es war gerade so, als würde sich aller Zauber verflüchtigen, sobald Jule konkrete Pläne zu Papier brachte.

»Ein helles, freundliches Café.« Jule suchte nach Worten und dachte an die Handarbeitsgruppe, die bald bei ihr einziehen würde. »Ein Kreativcafé. Ich weiß noch nicht genau, wie, aber ich wünsche mir einen Ort, an dem Menschen gemeinsam ihre Ideen umsetzen können, an dem man voneinander lernt und miteinander werkelt.« Ihr Atem malte die Worte in die kalte Luft. Kaum hatte sie es ausgesprochen, kam die Idee ihr plötzlich unausgereift vor. *Kreativcafé?* Mit selbstaufbereiteten Möbeln, bunten Vorhängen und Vintage-Charme? War das nicht eher etwas für ein Szeneviertel in Frankfurt oder Berlin? Sprach dieses Konzept nicht eher ein Publikum aus Studenten, Hipstern und Intellektuellen an statt Dörfler und junge Familien auf dem Land?

Als Jule sich traute, die Augen über den Rand der Tasse zu heben, sah sie in Gertas Miene wie erwartet eine leichte Besorgtheit. »Vielleicht kannst du es ja anders nennen, bis es fertig ist. Also, nicht dass ich nicht daran glaube, dass du da etwas Wundervolles zaubern wirst …«

»Aber?« In Jules Magen lag ein schwerer Klumpen. Ihre Glieder fühlten sich eisig an, und das lag nicht nur am Nachtfrost.

»Na, aber das …«, druckste Gerta herum, offensichtlich bemüht, Jules empfindliches Selbstbewusstsein nicht weiter zu treffen. »Das klingt doch mehr nach Künstlerviertel in der Großstadt.«

»Eigentlich stelle ich mir etwas sehr Gemütliches vor.«

Gerta grübelte und mahlte mit den Kiefern. »Ich kann es für mich im Stillen ja Bastel- und Wollstube nennen.« Sie wirkte nach wie vor nicht überzeugt. »Du wirst sicherlich jede helfende Hand brauchen, die du bekommen kannst. Sag mir einfach, wenn du jemanden brauchst. Ganz egal, ob es um Putzen, Reden oder Kuchenbacken geht.«

»Oh, danke, das ist unglaublich nett von dir. Ich möchte nur nicht, dass du dir so viel Arbeit machst. Du hast sicherlich genug zu tun«, sagte Jule.

Wie erwartet winkte Gerta ab, und Jule fragte sich nicht zum ersten Mal in ihrem Leben, wie man es eigentlich schaffte, *Nein!* zu sagen und dabei niemanden vor den Kopf zu stoßen.

»Mach dir mal keine Gedanken. Ich habe Zeit. Bin ja keine Vollzeitkraft im Büro, sondern nur ein wenig kleingewerblich unterwegs und eigentlich schon Rentnerin. Meine Zeit kann ich mir einteilen, wie ich will.«

Außerdem kannst du dann mal schauen, wie es mittlerweile in der Linde aussieht, spekulierte Jule im Stillen.

Um diese alte Schankstube schienen sich ja so einige Dorfmysterien zu ranken.

»Also, alla gut. Komm einfach vorbei, wenn du magst. Ich bin eh fast immer da. Aber jetzt muss ich dringend ins Bett.«

Jule stand auf und streckte sich. Der Muskelkater und das lange Sitzen hatten sie etwas steif werden lassen. Außerdem wühlte sie sich nur ungern unter den herrlich warmen Decken hervor.

»Danke für den Tee. Du musst mir bei Gelegenheit verraten, wo man den bekommt.«

»Na, bei mir im Garten.« Gerta zeigte in die Dunkelheit hinter den Laternen. »Da drüben wächst die Pfefferminze, und dazu gebe ich ein klein wenig Zitronenmelisse. Kann ich dir alles für deinen Garten geben und dir zeigen, wie du am besten trocknest. Oder du gießt den Tee frisch auf. Mach dir keine Sorgen um den Nachschub. Wenn du das Zeug einmal im Garten hast, wirst du es eh nicht mehr los.«

»Wir sehen uns in den nächsten Tagen ja sicher noch. Ich nehme gern ein paar Pflanzen.«

Anscheinend kein bisschen müde, klopfte Gerta sich auf die Knie und stand auf. »Dann wünsche ich eine gute Nacht.«

»Dir ebenfalls!«

Jule schob ihr Rad nach Hause. Sie lauschte dem Knirschen ihrer Schuhe und versuchte, nicht vor Müdigkeit im Gehen einzuschlafen.

WIE PFEFFERMINZ-ZITRONENMELISSEN-TEE ZUBEREITET WIRD, STEHT AUF SEITE 314.

KREATIVE VARIATIONEN KÖNNEN HIER FESTGEHALTEN WERDEN!

Kapitel 5

Von: Jolanda Moller <jule@jules_linde.de>
An: Wilhelmine Arbt <Wilhelmine@mailmail.de>
Betreff: Die Macht der Namen

Liebste Oma,

wenn man ein Kind ist, steckt die Welt voller Magie. Ich erinnere mich noch immer an die vielen Geschichten, die du mir an langen Winterabenden vor dem Kamin erzählt hast. Ich war als Kind so fasziniert davon, in wie vielen Märchen Namen eine große Rolle spielen.
Geheime Namen, die dem Helden die Macht über einen Djinn, einen Geist oder einen Zauberer geben. Könige, die ihre Namen verlieren und plötzlich von niemandem mehr als König erkannt werden. Schurken und Helden, die sich besondere Namen geben und alle beeindrucken.
Jetzt, viele Jahre später, verstehe ich, was es mit dieser Magie der Namen auf sich hat und auf was die Märchen uns Kinder vorbereiten: Namen sind mächtig! Sie verflechten Familiengeschichten und lassen die Menschen sich sofort eine Meinung über uns bilden. Der passende Stempel ist immer griffbereit. Da begegne ich zum Beispiel einem »Mika« und sehe sofort einen starken, freien Menschen vor mir. Und dann ist da diese Frau, deren Namen ich nicht kenne, und das macht sie stark, denn sie weiß mehr über mich als ich über sie.

Mir ist heute schlagartig klargeworden, welche Bedeutung die Namenswahl für mein Café hat. Es geht gar nicht um mich und ob mir der Name gefällt, sondern ich präge damit den ersten Eindruck, den meine zukünftigen Gäste von mir und meinem Café haben werden. Hier im Dorf, wo alle auf die eine oder andere Weise der Linde verbunden scheinen, macht mir diese Entscheidung beinahe Angst. Der alte Name ist für die Menschen in Müggebach bereits mit starken Gefühlen belegt. Die Frage ist also, mit welchem Namen es mir gelingen kann, das Alte behutsam zu erhalten und das Neue daraus erblühen zu lassen. Wie dem auch sei, ich werde schon eine Lösung finden.
Sollen wir am Samstag telefonieren? Ich bin etwas müde. Uhrzeit wie immer?
Lass uns am Telefon gemeinsam nachdenken. Ich weiß, du hast das Dorf früh verlassen und es ist lange her, aber du hast sicherlich ein gutes Gespür dafür, welche Fettnäpfchen hier noch lauern.

Ich küsse und umarme dich, je t'embrasse
Deine Jolanda

Kopfschüttelnd kam Jule aus dem Rathaus zurück. Die Leute im Bürgerbüro waren freundlich, keine Frage, aber auch das ehrlichste Lächeln änderte nichts am Dickicht der Bürokratie, durch das sie sich schlängeln musste, bevor die Linde eröffnen konnte. Für ein wenig Erheiterung sorgte eine besondere Sehenswürdigkeit, die sie vor dem Rathaus entdeckte: Dort stand tatsächlich eine gelbe Telefonzelle, gefühlt die letzte in ganz Deutschland. Eine Welle nostalgischer Gefühle überschwemmte Jule.

Wenn ich überlege, dass ich mich als Teenager mal nachts aus dem Haus geschlichen habe, um meinen Schwarm anzurufen … ist das lange her! Ich weiß schon gar nicht mehr, wie er hieß.

Viel besser war ihr in Erinnerung geblieben, wie beim ersten und zweiten Versuch seine Eltern ans Telefon gegangen waren und sie vor Schreck den Hörer auf die Gabel geknallt hatte. Erst der dritte Versuch war erfolgreich gewesen, nur hatte Jule kein einziges Wort herausgebracht. Bis sie sich endlich getraut hatte, war ihr Kleingeld alle gewesen. Ein Münzenklimpern hatte die Romanze beendet, bevor sie begonnen hatte.

Jule schmunzelte vor sich hin, während sie den Rathausplatz überquerte. Zwei alte Damen, die am Brunnen auf einer Bank saßen, grüßten sie. Jule wünschte ebenfalls einen guten Tag. Das fühlte sich vertraut und merkwürdig zugleich an. Immerhin war Müggebach kein Provinzkaff mit nur ein paar Häusern, sondern ein recht großes Dorf, in dem mehr als fünftausend Menschen lebten. Dank seiner guten Anbindung an Karlsruhe und der damit verbundenen Zuzüge junger Familien von außerhalb konnte man es wirklich nicht provinziell nennen. Jedenfalls nicht so provinziell, dass man sich begrüßte, wenn man sich zufällig auf der Straße traf. Oder doch?

Gerade, als sie sich gegen die leicht klemmende Eingangstür stemmte, schlenderten zwei Frauen mit kleinen Kindern an der Hand vorbei. Die eine zeigte auf Jules Fenster mit dem Kranz und der Bastelanleitung. Während Jule in der Tür verschwand, bekam sie noch einige Wortfetzen mit: »Ach, das ist ja mal eine nette Art, hier im Dorf willkommen zu sagen.« – »Türkranz? Findest du das nicht ein bisschen altbacken?« – »Gar nicht. Ich glaube, so einen bastle ich auch für uns.«

Mit einem dicken Grinsen im Gesicht schlängelte Jule sich in die Linde und drückte die Tür ins Schloss. Genau so hatte sie sich das vorgestellt: den Keim der Inspiration weitergeben, Ideen verändern und nachbasteln, wie es zu einem selbst passte. Während sie in ihre Arbeitsjeans schlüpfte, dachte sie über ihr neues Leben nach. Seit der Entscheidung, die Linde zu kaufen und ein eigenes Café zu eröffnen, waren kaum zwei Monate vergangen. Sie lebte jetzt noch keinen Monat in Müggebach, aber ihr altes Leben schien längst zu einer vollkommen anderen Person zu gehören.

Das sonnige Vorfrühlingswetter rief in Jule wieder jene Stimmung wach, aus der heraus sie das Haus gekauft und sich auf dieses Abenteuer eingelassen hatte. Durch die Ostfenster fielen lange Bahnen aus Sonnenlicht herein, und der Raum wirkte plötzlich sehr groß und hell. Sie hatte die alten Möbel ordentlich zur Seite geräumt, die verstaubten Lampenschirme abmontiert und die Dielen gefegt.

Da fehlt doch noch eine Kleinigkeit. Nachdenklich kratzte Jule sich an der Nasenspitze. *Also etwas, an dem ich sofort etwas ändern kann.*

Dann kam der Geistesblitz. Sie flitzte in die Wohnung und trug ihre klapprige Kaffeemaschine nach unten. Auf der staubigen Anrichte hinter dem Tresen wirkte sie ziemlich deplaziert, aber das machte nichts. Sie war in einem so billigen und zweckmäßigen Weiß gehalten, dass sie zu überhaupt nichts passte. Eifrig holte Jule noch das restliche Equipment dazu: Filter, Milch, die Kaffeemühle von Oma Wilhelmine, die edlen Bohnen, die ihre Mutter ihr aus irgendeiner bekannten Rösterei in

Kiel mitgebracht hatte – wenn sie etwas mitbrachte, dann nur etwas, das zum Statussymbol taugte – und die eigentlich nicht wirklich in eine tattrige Billigmaschine gehörten. Bereits als das Mahlwerk seine Arbeit aufnahm, breitete sich sanfter Kaffeeduft in der Stube aus. Während das Wasser durch den Filter blubberte, tänzelte Jule beschwingt durch die Räume und öffnete eine Tür nach der anderen, um jeden Winkel der Linde mit diesem neuen Geruch zu erfüllen. Die moderne Art, die Geister der Vergangenheit auszuräuchern.

Inspiriert von diesem Duft, kribbelte alles an Jule vor Tatendrang. Gerade schnappte sie sich den Haufen Papiere aus dem Rathaus, um ihn von der Schnellablage »Tresen« auf die Ablage »möglichst bald erledigen« neben ihrem Schreibtisch zu werfen, als ihr Blick auf die Zeitung fiel. Die hatte sie heute noch gar nicht gelesen, und wenn sie es sich recht überlegte, hatte der gute Kaffee es ohnehin nicht verdient, neben dem Aufräumen kalt zu werden. Sie marschierte also schnurstracks zu ihrem Lieblingsplätzchen auf der Terrasse, die gerollte Zeitung unter dem Arm, den Kaffeebecher in der Hand. Aus alter Gewohnheit heraus blätterte sie die Zeitung von hinten nach vorne durch. Unter der Woche war das eigentlich sinnlos, weil es dann keine Flohmarktangebote gab, aber Gewohnheit war eben Gewohnheit. Jule überflog den Anzeigenteil mit seinen wenigen Immobilien, Stellenanzeigen und Gesuchen nach dem Mann oder der Frau fürs Leben mit routiniertem Desinteresse. Schließlich gelangte sie zu einem Frühlings-Spezial, das vor allem aus Werbeanzeigen und dazu passenden Kurzartikeln bestand. Just in diesem Potpourri fand Jule einen ihrer Probeartikel, den sie bei ihrer Bewerbung mit eingereicht hatte: die Anleitung für ihren Türkranz.

»Was?« Verdattert starrte sie den Artikel an. *Das kann doch nicht wahr sein!*

Zweimal las sie die Anleitung durch, bis sie ganz sicher war, dass sowohl ihr Name darüber stand als auch jedes Wort von ihr stammte. Dann klatschte sie die Zeitung auf die Paneele, wobei sie mit der Hand versehentlich die Tasse streifte. Der kostbare Kaffee suchte sich in einem dünnen Rinnsal seinen Weg über die Terrasse und versickerte im Garten.

Jule rieb sich fassungslos die Schläfen. Sie dachte kurz nach, dann zerpflückte sie die Zeitung, bis sie den Regionalteil in den Händen hielt. Wenn da noch mehr Aufregung lauerte, dann wollte sie das lieber geballt hinter sich bringen. Der Rest der Ausgabe landete als uncharmanter Haufen auf dem Boden. Jules Hände zitterten leicht, mit dem Zeigefinger strich sie sich über Nase und Kinn. Sie zwang sich zur Ruhe und las sorgfältig jede Überschrift und jeden ersten Absatz. Nirgendwo eine Spur von ihrem Artikel über den Handarbeitstreff, und auch sonst war gerade kaum etwas los im Dorf. Lediglich eine kleine Notiz zog Jules Aufmerksamkeit auf sich: Bürgerinitiative gegen In-Café gegründet.

Auch das noch.

»Eine besorgte Bürgerin wandte sich vertrauensvoll an die Redaktion«, las Jule laut. »Sie fürchtet den Ausverkauf der Müggebacher Tradition. Mit der Gründung der Initiative will sie Stellung beziehen gegen Modernisierungen, die das Ortsbild verschandeln und ausbeuterischen Großkonzernen den Weg ebnen.«

Jule war kurz davor, den Rest der Zeitung zu einem Ball zu knüllen und sehr weit von sich zu werfen. Dann siegte der Galgenhumor. *Immerhin habe ich dann bald eine Adresse, der ich die ganzen Kein-Starbucks-Zettel in den Briefkasten stecken kann.*

Bürgerinitiative hin oder her, das änderte aber nichts daran, dass Jules Artikel über die Handarbeiterinnen noch nicht erschienen war. Als sie sämtliche Überschriften des Regionalteils auswendig kannte, ackerte sie ihn noch einmal gründlich von vorn durch. Dann hob sie die durcheinandergeworfenen Zeitungsseiten vom Boden auf und durchkämmte auch diese. Keine Spur von ihrem Artikel. Jule verstand überhaupt nicht, wie so etwas passieren konnte. Also dass zum einen ihr Probeartikel ohne ihre Einwilligung erschienen war und zum anderen der bestellte Artikel eben nicht. Noch unter Schock griff sie zum Handy, legte es dann aber wieder auf den Tisch. Wen wollte sie anrufen?

Die Lokalredakteurin? Klang nicht wie jemand, der mit sich reden ließ.

Den Chefredakteur? Eine Beschwerde war kein guter Start in eine Geschäftsbeziehung.

Während sie nachdachte, drehte sie das Handy mit den Fingern wie einen Kreisel. Nichtstun war jedenfalls der falsche Weg.

Handelte es sich um ein Versehen, weil in letzter Minute noch ein passender Beitrag gefehlt hatte? Oder wollte da jemand von Anfang an die Hierarchie deutlich machen, nämlich dass Jule als freie Mitarbeiterin nichts zu melden hatte? Solche Redakteure hatte Jule in ihrer Studentenzeit zur Genüge kennengelernt. Altgediente Mitarbeiter, die angesichts der Entlassungswellen und Kürzungen bei den Printmedien Angst um ihre Stelle oder ihr Prestige hatten und ihren Chefs mit allen Mitteln zu beweisen versuchten, wie unentbehrlich sie waren. Und dazu gehörte natürlich, klarzustellen, dass sie, als ausgebildete Journalisten, auf keinen Fall von unprofessionellen Studenten ersetzt werden konnten.

Jule seufzte und hoffte, dass die Veröffentlichung des Artikels ein Versehen war und sie nicht in einen zermürbenden Kleinkrieg hineingezogen wurde, der mit ihr gar nichts zu tun hatte. Sie nahm sich vor, möglichst bald einen Termin mit Frau Thiel-Teutenbacher im Lokalbüro zu vereinbaren, die Karten auf den Tisch zu legen und die Situation damit zu entspannen, falls nötig. Schließlich schielte Jule keineswegs auf einen Posten bei der Zeitung.

Mit deutlich weniger Wut im Bauch schrieb sie eine Mail an Frau Thiel-Teutenbacher, cc an den Chefredakteur. Sie drückte auf »Senden« und beschloss, sich nicht auch noch den restlichen Tag verderben zu lassen.

Bevor sie sich weiter aufregen konnte, krempelte Jule die Ärmel hoch, um den Keller weiter zu entrümpeln. Doch schon auf der Treppe hielt sie inne. Zum ersten Mal fielen ihr die Poster am Treppenabgang auf, augenscheinlich Mitbringsel einer USA-Reise. Ein Bild war kaum noch zu erkennen, so ausgeblichen waren die Farben. Vielleicht die Golden Gate Bridge bei Nacht? Der Spruch auf dem Poster bewegte jedenfalls sofort etwas in Jule: »Happiness is found along the way, not at the end of the road.« – Glück findet sich entlang des Weges, nicht am Ende der Straße.

Mit Wucht kam die Erinnerung an Maikes dreißigsten Geburtstag zurück.

Das Ziel im Leben ist nicht das Ende, sondern das Leben selbst. Das hatte sie damals gedacht und über die Tage und Wochen wieder vergessen. *Diesmal muss ich mir das aufschreiben und nie wieder vergessen!*

Nachdenklich fuhr sie sich mit dem Zeigefinger über den Nasenrücken. Das Plakat war leider zu alt und zu abgewetzt, um es in der großen Stube aufzuhängen. Allenfalls konnte sie es noch mit einem transparenten Leim überziehen. Leider passte es überhaupt nicht zu dem Stil, der Jule für die Inneneinrichtung vorschwebte. Es war irgendwie shabby, ohne chic zu sein.

In Gedanken versunken, notierte sie den Satz in ihrem kleinen Notizbuch. Letztendlich waren Sätze auch nur Ketten von Wörtern, und wie die Wörter würden auch die Sätze zu ihr kommen.

Satz, Sätze … Kaffeesatz, Wort-Satz, Tennis-Satz, Satz Unterhosen.

Jules Bleistift lief heiß, während die Gedanken auf sie einprasselten wie ein warmer Sommerregen.

Als der Wecker klingelte, hatte Jule einen Ohrwurm. Mit geschlossenen Augen summte sie »If you're going to San Francisco« und trommelte den Takt auf der Bettdecke. Schließlich gähnte sie herzhaft und fühlte sich fast bereit aufzustehen.

Mit der Hand prüfte sie die Temperatur der Dielen.

Eisig.

Wie gut, dass sie beim Ausräumen des Kellers gestern auf Massen alter Spannbettlacken und T-Shirts gestoßen war. Ein Fund, der geradezu danach schrie, zerschnitten und zu Flickenteppichen verarbeitet zu werden. Dann konnte Jule sich ohne schlechtes Gewissen zum ersten Handarbeitstreff in der Linde hinzugesellen und im nächsten Winter ihre Zehen leichter aus dem Bett strecken.

Um sich langsam auf den Tag einzustimmen und weil sie sich absolut nicht dazu überwinden konnte, unter der warmen Decke hervorzukriechen, holte Jule ihr Notizbuch unter dem Kopfkissen hervor und studierte den Plan für heute:

Entrümpeln, putzen, Badezusatz herstellen, Ole die Möbel geben, Wellnessabend!

Klang annehmbar. Besonders wenn Jule ein wenig zurückblätterte und sich die stetig länger werdende Liste der bereits erledigten Dinge anschaute. Allmählich hatte sie nicht mehr das betäubende Gefühl, auf der Stelle zu treten und vergeblich gegen den Berg an Aufgaben anzukämpfen.

In bester Laune schwang sie die Beine aus dem warmen Bett. Wie ein hungriger Wolf verschlang sie neben einer großen Schüssel Haferflocken noch einen Apfel und ein Marmeladenbrot zum Frühstück. Anschließend fühlte sie sich so wach und zufrieden wie schon lange nicht mehr.

Der Tag dämmerte trüb und dunkel unter einer geschlossenen Wolkendecke vor sich hin, sah aber nicht nach Regen aus. Normalerweise schlug dieses Wetter Jule aufs Gemüt, aber heute platzte sie vor Energie. Deshalb machte sie sich zuerst an eine ungeliebte Aufgabe, schnappte sich eine Leiter und Putzzeug und reinigte die Scheiben des Wintergartens gründlich von außen und von innen. Nur den Fleck mit dem Wort ›Ent-Sorgen‹ sparte sie für den Moment aus.

Nach einer schweißtreibenden Stunde blickte Jule endlich durch blitzblanke Scheiben in die Welt hinaus. In der Schankstube wurde es merklich heller. Jule, die Fensterputzen absolut verabscheute, klopfte sich selbst auf die Schulter und setzte einen Kaffee auf. Den hatte sie sich jetzt redlich verdient.

Mit der Tasse in der Hand wanderte sie langsam durch den Raum. Auf einer Seite hatte sie die Möbel zusammengestellt, die sie behalten wollte. Insbesondere zwei Eckbänke aus stabilem und rustikal anmutendem Eichenholz hatten es ihr angetan. Es war nicht leicht, sich dazu neue Polster und eine andere Grundfarbe vorzustellen – vielleicht neutrales Weiß? –, aber bestimmt lohnte es sich, die stabilen Teile aufzuarbeiten und zu einem gemütlichen Teil des Cafés zu machen. Jule liebte Eckbänke und hatte schon immer eine haben wollen.

Wieder überfiel Jule die Angst, zu viel wegzuwerfen. Was, wenn sich später herausstellte, dass dieser oder jener Stuhl doch ins Konzept gepasst hätte? Wenn Jule plötzlich ein unglaubliches Holzbearbeiter-Talent in sich entdeckte? Wenn die Sachen dann schon längst auf dem Müll lagen?

Beruhig dich und trenn dich von dem Krempel! Du kannst nicht jedes gebrochene Stuhlbein reparieren und nicht aus jedem halbkaputten Pressspanteil ein Kunstwerk machen!

Nervös knibbelte Jule an einem Fetzen Tapete, der von der Wand abstand. Ihr war nur zu bewusst, dass sie es nicht leiden konnte, endgültige Entscheidungen zu treffen, sei es in Bezug auf Dinge, die weggeworfen werden mussten, sei es in Bezug auf ihr Leben.

End-gültig. Ein Wort mit wenig Varianten, aber hart wie ein Prägestempel. Wo es einmal draufstand, hieß es, mit dem Taschentuch winken und standhaft bleiben.

Nachdem Jule die Schankstube ein weiteres Mal durchgekehrt hatte, positionierte sie sich mit dem Mopp mitten im Raum. Von hier aus war die positive Seite der Endgültigkeit gut zu sehen: Platz. Man konnte Häuser nicht über ein gewisses Maß hinaus mit Dingen und Köpfe nicht bis zum Platzen mit Gedanken füllen. Das Leben brauchte Abschiede und Neuanfänge. Entschlossen schritt Jule in den Wintergarten, wischte den letzten Fleck von der Scheibe und damit auch das Wort ›Ent-Sorgen‹. Jetzt fehlte noch ein zauberhafter Sonnenstrahl.

Der jedoch blieb aus, und Jule behalf sich damit, das Licht einzuschalten.

Wie immer, wenn Jule sich etwas Schönes vorgenommen hatte, zog sich die Zeit wie alter Kaugummi. Den ganzen Vormittag über lag das Notizbuch offen da, und der Eintrag »Badezusatz herstellen« motivierte sie zur Arbeit wie die berühmte Möhre das Eselchen zum Laufen.

Erleichtert räumte sie am frühen Nachmittag das Putzzeug zur Seite und sprintete in die Küche, um sich den Rest des Tages ganz der Entspannung zu widmen. Zuerst kochte sie für das Duschpeeling ein leeres Marmeladenglas aus.

Jule trocknete das Schraubglas mit einem frischen Küchentuch ab und füllte es zu zwei Dritteln mit Zucker. Löffelweise gab sie Mandelöl dazu, dann fünf Tropfen Lavendelöl und etwas Mulsifan. Sie rührte die Masse zusammen und mischte noch etwas Zucker unter, bis sie mit der Konsistenz zufrieden war. Vom Auswaschen des Glases bis zum Schließen des Deckels war keine Viertelstunde vergangen.

Zufrieden stellte sie das Glas zur Seite und wog die Zutaten für die Badeschokolade ab. Natron und Milchpulver vermischte sie in einem Schüsselchen. Die Kakaobutter schmolz sie bei schwacher Hitze und tropfte nach Gefühl ein klein wenig Mulsifan und Blutorangenöl hinein. Vorsichtig vermengte sie sämtliche Zutaten und goss die erstarrende Flüssigkeit zügig in eine Schokoladenform, die sie in den Kühlschrank stellte.

Während Jule Natron, Zitronensäure und Milchpulver abmaß und nach den zwei billigen Eisportionierern suchte, die sich irgendwo in der Küche versteckten, schmolzen auf dem Herd bereits die nächsten Kakaobutterchips.

Als sie gerade dabei war, die Küche wieder aufzuräumen, klingelte Ole.

»Stör ich?«

»Beim Putzen?« Jule hob die Augenbrauen. »Niemals! Komm rein. Ist es schon zu spät für einen Kaffee?«

Ole winkte lachend ab. »Danke, ich bin ein völliger Kaffeeignorant. Sprudel nehme ich aber gern. Sag mal, hier riecht es ja wie in einer Parfümerie.«

»Ich habe mir ein kleines Wellnessprogramm für heute Abend verordnet.«

Ein Blondschopf versuchte, ihm über die Schulter zu schauen. »Aber ich nehme bitte einen Kaffee, ja?«

»Mein Cousin väterlicherseits, Jonas«, stellte Ole vor.

Die Verwandtschaft war nicht zu übersehen. In Sachen Haar- und Augenfarbe ähnelten sich die beiden beinahe wie Brüder, wobei Jonas mehr zum gemütlichen Typ Mann hin tendierte und eher breit und waschbärbäuchig veranlagt war. Jule fand ihn auf Anhieb sympathisch.

»Der Lehrer«, ergänzte Jonas. »Aber Ole hat dir sicherlich schon meine Lebensgeschichte erzählt.«

»Hallo. Bisher noch nicht, nein. Wollt ihr erst etwas trinken oder erst die Möbel anschauen?«

Ole zog sich Handschuhe über. »Erst die Arbeit.«

Jonas machte ein schnaubendes Geräusch. »Mit Kaffee arbeite ich schneller.«

»Fangt doch schon mal an, und ich hole die Getränke. Ist dir Kleber über die Handschuhe gelaufen, Ole? Willst du andere von mir?«

Ole lachte und hob die Hände. Tatsächlich waren die Handschuhe hellgrün, und an den Handflächen sahen sie aus, als wären sie mit Kleberstrichen bedeckt. »Ich sage da immer Gecko-Handschuhe dazu.« Er spreizte die Finger und tat so, als würde er eine unsichtbare Wand erklimmen. »Damit rutschen einem die Möbel fast nicht mehr aus den Händen, das sind die ABS-Socken unter den Handschuhen.«

Jule rollte mit den Augen. »Ja, ich erinnere mich daran, dass du schon früher zu Übertreibungen geneigt hast.«

»Wer? Ich?«

Jonas sprang sofort darauf an. »Ja, an Ole ist ein Schauspieler verloren gegangen. Er versucht seit Jahren, ein Dorftheater …« Schwungvoll hieb Ole ihm den Ellbogen in die Rippen.

»Das macht mal unter euch aus. Alles, was da hinten steht, könnt ihr einpacken.«

Ole steuerte bereits auf den ersten Tisch zu. »Also, wenn wir den zersägen dürften, wäre das eine feine Sache.«

»Macht damit, was ihr wollt, aber nehmt mit, was ihr könnt!«

»Aye, aye, Madame!«, salutierte Jonas eifrig. »Ohne die ganzen Bierkrüge ist es hier ja richtig nett.«

Jule verdrehte die Augen. »Erinnere mich nicht daran! Da waren so unglaublich viele Spinnennetze dahinter!«

»Die Krüge hast du hoffentlich nicht in den Container gehauen. Sonst stehen gleich ein paar Leute mit Fackeln und Mistgabeln vor der Tür.«

»Die Bürgerinitiative? Mein Sperrmüll hat die nichts anzugehen.«

Jonas und Ole sahen sich über den Tisch hinweg an. »Du brauchst noch ein paar Lektionen in Sachen Dorfleben.«

»Noch mehr?« Die Vorstellung, dass irgendwelche Fremden in ihrem Container wühlten, um ihr Vergehen nachzuweisen, beunruhigte sie. »Ein Sammler hat die meisten der Krüge abgeholt, und ein paar habe ich behalten. Die werde ich irgendwie als Deko verwenden.«

Ole öffnete den Mund, aber Jonas, der bereits einen der massiven Tische halb hochgestemmt hatte, fuhr ihm dazwischen: »Lass gut sein, Ole. Pack mit an.«

»Und nehmt ja alles mit!«, ermahnte Jule die beiden.

Zu Jules Überraschung waren Ole und Jonas nicht mit einem kleinen Anhänger angerückt, sondern mit einem verbeulten Transporter. Jule sollte es recht sein, alte Möbel gab es hier genug. Die zwei Cousins machten ihr dann auch die Freude und packten großzügig ein, bis der Transporter pickepacke vollgeladen war. Sogar auf dem Beifahrersitz stapelte sich der Kleinkram. In der Stube blieb neben den Eckbänken und einigen Tischen und Stühlen vor allem wohltuend viel Platz zurück.

»Sodele.« Ole wischte sich die Hände an der Hose sauber, oder besser: Er wischte sich die Hose dreckig. »Jonas fährt die Sachen jetzt weg und lädt mit Freunden aus. Alles, was nicht mehr brauchbar ist, bringen die zum Wertstoffhof. In der Zwischenzeit können wir uns mal die Sachen ansehen, die du behalten willst. Den Deltaschleifer habe ich dir übrigens mitgebracht. Hast du eigentlich keinen eigenen?«

»Jede Frau sollte einen Deltaschleifer haben!«, dozierte Jule. »Außerdem einen Akkuschrauber, eine Bohrmaschine mit Hammerschlagwerk und einen alten Staubsauger, um … ähm … den Dreck wegzumachen, den man so produziert hat.«

»Und weshalb sollte ich jetzt einen Deltaschleifer mitbringen, wenn du all diese wundervollen Werkzeuge besitzt?«

»Na, weil ich diese Wunderwerke der Technik meinem Papa geliehen habe und er vergessen hat, sie mir zurückzugeben.«

»Wenn ihr endlich den Werkzeugkasten rausholt, kann ich mich vom Acker machen«, merkte Jonas an und öffnete die Beifahrertür.

Ole räusperte sich verlegen. »Du meinst *den* Werkzeugkasten, auf den wir schon jede Menge Kruscht gestapelt haben?«

Jonas nickte. Dann luden die beiden Cousins alles, was sie zuvor auf dem Sitz gestapelt hatten, aus, um den Werkzeugkasten zu befreien, und packten daraufhin alles wieder hinein. Jule fragte sich allmählich, ob dieser Hang zur Improvisation erblich war.

Schließlich hob Ole die riesige Kiste mit dem Werkzeug vor ihre Augen und grinste dabei von Ohr zu Ohr wie damals als kleiner Junge. »Das gibt Muskeln, gell? Also, das Ausräumen und Einräumen und … Wo arbeiten wir eigentlich? Terrasse? Oder ist dir das zu kalt? Da macht der Staub am wenigsten Dreck, denke ich.«

Jule dagegen dachte an die frisch geputzten Scheiben des Wintergartens und seufzte. Immerhin gab es dort eine Außenbeleuchtung, und wenn die Bäume zu blühen anfingen, würde sie die Scheiben ohnehin ständig putzen müssen.

Wie viel kostet eigentlich eine Putzfrau? Kann ich mir eine leisten und von der Steuer absetzen?

»Also«, seufzte sie, »dann hole ich mir ein oder zwei Pullover und eine Thermoskanne Tee.«

»Hast du Hagebuttentee?«

»Das saure Zeugs trinkst du? Rooibos?«

»Nur, wenn es keine Weihnachtsmischung ist. Mit Zimt kannst du dich bei mir wirklich unbeliebt machen.«

Jule nickte zustimmend. »Es gibt zu viele Menschen, die meinen, einem etwas zu Weihnachten schenken zu müssen, und weil sie nicht wissen, was, kriegt man immer irgendeinen Rooibos mit Zimt und Marzipan und Bratapfelaroma.«

Ole seufzte in gespielter Verzweiflung: »Weihnachts-Rooibostee, die warmen Socken unserer Zeit.«

»Auf der Terrasse steht schon ein Stuhl zum Bearbeiten bereit. Kannst die Tür hinter dir zumachen. Ich komme über die Außentreppe nach.«

Als sie, mit der Thermoskanne und zwei Tassen in der Hand, auf die Terrasse kam, hatte Ole bereits ein Verlängerungskabel gelegt und das handliche Schleifgerät angeschlossen.

»Ah, meiner ist viel kleiner. Eher eine Schleifmaus.« Jule stellte das Tablett ab und schenkte Tee ein.

Ole streckte sich und trank einen Schluck. »Weißt du schon, wie die Leitungen hier sind? Nicht, dass ich dir gleich die Sicherung raushaue, wenn ich auf das Knöpfchen drücke.«

»Die sind gut. Der Elektriker hat alles angeschaut und durchgemessen. Die Elektrik ist wohl vor zehn Jahren komplett neu gemacht worden.«

»Hat man selten bei einem so alten Kasten. Was machen wir jetzt? Sollen wir nach dem Schleifen gleich lackieren oder anders behandeln? Hast du schon Lack oder Wachs besorgt?«

Jule überlegte kurz. Sie wollte nicht unbedingt zugeben, dass sie sich über das genaue Inneneinrichtungskonzept noch nicht im Klaren war. »Ich glaube, es ist besser, erst alle Möbel abzuschleifen. Dann haben wir den Staub in einem Durchgang erledigt und verdrecken nicht die Hälfte der Sachen, während der Lack trocknet.«

Ole pfiff vor sich hin. »Unheimlich, wie du Gedanken lesen kannst. Ole-Planungsgenie erinnert sich da an ein wunderschönes Schränkchen … das er geölt und dann zum Trocknen nach draußen gestellt hat. War gerade Pollenhochsaison: Fichte, Raps, Birke.«

»Gelbe Patina.«

Er zog entschuldigend die Schultern hoch und grinste. »Und die Ziegen haben auch noch dran geknabbert. War zum Glück Leinöl.«

»Stört es dich, wenn ich Fotos mache? Das Licht ist nicht mehr so gut, aber dann habe ich eine Erinnerung an die Renovierungszeit.«

Er zuckte mit den Schultern. »Willst du mit dem Schleifen anfangen oder soll ich?«

»Lass mich mal zuschauen, wie du das machst.«

»Okay. Versuchen wir es zuerst damit.« Er legte ein Stück grobkörniges, dreieckiges Schleifpapier auf das Gerät und setzte es auf der Sitzfläche an. »Ich werde den Lack leicht anschleifen, damit die Oberfläche angerauht ist und der neue Lack gut hält.«

»Logisch«, sagte Jule. »Wenn wir den komplett runterhaben wollten, müssten wir beizen, oder?«

»Das würde ich bei der Menge Möbel dann auch einen Profi machen lassen, schon wegen der Lösungsmittel.«

Der Deltaschleifer schnurrte los und erzeugte ein Geräusch irgendwo zwischen leisem Staubsauger und zornigem Hornissenschwarm. Im Nu verwandelten sich alter Lack und die Patina von vielen Hinterteilen in feinen Staub. Ole arbeitete sorgfältig um die Lehne herum, immer verfolgt von Jule und ihrem Fotoapparat.

Als er den Stuhl zur Hälfte bearbeitet hatte, legte er eine Pause ein und nahm einen Schluck Tee. »Sag mal, Jule, beobachtet uns das Huhn da drüben? Oder kommt mir das nur so vor?«

Ihr Blick folgte seinem Kopfnicken in den dunkler werdenden Garten. Tatsächlich saß da Berthe auf dem verfallenen Rand des Komposthaufens. Ihre Haltung drückte eindeutig aus, dass sie sehr interessiert an dem war, was die beiden Menschen taten.

»Hat sich hier als Renovierungsmaskottchen eingeschlichen. Ich habe keine Ahnung, woher sie kommt.«

»Behältst du das Viech?«

»Sagen wir so: Sie will nicht aus meinem Garten ausziehen, und ich habe keine Ahnung, wem ich sie geben könnte.«

»Na, dann bringe ich dir nächstes Mal Maschendraht mit, und wir bauen ein kleines Gehege. Wäre ja zu schade, wenn ein Marder noch vor der Eröffnung das Maskottchen frisst.« Er nahm sich den Fotoapparat und machte einen Schnappschuss.

»Bitte recht freundlich, Fräulein …?«

»Berthe.«

»Danke. Willst du weiterschleifen? Sonst sieht das ja aus, als würde ich die ganze Arbeit machen.«

Begeistert griff Jule zu. »Ich habe glatt vergessen, wie viel Spaß es macht, an Möbeln zu werkeln.«

»Aber vorher bitte ein wenig lächeln. Das hat so was von: Jane Bond des Handwerkens.«

Um einen ernsten Gesichtsausdruck bemüht, warf Jule sich in Position und ließ ihr staubiges Haar fliegen.

Nach einigen Fotos setzte sie endlich den Deltaschleifer an. Die Maschine vibrierte sanft, und das Schleifpapier glitt leicht über das Holz. Schwieriger war es, ein Gefühl dafür zu entwickeln, wie oft und wie stark sie über die Kanten fahren musste, um nicht zu viel und nicht zu wenig Material abzutragen. Sie ging deshalb die Innenseite der Stuhlbeine an. Hier fielen kleine Fehler weniger auf.

Die Arbeit machte Spaß, und obwohl die Sonne sich bereits hinter die Dunstschleier am Horizont verkrochen hatte, kam Jule ins Schwitzen. Irgendwann war der Stuhl fertig bearbeitet, und Jule tauchte wie aus einem Traum auf. Sie fröstelte und bemerkte erst jetzt, dass neben Ole jemand stand. Es war Milla, in einen langen, schmal geschnittenen Mantel aus burgunderrotem

Wollwalk gehüllt, die Nasenspitze tief in einem tannengrünen Paschminaschal versenkt, der Ton in Ton mit der Stumpfhose harmonierte, die zwischen Mantel und dunklen Stiefeln hervorblitzte. Milla hatte sich im Licht der Außenlampen positioniert wie auf einem Laufsteg. Sogar der runde geflochtene Marktkorb mit dem umgeschlagenen Rand aus naturbelassenem Leinen passte hervorragend zu ihrem Outfit.

»Jule, wie schön, dich gesund und munter zu sehen! Ich lag die halbe Nacht wach und habe mir Sorgen gemacht. Mir ist ja so unangenehm, dass ich dich in der Eile übersehen habe. Das mache ich wieder gut, ja?« Noch während ihres Redestroms zog sie ein hübsch mit einer Schleife verziertes Zellophantütchen aus der Manteltasche und überreichte es Jule. »Das ist nur eine kleine Aufmerksamkeit. Und ich habe natürlich den versprochenen Tee mitgebracht.« Mit der Stiefelspitze klopfte sie gegen den Korb, als wäre es irgendwie möglich, ihn zu übersehen. »Probier einfach aus, ob du der Macha-, Lapacho- oder doch eher der Mate-Typ bist. Ist alles dabei! Und noch ein paar Kekse dazu. Ich hatte so Lust zu backen, und gesund sind sie ja auch noch. Ich verwende keine Auszugsmehle, weißt du? Wo kann ich anpacken?«

Schwungvoll entledigte sie sich ihres Schals und des Mantels. Jule sah förmlich vor sich, wie Milla am frühen Morgen in ihr Büro gestürmt kam und ihrer Assistentin Mantel und Tasche auf den Tisch warf wie Meryl Streep im Film »Der Teufel trägt Prada«. Mangels Assistentin und Empfangstresen landeten Milenas Kleidungsstücke über einem Schränkchen im Wintergarten. Zum Vorschein kam ein langer Laborkittel mit großen Farbflecken.

Jule legte den Deltaschleifer ab und wischte sich mit dem Arm über die Stirn. »Also, eigentlich wollte ich mich für heute nur noch mit ein paar Büchern in die Ecke kuscheln, am Businessplan feilen und versuchen, nicht dabei einzuschlafen.«

»Na, das klingt doch hervorragend! Ich liebe Pläne! Und Zahlen! Dafür bin ich natürlich ein wenig overdressed«, sie wedelte mit dem Kittel, »aber das macht ja nichts.«

Jule fröstelte und wusste nicht recht, ob es an Milenas forscher Art oder an der kühlen Abendbrise lag. »Nein, das macht nichts. Wenn du gerne malst und lackierst, kannst du ja Ende nächster Woche vorbeikommen. Dann leihe ich mir ein Auto und mache einen Großeinkauf im Baumarkt.«

»Du hast kein Auto?« Milla wirkte perplex. In ihrer Welt schien ein Mensch ohne Auto nicht überlebensfähig zu sein.

»Habe nie eins gebraucht, und es ist viel günstiger, ab und zu ein Taxi zu nehmen oder einen Transporter zu mieten.«

»Also, du kannst mich immer anrufen, und wenn ich Zeit habe, fahre ich dich. Das ist doch fürchterlich, immer auf andere Leute angewiesen zu sein!«

»Ich kann dir auch ab und zu meins leihen«, klinkte Ole sich in die leicht einseitige Unterhaltung ein. »Ansonsten gibt es hier sogar Carsharing. Auf dem Park'n'Ride-Platz am Bahnhof stehen immer ein paar Autos. Es ist auch nicht teuer.«

»Carsharing? Ich muss mich ja schon wieder von einem Vorurteil über Dörfer trennen.« Jule trug den abgeschliffenen Stuhl in den Wintergarten. »Lasst uns reingehen. Mir wird es langsam zu kalt.«

»Gute Idee.« Milla flanierte nach drinnen. Den Korb trug sie über dem Arm wie eine Modellversion von Rotkäppchen.

»Ich muss dann los.« Ole packte den Deltaschleifer und das Kabel zusammen.

»Wie kommst du eigentlich heim?«

»Jonas holt mich ab. Ich habe ihm gerade eine SMS geschickt.«

»Hast du am Wochenende eigentlich schon was vor?«, nahm Milla Jule wieder in Beschlag.

»Die Beine hochlegen! Aber natürlich nicht das ganze Wochenende.«

»Sonntag soll der Frühling so richtig loslegen. Hast du nicht Lust, zum Abendessen zu uns zu kommen? Dann starten wir zusammen in die Grillsaison.«

Unwillkürlich musste Jule kichern. »Wintergrillen, der Trend unserer Generation. Gibt es Glühwein dazu? Ich bin eine unheimliche Frostbeule.«

Milla wirkte irritiert. »Ich plane ein Familiengrillen. Da gibt es nie Alkohol, außer einem Bierchen für meinen Mann.«

»Zur Not mache ich mir schnell einen heißen Apfelsaft.«

»Bis bald, die Damen!« Ole winkte zum Abschied. »Jule, wenn du noch etwas brauchst, dann ruf mich an.«

»Danke, das ist lieb von dir. Und danke, dass du heute vorbeikommen konntest.«

Jule brachte ihn bis zur Tür und verabschiedete sich. Dort stießen sie um ein Haar mit einem gewaltigen, sonnengelben Strickschal zusammen, aus dessen Windungen das wilde Haar von Gerta hervorblitzte.

»Oh, Ole, wie schön!«, nuschelte es aus den Wollbergen heraus. »Sag deiner Mutter, dass ihre Wolle fertig kardiert ist.«

»Mache ich. Übrigens kann sie nicht zum Treffen nächsten Mittwoch kommen und schaut zwischendurch mal bei dir vorbei.«

Jonas fuhr mit dem Transporter vor, und Ole schwang sich auf den Beifahrersitz.

»Richte ihr Grüße aus, Ole.«

»Alla gut, Gerta. Bleib uns gesund!«

Sie winkten sich zu, und der Transporter fuhr los.

»Abend, Gerta. Komm rein, ich erfriere!«

Jule langte nach ihrem Arm, erwischte aber nur einen Haufen Schal.

Der Schal schüttelte sich. »Für das Wetter bist du aber auch nicht richtig angezogen, Jule.«

Noch während Jule sich wunderte, was an mehreren Schichten warmer Kleidung falsch war, rauschte die gelbe Wolke an ihr vorbei.

»Oh, das ist aber kahl hier drin!«, kommentierte Gerta, während sie sich Schicht um Schicht aus dem Schal pellte und schließlich in einem regenbogenfarbenen Wollkleid mitten in der Stube stand.

Erwartungsgemäß sah Milla das anders: »Wie gut, dass der alte Krempel endlich raus ist.«

Die zwei Frauen standen sich gegenüber und musterten sich eingehend.

Mit einem Räuspern ging Jule dazwischen. »Also, falls sich doch noch nicht das ganze Dorf kennt: Das ist Milena, sie wohnt in einem der Neubauhäuser nebenan.«

»Im Eckhaus ganz hinten, wo man hintenraus nicht mehr auf Beton schauen muss«, unterbrach Milla sie.

»Ja, ich weiß«, merkte Gerta trocken an. »Sie werfen Ihre Nacktschnecken immer in meinen Garten rüber.«

»Und das ist Gerta«, beeilte Jule sich zu sagen. Hitze schoss ihr ins Gesicht, als wäre sie diejenige, die beim Schneckenschmeißen ertappt worden war. »Möchte jemand etwas trinken? Rooibos Vanille? Einen von Milenas Tees? Kaffee?«

Doch die beiden hatten ihr Kennenlernen noch nicht beendet. Milla schnaubte lautstark, aber an der Art, wie sie den großen Malachitbrocken an ihrer Kette drehte, erkannte Jule deutlich, wie unangenehm ihr diese Offenbarung war. Trotzdem sah sie nicht so aus, als wollte sie sich entschuldigen oder ein Fehlverhalten zugeben. Gerta dagegen wartete kurz ab und taxierte ihre direkte Nachbarin mit geröteten Wangen. »Ja, was? Wollen Sie's in Zukunft sein lassen, und wir stoßen auf ein Du und eine gute Nachbarschaft an? Oder soll ich anfangen, die Viecher zurückzuwerfen?« Ein kurzes, intensives Anfunkeln von beiden Seiten folgte.

Fieberhaft überlegte Jule, wie sie die Situation lösen konnte. Ihr Vater lebte genau über eine solche Schneckenwurfsache seit Jahren mit den Nachbarn in Fehde. Das durfte sich hier nicht wiederholen. Sie rieb sich die Nasenspitze und kam endlich darauf, wie sie ihre Nachbarinnen versöhnen konnte. Gerade gingen die Kontrahentinnen mit angespannten Kiefern in die nächste Runde, da warf Jule ihren Geistesblitz in den Ring: »Ihr zwei seid so kreative und besondere Menschen, ihr habt doch Besseres mit eurer Zeit zu tun, als Schnecken über Zäune zu schleudern.«

»Ha ja«, stimmte Gerta zu. »Schmeiß die Viecher nach links und nicht mehr bei mir rein. Die olle Bibberle hat's nicht anders verdient.«

Von einer Sekunde auf die nächste strahlten die beiden in seliger Einigkeit.

»Ist aber auch eine Schande, wie die ihren Garten verkommen lässt«, echauffierte sich Milla. »Eine ganz scheußliche Brutstätte für Ungeziefer. Auch einen naturnahen Garten muss man hegen und pflegen. Wer keine Ahnung hat, sollte es bei Rasen belassen und den schön einmal die Woche mähen.«

»Da einen Tee drauf.«

Wie von Zauberhand erschien eine bunte, gewebte Tragetasche in Gertas Hand, aus der sie eine Thermoskanne holte.

Angesichts der Thermoskannenarmee – Milena hatte ihre sogar mit Etiketten beschriftet – kapitulierte Jule. »Außer mir will keiner einen Kaffee?«

Resigniert holte sie mehr Tassen und ein paar Salzstangen zum Knabbern, dazu ausreichend Papier und Stifte, um Ideen festzuhalten. Als alles fertig war, wischte Gerta bereits den großen Spiegel hinter der Theke und diskutierte mit Milla die Farbe der Speisekarten. »Das wird doch ein Café und keine Pizzeria!«, warf Gerta gerade entsetzt ein. Im Nu blitzte der Spiegel in streifenfreiem Glanz. »So ein Mittelmeerzeugs, das ist doch albern, hier auf dem Dorf!«

Milla drehte sich in der Stube um die eigene Achse und schwang elegant die langen Arme. »Ts! Echtes Mittelmeerflair ist eine Kunst! Nur Banausen streichen zu diesen herrlichen Dielen die Wände in Mango, Melone oder Cotto und tun dann so, als hätten sie sich Italien nach Hause geholt! Am besten noch mit Wischtechnik! Igitt! Auf keinen Fall! Einfaches Weiß, der Putz leicht ungleichmäßig.« Ihre imaginäre Kelle warf dicke Klekse an die Wände. »Ein Fries aus Kacheln mit blauen, stilisierten Motiven. Dann finden sich auch die Gäste wieder, die Friesland lieben.«

»Awa, so bieder? Das passt doch nicht zur Jule. Und was ist mit normalen Menschen, die Wände in Cotto einfach schön finden? Für die es gar nicht aussehen muss wie in einer echten Hafenkneipe an der Riviera? Die einfach nur ein wenig von der Ferne träumen wollen?«

»In einem frei erfundenen Märchenland?« Entsetzt legte sich Milena die Hand vor die Brust.

Während sie über Jules Kopf hinweg diskutierten, schenkte diese sich einen Lapachotee ein und schnupperte misstrauisch daran. Er roch streng. Mehr nach Komposthaufen als nach Tee. Aber bei Henna war es ja ähnlich. Das hatte die Konsistenz von Kuhdung, einen gewöhnungsbedürftigen Geruch und pflegte und färbte Haare trotzdem ganz wunderbar. Ungeachtet des merkwürdigen, angeblich sehr gesunden Gebräus und der Umstände, wie es auf Jules Tisch gekommen war, lag eine angenehme Vertrautheit in der Luft. Es kam Jule vor, als würden Gerta und Milena schon immer in ihrem Haus stehen und lautstark um Ideenhoheit ringen. Die zwei waren Menschen, mit denen man sich gleichermaßen streiten und wieder vertragen konnte.

Neugierig öffnete Jule das kleine Geschenk, das Milla ihr mitgebracht hatte. Es enthielt eine wunderbar nach Sommer duftende Seife mit mehreren Schichten und goldenen Reflexen zwischen den wogenden Farben auf der Oberseite. Das kostbare Stück war offenbar handgemacht von jemandem, der sein Handwerk verstand. Bei Jules eigenen Versuchen mit der Seifenherstellung war nie etwas so Schönes zustande gekommen.

Ein indigniertes Schnauben riss sie aus der Betrachtung der Seife. Sie schaute gerade rechtzeitig hoch, um Millas pikierten Blick mitzubekommen. »Ich sehe schon den Gerta-Style vor mir: Hippie-Bollywood mit Unmengen Lemon, Gold und Pink, hm? Und selbstgeklöppelte Seidengardinen, gemischt mit Marokko-Orient-Kitsch?«

»Weißt du, Milla«, erwiderte Gerta in trockenem Tonfall, während sie die Theke schrubbte, »ich kann gar nicht klöppeln.«

Jule verschluckte sich am herben Lapacho und hustete. Gewöhnungsbedürftig. Definitiv ein Tee, den sie in Ruhe ein zweites Mal probieren musste, bevor sie sicher sagen konnte, ob er nun vor oder hinter Rooibos-Weihnachtstee rangierte – aber wirklich eilig hatte sie es mit dem zweiten Versuch nicht. Vorerst umklammerte sie die heiße Tasse, wärmte ihre Hände und ließ das Geplänkel ihrer Nachbarinnen an sich vorbeiziehen.

Welchen Stil sollte das Café pflegen? Welchen Namen erhalten? Jule fühlte sich wie eine Archäologin mit einem winzigen Hämmerchen, die fein säuberlich ein Gebirge aus guten Ideen abtragen wollte, um ganz zum Schluss einen winzigen, perfekt geschliffenen Diamanten in den Händen zu halten.

Schließlich gab sie es auf mit dem Lapacho, spülte die Tasse mit klarem Wasser und schenkte sich den wundervoll duftenden Kräutertee von Gerta ein.

Ihr wurde klar, dass ihr die Entscheidung deshalb so gewichtig erschien, weil sie von Dauer war und außerdem ihre wirtschaftliche Zukunft bestimmte. Anders als bei einem WG-Zimmer, das sich wieder und wieder streichen und umdekorieren ließ, konnte sie nicht zweimal im Jahr ein völlig neues Cafékonzept präsentieren.

Obwohl … weshalb eigentlich nicht? Ein Café, das sich wieder und wieder neu erfand.

Passt das hierher? Mitten ins Dorf? Andererseits ist es hier ja nicht annähernd so provinziell und traditionell wie gedacht. Ich denke, ich muss es langsam angehen und ab und an mal ein Detail verändern.

Das gefiel ihr. Weshalb auch nicht? Ab und zu die Vorhänge neu bedrucken, die Servietten wechseln …? Das Thema Upcycling drängte sich auf, um die Kosten im überschaubaren Rahmen zu halten. Und es passte hervorragend zu Jules Vorliebe für handgemachte Dinge, die auch diese Ausstrahlung von Handgemachtem besaßen.

»Heureka!«, entfuhr es Jule. Die Nachbarinnen erstarrten und schauten zu ihr herüber, als hätten sie über all ihren Planungen vergessen, dass sie gar keine von der Hausherrin beauftragten Innenarchitektinnen waren.

Milla lehnte sich über die Theke. »Ja, ich habe doch gesagt, ihr gefällt das.«

»Das glaube ich nicht«, entgegnete Gerta. »Ich glaube, sie hat bei unserem Gebabbel gar nicht mehr richtig zugehört.«

Vor lauter Aufregung war Jule aufgesprungen. »Jetzt hört doch mal bitte *mir* zu, ja?«

Gerta lächelte. »Dein Café, deine Ideen!«

»Stimmt genau. Und deshalb mache ich jetzt fast alles, was ihr vorgeschlagen habt.«

Milla runzelte skeptisch die Stirn: »Also, gewebte bunte Vorhänge, karierte Sofas, Shabby Chic …«

Gerta fiel ein: »… kombiniert mit gläsernen Tischen, friesischen Fliesen und vielen Topfpflanzen?«

»Nein, ja. Mann!« Jule stampfte auf. »Lasst mich doch bitte einmal ausreden! Also: Alles wird weiß.«

Gerta verschränkte die Arme und kniff die Lippen zusammen. Sogar Milena, mit ihrem betont modernen und hippen Stil, schluckte. Eine Antwort verkniff sie sich, auch wenn es ihr sichtlich schwerfiel, nicht das Wort zu ergreifen.

Jule begann, im Raum umherzulaufen. »Am Anfang gibt es nur ganz wenig Farbe, ich denke da an ein Lindgrün und zartes Pastellgelb. Ich werde das Café zur Lindenblüte eröffnen, der Frühling ist dann voll da, die Welt füllt sich mit Farben. Versteht ihr?«

Die Nachbarinnen nickten bedächtig, aber in ihren Gesichtern waren große Fragezeichen zu lesen.

»Und dann entwickelt sich das Café Stück für Stück. Es wird eine Vorschlagsbox geben und ein Gästebuch, in das man etwas zeichnen oder stempeln kann. Ich könnte auch Stoffe bereitlegen und schauen, ob die alte Nähmaschine noch funktioniert, die ich auf dem Dachboden gefunden habe. Dann kann, wer möchte, eine Tischdecke nähen oder Verzierungen auf einen Vorhang sticken. Wir füllen den Raum gemeinsam mit unseren Gästen mit Leben!«

Gerta hielt ihre Arme noch verschränkt, aber sie strahlte über das ganze Gesicht. »›Wir‹ finde ich schön. Gemeinsam, kreativ, kuschelig und mit den Webstühlen auch irgendwie traditionell. Ja, das klingt nach der richtigen Richtung.«

»Aber, aber …« Zum ersten Mal, seit Jule Milena begegnet war, fehlten dieser die Worte. »Das wird doch das totale Chaos! Das sieht doch bald aus wie beim Kindergarten-Flohmarkt oder in irgend so einem Punk-Pogo-Anarchisten-Haus! Wenn du deine Kunden nicht vergraulen willst, dann musst du zuschauen, dass du eine einheitliche Linie fährst. Menschen lieben die Verlässlichkeit und das, was sie kennen. Was sagt denn die alte Oma, die gemütlich ihren Kuchen isst, wenn ihr plötzlich jemand einen Totenkopf auf die Tischdecke stempelt? Oder denk mal dran, was die Leute überall für obszöne Schmierereien hinterlassen! Das wird ein zweites Pompeji voller Geschlechtsteile, Telefonnummern und Initialen!«

Beschwichtigend hob Jule die Hand. »Bitte mal nicht gleich den Teufel an die Wand!«

Milena war so in Rage, dass sie erst nach einer weiteren Runde wilden Gestikulierens einigermaßen zur Ruhe kam. Ihre rudernden Arme erstarrten. »Ich will dir doch nur helfen.«

Jules Nackenhaare stellten sich auf, und sie musste an sich halten, Milla nicht anzufauchen. Den Spruch kannte sie zur Genüge von ihrer Mutter. Sie funkelte Milena an, die schon wieder den Mund geöffnet hatte, um ihre Meinung kundzutun. »Es ist eine Idee, Milla! Darauf baue ich auf. Mal schauen, wie sie sich in den nächsten Tagen und Wochen entwickelt. Sie ist nicht in Stein gemeißelt, aber sie ist mein Wegweiser für das Gesamtkonzept. Ich könnte beispielsweise auch nur Vorschläge meiner Gäste sammeln oder Farb- und Materialthemen vorgeben. Die Umsetzung mache ich dann allein und nach meinem Gusto. Was mir nicht gefällt, wird nicht umgesetzt. Dafür bekomme ich ein Gespür dafür, was meine Gäste begeistert. Oder ich setze pro Monat einen Vorschlag um. So was wie: gelbe Blätter auf die Vorhänge stempeln. Oder wir machen eine Bastelecke und jeder darf dort ausprobieren und muss sich nicht gleich selbst alle Materialien kaufen. Dort könnten Menschen voneinander und miteinander lernen.«

»Das klingt sehr nach dir«, stimmte Gerta zu.

Milla seufzte erleichtert. »Du solltest so viel wie möglich in deiner Hand behalten. Und das Ganze sollte einfach gehalten sein. Versteh mich bitte nicht falsch, aber so klingt es nach einem kuriosen Sammelsurium an Ideen. Da muss mehr Linie rein.«

»Ideen müssen ja nicht vom ersten Augenblick an perfekt sein. Aber Ideen müssen von Anfang an begeistern«, schloss Jule mit weit ausgebreiteten Armen. Sie genoss die Erhabenheit des Moments und die tiefe Erleichterung, eine Straße gefunden zu haben, der sie folgen konnte bis zu jener leuchtenden Vision am Horizont. Nun galt es, diese Straße zu erkunden. Aber zunächst brauchte sie eine gute Mütze voll Schlaf. Ihre Arme und ihr Kopf waren schwer wie Blei.

»Uff!«, machte Jule und ließ sich auf die Eckbank plumpsen. Die Polsterung entließ eine Staubwolke. Ihr Kopf schwirrte, und ihr Magen hing in den Kniekehlen. »Ich bin platt.«

Wie spät ist es eigentlich?

Ihre Armbanduhr war stehengeblieben.

»Und der Name?« Milla runzelte kritisch die Stirn. »Wirklich ›Café zur Lindenblüte‹?«

»Wie kommst du darauf?« Jule rieb sich die Schläfen.

»Na, du sagtest, du wolltest das ›Café zur Lindenblüte‹ eröffnen.«

Jule kratzte ihre Nasenspitze. »Ach so. Im Juni blüht der Lindenbaum neben dem Haus. Das ist doch ein guter Termin für eine Wiedereröffnung.«

In ihrem Kopf ratterte es. *Warum eigentlich nicht?*

»Aber du hast recht, Milla: ›Lindenblüte‹ ist ein wundervoller Name. Fühlt sich richtig weich und frisch an, wenn ich ihn ausspreche.«

Bedachtsam nickte Gerta: »Er verbindet das Alte mit dem Neuen: Die Linde erblüht nach dem Winterschlaf.« Sie schmunzelte, kam zu Jule herüber, klopfte ihr auf den Arm und packte dann die Thermoskanne ein. »Schlaf eine Nacht drüber. Morgen wirst du wissen, ob du mit diesem Namen eine sehr lange Verbindung eingehen möchtest. Jetzt iss lieber erst mal etwas und dann ab in die Badewanne!«

»Also ich sehe das anders«, meldete sich Milena, aber niemand beachtete sie. Seufzend holte sie einen großen Teller mit belegten Broten und Cupcakes aus ihrem Korb und stellte ihn auf den

Tisch. »Jetzt fließt doch die Inspiration! Die beste Zeit, um aus den unausgegorenen Gedanken ein festes Konzept zu machen.«

»Schau dir mal Jules winzige Augen an.«

»Papperlapapp! Zwei Becher Mate-Tee wirken da Wunder. Ich zeige dir gleich noch ein paar Atemübungen, um dich wieder fit zu machen. Wir sollten das mal alles durchrechnen, denke ich. Wie viel Geld hast du noch zur Verfügung, wie viel muss pro Monat reinkommen. Und dann der Zeitplan! Hast du denn schon einen genauen Plan, bis wann was fertig ist? Einen Eröffnungstermin? Meilensteine? Hach. Und man muss genau darauf achten, ab wann man die Presse mit ins Boot holt.«

»Uff«, machte Jule ein weiteres Mal und ließ ihre Stirn auf die Tischplatte plumpsen. »Milla, ich kann nicht mehr. Ehrlich! Diese Woche ist noch Entrümpeln dran, danach mache ich mich ans Konzept. Ich freue mich total, wenn du mir hilfst, aber heute passt nichts mehr in meinen Schädel. Und Mate-Tee? Ehrlich, ich glaube, das ist nichts für mich. Ich finde es schon seltsam, dass ich diesen ganzen Abend auf ewig mit dem Geschmack und Geruch von Lapacho verbinden werde.«

Ein deutliches Naserümpfen von jenseits des Tisches. »Na gut. Dann schaue ich Ende der Woche bei dir rein. Wird schon irgendwie zwischen Yoga, Kochen und die Ballettstunden der Mädels passen. Ich lass dir die Kekse da. Du brauchst etwas Anständiges zum Essen.«

Dem Tonfall nach versuchte sie sich an einem aufmunternden Lächeln. Jule hob den Kopf und die Augenlider.

»Ihr zwei seid super. Danke.«

Müde wackelte sie zur Tür. Ihre Nachbarinnen hatten sich bereits eingemummelt und verabschiedeten sich in die kalte Nacht. Mit der Schulter schob Jule die Tür zu, die aufgrund der feuchten Witterung aufgequollen war und klemmte. Das Schloss klickte laut in der plötzlichen Stille.

Jule gähnte und löschte das Licht. Gerta hatte absolut recht. Sie brauchte Ruhe. Es brachte nichts, wenn sie sich heute bis zur völligen Erschöpfung trieb und morgen dann zu nichts mehr zu gebrauchen war.

Schläfrig durchquerte sie die Schankstube. Durch die Fenster fiel ausreichend Licht von der Straße, um nicht zu stolpern. In der Dunkelheit nahm Jule ganz andere Facetten des Hauses wahr: die Ungleichmäßigkeit der Dielen, die auf das Abschleifen warteten, das leise Rauschen der Heizung, das Knacken, als sich ein Deckenbalken zusammenzog.

Zufrieden mit sich und der Welt, holte sie die frisch zubereitete Badeschokolade aus dem Kühlschrank und löste sie vorsichtig aus der Form. Dazu genehmigte sie sich eine kleine Badebombe.

Heißes Bad und dann ab unter die Decke!

Vorfreudig rieb sie sich die Hände. Sie brach zwei Stücke Badeschokolade ab und schnupperte daran. In ihrem Kopf entstanden sofort Bilder von gestempelten Lavendelblüten auf einem Stoff mit Spitzenrand.

Doch gerade als sie eine Kerze für den Badewannenrand gefunden hatte und das Licht löschte, zerstörte ein dumpfes Geräusch an der Außenwand die Idylle. Mit dem Finger über dem Lichtschalter blieb Jule erstarrt stehen und lauschte. Da war es wieder! Ein leises, kurzes Ploppen, als würde etwas gegen die Wand geworfen.

Ein Schauer jagte ihren Nacken herunter. Sie stellte die Kerze im Bad ab und schlich sich durch den dunklen Flur ins Wohnzimmer. Wieder ein deutliches *Plopp!* Vorsichtig schaute sie aus dem Fenster und hielt sich am Rand, um von der Straße aus nicht gesehen zu werden. Unten war es menschenleer, bis auf eine dunkle Gestalt auf der anderen Straßenseite. Der Unbekannte holte weit aus. Das nächste Wurfgeschoss schlug auf der Fassade ein. Zornig griff Jule nach dem Fenstergriff, verhedderte sich für einen Augenblick im Vorhang und riss den Fensterflügel auf.

»Hey!«, brüllte sie hinunter.

Wer auch immer dort war, ergriff umgehend die Flucht.

»Bleib gefälligst stehen, du Feigling!« Jule beugte sich aus dem Fenster und versuchte, etwas zu erkennen. Doch der Angreifer hatte sich in eine dunkle Jacke mit Kapuze gehüllt und achtete darauf, nicht ins Licht der Straßenlaternen zu geraten, während er sich mit einem leichten Humpeln aus dem Staub machte.

Sie ließ das Fenster offen stehen, hetzte die Treppe hinunter und durch die Stube. An einer Stuhllehne holte sie sich einen blauen Fleck an der Hüfte, der Stuhl kippte geräuschvoll um. Wütend zerrte sie an der Eingangstür, die sich nur widerwillig öffnen ließ.

Nach einigen Schritten auf der Straße wurde ihr klar, dass der Unbekannte längst entkommen war. Schwer atmend und mit Schweiß auf der Stirn blieb sie stehen. Ihre Hände schlossen sich zu Fäusten und öffneten sich wieder. Erst allmählich beruhigte sich das Hämmern ihres Herzens, und sie drehte sich um. Trotz der schlechten Beleuchtung war zu erkennen, dass Eier an die Hausfassade geworfen worden waren.

Ist heute Halloween, oder was?

Immer noch vor Wut bebend, stampfte Jule zurück, um einen Schrubber und kaltes Wasser zu holen. Besser, sie entfernte das Ärgernis sofort. Das heiße Bad zur Entspannung konnte sie für heute ohnehin abschreiben.

Als sie gerade mit der Reinigung beginnen wollte, fiel ihr ein großer Zettel am Briefkasten auf. In riesiger Comic-Sans-Schrift stand dort: »KEIN Starbucks in Müggebach!!!«

Wie Jule ihr Zuckerpeeling macht,
steht auf Seite 315 am Ende des Buches.

Platz für Notizen zu eigenen Kosmetikexperimenten ist hier!

Kapitel 6

Die Nacht schien kein Ende zu nehmen. Jule schlief kaum und wälzte sich hin und her. Ständig schreckte sie hoch und lief ins Wohnzimmer, weil sie glaubte, wieder diesen dumpfen Aufprall an der Fassade zu hören. Dabei streifte sie im Halbschlaf mit der linken Schulter einen Türrahmen und stieß sich den großen Zeh am herumstehenden Staubsauger.

Zwischen diesen Wachphasen nickte sie immer wieder ein und glitt durch wirre Träume voller leerer weißer Räume. Schwefelgelbe Eier fielen wie Regen aus pinkfarbenen Wolken, eine Horde Millas und Gertas führte einen Bollywood-Tanz auf und gab unendlich viele Ratschläge. Ole versuchte ständig, ihr aus dem Rudel herauszuhelfen, begann dann aber mit den vielen Kopien ihrer Nachbarinnen ein Gespräch über das Abschleifen von Brötchen.

Kurz vor dem Aufwachen bemerkte Jule schließlich Mika, der auf einem Hügel stand, Berthe unter den Arm geklemmt, und sie anklagend ansah, weil sie den Mirabellenbaum nicht geschnitten hatte. Ein mahnender Finger zeigte auf ein riesiges Kaffeeketten-Logo, das auf der Lindenblüte prangte.

»Ich kann doch nicht alles gleichzeitig machen!«, rief Jule verzweifelt, dann waren die Nacht und die Alpträume endlich vorbei. Ächzend fiel sie mehr aus dem Bett, als dass sie aufstand und flüchtete sich unter die Dusche. Sie öffnete das Glas mit dem Zuckerpeeling und atmete tief den Lavendelduft ein. Dann schrubbte sie sich Kummer und Sorgen aus allen

Poren. Das Peeling und das heiße Wasser belebten Körper und Geist. Allmählich wurde Jule wach und beruhigte sich wieder etwas.

Während sie die Haare föhnte und kämmte, chattete sie über das Smartphone mit Maike. Die Freundin war gerade auf dem Weg zur Arbeit und kurz angebunden, sie fand aber trotzdem die richtigen Worte, um Jule zu trösten und zum Lachen zu bringen.

»Hol dir bei deinem Cousin ein paar Kuhfladen und Ziegenköttel, dann hast du nächstes Mal etwas, das du dem Trottel an den hohlen Kopf schmeißen kannst.«

»Jetzt habe ich mich verlesen: an den Kopf scheißen.«

»Hehe. Auch nicht verkehrt, aber so schwer zu zielen! Wie wäre es mit Gülle? Dann kann das ganze Dorf tagelang riechen, wer dich mobbt.«

Jule prustete los. »Stelle mir gerade vor, wie ich erst die Gülle aus dem Fenster kippe wie bei einer Burgbelagerung und dann schnuppernd mit dem Rad herumkurve, um den Typen zu finden.«

»Igittigitt! Du, ich muss jetzt raus und bin die nächste Woche über total verplant. Wir lesen uns!«

»Ich fange dann mal an, wach zu werden.«

»Und mach gleich noch was völlig Verrücktes!«

»Werde ich«, schrieb Jule noch zurück, obwohl Maike bereits offline gegangen war.

Etwas Verrücktes machen? Hm …

Spielerisch erhob sie sich auf die Zehenspitzen und balancierte so in die Küche. Der angeschlagene große Zeh drückte ein wenig, aber es ging. Allerdings konnte sie auf Zehenspitzen auch die dicke Staubschicht sehen, die auf der Dunstabzugshaube lag. Sie musste lachen, weil sie noch nie in ihrem Leben auf die Idee gekommen war, sich den Dreck in der Küche von oben anzuschauen. Solche Schmutzecken blieben normalerweise gnädig unter dem Radar der Augenhöhe. Andererseits: Wenn sie jetzt schon vor dem Dreck stand, konnte sie auch nach einem Tuch suchen und sauber machen. Nachdenklich wippte sie von den Zehen auf die Ballen und zurück. Natürlich war es sinnvoll, schnell zu putzen. Länger als fünf Minuten würde es nicht dauern.

Hm, ja. Irgendwie ist es ja immer so, dass man mal fünf Minuten hier etwas sauber macht, dann zehn Minuten da und nur mal eben schnell noch nachschaut, ob jemand eine Nachricht geschrieben hat – schwups! – kommt man nicht mehr zu den wirklich wichtigen Dingen. Jule wippte weiter. Leider vertrieb das Wippen das schlechte Gewissen nicht. *Okay, Deal mit mir selbst: Das kommt auf die To-do-Liste. Jetzt brauche ich ein Frühstück!*

Ihr erster Impuls war, Kaffee zu brühen. Zum Glück stand die Maschine nicht am gewohnten Platz, und Jule kam ins Grübeln.

Weshalb machte sie sich morgens eigentlich fast immer Kaffee? Benötigte sie den Koffein-Push wirklich oder eher das damit verbundene Ritual?

Das Ritual, befand sie. *Und etwas Heißes im Magen.*

Sie beschloss, heute einmal das Ritual zu durchbrechen, ohne auf dieses wohlige Gefühl verzichten zu müssen. Also bereitete sie sich naturtrüben Apfelsaft mit kochendem Wasser zu – ein Getränk, das ihr Vater früher immer an kalten Herbsttagen gemischt hatte –, wobei Jule ein Verhältnis von eins zu vier Teilen Apfelsaft und Wasser bevorzugte, ihr Vater dagegen halbe-halbe mischte.

Jule blies den Dampf über die Tasse.

Na also, geht doch, klopfte sie sich gedanklich auf die Schulter. *Ein wenig Instant-Achtsamkeit für die junge, dynamische Karrierefrau.*

Sie schlürfte genussvoll gut die Hälfte der heißen Saftschorle und arrangierte die Tasse dann zusammen mit knusprigem Toastbrot, Erdbeer-Zitronen-Marmelade, Butter und einer kleinen Schale Müsli auf einem Tablett.

Obwohl der Morgen noch neblig war, stieß sie die Türen des Wintergartens weit auf, stapfte auf die taufeuchte Wiese und pflückte ein paar Gänseblümchen, die sie in einem mit Mordillo-Figuren verzierten Schnapsglas arrangierte. Mit ihrer geliebten, bereits leicht fadenscheinigen Wolldecke richtete sie sich im Wintergarten ein Kuschelnest ein. Neben das Tablett legte sie ihr Smartphone und las die Nachrichten. Sie war bereit für den Tag. Was immer auch kommen würde, es konnte nur besser werden als die vergangene Nacht. Ausnahmsweise funktionierte die Sache mit der Bestellung ans Universum. Jedenfalls blitzten die ersten Sonnenstrahlen durch den Nebel und lösten diesen langsam auf. Bereits nach wenigen Minuten badete Jule geradezu in Morgenlicht. Schon kündigte ein leises Trapsen den Frühstücksbesuch an. Würdevoll kam Berthe herein, umkreiste Jules Tisch einmal und flatterte dann auf einen der frisch abgeschliffenen Stühle.

»Der ist nicht für dich«, tadelte Jule das Federvieh. »Der muss noch lackiert werden, also bitte halt dich mit deiner Morgentoilette zurück!«

Der erhobene Zeigefinger beeindruckte das Huhn wenig. Es gab ein Gackern von sich und plusterte sich auf wie Oma Wilhelmines Wellensittich vor dem großen Geschäft. Jule fürchtete, Berthe würde einen Klecks auf dem Stuhl oder den Dielen hinterlassen, und warf schwungvoll eine Handvoll Toastkrümel durch die Tür nach draußen. Mit dem Beuteinstinkt eines pummeligen Raubvogels stürzte Berthe sich auf die Krümel. Zum Glück ohne den Stuhl mit Hühnerexkrementen zu verunzieren.

»Danke«, seufzte Jule. »Mir reicht es, dass ich Flecken auf der Fassade habe. Übrigens sind es Eierflecken, aber ich will dir mal nichts unterstellen.«

Berthe ignorierte diese Anschuldigung und pickte eifrig den Boden sauber.

Jule zerwühlte ihr frisch gewaschenes Haar. Die Erinnerung an die vergangene Nacht raffte ihre innere Ruhe dahin. Sie griff nach der Teetasse, musste sie jedoch sofort wieder absetzen, da ihre Hand leicht zitterte. Es wollte ihr einfach nicht in den Kopf, weshalb jemand Eier an ihre Fassade warf. War der Zettelschreiber etwa frustriert, dass sie sich nicht laut und öffentlich von den Gerüchten distanziert hatte? Reichte es ihm nicht mehr, die Schriftgröße, die Menge der Ausrufezeichen und die Anzahl an Großbuchstaben zu erhöhen?

Wir sind doch hier nicht in Frankfurt, wo gelangweilte Chaoten ihren Frust an Sachen auslassen und behaupten, es wäre Ausdruck ihrer politischen Meinung. Gibt es eigentlich nirgends mehr eine heile Welt?

Die Antwort fand sie bei einem Blick auf Berthe, die auf der Terrasse herumpickte und sehr zufrieden mit sich und der Welt wirkte.

»Ich wollt, ich wär ein Huhn …«, summte Jule und musste lachen.

Sie strich sich die zerwühlten Haare glatt und griff zur Zeitung. Gleich auf Seite zwei des Lokalteils fand sie eine Überschrift, die ihren Blick auf sich zog und dafür sorgte, dass sie sich am Brot verschluckte: »GeWollt und gekonnt – Altes Handwerk in der Scheune.«

Zuerst dachte sie, jemand anderes hätte einen Artikel zum selben Thema geschrieben, denn ihre Überschrift war eine ganz andere gewesen. Doch je weiter sie sich in den Text einlas, umso mehr klappte ihr die Kinnlade herunter: Wer auch immer da die Finger im Spiel hatte, er hatte ihren Text gnadenlos gekürzt und verändert. Sie erkannte unzweifelhaft ihre ursprünglichen Sätze und die Grundstruktur ihres Artikels, aber das war auch schon alles. Die Feststellung, dass die Gruppe bald ihre Räume verlassen musste, war komplett gestrichen worden, und wo Jule über Vorurteile nachgedacht hatte, klang der Artikel jetzt, als würde sie sich über die Handarbeiterinnen lustig machen. Und unter dem verstümmelten Text stand dann auch noch Jules Name.

In ihren Augen standen Tränen der Enttäuschung.

Diese Kröte konnte sie nicht so ohne weiteres schlucken. Doch bei wem beschwerte sie sich da am besten? Ihre Mail wegen des ungefragt abgedruckten Bastelartikels war mit einer Abrechnung über ein großzügiges Zeilenhonorar und mit einem knappen Zweizeiler des Chefredakteurs beantwortet worden, dass da wohl etwas durcheinandergekommen sein müsse und man sich natürlich entschuldige. Würde er ihr Problem überhaupt ernst nehmen?

Jule startete den Laptop und fand eine weitere Abrechnung: das Honorar für den verstümmelten Artikel. Wütend schüttelte sie den Kopf. In dieser Zeitungsredaktion schien die eine Hand nicht zu wissen, was die andere tat.

Mit Wut im Bauch formulierte sie eine Mail. Sie blieb so höflich wie nur möglich, obwohl es ihr sehr schwerfiel. Als sie den Text fertiggetippt hatte, wartete sie einige Minuten, las das Geschriebene noch einmal durch und kochte sich dann einen Kaffee, um die Mail anschließend noch einmal gründlich anzuschauen. Schließlich atmete sie tief durch und schickte die Mail an Frau Thiel-Teutenbacher. Den Chefredakteur setzte sie wieder ins cc. Kaum hatte sie auf »Senden« gedrückt, fühlte sie sich wieder viel zu nett und weich. Weshalb gelang es ihr einfach nicht, ihren Ärger auch zu kommunizieren?

Eine Minute später kam bereits eine automatische Mailantwort zurück: Der Chef war für eine Woche im Urlaub.

»Uff, jetzt muss ich auch noch Geduld haben, wie? Hoffentlich schickt mir mal jemand eine Familienpackung davon. Alles gibt es im Internet, nur die wirklich wichtigen Sachen nicht. Ach, Berthe! Was soll ich Huhn, äh, tun? Mensch, du verwirrst mich!« Jule warf das Handy auf einen Stapel mit Tischdecken.

Jule brummte und schaute Berthe schief an. »Weißt du was? Wir zwei machen einfach weiter Klarschiff und vergessen den Ärger für ein paar Stunden.«

Steifbeinig stand sie auf und räumte die Frühstücksreste zusammen. Aufmunternd zwinkerte sie dem Huhn zu und begann mit ihrem Tagwerk.

Der Briefkasten der Linde entwickelte sich langsam, aber sicher zu einem heißen Kandidaten für Jules Wegschmeißliste. Er war alt, aber kein Stück nostalgisch. Sein ausgeblichenes blaues Plastik ließ jeden Vintage-Schick vermissen, und das verrostete Schloss öffnete sich auch nach liebevollem Ölen nur unter viel Gerüttel und Gefluche. Und da Undank oft der Mühen Lohn ist, fielen Jule nach dem Öffnen nur Werbeblättchen und ein loser Zettel entgegen, auf dem »KEIN Starbucks in Müggebach!!!« stand.

Als ob ich den Zettel am Briefkasten irgendwie hätte übersehen können. Du gehörst wohl zur »Doppelt hält besser«-Fraktion. Du hast echt nicht mehr alle Tassen im Schrank.

Kopfschüttelnd wollte Jule die Werbung in den Gerümpelcontainer werfen, da bemerkte sie einen alten, verbeulten Opel-Kombi, der in ihrer Einfahrt parkte. Ein einheimisches Kennzeichen. In ihren Hausschlappen schlich sie um das Auto herum und ertappte einen großen, untersetzten Mann dabei, wie er eine Unmenge an Gartengeräten auslud und vor ihrem Tor deponierte. Gerade tauchte sein wild in alle Richtungen abstehender, grau melierter Schopf erneut aus der Heckklappe auf. Der Mann erschrak, wie auf frischer Tat ertappt. Hinter ihm tauchte eine kleine, leicht mollige Gestalt auf. Sie trug Jeans und eine dunkelgrüne Wolltunika mit breitem »Fair Isle«-Muster am Kragen. In der Hand hielt Gerta einen Henkelmann und eine prall gefüllte Jutetasche.

»Hallo, Jule. Eigentlich wollten wir dich vorwarnen, aber da wir gerade unterwegs waren, bot es sich an, hier zu halten. Wir dachten, wir könnten dir spontan ein wenig im Garten helfen.« Mit einem einladenden Blick hob sie Henkelmann und Tasche. »Möchtest du eine Schwammklößchensuppe mit mir essen, während Peter sich alles anschaut? Ist nichts Besonderes. Halt was Warmes für den Magen. Und wenn mir langweilig wird, putze ich einfach ein wenig.«

»Hallo«, sagte Peter kurz. Er nickte freundlich, wirkte aber etwas schüchtern. Seine Wangen waren gerötet. »Meine Frau sagt, dass hier ein vernachlässigter Garten auf mich wartet. Soll ich mit dem Moos am Treppchen anfangen?«

»Moos? Was für Moos? Mensch, kommt doch erst mal rein und trinkt einen Kaffee mit mir und wir essen zusammen.«

»Na da, an der Treppe.« Schon hatte er aus einer Werkzeugkiste ein abgenutztes Küchenmesser mit abgebrochener Spitze hervorgekramt. Er begann, damit winzige Moospolster aus den Ritzen rund um Jules Eingang zu kratzen. Jule war noch nicht einmal aufgefallen, dass dort etwas wuchs, was da nicht hingehörte.

»Na gut … Aber dann schließe ich dir wenigstens das Tor zur Einfahrt auf, und du fährst das Auto rein.«

Gertas Mann erstarrte, als er den Wildwuchs sah. »Jemine, was ist das denn für ein Huddel? Da hat sich ja seit Jahren keiner mehr drum gekümmert.«

Gerta stellte Tasche und Henkelmann auf der Terrasse ab. »Deshalb hatte ich ja angeboten, dass wir ihr ein wenig unter die Arme greifen.«

Jule fühlte sich von so viel Freundlichkeit fast erschlagen. »Wie wäre es denn mit etwas zu trinken?«, versuchte sie es noch einmal.

Gerta seufzte tief. »Wenn der einmal Feuer gefangen hat, beißt er sich fest wie ein Terrier. Und er lässt erst locker, wenn er entweder vor Erschöpfung umfällt oder fertig ist. Wir lassen ihn jetzt ein wenig machen, und bevor er sich übernimmt, pfeife ich ihn zurück.«

Wie Robinson Crusoe, der eine einsame Insel fernab jeder Zivilisation bewohnbar machen musste, streunte Peter durch den Garten. Ab und zu warf er die Hände in die Luft und raufte sich die Haare.

Jule unternahm einen letzten Versuch, ihn von der Arbeit wegzulocken. Sie legte die Hände an den Mund und formte einen Trichter: »Willst du dir die Linde nicht mal von innen anschauen?«

»Linde?«, brüllte er vom anderen Ende des Gartens. Sein rotgrün kariertes Holzfällerhemd leuchtete hinter verwilderten Sträuchern hervor. »Ja, die beschneide ich dir auch. Ist ja halb kaputt, das arme Ding.«

»Lass ihn«, meinte Gerta. »Wenn der Gartenluft geschnuppert hat, ist alles zu spät.«

Die beiden gingen hinein und ließen Peter murmelnd und schimpfend zwischen Wildwuchswiese und Hecke herumirren.

Da es nach Regen aussah, stellte Jule Tisch und Stühle für drei in den Wintergarten und holte Geschirr.

Gerta betrachtete derweil die Dichtungen der Fenster. »Die müssen aber dringend geputzt und gefettet werden! Das erledige ich schnell, während du deckst.«

»Gerta, ich bin froh, dass ihr da seid. Ich habe gar nicht gemerkt, dass schon wieder Mittag ist. Aber das mit dem Putzen lass mal sein, du hast bei dir doch genug zu tun.«

Gerta arrangierte gerade das Besteck »Beim Putzen denke ich über neue Strickmuster nach, das macht mir nichts. Ich kann nur nachdenken, wenn ich etwas mit meinen Händen mache.«

»Bewundernswert. Fensterputzen finde ich fast so langweilig wie die BWL-Bücher, die ich gerade durchackern muss.«

»So darfst du das nicht sehen.« Gerta stupste sie mit dem Ellbogen an. »Langweilig sind nur die Sachen, die wir noch nicht genug ergründet haben.«

»Uff, ich weiß nicht, ob mich die Tiefen der Betriebswirtschaft wirklich eines Tages in Ekstase versetzen werden. Oder das Wischen der Treppen.«

»Es muss ja nicht gleich höchstes Entzücken sein. Gartenarbeit war für mich immer nur ein notwendiges Übel, um an richtig gute Tomaten zu kommen. Und sinnlos, ja sinnlos, unkreativ, rückenfeindlich, dreckig und endlos. Ja, ich, mit diesem wundervollen Bauerngarten!«

Jule gähnte. »Entschuldige, hat nichts mit dir zu tun. Ich hatte eine miese Nacht und einen schlechten Start in den Tag.

»Du bist eindeutig eine Kandidatin für eine heiße Suppe.«

Jule gähnte noch einmal herzhaft und rieb sich die tränenden Augen. »Du hast ein paar Karmapunkte bei mir gut. Ich habe echt absolut das Kochen vergessen. Und du kommst gerade dann vorbei, wenn ich jemanden zum Reden brauche. Ich verstehe mal wieder nicht, was bei den Leuten hier im Kopf vorgeht.«

»Milena?«

»Milla? Nein, die kommt doch gar nicht von hier, oder?«

Gerta füllte die Suppenschalen und wiegte den Kopf. »Das nicht, aber sie passt schon ziemlich gut ins Dorf.«

»Die ist einfach ein Unikat. Aber die hat mir sicher gestern Nacht nicht die Eier an die Fassade geschmissen. Oder meinen Artikel für die Zeitung vollkommen entstellt und verdreht.«

Während Jule die ganze Geschichte erzählte, zog Gerta ein blau-weiß gestreiftes Geschirrtuch aus ihrer Tasche, das sie auf dem Tisch ausbreitete. Darauf verteilte sie einen großen Laib Brot, eine Butterdose, einen Tiegel mit Griebenschmalz und eine Schüssel mit Salat nebst selbstgemachtem Joghurtdressing in einem ehemaligen Senfglas. Sie schien ihren gesamten Hausrat und den halben Kühlschrankinhalt mitgebracht zu haben. Während sie die Frischhaltefolie zerknüllte, runzelte sie die Stirn und antwortete: »Dass die Teufelsbacher dir in den Rücken fällt, wundert mich nicht. Aber so was wie das Eierwerfen, das kenne ich von den Leuten hier ja gar nicht. Außerdem freuen sich viele Leute, dass die Linde endlich nicht mehr vor sich hin gammelt. Und wenn jemand gegen etwas ist, dann gibt es keinen Vandalismus, dann wird entweder böse hinter deinem Rücken geredet oder man hetzt dir gepflegt einen Politiker oder Anwälte auf den Hals.«

»Viel sympathischer als Eierwerfen klingt das auch nicht. Was mich am meisten wundert, ist, woher die Leute eigentlich wissen, dass ich ein Café eröffnen möchte und keine Schankwirtschaft oder einen Imbiss. Ich meine, das habe ich ja quasi noch keinem erzählt außer dir, Milla und Ole.«

Als sie es aussprach, fiel ihr doch eine Gelegenheit ein, zu der ihr etwas über ihre Pläne herausgerutscht war: in der Brauerei. Und da hatten einige Leute mitgehört. Und die Leute im Rathaus, die wussten natürlich auch Bescheid.

Gerta nickte wissend: »Quasi noch keinem erzählt ist fast dasselbe wie einen Aushang machen. Aber jetzt iss erst mal was. Vom Hungern wird die Sache nicht besser.«

Vorsichtig nippte Jule an der heißen Gemüsebrühe und fischte dann mit dem Löffel nach einem der lockeren Klöße. »Lecker. Was war das noch mal?«

»Schwammklößchensuppe. Der Klößchenteig besteht zu gleichen Teilen aus Butter und Mehl, vermengt mit einem Ei auf 50 Gramm und etwas Salz, Paprikapulver und Muskat. Die Schwammklößchen werden abgestochen, wenn das Wasser kocht, und müssen nur kurz ziehen.«

Jules Magen knurrte seine Zustimmung zu dieser Mahlzeit so laut und deutlich heraus, dass Gerta es nicht überhören konnte. Die Lachfältchen um ihre Augen vertieften sich.

Peinlich berührt, legte Jule ihre Hand auf den Magen. »Was hast du da vorhin mit dem Garten erzählt?«

»Garten? Oh, der Schnittlauch!« Im Nu zauberte sie aus ihrer Jeanstasche eine winzige Vorratsdose mit gehacktem Schnittlauch hervor. Sie streute etwas über ihre Suppe und bot Jule an.

»Danke, aber ich meinte den geheimnisvollen Zusammenhang zwischen meinem BWL-Problem und deinem Unwillen, im Garten zu arbeiten.«

Mit einer erstaunlichen Geschwindigkeit löffelte Gerta ihre Suppe und redete gleichzeitig. Sie setzte kaum den Löffel ab, um Jule ihre Gedankengänge nachvollziehen zu lassen. »Ich glaube, ich sagte, dass ich Gartenarbeit stinklangweilig fand.«

»Ja, genau. Ich bin übrigens auch kein Gartenfan. Also: anschauen gerne, futtern noch lieber, aber buddeln … Als Kind fand ich das toll, aber alleine stundenlang auf den Knien dem Unkraut hinterherrutschen und in Nacktschnecken langen, das ist nicht so mein Ding.«

Der volle Löffel zeigte auf Jule. »Na, dann warte mal ab. Bei mir hat sich das nämlich vor mehr als dreieinhalb Jahrzehnten geändert. Da habe ich in einer Buchhandlung ausgeholfen und hatte hier frisch das alte Haus und Grundstück geerbt. Plötzlich musste ich mich um diesen riesigen Garten kümmern. Am liebsten hätte ich damals alles zu einer ebenen Rasenfläche eingestampft oder gleich als Bauland verkauft. Aber ich hing natürlich daran, nicht zuletzt wegen all der Kindheitserinnerungen. Reichst du mir noch schnell den Butter, Jule?«

»Den Butter? Ich dachte im Supermarkt noch, ich hätte mich einfach verhört.«

»Nein, das sagt man hier halt so. Man geht ja auch ›uff de Klo‹. Na, jedenfalls wurde es gerade Frühling, und ich sollte mich um die Gartenbücher kümmern, also überlegen, welche ich für die Buchhandlung bestelle und wie ich die am besten dekoriere. Ich war kurz davor, meinen Kopf in den Sand zu stecken und mir eine andere Arbeit zu suchen.«

»Aber wenn ich deinen Garten so ansehe, gab es eine überraschende Wendung?«, nuschelte Jule und leckte sich die letzten Brotkrümel von den Fingern. So gutes Brot und so leckeres Schmalz hatte sie schon lange nicht mehr gegessen. Am liebsten hätte sie eine weitere Schnitte genommen und sich Suppe nachgeschenkt. Aber sie war kurz vorm Platzen und wollte unbedingt noch den Salat probieren, zwischen dessen Blättern angebratene Pilze und geriebene Möhren hervorblitzten.

Gerta nahm selbst einen großen Bissen Brot, bevor sie weitererzählte: »Am meisten habe ich mich damals selbst überrascht, weißt du? Natürlich habe ich mich nicht getraut, die Chefin zu fragen, und da bin ich in die Großgärtnerei im Nachbarort geradelt. Ein Gärtner hat sich dort viel Zeit genommen, mir die aktuellen Trends zu erklären und weshalb er Gärten so liebt wie ich meine Wolle und die Strickerei. Später erzählte er mir noch von einem wirklich urigen alten Kauz, der vergessene Gemüsesorten züchtete – heute ist so was ja wieder schick, aber damals hielten alle den Mann für einen rückständigen Spinner. Jedenfalls habe ich ihn dann aufgesucht und bin voller Ideen zurück in die Buchhandlung geradelt. Der Frühjahrsverkauf war ein voller Erfolg, und ich wusste von da an: Wenn man sich in etwas Neues reindenken muss, dann sucht man sich am besten jemanden, der voller Leidenschaft für das Thema brennt. Und man muss sich durchbeißen, sich reinarbeiten. Man entdeckt ganz neue Seiten an sich, die man nie entdeckt hätte, wäre man bei seinem Vorurteil geblieben.«

»Na, aber manchmal passt etwas einfach nicht zu einem.«

Gerta winkte ab. »Das bestreite ich ja gar nicht. Aber versuchen sollte man es schon. Als ich ein Jahr später Sportbücher bestellen musste und die Vereine im Ort abklapperte, wusste ich, was andere daran entzückt, aber ich und Tennis oder Faustball … auweia.«

Jule dachte über ihr Verhältnis zu Sport nach und verdrängte diese Überlegungen lieber sofort wieder. In der Zwischenzeit hatte sie auch den Salat verputzt, und das viele Essen machte sie gemütlich und träge. Statt weiter auf das Thema einzugehen, entschloss sie sich deshalb zu einem kleinen, neckenden Scherz: »Wenn wir in einer romantischen Verfilmung deines Lebens wären, dann würde sich herausstellen, dass der Gärtner jetzt dein Mann ist und der urige Gemüsezüchter dein Schwiegervater.«

Gerta verschluckte sich am Brot. »Jule!«, krächzte sie und hustete. »Lach nicht, denn genau so ist es!«

Etwas irritiert klopfte Jule ihr auf den Rücken, bis der Husten vorbei war. »Du veräppelst mich.«

Gerta schüttelte den Kopf und wischte sich mit dem Ärmel über die Augen. »Das Leben schreibt Geschichten, die glaubt man nicht, obwohl sie einem selbst passiert sind.«

»Spannend und romantisch. Mal schauen, ob mir das Leben einen Traumprinzen aus dem Controlling über den Weg laufen lässt und dann alles in Butter ist. So ein wenig Liebesfilm könnte ich allmählich auch wieder in meinem Leben gebrauchen.«

»Oh, alles passiert zu seiner Zeit, da bin ich mir sicher. Du bist ein neugieriger, warmherziger Mensch.«

Jule spürte, wie ihre Wangen heiß wurden. »Danke.«

Blitzschnell räumte Gerta die Reste der Mahlzeit zusammen und turnte mit dem Tablett die Wendeltreppe hinauf. »Ich spüle schnell ab und gehe dir dann zur Hand.«

»Mach dir doch keine Umstände«, protestierte Jule schwach. Ihr war klar, dass jeder ihrer Einwände ungehört blieb.

Aus dem Augenwinkel nahm sie ein Flattern wahr, das sehr wahrscheinlich den verführerischen Brotresten galt. Kaum hatte sie die Terrasse in Richtung Küche verlassen, saß schon Berthe auf dem Tisch und pickte die Krumen in einem Tempo auf, als wäre sie kurz vorm Verhungern.

»Pft!«, machte Jule. »Ihr Hühner habt keinen Sinn für Tischmanieren!«

Gerta entpuppte sich als extrem diszipliniert. Sie besaß nicht nur einen unerschöpflichen Vorrat an Ideen, Energie und Humor, sondern auch die bewundernswerte Eigenschaft, Dinge zu beenden, die sie anfing. Und das alles verband sie mit einer lockeren Fröhlichkeit, als könnte nichts auf dieser Welt sie aus dem inneren Gleichgewicht bringen.

Mit Gertas Hilfe schaffte Jule es, die Schankstube von den letzten unnötigen Sachen zu befreien. Gemeinsam hatten sie alles Vorhandene gesichtet, gnadenlos aussortiert und verwertbare Gegenstände in den Keller geschafft.

Zwei Stunden später kam Jule dazu, den Rücken zu strecken und eine kurze Pause einzulegen. Leicht angesäuert beobachtete sie den feinen Sprühregen, der sich an den frisch geputzten Scheiben des Wintergartens niederschlug.

Unvermittelt klingelte ihr Handy. Jule zuckte zusammen. Auf dem Display stand die Nummer der Lokalredakteurin. »Jolanda Moller, guten Tag«, meldete sie sich und hoffte, selbstbewusst zu klingen, obwohl ihr die Knie vor Angst schlotterten.

»Tess Thiel-Teutenbacher, Lokalredaktion.«

Die Stimme klang diesmal nicht mehr erkältet, aber keine Spur herzlicher als beim ersten Telefonat. Ob die Redakteurin sich von Jules Mails auf den Schlips getreten fühlte? Jule lief es kalt den Rücken herunter. Streitgespräche fielen ihr schwer, und sie wusste genau, dass sie einknicken würde, wenn ihr jetzt heftige Kritik entgegenwehte.

Stattdessen blieb es zunächst still in der Leitung, bevor die spröde Stimme der Redakteurin erneut zu hören war. An irgendwen erinnerte sie Jule, aber sie kam nicht darauf. »Sie haben also Ihre Mails wieder nicht abgerufen?«

Aus dem kalten Schauer wurde ein eisiger Guss. Natürlich hatte das Handy ab und an vibriert, aber das tat es ständig, und Jule wollte sich nicht wegen der x-ten Spammail des Tages von der Arbeit ablenken lassen. Mit einer so schnellen Rückmeldung der Zeitung hatte sie absolut nicht gerechnet.

»Momentan renoviere ich ein altes Haus und lese meine Mails erst am Abend.«

»Hm«, war die ganze Antwort.

»Also ich, ich, …« Jule fröstelte und fing dann an zu schwitzen. Sie lief hin und her, um sich zu beruhigen. Dass sie draußen zwischen den Obstbäumen, an denen Peter gerade arbeitete, einen schwarzen Haarschopf bemerkte, machte die Sache nicht gerade besser. Was hatte der denn hier zu suchen? Beinahe wäre sie gestolpert.

»Ich stehe Ihnen selbstverständlich zur Verfügung, Frau Thiel-Teutenbacher. Telefonisch erreichen Sie mich jederzeit.«

Ein langer Seufzer, der sehr gespielt klang. »Mir ist jemand ausgefallen. Bis in vier Stunden brauche ich einen Lückenfüller. Die Stadt will in diesem Jahr an den Grünanlagen sparen, konkret an dekorativen Blumen. Das geht natürlich gar nicht, wenn die Touristen uns weiterhin als Tor zum Schwarzwald wahrnehmen und hier ihre Touren beginnen sollen. Pressemitteilung habe ich angehängt. Schreiben Sie das ein wenig um, und machen Sie dazu ein Foto vor dem Rathaus, da haben Sie es ja nicht weit. Um den Brunnen herum fehlt es so ziemlich an allem, was schön ist. Wenn Sie das nicht hinbekommen, sagen Sie das jetzt. Ich kann nicht ewig herumsitzen und darauf warten, den Artikel für die Ausgabe morgen zu redigieren.«

Es lag Jule auf der Zunge, nachzufragen, ob mit *redigieren* wieder ein Verstümmeln und Zurechtbiegen gemeint war. Aber in diesem Moment sah sie, dass da tatsächlich Mika in ihrem Garten stand und sich offensichtlich blendend mit Gertas Mann unterhielt. Die beiden kümmerte der Regen nicht. Sie lachten und stießen mit etikettenlosen Bügelflaschen an. Jule schoss die Zornesröte ins Gesicht.

»Wird erledigt«, murmelte sie, lauschte dem grußlosen Auflegen und ärgerte sich noch im selben Augenblick über ihre unterwürfige Haltung. So viel zum Thema, die Probleme auf den Tisch zu bringen und in Ruhe zu klären.

Mit Wut im Bauch und fest entschlossen, Mika gegenüber nicht ebenso klein beizugeben, überquerte sie den Rasen. Als Jule nah genug an Peter und Mika herangekommen war, konnte sie hören, worum sich die Unterhaltung drehte: Obstgehölzschnitt und die Möglichkeiten, Gärten mit Stauden zu gestalten.

»Sagt mal, mischt sich jetzt das ganze Dorf in meine Angelegenheiten ein?« Sie stemmte die Fäuste in die Hüften.

Eine sanfte Frühlingsbrise wehte ihr jedoch eine Haarsträhne ins erhitzte Gesicht und nahm ihrem zornigen Auftritt den

Schwung. Den Rest an Wut schmolz Mika mit einem Blick dahin. Er war offensichtlich in die Arbeit vertieft gewesen. Sein zerzaustes Haar klebte verschwitzt an seinem Kopf, das dunkelgrüne Shirt an seinem athletischen Oberkörper. Selbst die strengen Konturen seines Gesichts wirkten weicher. Doch als er Jule erkannte, verzogen seine Lippen sich zu schmalen Strichen, seine hellgrünen Augen verengten sich und sein gesamter Körper spannte sich an.

»Guten Tag, Frau Moller«, knurrte er.

Ich kann den Kerl nicht ausstehen, ich kann den Kerl nicht ausstehen, ich kann den Kerl … verdammt, weshalb muss der so gut aussehen!

Jule atmete scharf aus und suchte in ihrem Inneren nach dem plötzlich verrauchten Zorn. Das konnte ja wohl nicht wahr sein, dass sie den beiden die Meinung geigen wollte und jetzt zittrige Knie bekam wie ein Teenager. Ihre letzte Beziehung war definitiv zu lange her. Mit gezwungener Lässigkeit strich sie sich die Strähne hinter das Ohr und fixierte Mika. Gerade als ihr ein guter wütender Satz auf der Zunge lag, fiel ihr Blick auf zwei große, rechteckige Beete, die mit armdicken, nicht entrindeten Baumstämmen eingefasst waren. Daneben stapelten sich weitere Stämme, Äste und Erdsäcke.

Jules Satz verpuffte, als ihr die Kinnlade herunterfiel. »Was wird denn das, wenn es fertig ist?«

»Hochbeete.« Gertas Mann knetete seine Hände. Er wirkte verlegen. »Meine Frau meinte, dir würde ein Naschgarten gefallen. Erbsen, Salat, Möhren …«

»Esse ich gern, aber es gibt hier einen tollen Wochenmarkt! Und wer hat Sie eingeladen?« Ihr Zeigefinger schnellte auf Mika zu.

Der zuckte mit der Schulter. »Die Klingel scheint kaputt zu sein. Ich wollte ja, aber ich konnte nicht.«

Jule schnaubte und verdrehte die Augen. »Wer soll sich denn um die Beete kümmern? Ich brauche einen ganz simplen Garten. Einen für Doofe, Faule, Schwarzdaumen, für … ach, einen, der mich keine Zeit kostet!«

»Peter und ich wollten nur … Wir hatten einen schlechten Start«, begann Mika.

Jules Kinnlade klappte herunter. »Ein schlechter Start? Wir haben vereinbart, dass Sie ein paar Bäume und die Hecke schneiden und vorher Bescheid sagen. Und jetzt baut ihr mir Hochbeete in den Garten? Wozu? Um dann allen zu erzählen, dass ich da tote Katzen verstecke, oder was?«

»Leichter als mit einem gutgebauten Hochbeet kann man es sich im Garten kaum machen.«

Peter nickte zustimmend.

Jule atmete tief durch. »Okay, ich kläre das mit Gerta. Meinetwegen baut das Hochbeet, aber wenn das im Herbst voller Unkraut und Nacktschnecken ist, will ich keine Klagen hören. Ich muss in den nächsten Stunden arbeiten. Und dann gehe ich rüber ins Einhorn und bestelle mir etwas richtig Leckeres. Der da«, sie stocherte erneut mit dem Finger in der Luft vor Mikas Nase herum, »ist ja hier beschäftigt. Dann werde ich dieses Mal sicherlich höflich und zuvorkommend bedient und kann es mir in Ruhe schmecken lassen. Alla, bis dann!«

Kaum hatte sie sich umgedreht, fiel das Selbstbewusstsein auch schon von ihr ab, und sie war einfach froh, sich für ein paar Stunden um ganz andere Dinge kümmern zu müssen.

Eine ganze Weile lief Jule im Dorf herum und ärgerte sich über das schlechte Licht. Nieselregen an einem Spätnachmittag im beginnenden Frühjahr – die Bedingungen für brillante Bilder waren schon besser gewesen. Zweimal stieg sie sogar in einen Bus und fuhr ziellos herum. Wohin sie auch kam, die kommunalen Grünflächen lagen im Dornröschenschlaf. Vergeblich suchte sie nach liebevoll angelegten Rabatten mit Frühblühern oder Tulpen. Die fand sie nur an Stellen, an denen Nachbarn offensichtlich gemeinsam den öffentlichen Raum verschönert hatten.

Während Jule aß, recherchierte sie im Netz und las sich die offizielle Presseerklärung der Stadt durch. Zwar stand Müggebach in Sachen Schulden ganz gut da, aber es waren die üblichen Dinge dazwischengekommen: unaufschiebbare Sanierungsvorhaben für öffentliche Einrichtungen, zu wenig Personal, zu hoher Krankenstand, zu niedrige Gewerbeeinnahmen.

Den Artikel schrieb Jule neben dem Essen. Sie hatte es nicht eilig, zu der wild putzenden Gerta in der Lindenblüte zurückzukehren, und schon gar nicht, ihren zwei selbsternannten Gärtnern zuzuschauen.

Während sie in den Resten der Quarkcreme herumstocherte, kam ihr eine Idee, und der Artikel schrieb sich mit einem Mal wie von selbst. Sie umriss knapp den Inhalt der Pressemitteilung aus dem Rathaus und würdigte dann das Engagement der Bürger. Sie ließ das als mögliche Lösung für diesen finanziellen Engpass anklingen. Man könnte aus der Not auch eine Tugend machen: Weshalb bezahlte das Dorf nicht einfach die nötigen Pflanzen und ernannte einen Mitarbeiter zum Ansprechpartner? Kleinstflächen konnten als Wildblumenwiesen zu einem blühenden Korridor für Bienen zusammengeschlossen werden. Diese Maßnahmen würden nicht nur die kommunale Kasse entlasten und das Dorf verschönern, sondern auch die Bindung der Menschen an ihr Dorf stärken.

Zufrieden mit sich, schickte Jule den Artikel ab, nicht ohne einen Hinweis in der Mail, dass Kürzungen und gravierende Änderungen doch bitte mit ihr abzusprechen waren. Andernfalls würde sie keine Druckfreigabe erteilen.

Sie schaute zur Lindenblüte hinüber. Dort drehte Peter gerade seine Runden mit einem Aufsitzrasenmäher. Berthe raste über das kurzgeschorene Gras und wusste wohl nicht, welchen Leckerbissen sie sich zuerst schnappen sollte. Jule rieb sich die müden Augen und verstaute ihren Laptop im Rucksack. Allmählich hatte sie sich eine ganze Menge Badeschokolade und richtige Schokolade verdient.

Sie warf den Rucksack nur kurz in eine Ecke im Wintergarten und marschierte dann in den Garten, um sich die Hochbeete anzusehen.

»Ich mache das noch schnell fertig!«, rief Peter ihr im Vorbeifahren zu.

Jule konnte sich ein Lächeln nicht verkneifen. Er erinnerte sie an ihren Vater. Sie spürte ein wenig dieses vertraute Gefühl, daheim und angekommen zu sein. Der allmählich aufgeräumte Garten gefiel ihr. Dazu kamen die Kindheitserinnerungen: der Geruch der Erde nach dem Nieselregen des Tages. Und dazu ihr Vater, der *nur noch schnell* etwas einbuddelte oder ausbuddelte oder beschnitt. *Nur mal schnell* bedeutete für Klein Jolanda, ihm noch eine ganze Weile lang zusehen und helfen zu können, bis der Geduldsfaden ihrer Mutter riss und sie ihre Familie buchstäblich an den Haaren ins Haus schleifte.

Jule überquerte den Rasen. Die Rahmen für die Hochbeete waren fertig. Der Boden war mit Kaninchendraht vor Wühlmäusen geschützt. Darauf lag je eine dicke Schicht Grünschnitt von der ordentlich gestutzten Hecke. Aus den Augenwinkeln sah sie Gerta in ihre Richtung kommen.

»Na?«, wollte sie wissen. »Wie gefällt es dir?«

Jule seufzte. »Du, sei mir nicht böse, aber ich weiß wirklich nicht, wie ich mich auch noch um einen Nutzgarten kümmern soll.«

»Sieh das nicht als Pflicht an. Eigenes Gemüse ist für die Seele. Und wir kommen gerne rüber und helfen dir.«

Bewaffnet mit zwei großen, leeren Eimern, eilte Peter an ihnen vorbei.

»Mach doch mal eine Pause«, blaffte Gerta ihn an. Er tat, als könnte er sie nicht hören.

»Wo rennt er denn jetzt schon wieder hin?«

»Er hat da hinten zwei große Komposthaufen entdeckt und füllt den alten Kompost jetzt in die Beete. Auf deinen Küchenabfällen möchte er dann Hokkaidokürbis pflanzen – wenig Mühe und reiche Ernte!«

»Euren Gartenoptimismus möchte ich haben.«

Jule zog ihr Notizbuch aus der Hosentasche und hielt fest, dass neben einem Gärtner eine Putzhilfe nicht bloß eine nette Erleichterung, sondern lebenswichtig für sie war. Deshalb galt es, sich möglichst bald darum zu kümmern. Und natürlich musste sie mit noch spitzerem Bleistift rechnen, wie hoch ihre regelmäßigen Einnahmen zu sein hatten, um das zu bezahlen. Aber ohne, das wurde ihr immer klarer, ging es nicht.

Peter hatte mittlerweile eine Schubkarre gefunden und schaufelte eine Ladung Kompost auf ein Hochbeet.

»Sag mal, Peter.« Jule räusperte sich, weil sie nicht genau wusste, wie sie ihr Anliegen am besten vorbrachte. »Ich weiß nicht, wie viel Zeit du hast, aber falls dich ein Nebenjob interessiert: Ich kann einen Gärtner gebrauchen, der ab und an mal nach dem Rechten sieht.«

»Wir legen das hier alles sehr pflegeleicht an, und du musst eigentlich nur noch gießen und ernten. Die Hecken und Obstbäume kann dir Mika schneiden. Der braucht immer Geld und hat mehr Zeit als ich.«

»Hm, ja. Ich überleg's mir.«

»Tu das.« Die Schubkarre war leer, und Peter fuhr mit ihr davon.

Jule seufzte. Natürlich konnte sie auf Biegen und Brechen eine Gärtnerei suchen, die sich um alles kümmerte, aber eine Empfehlung von Freunden war eben … und wenn er wirklich Geld brauchte …

Na, dann eben Mika.

Jule ließ sich genau erklären, wie das Hochbeet funktionierte, und hielt das in ihrer Kladde fest. Als es fast zu dunkel zum Schreiben war, rief Gerta nach ihrem Mann, und die beiden machten sich auf den Heimweg.

Völlig erschöpft drehte Jule die Heizung im Bad voll auf. Nach einem schnellen Abendbrot schnappte sie sich einen Roman und richtete sich einen kleinen Unterteller mit Nougatschokolade, Haselnüssen und Schnitzen eines mürben, süßen Elstar-Apfels. Ein schneller Blick auf die Straße – alles ruhig. Umgeben vom sanften Geruch der sich auflösenden Badeschokolade, versank sie endlich im heißen Wasser und den poetischen Worten Murakamis.

Leider klingelte das Telefon mitten hinein in ihren Wellnessabend. Sosehr Jule sich auch bemühte, es zu überhören, der Anrufer blieb hartnäckig. Verzweifelt ließ Jule sich unter Wasser sinken und hoffte auf ein Wunder, das natürlich ausblieb. Irgendwann bimmelten Handy und Festnetz abwechselnd. Per Ausschlussverfahren tippte Jule deshalb auf ihre Mutter. Zur Schonung ihrer Nerven wäre das ein Grund gewesen, den Telefonstöpsel zu ziehen und ganz schnell den Akku aus dem Handy zu nehmen. Allerdings verbunden mit dem Risiko, dass ihre Mutter dann erst recht alles daransetzen würde, sie zu erreichen. Im schlimmsten Fall stand sie plötzlich nachts um vier vor ihrer Tür.

Missmutig holte Jule also das Telefon zu sich ins kuschelwarme Bad, seufzte einmal tief und nahm ab. »Hallo, Mama.«

»Wo steckst du?«

Genervt rieb Jule sich die Schläfe. Wie alt war sie eigentlich? »Ich bin zu Hause.«

»Und du nimmst nicht ab? Geht es dir nicht gut?«

»Mir geht es gut, ich habe einfach keine Lust, zu telefonieren.«

»Du hast dich seit einer Ewigkeit nicht mehr gemeldet, da mache ich mir einfach Sorgen.« Ihre Stimme eher empört als sorgenvoll.

»Weil ich seit einer Woche nicht angerufen habe?«

Weshalb schaffte Jule es nie, ihrer Mutter ruhig und gelassen zu begegnen? Diese fordernde, übertriebene Dramatik einfach an sich abprallen zu lassen? Stattdessen fuhr sie wegen dämlicher Kleinigkeiten völlig aus der Haut.

Missmutig versuchte sie, ihre Mutter mit guten Neuigkeiten zufriedenzustellen: »Die Entrümpelung ist übrigens durch. Ich komme schneller voran als gedacht.«

Leider ließ ihre Mutter sich nicht ablenken: »Aus Japan hast du ja auch nicht sofort angerufen, als dieses Erdbeben war! Wenn ich mich nicht bei dir melde, erfahre ich gar nichts.«

Jules Hinterkopf sank gegen den Wannenrand. »Ich kann doch nichts dafür, wenn die Telefonleitungen zusammenbrechen!«

»Sag mal: Liegst du in der Badewanne?«

»Ich entspanne mich.«

»Hast du deinen Businessplan denn schon so weit ausgearbeitet, dass du dir eine Auszeit gönnen kannst?«

Ob ich Milena und meine Mutter mal bekannt machen sollte? Die könnten zusammen meine Buchhaltung erledigen.

Auf die Gefahr hin, dass ihre Mutter auch dieses Geräusch hörte, knirschte Jule mit den Zähnen. »Du wirst überrascht sein, wie weit ich mit allem schon bin.«

Die Stimme ihrer Mutter wurde weicher, was bei Jule sämtliche Alarmglocken schellen ließ. »Oh, Schatz, das ist wunderbar. Dann schick mir gleich die Dokumente, und ich rechne noch einmal alles für dich durch. Ich habe schon einen ganzen Stapel Bücher und Zeitschriften für dich gewälzt. In der Gastronomie gibt es extrem viel zu beachten! Ich mache dir das Dossier dann bis zum Wochenende fertig.«

»Danke, Mama. Ich brauche noch ein bisschen, bis ich alle Zahlen beisammen habe. Ich darf die Renovierung nicht schleifenlassen.«

In dem Augenblick, in dem sie es aussprach, wusste Jule, dass sie einen fürchterlichen Fehler begangen hatte. Sie konnte förmlich hören, wie der Blutdruck ihrer Mutter durch die Decke ging: »Der Businessplan ist das Erste, was man erstellt, Kind! Wie oft habe ich dir …«

»Ganz oft, Mama!«

»Du kannst nicht anfangen, ohne zu wissen, wie viel Geld du für all die anstehenden Arbeiten benötigst. Du hättest schon vor dem Kauf …«

»Ich habe das grob durchgerech…«

»Und all die rechtlichen Fragen geklärt? Hygieneschulungen gebucht? Mit Insidern gesprochen?«

»Jetzt wird erst mal fertig entrümpelt, damit ich eine Übersicht habe!«

»Das ist fahrlässig von dir.«

»Mama!« Um ein Haar hätte Jule das Telefon von sich geschleudert. Ihre Mutter hatte ein so dermaßen sicheres Gespür für wunde Punkte. Natürlich hatte Jule in den letzten Monaten ein grobes Finanzkonzept erstellt und sich im Internet in die wichtigen Sachen eingelesen. Aber es stimmte leider: Sie hätte so viel mehr tun können, nein, so viel mehr tun müssen! Tränen schossen ihr in die Augen.

»Beruhig dich, Schatz. Das bekommen wir alles noch hin. Wann willst du eröffnen?«

»Juni«, flüsterte Jule geknickt. Der Juni schien plötzlich greifbar nah zu sein, quasi schon morgen. Wie sollte sie das alles bis dahin noch schaffen?

»Gut. Wir reden Samstag in Ruhe beim Essen. Wann bist du ungefähr da?«

Erschrocken hustete Jule. Ihre Alarmglocken klingelten noch schriller. »Samstag? Essen?«, krächzte sie und saß kerzengerade in der Wanne. »Ich habe dir gesagt, dass ich frühestens in zwei Wochen wieder nach Hause komme.«

Entrüstet atmete ihre Mutter tief ein: »Aber, Schatz, dein Vater hat den Braten schon eingelegt!«

»Es tut mir leid, aber ich komme nicht.«

»Ja, sollen wir den Sauerbraten etwa wegwerfen?«

»Das ist emotionale Erpressung«, entgegnete Jule frostig. Sie wusste nicht, wie oft sie ihrer Mutter schon gesagt hatte, sie solle vorher fragen, ob Jule zum Essen da war, bevor sie Vater ein mehrgängiges Menü vorbereiten ließ. Unendlich viele Verabredungen waren in den letzten Jahren geplatzt, weil Jule sich doch zu ihren Eltern an den Tisch gesetzt hatte, statt vehement darauf zu bestehen, den Kinoabend mit ihren Freundinnen nicht abzusagen. »Außerdem brauche ich aus Müggebach Stunden, bis ich bei euch bin, und komme abends nicht mehr zurück. Und ich habe mich schon verabredet. Da kann ich nicht einfach absagen, weil du mich wieder nicht gefragt hast, ob ich zum Essen kommen möchte!«

»Verabredet?« Ihre Mutter wurde hellhörig. »Dann bring ihn doch mit.«

Weshalb versuche ich es eigentlich im Guten? Ich könnte einfach auflegen.

»Ich gehe bloß Ole besuchen.«

»Der kann sich hier auch mal wieder blicken lassen.« Ihre Mutter klang zutiefst eingeschnappt. »Und meine Schwester dazu.«

Jule atmete vorsichtig und schluckte den nächsten Widerspruch hinunter. Sie musste das Gespräch dringend beenden. »Ich richte es aus. Einen schönen Abend noch.«

»Kauf dir endlich ein Auto«, gönnte sich ihre Mutter noch eine kleine Spitze zum Schluss und legte auf.

Um Ruhe bemüht, legte Jule das Telefon auf einen Stapel Handtücher. Sie atmete tief durch und dachte an blühende Mirabellenbäume. Als sie sich beruhigt hatte, gönnte sie sich noch etwas heißes Wasser und ein weiteres Stück Badeschokolade. Genussvoll seufzend sank sie in die Wanne zurück und ließ ein Stück Nougatschokolade auf ihrer Zunge zergehen.

Nougat schmeckt, wie es klingt, sinnierte sie.

Allmählich verdrängten die Düfte von Lavendel und Orange und das Aroma der Schokolade die schlechten Gedanken.

Nougat, schwebte durch Jules noch halb schlafende Gedanken. *Nougat*. Ein weiches, warmes Wort, ein kleiner Rettungsanker. Es heilte die verbalen Hiebe, die Jules Mutter in ihrer impulsiven, rechthaberischen Art ausgeteilt hatte, ohne es zu merken.

Jule würde alles schaffen, was sie wollte. Und was sie im Moment am meisten wollte, war ihr Café Lindenblüte.

Sie lächelte vor sich hin, die Lider noch geschlossen. Trotzdem kam ihr die Umgebung hell vor. Hatte sie wirklich so lange geschlafen?

Sie sprach das Wort aus: »Nougat.« Erfreute sich an dem süßen, weichen Klang und ließ ihre Gedanken schweifen. Nach wenigen Minuten schlug sie die Augen auf und schrieb in ihr Notizbuch:

Alles fühlt sich gerade sehr richtig an. Als wäre ich ein Puzzle und hätte nach vielen Jahren des Suchens ein lange fehlendes Teil von mir wiedergefunden. Früher habe ich mich mit Feuereifer in Aufgaben gestürzt und war immer neugierig auf Neues. Das scheint mir in den letzten Jahren manchmal etwas in Vergessenheit geraten zu sein. Ist es das, was die ganzen Ratgeber immer mit dem Schlagwort »Achtsamkeit« meinen? Dass man aus diesem Strudel raus muss, der einen über Alltag und Job vergessen lässt, wer man ist? Dass man aus dem Strom der Gewohnheit heraustritt und sich einmal gründlich von außen anschaut, wer man war, wer man geworden ist und wer man sein möchte?
Kann es sein, dass ich über die Jahre kein richtiges Ziel hatte? Keine Vision, für die ich brannte? Immer nur kleine Strohfeuer und das diffuse Gefühl, glücklich werden zu wollen, ohne eine Ahnung zu haben, wie ich das anstellen sollte?
»Glück findet man entlang des Weges, nicht am Ende der Straße.«
Ja, ein Plakat hat es leicht, so etwas zu behaupten. Aber es steckt viel Wahrheit drin. Man braucht eine Vision, ein Ziel. Ohne Ziel sieht man die Straße nicht, man muss aber aufpassen, nicht bloß stur nach vorn zu schauen und zum Ziel zu hetzen.
Ja, ich glaube, ich bin auf dem richtigen Weg und sehe auch die Schönheit, die links und rechts auf mich wartet. Und das muss ich mir immer und immer wieder ins Gedächtnis rufen, wenn ich strauchle oder mich verloren fühle.

Sie schlug das Büchlein zu und streckte sich mit einem tiefen Gähnen. Durch das Fenster grüßte der blaue Himmel. Zum ersten Mal fiel ihr auf, dass sie die Vorhänge seit ihrem Einzug noch nie geschlossen hatte. Es war einfach nicht notwendig.

Anders als in der Großstadt, war der Himmel nachts fast dunkel, und da ihr Schlafzimmer in Richtung Garten lag, störte auch keine Straßenlaterne. Und ihr fiel noch etwas auf: Das war der erste Morgen, an dem sie ausgeschlafen hatte und erst nach Sonnenaufgang wach geworden war. Sie gähnte ein weiteres Mal und schielte zum Wecker hin: *Ich glaube, ich werde alt, wenn neun Uhr für mich ausschlafen bedeutet!*

Jule fühlte sich ganz und gar wach und wurde schon bei dem Gedanken, einfach liegen zu bleiben, ganz kribbelig. Dafür war der Tag einfach viel zu schade! Genussvoll warf sie die Bettdecke von sich. Das Wochenende versprach wunderschön zu werden. Der letzte Rest März setzte alles daran, sich bei den Menschen beliebt zu machen, und verbreitete frühlingshafte Heiterkeit. Anscheinend behielt Milla mit ihrer Wettervorhersage recht.

Mit allen möglichen Plänen für den Tag im Kopf hüpfte Jule über die eiskalten Dielen und riss die Fenster auf. Dieser frostige Morgen war so voller Energie und Klarheit, dass sie es einfach nicht ertrug, sich in irgendeiner Weise eingesperrt zu fühlen. Ihre Laune war so gut, dass ihr der neue »Kein Starbucks in Müggebach«-Zettel, den sie zwischen den sonntäglichen Werbeblättchen fand, nur ein mattes »Pöh!« entlockte. Allmählich fragte sie sich, wie langweilig das Leben des Zettelschreibers wohl sein musste, wenn derjenige nichts Besseres zu tun hatte, als jede Nacht zu ihrem Briefkasten zu pilgern. Möglicherweise litt er oder sie aber auch an Schlaflosigkeit, spazierte nachts durch den Ort und warf auch bei anderen Leuten Zettel ein.

»Keine Verpackungen in den Restmüll!«

»Weniger Schokolade für die Kinder!«

»Kehrwoche ist einzuhalten!«

Wenn das so weiterging, würde Jule jedenfalls abends ein Blatt mit Übungen für den Beckenboden an den Briefkasten hängen. Nur für den Fall, dass nächtlicher Harndrang die Ursache war.

Kopfschüttelnd legte Jule den Zettel auf den Tresen. Sie hatte davon bereits einen ganzen Haufen angesammelt. Einige steckten in einem Umschlag. Die würde sie der Polizei übergeben, sollten noch einmal Eier gegen ihre Hauswand fliegen – aus den anderen Zetteln würde sie Schmierpapier machen oder etwas basteln.

Vorerst reichte es ihr, ein Protokoll der Vorfälle zu führen. Mit dem Fortschreiten der Vorbereitungen und den ersten Pressemitteilungen würde dem Zettelschreiber doch sicherlich irgendwann aufgehen, dass Jule hier weder abriss noch eine 08/15-Filiale irgendeines Kaffeekonzerns eröffnete, sondern einen Treffpunkt für das Dorf, der Herz und Seele besaß. Bei aller Liebe zu Frappuccino und Third-Wave-Coffee, man musste die ja nicht an jeder Ecke bekommen.

Eigentlich hatte Jule für den Sonntag ein ruhiges Frühstück im Wintergarten geplant, aber bereits beim Zusammenstellen des Tabletts sprangen ihr die kahlen Wände der Wohnung ins Auge. Hier und da war noch der Umriss eines Bilderrahmens zu sehen, und der wilde Möbelmix der Vorbesitzer tat ein Übriges.

Was Jule jetzt brauchte, war ein Rückzugsort, an dem sie neue Kraft tanken konnte. Und darum sollte sie sich so bald wie möglich kümmern. Denn nichts hielt bekanntlich länger als ein Provisorium, und so sah sie sich bereits Weihnachten in dieser ungemütlichen Muffigkeit feiern.

»Hm«, machte Jule und stemmte die Hände in die Hüften.

Bedächtig schritt sie durch die Räume und musterte die Wände. Nun gut. Sie konnte sich ja an den Wochenenden ganz gemächlich Zimmer für Zimmer vornehmen. Einfach allen Kram in einem der ehemaligen Kinderzimmer parken und loslegen. Türen zu, dann kam erst gar nicht das Gefühl auf, in einer Baustelle zu leben.

Kurz entschlossen wuchtete Jule alles, was ihr im Weg war, in das Zimmer mit den vergilbten Raubtierpostern an der Wand. Als sie im zweiten Kinderzimmer den massiven dunklen Kleiderschrank von der Wand abrückte, huschten dahinter die Spinnen. Da sie gleich die alten Tapeten von den Wänden kratzen würde, verzichtete sie aber darauf, den Staubsauger zu holen. Sollten die Viecher ruhig noch eine Weile Freude an ihrem staubigen Paradies haben.

Als sie im Schrank einen alten Notenständer aus Holz fand, kam ihr eine Idee: Mit einer Kordel befestigte sie ihren Laptop so, dass die Webcam auf sie zeigte. Dann schaute sie nach, ob jemand online war. Maike glänzte durch Abwesenheit, aber Ole antwortete sofort, und die beiden richteten eine Videokonferenz ein.

»Du hast Zeit?«, fragte Jule und justierte den Notenständer.

»Zeit?« Oles Handykamera machte einen abenteuerlichen Schwenk über sauberes, frisch ausgestreutes Stroh hinweg. Dann stand das Bild still, im Hintergrund sah man rotbraune, sehr haarige Kühe in einem großzügigen, hellen Stall stehen. Ole filmte eine Mistgabel.

»Zeit findet man immer. Vielleicht nicht gerade am Ende des Regenbogens …«

»… aber die unter dem nächsten Misthaufen ist gratis und spart die Muckibude.«

»Nächste Woche sind die Weiden hoffentlich nicht mehr so matschig und wir können die Viecher rauslassen. Und was treibst du Spannendes?«

In der Pose eines Westernhelden blies Jule über ihren Spachtel. »Spinnen jagen, Tapete abkratzen, die Welt retten. Und nebenher frühstücken.«

»Ts! Essen im Stehen ist ungesund.«

»Ich wette mit dir, die Steinzeitmenschen haben ununterbrochen gefuttert, wenn sie etwas in die Finger bekamen.«

»Unser Ziegenbock futtert auch, wo er geht und steht, und ist das fetteste, hinterhältigste Biest, das man sich vorstellen kann.«

Beide lachten. Jule wurde warm ums Herz. Ihre Freundinnen waren weit weg, aber hier gab es einen etwas schrägen Cousin, der sie verstand.

Außerdem konnte er Gedanken lesen: »Dich bedrückt doch was. Schieß los.«

»Und bei dir ist alles in Ordnung?«

»Machen wir doch einfach beide kurz Pause und jammern ein wenig rum.«

Sie hoben die Hände und taten, als würden sie die Abmachung per Handschlag besiegeln. Dann legten sie los. Jule erzählte Ole von dem hinterhältigen Eierwurf und von ihrer Mutter. Er wiederum klagte ihr sein Leid, dass es ihm einfach nicht gelang, eine nette Frau kennenzulernen – jedenfalls keine, die bereit war, zu ihm auf den Hof zu ziehen.

Viel zu schnell piepste Oles Handy-Akku. »War schön, mit dir zu reden, Jule. Ich muss das Handy aufladen und etwas essen. Wir sehen uns bestimmt bald. Und falls du vorher Unterstützung gegen diese Vandalen brauchst, melde dich, ja?«

»Das mache ich bestimmt. Danke fürs Zuhören.«

Andächtig beobachtete Ole, wie eine Kuh einen dicken, weichen Kuhfladen in das frisch von ihm ausgestreute Stroh plumpsen ließ. Er zuckte mit den Schultern. »Shit happens, nicht wahr?«

Jule summte. »Life is life.«

Mit einem einvernehmlichen »Nanananana« beendeten sie das Gespräch.

Pfeifend befreite Jule eine halbe Wand von Tapete und schlug noch mehr Spinnen in die Flucht.

Das ist doch ein guter Anfang. Weiter im Programm, sagte sie sich, noch immer voller Energie und Tatendurst, ihrer Mutter zu beweisen, dass sie dieses Projekt stemmen konnte.

Sie durchforstete ihr Notizbuch nach den Dingen, die am dringendsten erledigt werden mussten. Allmählich nahmen die Notizen überhand.

Ich muss das besser sortieren. Wie kann ich meine Listen übersichtlicher machen?

Jule sortierte Post-its hin und her. Ihr Register stieß allmählich an seine Grenzen. Sie schaute ihr Handy an. Es gab sicher hunderte Apps, mit denen sie ihre Aufgaben planen und sortieren konnte. Aber welche war die richtige für sie? Es musste doch auch einfacher und übersichtlicher gehen. Jule grübelte. Eigentlich reichte ein großes Blatt Papier aus, das sie sich irgendwo an die Wand heftete. Unterwegs brauchte sie ihre To-do-Liste nicht. In Gedanken sah sie bereits ihre Liste auf der Rückseite der »Kein Starbucks!«-Zettel entstehen, dann fiel ihr etwas Besseres ein: Bei ihrem letzten Baumarktbesuch hatte sie eine Dose Magnet- und eine Dose Tafelfarbe gekauft.

Eigentlich ein Spontankauf. Sie hatte ausprobieren wollen, ob sie damit schöne Tafeln für die Lindenblüte zaubern konnte – für die Tageskarte und um Fotos von Veranstaltungen auszuhängen. Mit ihrer Kladde in der Hand ging sie durch ihre Wohnung und suchte nach einem geeigneten Platz für ihre Liste.

Sie maß in der Küche ein Stück der Wand aus. Dann holte sie aus dem Keller einen der alten, glaslosen Fensterrahmen. Während sie diesen grob mit der Hand abschmirgelte, legte sie einen Teil der Starbucks-Zettel kurz in Wasser ein, damit sie leicht feucht waren. Sie bestrich die Holzteile großzügig partienweise mit Decoupage-Kleber und drückte die nassen Zettel an. Sie hatte kein bestimmtes Bild vor Augen und klebte, wie es ihr gerade in den Sinn kam. Wo sich zwei Papiere überlappten, sparte sie nicht mit Kleber. Wenn später alles getrocknet war, würde sie das Ganze noch mit einem klaren Lack überziehen.

In den Rahmen kam eine Spanplatte, die Jule dreifach mit Tafelfarbe bestrich.

Zufrieden betrachtete sie ihr Werk und spürte eine ungemeine Genugtuung dem Zettelschreiber gegenüber.

Wochentipp – Ein Glas mit Achtsamkeit

Wir haben es immerzu eilig.
Hier noch schnell das Geschirr spülen, dort die Wäsche in die Maschine stopfen, zwischendurch einen Zahnarzttermin ausmachen, von einem Meeting zum anderen hetzen. Dafür belohnen wir uns mit einem Häkchen auf der To-do-Liste.
Sogar unsere Freizeit ist oft von vorn bis hinten durchgeplant: dreimal die Woche Sport, schnell duschen, noch einkaufen. Beim romantischen Abendrot-Gucken natürlich zwischendurch ein Selfie machen oder nur ein schneller Seitenblick, ob jemand eine Nachricht geschrieben hat.
Wäre es nicht gut, wenigstens ein paar Minuten Pause zu machen, sich vom Leben freizunehmen und etwas zu tun, das wir nicht geplant haben?
Dann schnappt euch ein großes Glas und verziert und beschriftet es mit allem, was ihr habt: Reste von Window-Color, Acrylfarbe, Washitape, Klebe-Edelsteine …
Um die Verzierungen haltbarer zu machen, kann man sie am Ende noch mit Klarlack überziehen.
Dann nehmt ihr euch viele kleine Zettelchen und schreibt auf jeden eine schöne Kleinigkeit, für die ihr euch ein paar Minuten Zeit nehmen könnt: ganz langsam ein Stück Schokolade lutschen, am Fenster stehen und den Blättern zusehen, einen Tropfen Spüli in ein Glas geben und mit dem Strohhalm pusten, bis der Schaum überquillt. Tauscht am besten mit guten Freunden, dann habt ihr echte Überraschungen im Glas!
Rollt die Zettelchen zusammen und klebt sie mit einem Streifen Washitape zu (das geht so schnell und einfach wie mit Tesa, sieht aber besser aus).

Ich wünsche allzeit ein offenes Auge für die schönen Dinge des Lebens.

Jolanda

Kapitel 7

Von: Jolanda Moller <jule@jules_linde.de>
An: Wilhelmine Arbt <Wilhelmine@mailmail.de>
Betreff: Schokolade macht glücklich – Buchhaltung nicht

Liebste Oma,

du darfst ein wenig stolz auf mich sein! Ich habe zwar noch immer keine Finanzgenie-Gene bei mir entdeckt, aber zumindest ausreichend Sitzfleisch gefunden, um mich in die Sache reinzuarbeiten. Zugegeben: Ohne meine Workaholic-Nachbarin hätte ich das nicht hinbekommen und vor allem nicht in dieser kurzen Zeit. Sie hat natürlich schon angedeutet, dass sie das nicht ehrenamtlich tut, sondern wir demnächst einmal über einen Minijob reden müssen. Meine erste Angestellte. Hilfe! Chefin Jolanda? Ich bekomme Schweißausbrüche, wenn ich darüber nachdenke. Andererseits ist es natürlich ein unglaubliches Angebot von ihr. Eine Fachkraft für einen Aushilfslohn!
Das bedeutet aber auch, dass ich aufpassen muss, dass sie mir nicht vor lauter Eifer das Steuer aus der Hand nimmt. Ich bin kurz davor, mit meiner Mutter zu telefonieren und mir Tipps zu holen. Wie spricht man mit Personal, mit dem man gleichzeitig befreundet ist?
Ich hoffe, du bist die Bronchitis wieder los und fit und gesund. Schreib mir bitte eine Karte, wenn du wieder zur Kur an die Nordsee fährst. Ich habe nämlich gerade über den Küchen-

schränken die Wand schwarz gestrichen. Dort werde ich jetzt alle Karten aufhängen, die ich bekomme. Sieht toll aus, und endlich verstauben die Dinger nicht mehr in irgendeiner Erinnerungskiste. Was hat man schon von Erinnerungen, die man nicht vor Augen hat oder nur einmal im Jahrzehnt hervorholt?

Ich küsse und umarme dich, je t'embrasse
Deine Jolanda

Das Wetter war so bleigrau und kühl wie Jules Stimmung. Die vergangene Woche konnte man aus ihrer Sicht nur in die Tonne kicken. Deshalb trat sie jetzt kräftig in die Pedale, als wäre ihr Fahrrad auf irgendeine Weise schuld an ihrer mäßig guten Laune. Ungehalten knurrte sie durch ihren dicken Schal den frostigen Wind an, der sich gefälligst daran erinnern sollte, dass es mittlerweile Anfang April, also sowohl meteorologisch als auch astronomisch betrachtet Frühling war.

Besonders die Sache mit der Zeitung lag ihr schwer im Magen. Zwar hatte Jule schon häufiger für Provinzblätter geschrieben und wusste, dass die Kommunikation sich ab und an schleppend gestaltete, aber jetzt schon den dritten Klopper abzubekommen, das ging entschieden zu weit! Vor allem nicht, nachdem Jule zwei Artikel pünktlich abgeliefert hatte. Dann kam die Krönung: Ihr ach so eiliger Artikel über die Bepflanzung im Dorf war zwar bezahlt, aber nie abgedruckt worden. Stattdessen hatte Frau Thiel-Teutenbacher nur knapp geantwortet, Jule habe sich nicht an die Vereinbarung gehalten, einfach die Pressemitteilung zu ändern und ein Foto zu machen. Dafür grinsten ihr in der heutigen Samstagsausgabe Rentner mit Gartenschäufelchen und Salatsetzlingen in den Händen entgegen – ganz vorn in der Lokalausgabe. Frau Thiel-Teutenbacher hatte kurzerhand einen Artikel über die Bürgerinitiative geschrieben, die nicht nur gegen die Umgestaltung der Linde, sondern auch für bürgerliches Engagement in Sachen Dorfverschönerung eintrat – und sich dazu noch für gesunde Ernährung einsetzte. Jule wurde noch immer blass vor Wut, wenn sie daran dachte. Das konnte einfach kein Zufall sein, dass die Herrschaften genau jetzt auf die gleiche Idee wie Jule kamen. Und nicht nur das: Sie setzten dem auch noch einen drauf, indem sie nicht nur Blumen säten, sondern auch Gemüse, das jeder ernten durfte, der vorbeikam.

Und als wäre das nicht bereits ein harter Schlag ins Gesicht gewesen, gab es schon wieder einen Leserbrief, der aus geheimer Quelle erfahren haben wollte, dass »eine amerikanische Café-Kette« im Dorf eröffnen würde.

Was bildet diese Käseblattschnepfe sich ein? Bin ich hier der Fußabtreter, oder was?

Auf dem Weg zum Markt hatte sie wieder einmal beim nahegelegenen Lokalbüro vorbeigeschaut und wieder nur gähnende Leere vorgefunden. Hinter den Scheiben war es dunkel und der Schreibtisch so aufgeräumt und sauber, als würde dort nie jemand arbeiten.

Das kleinere Übel dieser verkorksten Woche waren die ewigen Protestzettel, die Jule nach wie vor ein- bis zweimal am Tag aus ihrem Briefkasten fischte.

Kein Starbucks in Müggebach!!!

Jule schnaubte vor Wut, wenn sie bloß daran dachte. Ob sie wohl irgendwann ausreichend Material beisammen hatte, um sämtliche Fenster- und Türrahmen der Lindenblüte damit zu gestalten?

Da es endlich einmal ein Stück bergab ging, lehnte sie sich weit über den Lenker und entspannte wenigstens ihre Wadenmuskulatur. Wie kam jemand, der sie gar nicht kannte, dazu, ihr so etwas zu unterstellen? Wieder knirschte sie mit den Zähnen, schaltete zwei Gänge hoch und trat in die Pedale, um noch schneller voranzukommen. Sie steigerte sich so sehr in ihre Wut hinein, dass ihr langsam sogar warm wurde.

Ja, die Zeitung und dieser Papierverschwender hatten ihr die Woche gründlich vermiest! Und obendrauf kam, dass erst Milena das Grillen verschoben hatte. Die Nachricht kam natürlich erst, als sie gerade dabei war, mit den Einkäufen fürs Wochenende den Marktplatz zu verlassen.

War ja so klar, dass wieder was dazwischenkommt! Was soll ich denn jetzt mit den ganzen …

Jule vergaß augenblicklich, was sie mit dem Zuviel an Gemüse anfangen sollte, denn zum einen lenkte sie ein breites Edelcabrio ab, das das Sträßchen zuparkte, und dann trat unmittelbar dahinter ein schwarzhaariger Mann mit einem vollen Wäschekorb aus einer Seitengasse. Erschrocken bremste sie, ihr Hinterreifen schlingerte. Beinahe hätte sie es geschafft, ihm auszuweichen, doch er sah nur kurz auf und hielt plötzlich den Korb höher – jedenfalls sah es so aus. Sie legte sich noch ein Stück zur Seite, die schweren Satteltaschen zogen Jule nach unten. Sie und das Fahrrad knallten auf das Pflaster. Metall kreischte auf Stein, es klapperte eindrucksvoll.

Mindestens ein blauer Fleck am Knie war Jule sicher. Ihr Puls raste von der wilden Fahrt, sie fühlte sich unfähig aufzustehen, blieb liegen, schnappte nach Luft und wusste einen Moment lang nicht genau, wo oben und wo unten war.

Statt ihr zu helfen, knurrte der Mann sie an: »Wie wäre es mit weniger Tempo?«

Wütend sah sie hoch und blickte in hellgrüne Augen. Es war Mika, der keinerlei Anstalten machte, ihr eine Hand zu reichen. Seinen Wäschekorb, aus dem es verführerisch nach frisch gebackenem Brot duftete, hielt er wie ein Schutzschild vor sich.

Der ohnehin schon geladenen Jule platzte jetzt endgültig der Kragen. Sie rappelte sich auf die Ellbogen hoch und blaffte ihn an: »Ich frage mich, wie jemand, der so unhöflich ist, einen Job in der Gastronomie haben kann!«

Das schien ihn zu treffen, er zuckte merklich zusammen. Die Verletzlichkeit, die hinter seinem arroganten Gehabe aufblitzte, irritierte Jule und nahm ihr kurzfristig etwas den Wind aus den Segeln. Doch Mika ruinierte augenblicklich jede Möglichkeit zur Versöhnung: »Es soll ja auch Stadtmenschen geben, die meinen, sie könnten hier ein Schickimicki-Café eröffnen, obwohl sie keine Ahnung von irgendetwas haben. Vom

Obstbaumschnitt nicht und von Gastronomie schon zweimal nicht. Und eine Türklingel reparieren lassen ist wohl auch zu schwer?«

Mika hob den Korb an und machte einen weiten Schritt über ihren Hinterreifen hinweg. Ohne sich auch nur einmal umzudrehen, ging er die Gasse hinunter.

Auf dem Boden zitterte Jule mittlerweile und wusste nicht recht, ob vor Kälte, vor Schreck oder vor Wut. Sie beschloss, dass Mika es nicht wert war, auch nur einen weiteren Gedanken auf ihn zu verschwenden.

Nachdem sie mühsam ihr Fahrrad und ihre Beine sortiert und sich aufgerappelt hatte, konnte sie zumindest sicher sein, sich nichts gebrochen zu haben. Ihr Knie schmerzte leicht, und die Bananen in der Satteltasche waren angematscht, aber sonst schien nichts passiert zu sein. Allerdings machte das Vorderrad einen etwas schiefen Eindruck. Jule musste das Fahrrad wohl oder übel schieben. Noch stärker als die Prellungen schmerzte allerdings ihr Stolz, denn sie war ja wirklich viel zu schnell und zu unkonzentriert auf der engen Straße unterwegs gewesen. Statt Mika hätte ihr auch ein kleines Kind, ein Hund oder jemand mit einem Rollator vors Rad laufen können. So gesehen hatte sie unheimliches Glück gehabt.

Noch immer hing der Duft von Brot und Brötchen in der Luft, dabei gab es hier weit und breit keine Bäckerei. Jule hob die Nase und schnupperte wieder. Eine solche Menge Brot konnte doch niemand in einer kleinen Küche backen. Und war Mikas Wäschekorb nicht bis oben hin mit Bäckertüten gefüllt gewesen? Ihre Neugier erwachte. Sie stellte das Fahrrad ab und ging in die kurze, schattige Gasse hinter dem Cabrio hinein. An ihrem Ende war nur eine Tür aus Metall zu sehen, eher eine Hintertür als ein Eingang. Aber der Geruch kam eindeutig von dort. Mit klopfendem Herzen legte Jule die Hand auf die Klinke und drückte sie vorsichtig hinunter. Wärme und Bäckereiduft strömten ihr entgegen. Sie betrat den Vorraum zu einer kleinen Backstube, in der zwei Bäcker mit bereits ergrautem Haar herumwuselten. Der eine holte gerade eine große Fuhre Brot aus einem Ofen, der andere nahm Backwerk aus einem Regal, wickelte es gemächlich in Papier und legte die fertigen Stücke in einen Wäschekorb. Anschließend strich er mit einem Bleistift etwas auf einer Liste ab. Neben dem Wäschekorb stand eine schicke Brünette, die ziemlich gut zu dem auffälligen Cabrio passte.

»Und wenn Sie heute noch zwei Croissants mehr haben, packen Sie mir die bitte auch noch ein.«

Der Mann nickte lächelnd und griff in einen riesigen, bis zum Rand gefüllten Korb. Überall standen Körbe mit Brot und Brötchen herum. Die zwei Bäcker schienen direkt aus der Backstube zu verkaufen. Ob es einen richtigen Verkaufsraum mit Theke gab, konnte Jule nicht sehen.

Beim Anblick des frischen Gebäcks knurrte Jules Magen vernehmlich, und das Wasser lief ihr im Mund zusammen. Sie sah förmlich die Süßrahmbutter auf dem Blätterteig schmelzen. Dazu ein Kleckschen selbstgekochte Kirschmarmelade …

Der alte Bäcker wandte sich ihr zu und musterte sie über den Rand seiner Brille hinweg. »Kann ich Ihnen helfen, Fräulein?«

»Danke, ich habe Zeit.«

Ein zweites Magenknurren. Die Cabriofahrerin tat, als wäre Jule nicht da: »Und vom Bienenstich nehme ich auch. Fünf Stücke, bitte.«

Der Bäcker dagegen lächelte noch immer Jule an: »Ich habe da noch einen kleinen Rest Apfelkuchen. Wollen Sie den auf die Hand haben und probieren? Das Stück ist angedrückt, das kann ich nicht mehr verkaufen.«

»Danke, sehr gerne«, sagte Jule und seufzte wohlig.

In diesem Augenblick, als sie in der heimelig warmen Backstube stand, umgeben von herrlich duftendem Brot, renkte sich ihr Karma wieder ein, und sie versöhnte sich mit dem Tag. Der Bäcker reichte ihr den noch warmen Kuchen. Sie biss ab, und der tröstende Geschmack süßer Äpfel, vermengt mit einer Spur Vanille und Zimt, breitete sich an ihrem Gaumen aus. Es war einer dieser zauberhaften Momente, in denen sich die Welt ein klein wenig verwandelt. Die altmodische Bäckerei wurde zu einem heimeligen Ruhepol, wie jene magischen Läden, die sonst nur in Romanen auftauchen. Mit jedem Bissen fiel ein Stück Anspannung von Jule ab, und sie begann davon zu träumen, dass auch ihre Gäste bei einem Stück Kuchen den Alltag und ihre Sorgen vergaßen und zu sich selbst fanden.

»Der Bienenstich ist alle«, sagte der Bäcker gerade.

Doch die Cabriodame ließ nicht locker. »Ich bin mir sicher, Sie haben noch fünf Stücke für mich. Sie haben doch immer etwas mehr da.«

»Die sind für heute leider schon weg«, erklärte er ruhig.

»Na, dann nehme ich halt Apfelkuchen.« Sie seufzte schwer.

»Das letzte Stück habe ich gerade dem Fräulein gegeben. Und fünf hätten wir da eh nicht mehr draus machen können.« Er schaute sie über den Rand seiner Brille hinweg an, immer noch geduldig. Die Dame mit den Sonderwünschen schien häufiger Kundin bei ihm zu sein. Sie dagegen taxierte Jule, als wäre ihr gerade eben erst aufgefallen, dass noch jemand im Raum stand.

»Mein lieber Herr Wurz! Ich habe heute Gäste! Mein Mann sitzt im Gemeinderat, da muss ich doch etwas Gutes zum Kaffee anbieten.« Sie schielte auf ein Kuchenblech, von dem der zweite Bäcker gerade einige Stücke herunternahm, verpackte und die Tüten mit Namen beschriftete.

»Wenn Sie uns vor zwei Tagen angerufen hätten, Frau Mürle, hätten Sie noch Kuchen bestellen können. Was wir noch dahaben, ist alles reserviert.«

Sie schnaubte ungehalten. »Ich weiß, dass Sie immer ein paar Stücke mehr backen.«

»… die meistens auch schnell weg sind. Es tut mir leid, die Extrastücke habe ich schon vor einer halben Stunde verkauft.«

Aufmerksam verfolgte Jule die Unterhaltung, während sie die letzten Reste Kuchen aß und sich die Streusel von den Fingern leckte. Sie prägte sich das Gesicht der Frau gut ein. Das war genau die Art von Mensch, die niemand gerne als Kunde hatte.

»Ich hoffe doch, Sie backen wenigstens weiter, wenn diese neue Starbucks-Filiale eröffnet hat. Schrecklich, dass jetzt auch unser schönes Dorf von diesen Ketten verunstaltet wird! Ich habe es heute erst in der Zeitung gelesen.«

Jule fiel die Kinnlade herunter. Diese Frau konnte offenbar einen Leserbrief nicht von einem echten Zeitungsartikel unterscheiden. Während sie noch überlegte, ob sie sich mit der Frau eines Gemeinderats anlegen sollte, fing sie einen Blick von Herrn Wurz auf.

»Das glaube ich erst, wenn ich es sehe. Warten wir doch einfach ab, was aus der Linde wird. Ich gebe nichts auf Gerede. Man weiß ja, aus welcher Ecke das kommt.«

»Ach, weiß man das?« Frau Mürle zog eine Augenbraue hoch und reckte ihr Kinn. »Fürs nächste Mal nehme ich fünf Stücke Kuchen. Stellen Sie mir bitte etwas Schönes zusammen. Haben Sie schon einmal darüber nachgedacht, endlich Sahnetorten anzubieten?«

»Die Hygienevorschriften …«

»Was ist denn mit den Streuselkuchen, die Ihr Bruder da gerade aus dem Ofen holt?«

»Die sind schon …«

Irgendwann kapitulierte Frau Mürle, zahlte, klemmte sich ihren Wäschekorb mit den vielen Tüten auf die Hüfte und ließ sich von Herrn Wurz die Tür aufhalten.

Der schüttelte nur den Kopf, als sie endlich verschwunden war.

»Was kann ich für Sie tun?« Einen kurzen Moment fragte Jule sich, ob sie ihren Von-auswärts-Stempel doch nicht so offensichtlich trug, aber schon lächelte der Bäcker: »Sie sind die neue Lindenwirtin, stimmt's?«

Jule beherrschte sich, nicht laut zu seufzen, rang sich ein Lächeln ab und erinnerte sich an die Small-Talk-Regeln, die sie in den letzten Jahren im Café in Frankfurt gelernt hatte. »Ja, gerade frisch eingezogen. Danke für den hervorragenden Kuchen.«

»Nicht der Rede wert. Sie fühlen sich hoffentlich schon wohl hier.«

»Auf jeden Fall vermisse ich Frankfurt nicht. Ich suche übrigens schon die ganze Zeit nach einer guten Bäckerei.«

»Da werden Sie bei uns nur bedingt fündig. Wir backen zweimal im Monat auf Vorbestellung. Die meisten Leute nehmen sich dann etwas mehr mit und frieren die Sachen ein.«

»Aber warum denn nicht täglich?«

»Wir sind halt nicht dort, wo die Pendler langfahren. Man kann hier schlecht parken. Und wir bräuchten Lehrlinge, aber seit Jahren finden wir niemanden.«

Jule spürte, wie sie errötete. »Ich glaube, ich würde auch nicht so früh aufstehen wollen.«

»Ach, da gewöhnt man sich dran. Kann ich Ihnen denn unsere Backwaren schmackhaft machen? Zwei Croissants und eine Seele habe ich heute auf jeden Fall noch über. Oder lieber einen Weck?«

Ohne ihre Antwort abzuwarten, brach er ein duftendes Brötchen entzwei und reichte ihr eine Hälfte. Es war perfekt, außen knusprig und innen weich. Es schmeckte so gut, wie es aussah.

»Da kann ich schlecht nein sagen.« Sie biss ein weiteres Stück ab. »Falls Sie doch noch einen Azubi finden und wieder täglich backen: Ich werde wohl im Juni eröffnen und könnte einen Lieferanten gebrauchen, damit ich ein anständiges Frühstück anbieten kann.«

»Verlockend, Frau …?«

»Moller. Aber jetzt nehme ich erst einmal die zwei Croissants. Wissen Sie, wie sehr Sie mir gerade den verkorksten Tag retten?«

Er zwinkerte ihr zu. »Gutes Essen kann die Seele heilen.«

Das kommt an meine Wand.

Die Tür ging auf und ein Schwung Kundschaft, ausgestattet mit großen Taschen und Kisten, kam herein. Herr Wurz kassierte, drückte Jule zwei Bäckertüten und die Bestell-Liste mit der Telefonnummer in die Hand und verabschiedete sich freundlich.

Mit wesentlich besserer Laune kam Jule bei der Lindenblüte an. Zu ihrer Überraschung hing am Briefkasten eine unbedruckte Baumwolltasche. Misstrauisch griff Jule danach. Konnte ja sein, dass der Zettelschreiber einen Urlaub plante und ihr gleich einen Monatsvorrat an »Kein Starbucks in Müggebach!!!«-Pamphleten zukommen ließ. Oder einen Karton mit fauligen Eiern, um selbst die Lindenblüte zu bewerfen.

Vorsichtig betastete sie den Beutel. Nein, Eier oder Papier waren definitiv nicht darin, sondern etwas sehr Weiches, das nicht nach Mist roch.

Beim näheren Hinsehen bemerkte Jule ein schlichtes Kärtchen, das mit einer winzigen Wäscheklammer an einem der Henkel befestigt war.

»Für Jule«, stand dort in einer zierlichen Handschrift, die leicht altdeutsche Schwünge aufwies. »Gegen die kalten Füße, für gute Laune und zum Lernen der badischen Farben.«

»Aha«, machte Jule und spähte in die Tasche. Auf den ersten Blick sah sie roten und gelben Stoff leuchten und dazwischen etwas Weißes hervorblitzen. Außerdem duftete alles nach Pfefferminze, und somit war klar, von wem diese kleine Aufmerksamkeit stammte.

»Ach, Gerta!«, murmelte Jule. »Das ist ja süß von dir.«

Neugierig griff sie zwischen die Stofflagen. Das Weiße fühlte sich definitiv sehr kuschelig an und stellte sich beim Herausziehen als gestrickte Socken heraus. Sie rochen kein bisschen nach Schaf und waren so flauschig und leicht, dass Jule sie sich sofort an die Wange hielt und damit kuschelte.

Die sind perfekt für einen Abend mit heißer Schokolade und einem guten Buch.

Das Bunte waren Geschirrtücher mit einem hübschen Rautenmuster in Gelb und Rot. Ja, die Badener und ihr Regionalstolz. Das kannte Jule schon von ihrer Großmutter Wilhelmine, die, obwohl ja schon in ihrer Jugend weggezogen, in ihren Vitrinen diverse Gläser und Devotionalien präsentierte, die mit dem badischen Wappen geschmückt waren. In ihren Augen war das immer ein sehr schrulliger und kitschiger Ausdruck von Heimatverbundenheit gewesen.

Für Jule stellte sich die Frage, inwieweit sie sich diesem Regionalstolz anpassen wollte und konnte und ob diese fast schon kultisch anmutende Traditionsliebe der Badener notwendig war, um tiefe Wurzeln in ihrer neuen Heimat zu schlagen. Natürlich wusste sie die Antwort auf diese Frage im Moment noch nicht, sie würde sich mit der Zeit finden müssen.

Während sie völlig in Gedanken versunken vor ihrer offenen Tür stand, stellte der Postbote sein Fahrrad neben ihr ab.

»Morgen! Da muss ich ja gar nicht klopfen.«

»Morgen. Beim nächsten Paket können Sie wieder klingeln. Die Klingel ist endlich repariert!«

Er lachte und drückte Jule einen Schuhkarton in die Hand. Anhand der Schuhmarke erkannte sie bereits, von wem das Päckchen war – nur Maike trug Doc Martins in Lila. Nun, jetzt vielleicht nicht mehr, wo sie in der Bank arbeitete, aber sicherlich besaß sie noch ein ganzes Arsenal an Schuhkartons, denn Maike tat sich noch schwerer damit, sich von Dingen zu trennen, als Jule. Genau genommen war es verwunderlich, dass ausgerechnet sie als Teilzeit-Messie ein BWL-Studium mit Bestnoten bestanden und einen seriösen Job angetreten hatte.

Menschen haben doch immer Geheimnisse unter ihren vielen Schichten. Und gerade bei denen, die man am besten kennt, halten wir am längsten an einem einmal gemachten Bild fest und tun uns schwer, an diesem Menschen andere Seiten zu akzeptieren.

Jule schleppte die Einkäufe, das Päckchen und die Stofftasche in ihre Wohnung. Dabei fragte sie sich, wie sie selbst sich wohl in den letzten Monaten und Jahren verändert hatte. Was Cora und Maike wohl über sie dachten? Ob sie in deren Augen noch die *alte* Jule war oder sich ein Wesenszug an ihr ausgeprägt hatte, den sie selbst und andere nicht an ihr kannten?

Bevor sie sich den Veränderungen der Zukunft stellen oder die Veränderungen der Vergangenheit analysieren konnte, musste sie sich in der Küche jedoch einer viel dringenderen Frage stellen: Sollte sie sich zuerst auf die Croissants mit Butter und Marmelade stürzen oder auf das Päckchen?

»Hach«, seufzte Jule. »Manchmal ist das Leben fürchterlich hart!«

Schließlich bezwang sie ihre Neugierde und richtete sich im Wintergarten einen gemütlichen Frühstückstisch, mit einem der neuen Geschirrtücher als Platzset. Sie zog die wunderbar warmen Socken von Gerta über und legte die Füße auf eins der alten Kissen, die sie unter ihrem Schreibtisch angehäuft hatte. Nach einem Schluck Pfefferminztee und einem Bissen in das herrlich lockere Croissant pulte sie vorsichtig das Paketklebeband ab. Durch die Scheibe winkte sie Berthe zu, die wohl auf ein zweites Frühstück hoffte. Jule zeigte ihr das frisch gekochte Ei im Eierbecher. Das hatte sie beim frühmorgendlichen Füttern in ihrer Fahrradsatteltasche gefunden. Berthe schien sich bestens eingelebt zu haben. Nur sah das sture Vieh es nicht ein, ihre gelegentlichen Eier in die gepolsterte Kiste zu legen, die Jule ihr extra dafür hingestellt hatte. Nein, sie fand immer unmöglichere Verstecke, an denen sie brüten wollte.

Das Ei interessierte Berthe anscheinend wenig. Sie stolzierte für einen Augenblick auf und ab. Als keine weiteren Körner kamen, verzog sie sich.

Jule zuckte mit den Schultern und machte sich daran, das Päckchen zu öffnen. Sie liebte überraschende Post.

Obenauf lag die übliche Zeitung zum Ausstopfen. Da Jule Maike kannte, glättete sie das Papier und schaute sich die Seite an. Ein Artikel über die kleinen Designerlabels in Berlin und den anhaltenden Trend zu individueller Mode aus Altkleidern. Jule legte ihn zur Seite, um ihn sich später zu Gemüte zu führen.

Darunter lag quer über fünf Zeitungspapierrollen ein Blatt mit der knallroten Warnung: »Vorsichtig auswickeln!«

Mit spitzen Fingern folgte Jule der Anweisung. Zum Vorschein kam ein winziges Tomatenpflänzchen, noch einmal eingepackt in einen Gefrierbeutel. Die Wurzelballen steckten in feuchten Tüchern. Dazwischen waren Papierröllchen in allen Farben verteilt – Jule hatte Maike von ihrem Achtsamkeitsglas erzählt.

Wenige Minuten später lagen fünf Tomatensetzlinge vor Jule auf dem Tisch. Sie waren mit exotischen Namen beschriftet: Sprite, Fuzzy Wuzzy, Orange Wildtomate, Dreikäsehoch und Carrot Like.

Hat Maike sich diese Namen ausgedacht oder gibt es wirklich Tomatensorten, die so heißen? Und seit wann züchtet Maike Tomaten?

Grinsend nahm Jule den dicken Brief zur Hand, der unter den Pflänzchen im Karton lag. Obwohl Maike nie ein Faible für Pflanzen gezeigt hatte, war dieses Paket doch absolut typisch für sie: kreativ und mit völlig unerwartetem Inhalt.

Liebste Bald-Liebhaberin von Fuzzy Wuzzy und Co.,
ja, ich bin eine treulose Tomate! Und weil ich das genau weiß, habe ich bereits vor meinem Auszug aus unserer WG über das Internet Tomatensamen bestellt. Ich bin zwar eine Chaotin und Aufschieberin, aber eine, die das Aufschieben schon lange im Voraus mit einplant!
Falls du dich jetzt wunderst, ob ich den grünen Daumen in mir entdeckt habe: Nein, ganz sicher nicht! Bei mir streckt noch jeder Kaktus früher oder später die Stacheln. Um es kurz zu machen: Die Setzlinge (heißt das so?) habe ich natürlich nicht selbst gezogen, sondern eine ganz liebe Kollegin hat das für mich gemacht.
Apropos Kollegin: Sag über Banken, was du möchtest, aber zumindest in meiner Abteilung habe ich es gut getroffen. Ich habe einen Engel von Chefin. Du weißt ja, ich bin in der Probezeit, und trotzdem haben wir ganz entspannt über meine Schwangerschaft gesprochen.

Was? Schwangerschaft? Maike?

Jules Augen klebten jetzt förmlich am Papier. Maike war doch Single … oder kam da gleich die nächste Offenbarung?

»Schwangerschaft?!?«, wirst du jetzt sicherlich denken. (Oh, ja! Ich kann noch immer deine Gedanken lesen!)
Ich gebe zu, dass das alles nicht so geplant und doch irgendwie erhofft war. Und verrückt ist es auch noch. Timo arbeitet in der Nachbarabteilung. Als wir uns das erste Mal in der Kantine gesehen haben, da dachte ich, ich bin in den schnulzigsten Roman aller Zeiten gefallen – es hat einfach alles gepasst. Gar nicht mal so dicke Schmetterlinge im Bauch, sondern einfach das Gefühl, da würden zwei Puzzleteile ineinandergreifen.
Und dann ging es so schnell, dass ich als Außenstehende den Kopf schütteln und mich für absolut verrückt erklären würde: Er hat letztes Jahr die Wohnung seines Patenonkels geerbt, die ihm eigentlich viel zu groß ist, und irgendwie zog ich ein und war eine Woche später schwanger.
Ja, und dann brauchte ich erst mal selbst Zeit, um das alles zu verdauen, und dann fing die Übelkeit an und mir ist momentan nach allem außer nach telefonieren. Nach elenden Wochen geht es mir langsam immerhin gut genug, um zur Arbeit zu gehen und mich damit etwas abzulenken. Da hatte ich schon Bammel, die Oberchefs finden einen Vorwand, mir trotz Schwangerschaft zu kündigen. Aber nein! Meine Chefin hat alles geregelt, und wir haben lange über Lösungen gesprochen. Deshalb weiß ich leider auch noch nicht, ob ich zur Eröffnung kommen kann. Momentan wird mir schon schlecht, wenn ich nur daran denke, mit Zug oder Auto eine längere Strecke zu fahren.
Falls ich es nicht schaffe: Dreh ein kleines Filmchen für mich und schick ein Foto, ja? Und mach ein Bild von den Tomaten, falls du es schaffst, sie durchzubringen – oder schenk sie deinem Vater, falls du keine Zeit für Gartenpflege hast.
Es drückt dich
die völlig durchgedrehte Maike

Nachdem sie die letzten Zeilen gelesen hatte, ließ Jule die Blätter sinken, atmete tief durch und stärkte sich mit Croissant und kaltem Tee. Dann las sie den Brief noch einmal ganz langsam. Ihr eigenes Leben kam ihr plötzlich geradezu gemächlich und beständig vor. Maike war zwar immer eine liebenswert versponnene Persönlichkeit gewesen, aber eigentlich niemand, der wirklich impulsiv war. Dass jetzt gerade die Beständigste von ihnen allen ihr scheinbar sicheres und spießiges Leben derart auf den Kopf stellte, damit musste Jule erst einmal klarkommen.

Hatte ich nicht gerade erst überlegt, welche verborgenen Seiten wir alle unter unseren Schalen verbergen? Hat nicht schon Shrek, der Oger aus dem Disneyfilm, gesagt, dass Oger nicht so einfach strukturiert sind, wie sie auf den ersten Blick erscheinen?

»Oger sind wie Zwiebeln«, murmelte Jule. Dieses Filmzitat hatte sie bereits im Kino begeistert. »Sie haben Schichten.«

Was für ein emotionaler Vormittag, dachte sie und griff zur Zeitung, weil sie langsam sicher war, dass es nichts mehr gab, was sie heute noch aus der Bahn werfen konnte.

Bei aller tröstlichen Perspektive blieb Jule für den Augenblick nur, den verkorksten Vormittag zu ignorieren und sich in die Arbeit zu stürzen. Obwohl es sie in den Fingern juckte, Möbel abzuschleifen, kramte sie zunächst ihre Unterlagen zum Konzept heraus. Allein schon das Öffnen des Computerprogramms brachte sie dazu, die Schultern hängen zu lassen und auf die Uhr zu sehen.

Das kann ja heiter werden.

Mit mäßigem Enthusiasmus schob Jule ihre Unterlagen von einer Seite des Tisches auf die andere.

Bereits nach kurzer Zeit rauchte ihr der Kopf vor lauter Preiskalkulationen, Speisekarten und anderen Planungen.

Wie lange saßen Gäste durchschnittlich im Café? Wie voll würde es werden? Sollte sie eigentlich jeden Tag geöffnet haben? Nur an den Vormittagen und zur Kaffeezeit? Frühstück anbieten oder nicht? Würden die meisten Leute nur einen einfachen Kaffee und ein günstiges Stück Gugelhupf verzehren oder mehr, um möglichst lange die gemütliche Atmosphäre genießen zu können?

Jule brummte vor sich hin, trug geschätzte Zahlen in das Programm ein und knallte schließlich den Deckel des Laptops zu, denn beim gefühlt hundertsten Versuch, den Preis für eine Tasse Kaffee zu berechnen, kamen noch immer absurd hohe oder niedrige Zahlen heraus.

Wütend darüber, dass sie den Denkfehler nicht fand, zerknüllte sie den nächsten Schmierzettel mit den Notizen für die Berechnung und warf diesen in hohem Bogen auf einen Stapel ähnlich zerdrückter Papiere. Berthe wetzte dem Papierknäuel nach, als würde sie darin Futter erwarten.

»Genau. Bau dir ein Nest, meine Gute!« Jule kratzte sich an der Nasenspitze.

Frustriert formte sie den nächsten Papierball und pfefferte ihn mit Schmackes gegen die Wand.

Hinter sich hörte sie plötzlich eine Frauenstimme: »Na, du hast ja Wut im Bauch.«

Während Jule noch kreischte und sich ein Buch über Geschäftsgründung schnappte, um sich zu verteidigen, schwebte ein hauchzarter Schal aus beigefarbener Seide über eine Stuhllehne. Mit geschmeidiger Eleganz und Gelassenheit entledigte Milena sich anschließend ihres Wollmantels.

»Also bitte, ich bin doch keine Spinne, die du mit diesem Wälzer in die Flucht schlagen kannst!«

Jule klopfte das Herz vor Schreck noch immer bis zum Hals. »Kannst du durch Wände gehen?«

»Nur, wenn die Tür nicht abgeschlossen ist. Du hast dir Croissants gegönnt?« Sie deutete auf die Überreste des zweiten Frühstücks. »Wenn du die Seele nicht mehr isst, dann verfüttere ich sie an meinen Mann. Der isst die immer mit Butter und Schokocreme. Widerlich!«

Es dauerte einen Moment, bis Jule begriff, dass Milla das längliche Gebäck mit Kümmel und Salz meinte, das der Bäcker ihr heimlich in die Tüte gesteckt hatte.

»Das Kümmelding heißt Seele?«

»Gibt's doch mittlerweile auch im Rest der Republik, oder?«

Jule schüttelte den Kopf. Sie warf das Buch zurück auf den Tisch. »Zufällig bin ich über eine winzige Bäckerei gestolpert, die nur zweimal im Monat backt.«

Unerwartet schmunzelte Milla. »Die Brüder Wurz. Ja, da war ich heute früh auch schon und hatte Glück, dass Bienenstich und Apfelkuchen über waren. Bessere Backwaren findest du hier in der Gegend nur, wenn du dich selbst in die Küche stellst.«

»Machst du Werbung?«

»Ich habe Umwelttechnik und Marketing studiert, ja.«

»Nein, ich meine für die Wurz-Brüder.«

»Na, hör mal! Die haben doch wirklich keine Werbung mehr nötig!«

»Schade, dass sie nicht täglich backen. Irgendwoher muss ich noch richtig gute Brötchen und Croissants bekommen, wenn ich im Café Frühstück anbieten will.«

»Oh, ich könnte mir vorstellen … weißt du, Jule, ich kenne da jemanden, der hier eine zweite Bäckerei aufmachen möchte, und ich wollte da sowieso alle an einen Tisch bringen. Also, die Wurz-Brüder und den Interessenten. Wenn es da noch jemanden gäbe, der täglich eine bestimmte Menge Brötchen abnimmt … und die Schule wollte ich auch einspannen, da könnten die Schüler einen kleinen Kiosk aufbauen. So aus dem Leben für das Leben lernen. Und wenn wir dann noch eine der Banken mit ins Boot holen, die spenden ja eh jedes Jahr für einen guten Zweck …«

»Aber deshalb bist du nicht gekommen, oder?«, unterbrach Jule.

»Eigentlich wollte ich fragen, ob ich dir etwas aus dem Einkaufszentrum mitbringen kann oder ob du mitfahren möchtest. Mein Mann ist mit den Mädchen unterwegs, und ich habe das Auto für mich. Falls du also deine Vorratskammer füllen möchtest … Außerdem möchte ich heute das Familiengrillen nachholen. Hast du Zeit?«

»Klingt gut. Also beides. Es ist nie verkehrt, ein paar Vorräte mehr im Haus zu haben.«

»Vorräte muss man gut planen! Das Bundesministerium für Ernährung und Landwirtschaft gibt auf seiner Homepage Empfehlungen für einen persönlichen Notvorrat, und man kann sogar für mehrere Personen kalkulieren. Schade nur, dass die so gar nicht berücksichtigen, wie man sich am besten bevorratet, wenn man auf tierische Nahrungsmittel verzichtet. Aber da erzähle ich dir sicherlich nichts Neues.«

Jule brummte unbestimmt, weil sie nicht das Gefühl hatte, dass es Milla wirklich interessierte, ob sie diese Vorratsempfehlungen kannte oder nicht. In Windeseile stellte sie eine Einkaufsliste zusammen und schnappte sich dann ihre Handtasche.

Noch ganz in den Abgründen der Preiskalkulation versunken, ließ Jule sich von Milla auf den Beifahrersitz des Monsterautos verfrachten. Obwohl Jule kein Faible für luxuriöse Autos besaß und aufgemotzte Geländewagen als unnötig empfand, kam sie nicht umhin, den Komfort einer Sitzheizung zu würdigen.

Milenas Fahrstil war leider alles andere als entspannend, denn er entsprach den gängigen Klischees über SUV-Fahrer. Jedenfalls war sich Jule sicher, dass in Millas Adern das Blut von Generationen von panzerfahrenden Aristokraten fließen musste. Plus die Gene mindestens eines finnischen Rallye-Fahrers. Mit ihrem unerschütterlichen Selbstbewusstsein und ihrer absoluten Kontrolle über das zwei Tonnen schwere Ungetüm schüchterte sie andere Verkehrsteilnehmer ein und manövrierte sie einhändig und unfallfrei zum nächsten Supermarkt.

Wie sich herausstellte, bereitete Milla sich auf den Weltuntergang vor und wollte, dass Jule den ebenfalls überlebte. Sie nötigte ihr zwei monströse Säcke mit Reis und Nudeln auf – bei den Kartoffeln riet sie Jule dazu, den Spätsommer abzuwarten, um geeignete Früchte einzukellern. Im März brachte es nichts, sich mit den Kartoffeln vom Vorjahr einzudecken. Dazu kam ein Wasservorrat, angesichts dessen Jule sich fragte, an welche Art von Katastrophe ihre Nachbarin dachte. Sie biss sich auf die Zunge, um nicht zu fragen, ob ihr noch ein Bunker im Garten fehlte. Sie konnte Milla noch nicht gut genug einschätzen, um zu wissen, ob bei einem solchen Thema Humor angebracht war oder nicht.

Jule kam dann doch nicht umhin, sich noch einmal in Millas Panzer zu setzen. Diesmal kniff sie die Augen fest zu.

»Wir sind da. Die Sitze sind unheimlich bequem, nicht wahr? Mein Mann schläft auch immer ein, wenn ich fahre.« Mit einem leichten Schlenker hatte Milla das Gefährt vor Jules Einfahrt gelenkt und blockierte nun komplett den Gehsteig.

»Was? Oh, ich schlafe nicht. Ich bin … äh … ja, sehr gemütlich.«

Mit einem Seufzer pellte Jule sich aus dem cremefarbenen, kuscheligen Ledersitz und kletterte in die kühle Morgenluft hinaus.

Während Jule ihre Vorräte auslud, spann Milla ihre Pläne für die Zukunft der Bäckertradition in Müggebach.

»Na, Frau Lindenwirtin, da geht man einmal einkaufen, und schon laufen wieder ein paar Fäden zusammen und man rettet ganz unvermittelt ein Stück Tradition in Müggebach!«

»Danke für alles, ich …« Jule wusste nicht recht, ob sie jetzt mit drinhing, im Plan für Millas zukünftige Lieblingsbäckerei, oder ob das alles ein versponnener Impuls und morgen wieder vergessen war. Aber ein Blick in Millas funkelnde Augen verriet ihr, dass sie niemals lockerlassen und notfalls den Tag um eine Stunde verlängern würde, um all die Projekte umzusetzen, in die sie sich verbissen hatte.

»Danke«, wiederholte sie nur. »Was schulde ich dir fürs Mitnehmen?«

Schmunzelnd zeigte Milla auf die Lindenblüte. »Ein neues Herz für Müggebach. Mehr nicht.« Dann winkte sie und machte den Gehsteig frei.

Diese Erwartung ließ Jule schwanken. Ihr wurde heiß und kalt. Für einen kurzen Moment war sie sich nicht sicher, ob sie nicht lieber ein paar Euro für einen schönen Blumenstrauß bezahlt hätte. »Ein neues Herz für Müggebach«, flüsterte sie. Ihr eigenes Herz klopfte wild. Ganz tief im Inneren war genau das ihr Wunsch, nur hatte Milla ihn laut ausgesprochen, und jetzt legte sich die Größe ihres Vorhabens wie ein Gebirge auf ihre Schulter. Konnte ausgerechnet sie, die Neuangekommene aus der Großstadt, Wärme und Leben in die Linde zurückbringen und sie zu einem Herz für das Dorf machen? War vielleicht gerade sie dafür besser geeignet als jemand, der schon immer hier lebte und tief in den Verflechtungen der Dorfgemeinschaft steckte? Oder musste man hier aufgewachsen sein, um die Herzen der Menschen zu kennen und zu wissen, was sie brauchten?

Und wenn beides wichtig ist? Dann bin ich genau die Richtige, denn meine Wurzeln reichen hierher zurück, aber ich habe nicht hier gelebt, also ist mein Blick viel freier.

»Ich glaube, wir haben alles raus, was dir gehört«, holte Milena sie in die Gegenwart zurück. »Du kommst ja gleich mit zu mir, ja?«

Leider fiel Jule keine Ausrede ein, und so setzte sie sich mit mäßiger Begeisterung ein weiteres Mal auf den Beifahrersitz.

Sogar das winzige Stück Weg bis zu Millas Zuhause veranlasste Jule dazu, ihre Hände in das Sitzpolster zu krallen. Ihr war schleierhaft, wie ihre Nachbarin es schaffte, diesen Panzer von Auto auf dem schmalen Stellplatz vor dem Haus zu parken. Die Wege zwischen den neu gebauten Häusern waren so knapp bemessen, dass Jule, die nicht gerne Auto fuhr, sich kaum vorstellen konnte, dort auch nur mit einem Smart manövrieren zu müssen.

Das Haus selbst war ein typisches Reihenendhaus und profitierte optisch sehr von dem schmalen Streifen Garten, der sich an seiner Seite anschloss.

Millas Redestrom plätscherte an ihr vorbei. Irgendwie beruhigend, wie Nieselregen auf einer Dachfensterscheibe. Aber auch mit dem Potenzial, zu einem nervigen Wolkenbruch zu werden. Es ging um die Nachbarn rings herum. Wer ein neues Auto hatte, wer wie viele Kinder oder wer sich scheiden ließ. Und natürlich spekulierte Milla, welcher Selbständige vielleicht sein Büro in Jules Café verlegte, sofern sie dort schnelles WLAN anbot. Sie nickte nur und brummte gelegentlich, wenn sie aufgrund von Millas Stimmlage vermutete, dass ein Lebenszeichen angebracht war. Die kurze Fahrt und das Ausladen reichten jedenfalls aus, um Jule Informationen zukommen zu lassen, für deren Vermittlung andere einen ganzen Tag benötigt hätten.

Im Inneren unterschied sich Millas Familiendomizil kaum vom Standard der meisten Reihenhäuser – wenn man davon absah, dass überall Dinge herumlagen, die aussahen, als wäre jemand dabei, eine Roboterarmee zu bauen.

Entschuldigend hob Milla die Schultern. »Mein Mann bastelt gerne herum. Gerade ist er mit den Mädchen unterwegs auf dem Hobbyflughafen. Sie haben eine Drohne gebaut, so einen Quadrocopter.«

»Wow, das klingt spannend! Und du wolltest nicht mit?«

»Ach!« Schwungvoll verfrachtete sie ihren Mantel in den Dielenschrank. »Ich habe ihnen gesagt, mich interessiert das erst, wenn die Drohne hier fegen und wischen kann und wir uns die Putzfrau sparen. Und weißt du, was meine Kinder dann sagten?«

Milena hob die Augenbraue und breitete dramatisch die Hände aus. »Sie werden dem Ding dann auch noch Kochen und Autofahren beibringen, und dann kann ich ja wieder *richtig* arbeiten gehen. Ist das zu fassen? Kinder sind so raffiniert. Einfach mal ihre Mutter durch einen Roboter ersetzen.« Sie seufzte, als würde das Gewicht der ganzen Welt auf ihren Schultern lasten. Aber selbst Milla, die scheinbar keine Ironie kannte, schien diese Idee amüsant zu finden.

Die Küche selbst war nicht annähernd so modern und steril, wie Jule aufgrund des geradlinigen Hauses und Millas direkter Art vermutet hätte. Ganz im Gegenteil: Sie war einfach nur gemütlich und mit liebevoll aufgearbeiteten Möbeln aus den Dreißigern eingerichtet. Allerdings war es so penibel sauber und ordentlich, dass Jule sich automatisch nach einer Stelle umsah, an der sie ihre Schuhe abstellen konnte.

»Ach, das brauchst du nicht!«, hinderte Milla sie daran. »Wenn die Kinder nachher wiederkommen, sieht es hier aus wie auf einem Panzerübungsplatz. Ich sauge später einfach einmal durch, und Montag kommt meine Perle und bringt alles wieder auf Hochglanz.«

»Ich fühle mich furchtbar, einfach so mit meinen Straßenschuhen hereinzulatschen.«

»Ich bitte dich, Jule! Das ist keine Möbelausstellung. Wir leben hier, und das sicherlich nicht als perfekte Familie aus einer Heile-Welt-Werbung aus den Fünfzigern. Die Möbel zum Beispiel sind zwar aufbereitet, aber sie haben Macken. Sie sind mit Würde gealtert und haben viel erlebt. Die meisten Stücke stammen von meinen Großeltern, die es damals zu bescheidenem Wohlstand gebracht hatten.«

Während Milena ohne Punkt und Komma von der Geschichte ihrer Familie erzählte, strich Jule unauffällig über ein Regalbrett. Erwartungsgemäß war es staubfrei.

Jule stellte die mitgebrachten Zutaten für das Grillen zögerlich auf die völlig makellose Anrichte. »Wenn es dir recht ist, ziehe ich mich noch um, wenn wir alles vorbereitet haben. Ich fühle mich doch ein wenig … underdressed.«

Aber eigentlich kann ich anziehen, was ich möchte. An Millas Stil werde ich ohnehin nicht herankommen.

»Man fühlt sich einfach nicht wie ein richtiger Mensch, wenn man nicht richtig angezogen ist, finde ich. Jede Stimmung hat ihr Kleidungsstück. Heute Abend kann ich auch unmöglich in meinen Einkaufssachen herumlaufen. Kaffee? Latte macchiato? Espresso?«

»Einen Milchkaffee nehme ich gerne.« Jule schielte begehrlich auf die chromglänzende Maschine, die sich auf einem der Buffetschränke halb hinter einem weißen Vorhang verbarg. Das kraftvolle, aber nicht übertrieben laute Geräusch des Mahlwerks stimmte auf eine gute Tasse Kaffee ein.

»Ich hoffe, Jule, ich schockiere dich jetzt nicht«, begann Milla, während sie zwei gigantische Café-au-lait-Tassen aus dem

Schrank holte. »Aber ich bin nicht der Typ Frau, der beim Kochen und Schwatzen Unmengen Sekt oder Prosecco in sich hineinschüttet.«

Jule hatte schon die Luft angehalten und konnte sich jetzt ein Kichern nicht verkneifen. »Also, wenn das alles ist, dann mach dir mal keine Sorgen. Ich finde es zwar gemütlich, beim Vorbereiten für die Grillparty etwas zu trinken, aber Kaffee tut es auch.«

In einer irrsinnigen Geschwindigkeit und mit einer geradezu mechanischen Präzision füllte sich die Anrichte mit Schneidbrettern, Messern, Dipschalen, Schüsseln und Vorratsdosen. Nebenbei fand Milla irgendwie noch Luft und Konzentration, ihren durchgängigen Redeschwall aufrechtzuerhalten: »Du glaubst gar nicht, wie oft mir das schon passiert ist, dass andere Frauen denken, ich wäre so ein Abziehbild eines Society-Girls. Nur weil ich mich um meinen Körper kümmere und meine Kleidung nicht vom Wühltisch hole! Also muss ich entweder ein Hühnchen sein, das ständig Sekt süffelt, oder eine frigide Fregatte, die nur Hahnenwasser trinkt, das durch drei Umkehrosmosefilter gelaufen ist, nachdem vorher jemand die Wasseradern im Haus bestimmt hat.«

Gedanklich hing Jule noch beim Café au lait, während Millas Redestrom über sie hinwegbrandete. Au lait *klingt fast genauso wie* olé! *Auf jeden Fall klingt es nach guter Laune.*

»Hm«, war deshalb zunächst alles, was sie antwortete. Dann hatten ihre Gedanken es allmählich geschafft, dem Gesagten hinterherzuhoppeln.

Das brachte Jule in Verlegenheit, weil sie Milla genauso eingeschätzt hatte: entweder streng ausschließlich Mineralwasser trinkend oder mit hellem Lachen und einer Sektflöte in der Hand. Sie wusste nicht recht, was sie dazu sagen sollte, also schwieg sie betreten und versuchte so zu wirken, als wäre sie ganz darin versunken, die Zutaten für ihre gefüllten Pilze zusammenzusuchen.

»Ach, lassen wir das«, durchbrach Milla die unangenehme Stille, die zwischen ihnen entstanden war. »Jeder hat seine Vorurteile, und auf jeden von uns treffen Klischees zu oder auch nicht. Übrigens lebe ich vegan, falls ich das noch nicht sagte. Für mich dann bitte kein Feta oder Frischkäse als Pilzfüllung. Und auf Grillkäse verzichte ich selbstverständlich ebenfalls.«

Mit einer lässigen Geste fuhr sie sich durch das kurze Haar und schaute Jule herausfordernd an.

»Du bist ein Unikat, Milla«, sagte Jule und prostete ihr mit der Kaffeetasse zu. »Ich bin sehr gespannt auf deine Familie. Und, ja, du hast schon mal erwähnt, dass du vegan lebst, deshalb habe ich letzte Woche extra Kichererbsenmus für die Pilzfüllung vorbereitet und eingefroren.«

Obwohl Milena ihre Küche beherrschte wie ein exakt programmierter Roboter, empfand Jule die Stimmung als heiter und gelöst. Natürlich haftete dem Gespräch nach wie vor eine gewisse Einseitigkeit an, aber Milla konnte auch zuhören und interessierte sich besonders für Jules Ideen zur Tischdekoration und zu Rezepten. In stiller Übereinkunft schnibbelten und raspelten sie die Berge an Obst und Gemüse per Hand, statt sie der Küchenmaschine zum Fraß vorzuwerfen.

»Seit wann wohnt ihr in Müggebach?« Jule war gerade fertig damit, eine Möhre für den Salat zu reiben, und schob sich das Endstück in den Mund.

Milena säuberte die großen, braunen Champignons mit einem Stück Küchenrolle. »Schon fast sechs Jahre. Leif hatte eine Stelle in Karlsruhe angeboten bekommen, und wir hatten Glück: Die Leute, die hier gebaut haben, ließen sich noch im Rohbaustadium scheiden. Da konnte ich gerade noch rechtzeitig ein paar Wände rausreißen. Was machst du mit den Stielen, Jule? Die sind hier so frisch und fest, ich fände es Verschwendung, sie auf den Kompost zu werfen. Wenn es bei uns Backofenpilze gibt, dann hacke ich sie ganz klein und schwenke sie in Butter.«

»Und dann ab in unseren knackigen Salat, würde ich sagen. Meine Standardfüllung besteht nur aus Frischkäse, Salz, Pfeffer und etwas rosenscharfem Paprika.« Jule hatte extra ihren Lieblings-Frischkäse mit Joghurt eingekauft. »Und für dich eben die Alternative mit Kichererbsenmus.«

Milla hob nicht einmal den Kopf, sondern winkte nur knapp ab. »Du bist großartig, Jule. Weißt du, wie oft ich zu hören bekomme, wie anstrengend meine Sonderwünsche wären? Dabei bringe ich mir meine Alternativen selbst mit. Ich würde nie verlangen, dass mir jemand eine vegane Extrawurst brät. Manchmal ist es richtig schade, dass ich meine Ernährung umgestellt habe, sonst würde ich wenigstens mal probieren. Aber ich weiß nicht, ob mein Magen noch Milchprodukte verträgt. Weißt du, wenn man sich einmal an eine vegane Ernährung gewöhnt hat, dann fühlt man sich so richtig schlapp und ausgelaugt, wenn man doch mal tierische Proteine zu sich nimmt. Aber selbstverständlich werde ich es mir nicht entgehen lassen, ein ganz klein wenig zu probieren.«

»Okay«, murmelte Jule. Sie zweifelte nicht an den Vorteilen einer veganen Ernährung, an Paläokonzepten, Atkins oder Superfoods. Nur erzählte ihr so ziemlich jeder, der seine Ess- oder andere Gewohnheiten in irgendeiner Weise umgestellt hatte, wie schlecht er sich fühlte, wenn er in alte Verhaltensweisen zurückfiel. Deshalb wollte Jule lieber nicht diskutieren, ob das neue Wohlbefinden wirklich mit der Art der Nahrung zu tun hatte oder eine psychologische Sache war.

Mir kann es ja auch egal sein. Hauptsache, meine Freunde sind entspannt und zufrieden mit sich selbst.

Jules eigene Philosophie war, zu essen, was ihr schmeckte, und es bei den offensichtlich ungesunden Dingen wie Chips und zuckersüßer Limonade nicht zu übertreiben. Lieber langsam genießen als gierig hinunterschlingen.

Mittlerweile stand eine Division an gefüllten Champignons in schnurgeraden Reihen auf der Anrichte. Milla schaute fragend herüber.

»Olivenöl«, sagte Jule nur und bereitete sich darauf vor, einen umfangreichen Einführungskurs in Sachen »extra vergine« zu erhalten. Umso überraschter war sie, im gut gefüllten Vorratsschrank nur wenige Speiseöle zu erspähen, davon nur eine einzige unbeschriftete Karaffe mit Olivenöl.

»Von unserem liebsten Olivenbauern aus der Toskana. Jule, wenn dein Café dir etwas Zeit lässt, musst du den Frühling dort als Agrotourist verbringen. Eine ganz wundervolle Großfamilie ist das. Alle helfen mit, wenn die Oliven geerntet werden, die Haine sind top gepflegt, und sie haben so diese Mischung aus romantischem Charme bei den Gästeunterkünften und neuster Forschung und Technik in der Ölmühle. So was gibt es nur ganz selten!«

Jule lächelte vor sich hin. *Milla und ihr Spürsinn für das Besondere.*

Jule stippte den Finger ins Öl und probierte. Sie hatte keine Ahnung, wie ein gutes Olivenöl schmecken sollte, aber dieses sagte ihr auf jeden Fall zu – fruchtig, kein bisschen bitter oder muffig, und im Abgang besaß es eine leichte Schärfe. Jule lächelte vor sich hin, während sie das Öl in einem Schüsselchen mit ein wenig Salz mischte. Dann griff sie nach dem Kurkumapulver, das im alphabetisch geordneten Gewürzregal leicht zu finden war.

»Können wir das Kurkumapulver ersetzen?«, fragte Milla.

»Hm. Ungern. Weshalb?«

»Die Mädchen essen gerne mit den Fingern. Hast du schon einmal versucht, Kurkuma aus Kinderkleidern zu bekommen?«

»Eher nicht, aber ich habe unsere Küchenanrichte in Frankfurt damit eingesaut.«

»Ein Teufelszeug! Kein Wunder, dass damit früher alles Mögliche gefärbt wurde. Nur Henna ist schlimmer. Hast du schon mal Henna aus …« Jule streute feingemahlenes Rosmarinpulver ins Öl und pinselte die Pilze damit ein. Während sie die gefüllten Kappen in eine Aluschale stellte, echauffierte Milena sich durch die Geschichte der stark färbenden Gewürze. Bis sie damit fertig war, hatte sie mehrere Dutzend Quadrate aus Aluminium gerissen und ausgebreitet. In Windeseile ölte Milla die Mitte der Quadrate ein. »Hast du dir eigentlich schon einen Schlachtplan überlegt, wie du auf Dauer mit der Zeitung umgehen willst? Die ruinieren dich ja noch, bevor du eröffnet hast.«

Jule fiel der Halloumi-Käse aus der Hand, den sie gerade auf den Aluquadraten verteilte.

Milla schaute sie kämpferisch an. »Brauchst du Hilfe? Einen guten Anwalt?«

»Ich … weiß nicht. Das eine Mal hat sich der Chef entschuldigt, und bei den anderen Sachen kann ich nicht beweisen, dass da jemand absichtlich Dinge schreibt, um mir eins auszuwischen. Der Artikel zur Dorfbepflanzung beispielsweise …«

»Fand ich wundervoll!«

»Ist aber nicht von mir.«

»Oh.«

»Mich hat sie beauftragt, dass ich ihr ja ganz schnell einen Artikel liefere, und dann schreibt sie selbst einen und verbessert auch noch die Idee, die ich hatte.«

»Ich hatte mich schon gewundert, dass diese Bürgerinitiative wirklich mal etwas fürs Dorf gemacht hat, anstatt immer nur gegen alles zu sein.«

»Ja, meine Idee geklaut!«

Milena holte marinierten Seitan aus dem Kühlschrank und wickelte die Stücke in Aluminium. »Es ist ja eigentlich ganz nett, wenn sogar die Bürgerinitiative deine Idee so gut findet, dass sie sich freiwillig als Pflanzenpfleger melden und unser schönes Dorf noch schöner machen.«

»Sie stellen es so hin, als wäre diese ganze Patensache ihre Idee. Und sie pflanzen keine Blumen, sondern Gemüse!«

»Wenn ich mir diese Menschen so ansehe, dann hat keiner von denen einen BMI unter dreißig. Und bestimmt nehmen die alle Blutdrucksenker. Bessere Argumente für gesündere Ernährung gibt es doch gar nicht.«

»Ach, Milla! Ich könnte im Viereck springen!«

»Wegen diesen Wuchtbrummen mit den Scheuklappen oder weil du dich über dich selbst ärgerst?«

»Über mich?« In Jules Händen zerbröselte die Knoblauchknolle in ihre Einzelteile.

»Dein Ziel ist es, die Menschen zu inspirieren. Dazu gehört auch, dass sie deine Ideen aufgreifen und weiterentwickeln. Man kann sich nicht herauspflücken, wer eine Idee für sich verwenden darf und wer nicht.«

»Aber die machen das ja nicht, weil sie sich inspiriert fühlen! Die wollen mir eine reinwürgen!« Hektisch säuberte sie die Arbeitsfläche von Knoblauchschalen.

Milena zuckte mit den Schultern. »Für dich ist es eine ärgerliche Sache. Du kannst dir jetzt von mir einen wirklich tollen Anwalt vermitteln lassen, der denen die Bude auseinandernimmt, oder du sagst dir, dass es eigentlich unwichtig ist, aus welchem Grund jemand etwas Gutes für das Dorf tut. Die meisten Menschen hier wissen wahrscheinlich gar nicht, was da zwischen dir, dieser geifernden Meute und Frau Thiel-Teutenbacher an Streit herrscht. Und außerdem merken die sich bestimmt nicht, wer da was im Dorf gepflanzt hat. Die werden sich hinstellen und sagen: ›Was für eine tolle Idee, lasst uns da doch mitmachen.‹ Außerdem ist nichts älter als die Zeitung von heute. Und die von gestern ist quasi schon vergessen. Was hast du mit dem Knoblauch vor?«

»Ich lege einfach die ganze Zehe in einer Aluwanne mit auf den Grill.«

Milla schaute skeptisch. »Klingt nach Verschwendung.«

»Überhaupt nicht!«, konterte Jule. »Wenn alles gar ist, dann werden die Zehen ausgequetscht. Ich liebe dieses Mus pur oder zum Dippen. Aber man kann da auch eine fantastische Knoblauchbutter mit mischen.«

»Probieren wir es aus. Na ja, und wegen der anderen Sachen: Also, wenn du mich fragst, riecht das nach Mobbing, was diese Lokalredakteurin da mit dir treibt.«

»Es ist aber natürlich auch eine Chance und, ganz ehrlich, es spornt meinen Ehrgeiz an. Ich will ihr Artikel liefern, bei denen ihr der Atem stockt! Ich will so gut und so professionell sein, dass sie endlich einsieht, dass ich mich nicht herumschubsen lasse.«

»Blödsinn! Das ist eine mit sich selbst höchst unzufriedene Frau, die Angst vor dir hat. Solche Leute können es nicht ausstehen, wenn man ihnen aufs Brot schmiert, wie sie ihren Job richtig zu machen haben. Wenn du unbedingt meinst, du müsstest dich von ihr herumscheuchen lassen, dann schreib nette kleine Artikel, aber leg dich dafür nicht krumm. Je besser du bist, desto mehr wird sie versuchen, dich klein zu halten und zu demütigen.«

»Man kann Menschen immer zum Guten überzeugen. Daran glaube ich fest.«

»Ich gebe dir nachher die Karte meines Anwalts«, fügte Milena trocken hinzu. »Falls es nicht ausreichen sollte, an das Gute zu glauben. Sollen wir das Geflügel marinieren?«

»Ich schlage vor, wir dämpfen. Ich richte da ein Gemüsebett aus Fenchel und Knoblauch drunter und pinsle eine Kräuterkruste mit Rosmarin drauf. Du musst mir übrigens mal verraten, wo man hier guten Seitan bekommt. Hier gibt es keinen Bioladen.«

Jule zeigte auf die gläsernen Vorratsdosen, in denen noch ein paar Brocken im Gewürzsud schwammen. Von weitem war der Seitan kaum von mariniertem Geflügel zu unterscheiden, und Jule wusste, dass auch die Konsistenz beim Kauen eine ähnliche war.

»Manche Sachen will man nicht kaufen. Es ist natürlich ein wenig umständlich, ihn komplett selbst zu machen, dafür aber auch sehr meditativ. Hast du eigentlich Zöliakie? Nein? Gut. Seitan ist schließlich pures Gluten. Man kann ihn fertig kaufen oder das pure Glutenmehl nehmen, das dann nur noch geknetet und gewürzt werden muss. Aber wo bleibt da der Spaß? Ich knete Mehl mit sehr viel Wasser. Dann bedecke ich diesen Teig großzügig mit Wasser, das Ganze ruht eine Weile, und ab und zu wird das Wasser ausgetauscht, wenn es trüb ist. Kneten, tauschen, ruhen lassen … Man wäscht damit alles aus, was kein Gluten ist, und kippt die Brühe dann zum Düngen in den Garten. Nebenher koche ich immer schon eine intensive Gemüsebrühe für den Würzsud. Sobald das Wasser beim Auswaschen klar bleibt, forme ich Schnitzel und koche die kurz im Sud. Ich lasse meinen Seitan gerne für einen oder zwei Tage im Kühlschrank ziehen, statt ihn sofort zu verwenden.«

»Ich kenne nur den gekauften.« Jule fischte mit der Gabel einen der Brocken aus einer Dose und besah ihn sich von allen Seiten.

Bevor Milena mit einer Tirade über Industriewürze loslegen konnte, flog die Haustür auf und ihre Familie platzte mit der Urgewalt einer ganzen Kindergartentruppe herein. Im

Flur hinterließen sie ein Chaos aus gefütterten Regenhosen, Jacken, Schals und matschigen Gummistiefeln. Dann enterten sie die Küche, um sich von Milla mit warmer Mandelmilch und Haferkeksen aus einer wunderbar altmodischen Porzellandose vollstopfen zu lassen. Hinter den zwei kleinen Mädchen mit den langen, dunkelbraunen Haaren stapfte ein sehniger Mann in die Küche, gab Milla einen flüchtigen Kuss auf die Wange, winkte Jule zu und verschwand im Flur. Offenbar räumte er den Mädchen hinterher, bevor er mit einem Wischmopp die letzten Spuren des Ausflugs von den Fliesen tilgte.

»Du musst jetzt nicht sauber machen, Leif!«, rief Milla, nicht ohne Stolz auf ihren Mann in der Stimme.

Die beiden Mädchen waren unzweifelhaft Millas Töchter, mit großen, dunklen Rehaugen und einer sehr dynamischen Eleganz. Sie plapperten munter drauflos, wenn sie nicht an ihren Keksen knabberten.

Endlich gesellte sich auch Leif dazu und begrüßte Jule, indem er ihr schüchtern die Hand reichte. Er war groß, aber nicht riesig. Trotzdem hatte er die Schultern eingerollt, als würde er zwanghaft versuchen, sich in sich selbst zu verstecken. Sein dünnes, schwarzes Haar wich langsam zurück und wurde an den Schläfen auf eine sehr charmante Art grau. Ein kleiner Bauchansatz ließ ihn nicht hoffnungslos dürr aussehen. Auf den ersten Blick passte er so gar nicht zu Milena.

Nachdem er die Vorstellung hinter sich gebracht hatte, verschwand Leif im Garten, um den Grill aus dem Schuppen zu holen.

»Männer!«, stieß Milena hervor, hob eine Augenbraue und seufzte.

Als die vorbereiteten Zutaten sich auf einem niedrigen Tisch auf der Terrasse türmten, fragte Jule sich, wer das alles essen sollte. Allein die Schüssel mit dem Schichtsalat reichte aus, um eine Familie satt zu bekommen. Auch der ausladende Grill sprach für viel Besuch im Hause Kiening.

Hier schien Leif in seinem Element zu sein. Mit exakten, raschen Bewegungen manövrierte er das Grillgut herum, wendete hier etwas, pikste dort hinein, senkte die Grillhaube, um Pilze und Alupäckchen zu garen, oder wechselte blitzschnell zwischen seinen Werkzeugen. Denn seine Frau bestand darauf, für tierische und vegane Kost jeweils ein eigenes Set an Grillzangen, Gabeln und Messern zu verwenden.

Als Jule die ersten köstlichen Seitanstücke probiert hatte und die Menge an Essen auf dem Grill sie allmählich nervös werden ließ, trudelten endlich Gäste ein. »Spontan« habe sie noch ein paar Leute eingeladen, gestand Milena. Das tue sie immer, wenn sie zu viel einkaufte, und außerdem: Man traf sich schließlich nicht oft genug mit netten Menschen, nicht wahr? Und eine gute Werbung für das neue Café war es außerdem.

Die Mehrheit der Eingeladenen entpuppte sich als direkte Nachbarn, es mussten um die fünfzehn Personen sein. Jule versuchte, sich möglichst alle Gesichter, Namen und zugehörigen Kinder zu merkten, um in den nächsten Tagen und Wochen Peinlichkeiten bei zufälligen Begegnungen auf der Straße zu vermeiden. Die Neuankömmlinge kannten sich offenbar mit den Gepflogenheiten im Hause Kiening aus. Ohne zu fragen, holten sie sich Geschirr aus den Küchenschränken. Jeder hatte Getränke dabei. Einige brachten eigene Salate und Grillgut mit. Leif hielt der vollgefressenen Jule gerade eine weitere Wurst unter die Nase, als ihr Handy klingelte. Dankbar schüttelte sie den Kopf, wandte sich um und nahm das Gespräch an, ohne nachzuschauen, wer da anrief.

Im nächsten Moment wünschte sie sich, den Anruf ignoriert und die Wurst doch noch irgendwie in sich hineingestopft zu haben: Es war ihre Mutter.

Der Abend war kühl und ein wenig feucht, als Jule den Garten verließ. Im Trubel der fröhlichen Partygesellschaft hatte sie überhaupt nicht bemerkt, wie die Sonne untergegangen war. Jetzt fröstelte sie und sehnte sich zu den Stimmen zurück, die über den Gartenzaun hinweg bis zu ihr drangen. Nur hatte ihr der Anruf ihrer Mutter einmal mehr sämtliche Energie und gute Laune geraubt. Wie bei jedem Anruf hatte sie einen Vorwurf nach dem anderen zu hören bekommen: Wo denn ihre Geschäftsunterlagen blieben, ob sie ihre Tabellen ernst meine oder ob das ein Witz sein solle, garniert mit gut getarnten Spitzen, dass diese Unternehmung von Anfang an zum Scheitern verurteilt war. Sie wolle ihre Tochter ja nur vor dem Schlimmsten bewahren. Jetzt sei es noch nicht zu spät, einen anderen Weg einzuschlagen.

Den Mama-Weg, ja. Sie kommt her, gestaltet alles nach ihren Wünschen und beglückwünscht sich dann dafür, wie gut das Projekt gelaufen ist. Und mir bleibt wieder nur das Gefühl, komplett versagt zu haben.

Jule seufzte und ignorierte das erneute Handyklingeln, das aus ihrer Tasche kam. Kein Wunder, dass ihre Mutter es immer und immer wieder versuchte, denn Jule hatte noch auf der Party aufgelegt, um nicht ins Handy zu schreien. Sie schlang sich die Arme um den Körper und fühlte sich schrecklich einsam und verlassen. Es bestand kein Zweifel, dass ihre Mutter sich mit Geschäftsgründungen und Immobilienlagen auskannte. Jule hätte nur zu gerne um ihren Rat gebeten, abgewogen, inwieweit ihr dieser nützlich war, und ihn dann befolgt, wo es ihr sinnvoll erschien. Nur wollte sie auf keinen Fall, dass ihre Mutter alles an sich riss. Die Lindenblüte war Jules Projekt! Ihr neues Zuhause, ihr neues Leben. Da brauchte sie jeden Rat, den sie bekommen konnte – *ja, verdammt!* Aber genau deshalb, weil das Café so wichtig für sie war, musste sie selbst Entscheidungen treffen und durfte sich nicht zu viel reinreden lassen.

So eine Firmengründung ist wie die Erziehung eines Kindes: Jeder hat eine Meinung, und jeder will mitreden. Ich muss die Nerven bewahren und meinen Weg gehen! Und ja, ich darf dabei auch Fehler machen. Fehler gehören zum Lernen dazu.

Trotzig krallte Jule die Fingernägel in ihre Oberarme. Sie würde ihre Mutter gleich auf dem Festnetz zurückrufen und so ruhig wie nur möglich bleiben. Und dann würde sie sich unter ihre Decke kuscheln und bis zum Einschlafen die schönen Dinge dieses Tages vor ihrem inneren Auge Revue passieren lassen.

Diese Gedanken stimmten Jule positiv, bis sie um die Ecke bog und auf den Stufen der Lindenblüte einen älteren Mann mit einem Klemmbrett sah, umringt von einem Grüppchen murmelnder Leute, die erst heute früh auf einem großen Foto in der Zeitung zu sehen gewesen waren.

Schlagartig verstummte die Unterhaltung, und die Leute erstarrten wie auf frischer Tat ertappt. Zwei ältere Damen lösten sich sogar aus dem Grüppchen und suchten das Weite.

»Was machen Sie denn alle vor meiner Tür?«

Im Licht der Straßenlaterne erkannte Jule zumindest zwei der Anwesenden: Penelope aus der Handarbeitsgruppe und die schicke Cabrio-Frau, die das Gesicht zur Seite drehte und in ihrer Handtasche wühlte, als könnte sie sich darin verstecken.

Penelope war es dann auch, die das Wort ergriff: »Wir machen eine Ortsbegehung.«

Jule verschränkte die Arme. »Um den Gehsteig vor meinem Haus mit Gemüse zu bepflanzen?«

»Um uns ein Bild der Lage zu machen.«

»Ob Haus und Baum noch stehen?«

Jetzt meldete sich der ältere Herr zu Wort, der noch immer auf den Stufen stand und beharrlich Notizen auf seinem Klemmbrett machte: »Wir sind, Frau Moller, heimatverbundene Bürger, die sich um die Traditionspflege sorgen.«

Na, schreib das mal auf Facebook. Da werden dir einige Leute den Kopf waschen.

Laut sagte sie: »Sie glauben doch nicht im Ernst, dass ich hier eine Coffee-to-go-Filiale eröffne?«

Schweigen und finstere Blicke antworteten ihr.

»Wer hat dieses Gerücht eigentlich in die Welt gesetzt?«

»Sie müssen verstehen, Frau Moller, dass wir mit der ›Alten Linde‹ ein Stück unserer Kultur verlieren, wenn wir nicht einschreiten.«

»Wie bitte? Jeder, der jetzt meckert, hätte das Haus selbst kaufen und renovieren können.«

Es lag ihr auf der Zunge, die Anwesenden nach ihren Namen zu fragen. Nur, ob das klug war? Die Herrschaften gebärdeten sich, als wäre es selbstverständlich, dass jeder ihren Namen kannte. Eine Nachfrage könnte die Stimmung weiter verschlechtern.

Penelope seufzte schwer, ihr honigblonder Pferdeschwanz wippte, als sie den Kopf schüttelte. »Jule, die Leute im Dorf hatten ja gar keine Chance. Du hast ihnen die Linde einfach weggeschnappt.«

»Das Inserat stand monatelang in der Zeitung, Pe-ne-lopeee.« Jule betonte den Namen besonders sorgfältig. »Und sie ist seit Jahren geschlossen. Ich verstehe das Problem nicht.«

»Na, beispielsweise hättest du mit dem Geld auch den Dennighof kaufen und sanieren können.«

»Oder eben die Linde.«

»Die hätte niemand abgerissen.«

»Die Lage des Hofs ist wirklich nicht geeignet für ein Café«, versuchte Jule es mit einem anderen Argument.

»Aber für einen Veranstaltungsort. Konzerte, Events, romantische Hochzeiten, wasweißich!« Penelope redete sich immer mehr in Rage. »Der Hof ist für alles geeignet, außer für die Abrissbirne.«

Die Umstehenden nickten zustimmend. Jule dagegen schüttelte den Kopf. Nach dem Anruf ihrer Mutter war sie mies gelaunt und erschöpft. »Jahrelang hat es niemanden gekümmert, dass die Linde zu ist und verfällt, und jetzt, wo ich mein Geld und mein Herzblut investiere, um das Haus zu erhalten und liebevoll zu renovieren, wird mir vorgeworfen, ich wäre ein herzloser Investor!«

»Wenn Sie nichts zu verbergen haben, dann lassen Sie uns doch einmal in den Container schauen, Frau Moller.«

»Sie werden nicht meinen Sperrmüll durchwühlen!«

»Wir werden nicht zusehen, wie unsere Tradition von ausländischen Müllsammlern auf die Halde gekarrt wird!«

Der Herr auf der Treppe funkelte sie mit seinen hellen Augen an. An seinem Ärmel zupfte eine alte Frau, die Jule vage bekannt vorkam. Das war doch eine von denen, die häufiger am Brunnen saßen, oder?

»Woher haben Sie denn diesen Blödsinn?«

Er senkte bedeutungsschwer die Stimme. »In einem weißen Transporter.«

»Ihre Spione brauchen eine neue Brille, wenn sie nicht wissen, wie mein Cousin und einer der hiesigen Lehrer aussehen.«

»Wir können nicht zulassen, dass unsere Kulturgüter …«

»… renoviert werden?« Jule hob eine Augenbraue. »Bitte kümmern Sie sich um Ihr Bier und ich mich um meins.«

Entschlossen ging sie auf das Treppchen zu. Niemand hielt sie auf.

»Mein … *Bier?*« Herr Klemmbrett schaute sie scheel an, räumte dann aber widerstandslos seinen Platz, damit Jule ihre Tür aufschließen konnte.

Noch einmal schaute sie in die Runde und versuchte, jedem Einzelnen in die Augen zu sehen. »Ich wünsche Ihnen eine angenehme Nacht und uns allen in der Zukunft ein friedfertiges Zusammenleben.«

Das Rezept zu Schwammklösschensuppe, steht auf Seite 319.

Ideen zu eigenen Suppenvariationen können gleich hier notiert werden!

Kapitel 8

Von: Jolanda Moller <jule@jules_linde.de>
An: Wilhelmine Arbt <Wilhelmine@mailmail.de>
Betreff: Arbeiten mit den Händen

Liebste Oma,

danke für deinen Anruf. Und ich dachte immer, diese Dorfgeschichten aus den Regiokrimis wären maßlos übertrieben. So was bekommt man ja als Städter gar nicht mit. Kein Wunder, dass ich so zielsicher von einem Fettnäpfchen ins andere getapst bin. Es ist ja ganz und gar unmöglich, in ein Dorf zu kommen und niemandem früher oder später auf den Schlips zu treten.

Ich hatte dir doch vom spontanen Grillen bei Milena erzählt. Im Nachhinein ist mir aufgefallen, dass sämtliche Gäste Nachbarn aus der kleinen Neubausiedlung waren. Gemeinsam neu im Dorf angefangen zu haben, schafft eine Gemeinschaft in der Gemeinschaft. Wie skeptisch man hier Neuen gegenüber ist, durfte ich dann am eigenen Leib erfahren. Ein paar Stunden später standen mir die Alteingesessenen gegenüber.
Gemeinschaft, Gemeinde, gemeinsam, Gemeinwesen, das gemeine Volk … gemein? Interessant, wie aus »etwas gemein haben« allmählich etwas Negatives wurde. Wie viele Leute verstehen heute noch das Positive an »sich gemein machen«? Und inwieweit ist es eigentlich gut, sich »gemein« zu machen?

Oder sagt man heute besser: »sich integrieren«? Man will ja irgendwie dazugehören, zu dieser erhofften Landidylle und zum Zusammenhalt im Dorf, aber man will auch man selbst bleiben. Funktioniert Zusammenhalt nur darüber, dass man »im Guten und im Schlechten« aneinandergeschweißt ist?
Uff!
Wusstest du eigentlich, dass ich Wörter sammle?

Ich frage mich, was andere ehemalige Stadtbewohner sagen, wenn sie aufs Land ziehen, um dem *wahren, echten und authentischen* Leben nahe zu sein. Beziehungsweise: Ich frage mich, woher ich eigentlich die Vorstellung habe, dass eine lächelnde Bäckersfrau in gestärkter Schürze am Bahnhof Brötchen verkauft, dass Kühe auf idyllischen Wiesen stehen und per Hand gemolken werden oder dass auf allen Feldern der Weizen wogt – und warum ich verunsichert und traurig werde, wenn die Bäckerin anhat, was ihr gefällt und überhaupt mein ganzes Idealbild nicht zur Wirklichkeit passt. Wahrscheinlich habe ich zu viel Werbung für Alpenmilchprodukte gesehen.
Noch einmal: Uff!
Und damit höre ich dann auch auf, mich mit meinen Gedanken im Kreis zu drehen.
Schön, dass du im Sommer zu Besuch kommen möchtest! Ich sage auf jeden Fall Bescheid, damit du den kleinen Webstuhl benutzen kannst. Ich bin mindestens so gespannt wie du, was du alles noch von früher weißt.

Ich küsse und umarme dich, je t'embrasse
Deine Jolanda

Jule wusste, dass es irgendwo in Großbritannien ein Wettbüro gab, das die unmöglichsten Wetten annahm. Nur auf den Namen kam sie gerade nicht. Hätte sie dort doch bloß ein paar Wetten abgeschlossen, sie könnte jetzt sehr, sehr reich sein. Heute hatte sie auf jeden Fall mit ihrem Tipp goldrichtig gelegen. Denn bereits beim Aufstehen war sie das Gefühl nicht losgeworden, dass sie heute nicht zum Renovieren kommen würde. Beinahe die gesamte Woche war es verdächtig still geblieben. Jule hatte die Zeit genutzt, um die Tapeten herunterzureißen und mit Reißzwecken Notizen an die Wände zu pinnen, was noch wo zu erledigen war. Sie hatte weiter an ihrem Konzept und an ihrer Buchhaltung gearbeitet und es genossen, dass ihr nicht alle paar Minuten jemand reinredete – egal, wie gut dieser Jemand das auch meinte.

Jedenfalls hatte sie am Freitag die Beine aus dem Bett geschwungen und gespürt, dass ihre Nachbarinnen heute mit Sicherheit bei ihr hereinschneien würden.

Und das taten sie dann auch, und zwar beide beinahe gleichzeitig.

»Liebe Güte!« Jule schlug die Hände über dem Kopf zusammen. Holzöl tropfte von dem Pinsel auf ihre Haare. »Könnt ihr euch nicht einmal einig sein?« Sie stand auf der Leiter und behandelte die Deckenpaneele. In nur zwei Tagen hatte sich der Charakter der Schankstube völlig verändert: Die Handwerker waren angerückt, hatten die Decke und die Dielen geschliffen und die Wände weiß verputzt. Außerdem hatte der Fensterbauer die neuen Fenster überraschend eine Woche früher als geplant geliefert bekommen und bereits eingesetzt. Der gesamte Raum wirkte plötzlich hell und riesig und roch nach Farbe statt nach kaltem Zigarettenrauch. Nur noch die wuchtige Theke und die Regale dahinter erinnerten an die Muffigkeit vergangener Tage. Und eben um diese Theke stritten Gerta und Milla gerade eifrig.

»Wir werden uns schon einig.« Gerta warf die Zipfel ihres bunten Ponchos zurück und funkelte ihre Kontrahentin an. »Jedenfalls, sobald wir das Thema ›alles hypermodern in Glas‹ zu Grabe getragen haben.«

Milla setzte sich auf den Tresen und schlug elegant die schlanken Beine im dunkelgrünen Tweedrock übereinander. »›Neutral‹, habe ich gesagt. Das Café selbst wird so viel Charme und Eigencharakter haben, das sollte durch die Präsentation der Backwaren unterstrichen werden. Da stört es nur optisch, wenn die Kuchentheke sich in Sachen Design in den Vordergrund drängelt.«

»Und deshalb finde ich ja gerade, dass es am sinnvollsten ist, eine klassische Theke aus einer Bäckerei oder Metzgerei zu kaufen. Wenn wir gründlich suchen, finden wir bestimmt zum Spottpreis ein schönes Stück aus den Siebzigern oder etwas noch Älteres. Geschäftsaufgaben und Modernisierungen gibt es ja genug.«

Jule war grundsätzlich ganz angetan von der Idee, ein Möbelstück mit Retrocharme zu verwenden. Aber sie hatte ganz andere Pläne. »Ich habe euch doch gesagt, dass ich hier drin keine wuchtige Glastheke haben möchte. Das wird ein Café, keine Konditorei. Entweder wird der alte Tresen aufgehübscht und ich präsentiere die Backwaren dahinter, oder hier kommt alles weg. Dann vergrößern wir den Durchgang zur Küche, ziehen dort eine Rigipswand ein und servieren die Kuchen direkt über eine kleine Theke. So eine große Küche brauche ich zum Backen eh nicht.«

»Aber angenommen«, begann Milena, »dein Café brummt so richtig. Dann wirst du noch eine Küchenhilfe einstellen müssen, und vielleicht willst du am Abend ja doch etwas anderes zu essen anbieten. Du solltest dir immer eine Option für eine Expansion freihalten.«

»Na, Jule wird sicherlich keine Konkurrenz zum Einhorn aufbauen wollen. Das Verhältnis zu denen ist schließlich schlecht genug.«

Dem wollte Jule widersprechen, denn zwischen ihr und dem Einhorn gab es gar kein Verhältnis, weder ein gutes noch ein schlechtes. Schließlich verdünnisierte der Chef sich jedes Mal, wenn sie mit ihm sprechen wollte – oder er war wirklich auf Weltreise. Aber weil sie im Moment schon genügend andere Punkte diskutieren musste, biss sie die Zähne zusammen und schwang dafür umso energischer den Pinsel. Sie hatte es aufgegeben, ständig dazwischenzufunken, denn ihre Nachbarinnen ignorierten ihre Einwände ohnehin beharrlich. Ebenso ärgerte sie sich darüber, das Angebot der beiden ausgeschlagen zu haben, noch mehr Leitern zu organisieren und beim Streichen zu helfen. Jetzt hatten die zwei ausreichend Luft zum Streiten und Jule eine schmerzende Schulter.

Besonders Milla war in voller Fahrt. »Konkurrenz ist doch gar nicht der Punkt. Mir geht es um ein erweitertes Angebot für das Dorf. Was hier absolut fehlt, sind vegane Köstlichkeiten. Schließlich leben hier viele junge und moderne Menschen mit Geld. Die wollen speisen wie in der Stadt, die wollen ein bisschen Extravaganz, regionale Produkte und ein gutes Gewissen. Ein komplett veganes, regionales Café, das schlägt hier doch ein wie eine Bombe.«

»Ach, immer diese schnelllebigen Trends! Und nach dem Einschlag bleibt nur verbrannte Erde, auf der nichts mehr wächst. Es gibt immer noch viel mehr Leute, die richtigen Kuchen essen wollen. Denk doch an die Touristen!«

Milena tat, was sie besonders gut konnte, ignorierte Gerta völlig und redete weiter, als wäre die Welt nur da, um ihr zuzuhören.

»Abrunden sollte man das Angebot dann mit einer Abendkarte. Leichte Gerichte für den Feierabend, wenn die Leute erschöpft aus der Stadt kommen und keine Lust mehr zum Kochen haben. Und wer wandert oder mit dem Fahrrad eine Tour macht, der freut sich auch über leichte Küche. Ja, eigentlich bräuchte man dann einen Lieferservice oder zumindest die Möglichkeit, die Sachen abzuholen. Von einem richtigen Lokal erwarten die Gäste schließlich ganz andere Sachen. Wenn dann noch Rohkost auf dem Programm steht und auf verschiedene Ernährungsprobleme Rücksicht genommen wird – ich denke da an glukose- oder fruktoseintolerante Mitmenschen, an histaminarme Kost und so weiter –, dann kann niemand mehr davon sprechen, dass wir hier eine Konkurrenz aufbauen und den Einhorn-Wirt aus dem Geschäft drängen wollen. Außerdem ist er ja selbst schuld, wenn er seine Speisekarte nicht dem Zeitgeist anpasst. Und als Krönung fehlt dann nur noch das Angebot, hier auch die regionale Biokiste abholen zu können. Am besten eine Kiste, die nicht nur Sachen von einem Hof hat. Da werde ich mal rumfragen. Übrigens habe ich mittlerweile mit meinen liebsten Bäckerbrüdern gesprochen, und sie sind einverstanden. Sie …«

Gerta hob die Hand und fuhr dazwischen: »Hol doch bitte mal Luft!«

Jule konnte sich ein leises Prusten nicht verkneifen und fing sich einen bitterbösen Blick von Milena ein. »Ich muss ja zugeben, ich bekomme schon Sauerstoffmangel, wenn ich versuche, so schnell zu denken, wie du redest. Wie schaffst du das?«

»Man redet umgangssprachlich von Sauerstoffmangel, aber eigentlich atmet man nur zu viel CO_2 ein.« Die perlweiße Seidenstumpfhose raschelte leise, als die Beine ein weiteres Mal ihre Position tauschten.

»Und Farbe«, gab Gerta zu bedenken. »Was auch immer man einatmet, liebe Milena, Enthusiasmus ist schön und gut, aber bitte lass uns Zeit zum Mitdenken und dir Zeit, um uns zuzuhören. Außerdem: Wie viele Menschen willst du beschäftigen, um all diese Sachen zu koordinieren?«

»Und ich bin übrigens auch noch da und habe eine Meinung«, gab Jule zu bedenken. In ihrer Reichweite hatte sie alles gestrichen, und so kletterte sie die Leiter hinunter und rückte diese ein Stück weiter. In ein oder zwei Stunden würde sie hoffentlich mit dem Streichen der Decke fertig sein. »Ich höre euch beiden gerne zu, und ich habe deshalb schon viele tolle Ideen gehabt. Aber ich verspreche euch nicht, dass ich auch wirklich alles mache.«

»Ja, aber Jule!«, Milena rutschte vom Tresen, eine Bewegung, die seltsam hektisch und erregt wirkte. »Du willst nach den Pfingstferien eröffnen, und nächste Woche ist schon Ostern! Du …«

Entgegen ihrer Art, andere ausreden zu lassen, unterbrach Jule sie diesmal entschieden: »Das ist mir bewusst. Und du kannst mir glauben, dass ich tierisch nervös bin. Schlimmstenfalls müssen wir die Eröffnung verschieben.«

Oh, verdammt, die Kalkulation für die Vorräte muss ich ja auch noch machen!

»Also hinkst du mit deiner Planung hinterher«, schlussfolgerte Milena messerscharf. »Lass uns doch einmal gemeinsam in deinen Zeitplan schauen. Ich bin mir sicher …«

Gerta räusperte sich vernehmlich. »Ich bin mir sicher, Jules Mutter sagt genau das ständig zu ihr.«

Jule ertappte sich dabei, zustimmend zu nicken, und verbarg das gerade noch rechtzeitig vor Milenas scharfem Blick, indem sie sich an der Nase kratzte. Die zwei machten sie allein durch ihre Anwesenheit nervös. Und Jule konnte auch nicht leugnen, dass diese Nervosität mit ihrem miserablen Zeitmanagement zusammenhing – sie lernte dazu, aber nur langsam.

Dann fiel ihr ein, wie sie zwei Fliegen mit einer Klappe schlagen konnte: Ruhe vor den im Akkord auf sie einprasselnden gutgemeinten Ratschlägen und Weiterkommen mit der Inneneinrichtung. »Ich weiß, ihr habt nicht viel Zeit, ich hätte da trotzdem zwei Bitten.«

»Zeit hat man nicht«, bemerkte Gerta, »Zeit nimmt man sich. Und für dich nehme ich mir immer gerne Zeit.«

In ihren Worten lag ehrliche Wärme. Trotz ihres leichten Ärgers spürte Jule, dass sie eine echte Freundin gefunden hatte, auf die sie sich wirklich verlassen konnte.

Das konnte Milena natürlich nicht einfach so im Raum stehen lassen. »Man findet immer ein Quentchen Zeit, um guten Freunden zu helfen.« Auf ihre leicht distanzierte und steife Art wirkte sie aufrichtig.

Sie kann einfach nicht aus ihrer Haut und sich mal entspannen, befand Jule. Trotzdem ließ sich nicht leugnen, dass auch Milena sehr weit gehen würde, um Jule zu helfen.

»Ich … danke, ich bin gerührt.« Das war sie wirklich. »Mein Problem ist ja nicht nur, dass ich zum ersten Mal in meinem Leben einen Businessplan schreiben muss. Ich … hm, wie beschreibe ich das am besten? Es ist einfach so schwierig, Sachen aus der Hand zu geben, die einem sehr am Herzen liegen. Was ist, wenn dann etwas nicht so wird, wie ich es mir vorgestellt habe?« Die Nachbarinnen nickten zustimmend. Das erleichterte Jule. »Aber wenn man meint, man müsse immer alles im Alleingang schaffen, dann fährt man seinen Traum irgendwann gegen die Wand oder holt sich einen Burn-out. Ich bin jedenfalls keine Superfrau, die alles perfekt beherrscht, ich lerne noch ganz schön dazu.«

»Und wobei können wir dich unterstützen?«, wollte Gerta wissen. »Ich möchte dir gern ein paar neue Vorhänge nähen.«

Das brachte Jule aus dem Konzept.

»Stimmt, Vorhänge brauche ich auch noch. Ich notiere mir mal lieber, rechtzeitig den Stoff zu bestellen. Mein anderes Problem ist momentan diese Bürgerinitiative.«

Milena schnaubte wie ein kampfbereiter spanischer Stier. »Diese wohlstandssatten, Leserbriefe schreibenden Wutbürger!«

»Die reden nicht einmal vernünftig mit mir. Samstag standen sie vor meiner Tür herum. Haben sich offenbar Notizen gemacht und beratschlagt. Aber kaum tauchte ich auf, machten sie sich aus dem Staub.«

»Bist du sicher, dass du nicht mit meinem Anwalt sprechen möchtest? Das ist ja wohl rechtlich nicht ganz hasenrein. Haben die eigentlich einen Verein gegründet? Sind die befugt, irgendwann eine Unterschriftensammlung zu machen? Dann müssten wir schon mal schauen, welche Politiker auf unserer Seite sind. Und natürlich wissen, wie viele dieser Alteingesessenen eigentlich Juristen sind. Die sind nämlich die größte Pest. Und pensionierte Lehrer sind da sicherlich auch dabei.«

Jule setzte sich auf eine Leitersprosse und atmete tief durch. Auf keinen Fall durfte sie Milena in die Nähe dieser Bürgerinitiative kommen lassen. Jedenfalls nicht, solange sie einen friedlichen Kompromiss anstrebte. Das war ja, als würde man einen Fuchs in einen Hühnerstall setzen und ihn auffordern, vegan zu leben.

»Ich denke, ich knöpfe mir in einer ruhigen Minute Penelope vor. Sie scheint sich da völlig verrannt zu haben und sieht jetzt nicht mehr nach links oder rechts.«

Gerta zupfte ihren Poncho zurecht. »Es gibt hier Meckerfritzen, die finden an allem ein Haar in der Suppe: Der neue Supermarkt wird gebaut – der zerstört das Flair unseres Dorfes. Der neue Supermarkt wird nicht gebaut – die Politiker kümmern sich nicht um die Nahversorgung. Und so weiter. Sind fast immer dieselben Leute, die sich hier aufführen wie Motten in der Wolle. Ich höre mich gern für dich bei den üblichen Verdächtigen um.«

»Das wäre fantastisch! Und Milena weiß bestimmt, wo ich mit der Suche nach gebrauchtem Gastro-Zeugs anfangen kann. In Sache Theke muss ich noch einmal in mich gehen. Auf jeden Fall brauche ich aber eine gute Kaffeemaschine. Nicht so eine Monstermaschine, die wie ein startendes Raumschiff aussieht. Lieber eine, die sich mit einem gezielten Tritt reparieren lässt und die einen verdammt guten Latte macchiato machen kann.«

»Na, wenn es weiter nichts ist.«

Jule sparte sich den obligatorischen Seufzer. Milena war eindeutig der energieüberladene Hase aus der Geschichte um den Hasen und den Igel. Eine Art Duracell-Kaninchen auf Speed.

Nee, kommt nicht ganz hin, der Vergleich mit dem Hasen. Sie ist gleichzeitig Hase und Igel: Zu viel Energie und Selbstbewusstsein, und am Ende gewinnt sie immer.

Statt sofort loszustürmen, begannen Milena und Gerta eine intensive Debatte über die beste Vorgehensweise der jeweils anderen. Immerhin ließen sie einander noch ausreden, und die Tipps und Ratschläge, die Jule mit halbem Ohr mitbekam, klangen einigermaßen vernünftig. Dennoch wollte sie lieber in Ruhe zu Ende streichen und überlegte, wie sie die zwei am höflichsten hinausscheuchen konnte.

Jule erwachte, als ihr Handy klingelte. Sie drehte sich auf die andere Seite und zog sich stöhnend das Kissen über die Ohren. Sie hatte auch am Samstag bis tief in die Nacht Deckenbalken und Möbel gestrichen und dabei eine Flasche Grauburgunder geleert. Dann war sie wie ein Stein ins Bett gefallen, nur um einige Stunden später wieder aufzuwachen. In der friedlichen, berufsverkehrsfreien Dämmerung lärmten die Vögel an der Grenze zur Ruhestörung. Wohl oder übel hatte Jule sich aus dem Bett hieven und das Fenster schließen müssen. An diesem Sonntag wollte sie bloß eins: ausschlafen. Richtig ausschlafen!

So lange, bis der heulende Grauburgunder-Wolf in ihrem Kopf endlich abgezogen war.

Leider heulte der gerade mit dem Handy um die Wette. Die Kirchenglocken läuteten sieben Uhr, und Jule war sich sicher, dass niemand ohne guten Grund an einem Wochenende um diese Uhrzeit anrief.

»Moller«, meldete sie sich schließlich im Halbschlaf.

Die kühle Frauenstimme am Telefon weckte sie schneller als ein Eimer mit Eiswasser: »Guten Morgen, Frau Moller. Thiel-Teutenbacher hier. Ich brauche für morgen noch gute Nachrichten.«

Hä?, dachte Jule und war stolz auf sich, professioneller zu antworten. Vielleicht lernte sie es ja noch, erst den Verstand und dann die Zunge zu gebrauchen. »Ich hätte noch die eine oder andere Bastelanleitung für gute Frühlingslaune.«

Frau Thiel-Teutenbacher schnaubte unüberhörbar. »Die können Sie gern für die ›Bunten Seiten‹ der Wochenendausgabe anbieten. Ich brauche bis heute Abend einen Artikel mit einem brillanten, großen Foto. Schreiben Sie über etwas, das den Leuten gute Laune macht. Die Ausgabe morgen ist sonst vollgestopft mit Eurokrise, weltweiten Kriegen und anderem Drama. Da muss dringend etwas Positives fürs Herz dazwischen.« Sie sprach »Herz« aus, als würde sie Steine zerbeißen wollen. »Suchen Sie nach irgendeinem gottverdammten C-Promi aus der Gegend, der sich verlobt oder ein Kind geworfen hat. Oder einem hübschen Hund, der sein Herrchen aus dem Bach gezogen hat. Hauptsache, etwas Regionales, 3000 Zeichen und ich habe alles vollständig bis 16 Uhr auf dem Tisch!«

Die Geschwindigkeit, mit der die Redakteurin sprach, steigerte sich immer weiter und wurde schließlich so zackig, dass Jule innerlich strammstand und salutierte.

»Herzerwärmend und von hier. Kein Problem.«

»Das will ich hoffen.«

Und wieder einmal legte sie ohne ein Mindestmaß an Höflichkeit auf.

Erst allmählich dämmerte Jule, für was sie da eben zugesagt hatte. Sie hatte neun Stunden Zeit, um sich ein Thema zu suchen, zu recherchieren, einen eventuellen Gesprächspartner zu einem Interview zu überzeugen, eine Fotogenehmigung einzuholen, den Artikel zu schreiben …

»Liebe Güte«, stöhnte sie und ließ den Kopf in die Hände sinken.

Und so richtig nüchtern werden muss ich ja auch noch.

Ihr Blick fiel auf ihre Füße. Sie wackelte mit den Zehen.

»Meine Socken sind die Lösung!«

Sie trug die Alpakasocken von Gerta – gestrickt aus der Wolle von Oles Alpakas –, und sie wusste, dass er momentan mindestens ein kuschelweiches, unendlich niedliches Fohlen hatte.

Idealer geht es nicht. Da muss ich nicht lange recherchieren, kann gemütlich mit dem Fahrrad hinfahren, komme endlich mal bei ihm auf dem Hof vorbei und kriege dort bestimmt einen anständigen Tee. Und wenn das gut ankommt, kann ich sogar eine unkomplizierte Artikelreihe draus machen. Um die Jahreszeit finde ich bestimmt auf jedem Hof ein flauschiges Zicklein, Lamm oder frisch erblühtes Möhrchen, das ich porträtieren und ablichten kann. Und ich kann im Artikel deutlich machen, wie etwas Neues frischen Wind in alte Traditionen bringt. Alpakas kommen schließlich nicht von hier, und trotzdem sind sie kein Störfaktor, sondern eine Bereicherung.

»Tschakka, Alpaka!«, rief sie und schlenderte entspannt Richtung Dusche.

Um nicht hungrig loszufahren, schlang Jule auf dem Weg zu ihrem Fahrrad einen Apfel hinunter. Für ein richtiges Frühstück war sie zu ungeduldig, und natürlich reizte es sie auch, diesen jungen, unverbrauchten Morgen ganz für sich allein zu haben. Als sie Berthe etwas lauwarmes Wasser und Körner hinstellte, knirschte der Raureif unter ihren Füßen. Noch waren die sternenklaren Nächte eisig kalt.

Dick eingepackt, schwang Jule sich auf ihr Fahrrad. Zu Ole kam sie am schnellsten über die Feldwege hinter ihrem Haus, die über sanfte Hügel führten. Der Radwanderweg schlug einen Bogen um Müggebach herum, über die idyllischen Felder entlang der Mügge, um am südöstlichen Ende des Dorfes wieder auf die Hauptstraße zu treffen. In gemächlichem Tempo überquerte Jule die Bahnstrecke und das flache Flüsschen, von dem sie hoffte, hier im Sommer baden zu können. Sie hielt kurz an, um dem gluckernden Wasser und der Stille des beginnenden Tages zu lauschen. Langsam stieg die Sonne höher. Ein Raubvogel glitt durch die morgendlich klare Luft und hielt nach Beute Ausschau. Jule legte die Arme auf den Lenker und dachte an früher. In den vergangenen zehn Jahren, gestand sie sich ein, hatte sie das frühe Aufstehen verlernt. Schließlich fanden ihre Vorlesungen zumeist am späten Vormittag statt, und die Arbeit im Café begann erst am Nachmittag. Mit einem geregelten Büroalltag war Jule in ihrem Leben noch nie in Berührung gekommen.

Irgendwie hatte sie bislang auch nichts vermisst. Aber als sie nun daran dachte, wie sie als Jugendliche oft von der Sonne und dem Gesang der Vögel wach geworden war und sich aus dem Haus geschlichen hatte, spürte sie das Ziehen einer fernen Sehnsucht. Das Haus ihrer Eltern lag mitten in Bad Homburg, einer Kleinstadt nördlich von Frankfurt. Bis zu den Feldern und einem kleinen Wald war es ein gutes Stück, und Jule war bei ihren frühen Sonntagstouren nie auch nur einer Menschenseele begegnet. Nur wenn sie am Bäcker vorbeiging, hörte sie die Vorbereitungen für den beginnenden Sonntag und sog genüsslich den Duft der frisch gebackenen Brötchen ein, von denen sie sich stets eins auf dem Rückweg mitnahm. Das ganze Städtchen hatte diese besondere, konzentrierte Ruhe vor dem Aufwachen verströmt. Und am Ortsrand kam dann immer dieses Gefühl dazu, dass die Welt nur Jule allein gehörte. Wenn die Sonne höher stieg und die Vögel ihr Dämmerungskonzert beendet hatten, dann waren Jules Atem und ihre leise knirschenden Schritte scheinbar das einzige Geräusch.

Und jetzt, viele Jahre später, lauschte Jule erneut ihrem Atem, beobachtete das weiße Wölkchen, das sie ausstieß, und war verliebt in den anbrechenden Tag.

Aber bei aller Liebe wurde ihr allmählich kalt. Jule rieb sich schnell die Finger warm und trat ordentlich in die Pedale. Bei diesem Tempo brauchte sie keine Viertelstunde zu dem kleinen Bauernhof, der nur wenige hundert Meter vor den Toren von Müggebach lag. Zwischen riesigen, alten Eichen verteilten sich ein großzügiges Wohnhaus, eine Scheune und zwei Stallgebäude. Besonders die Scheune wirkte, als würde sie nur deshalb nicht umfallen, weil ein Baugerüst sie stützte. Die anderen Gebäude schienen frisch renoviert worden zu sein. Ole war mit Wilhelmines Geld also augenblicklich zur Tat geschritten.

Eine lange, geschotterte Auffahrt führte von der Landstraße zum Hof. Sie war mit alten Obstbäumen gesäumt, die die Geräusche des Durchgangsverkehrs erheblich dämpften. Als Jule auf das Pflaster des Hofes einschwenkte, stob eine Hühnerschar unter protestierendem Gegacker auseinander. Dafür schoss ihr etwas entgegen, das auf den ersten Blick wie ein Braunbär aussah. Das unglaublich dickfellige Tier bellte dermaßen tief und durchdringend, dass Jule vor Schreck wie gelähmt war. Sie rammte die Hacken in den Boden und versuchte, nicht umzukippen. Kurz vor ihrem Fahrrad bremste das Riesenvieh zum Glück ab und beschränkte sich auf sein furchterregendes Gebell.

»Alles gut«, versuchte Jule, ihn zu beschwichtigen. Sie streckte die Handflächen aus und tat alles, um so harmlos wie nur möglich zu wirken. »Du bist bestimmt ein ganz liebes Monster, ja?«

Als hätte der Bär sie verstanden, bellte er noch einmal durchdringend und wedelte dann mit dem Schwanz. Wie viel Hund wirklich unter dem immensen Fell versteckt war, konnte Jule auf Anhieb nicht erkennen. Die Kopfhöhe des Tieres lag jedenfalls oberhalb ihrer Hüfte.

»Der beißt nicht!«, hörte sie schließlich Ole wenig glaubwürdig von irgendwoher rufen.

Ja, muss er auch gar nicht. Auf mich draufsetzen reicht!

Im Laufschritt sprintete Ole zu ihr herüber. »Sitz, Benni, sitz!«

Das Monster gehorchte tatsächlich, war aber im Sitzen kaum kleiner als im Stehen.

»Hallo, Ole.« Jule umarmte ihren Cousin zur Begrüßung.

»Du zitterst ja. Doch nicht wegen Benni!«

»Heißen nicht Wilhelmines Wellensittiche immer *Benni?*«

Schlagartig wurde Ole knallrot. »Ja, kann sein.«

»Will ich das wissen?«

Vehement schüttelte er den Kopf.

»Ich habe nicht gewusst, dass es so riesige Hunde gibt.« Vorsichtig lehnte Jule das Fahrrad an einen Baum und streckte Benni ihre Handflächen hin. Mit seiner riesigen Schnauze beschnüffelte er ihre Finger und hinterließ gewaltige Sabberfäden darauf.

»Ach, er wirkt nur so groß.«

»Igitt!«

»Die Neufundländer mussten ja mit jedem Wetter klarkommen und ab und an mit einem Bärenbiss.«

Jule hielt ihre triefenden Hände in die Höhe. »Hast du irgendwo Wasser? Da reicht mein Taschentuch nicht.«

»Ja klar, komm mit.« Er nahm sie am Arm und führte sie zum Stall. »Ich bin gerade mit dem Füttern fertig. Was führt dich um diese Uhrzeit zu mir?«

»Ach, Mist!«

»Du hast vergessen, mich anzurufen.«

In einem kleinen Raum, in dem Ole offenbar Futter lagerte und mischte, wusch Jule sich die Hände unter eiskaltem Wasser.

»Das ist mir wirklich peinlich. Ich war so durch den Wind und dann so enthusiastisch …«

»Erzähl. Sollen wir zusammen frühstücken? Ich habe momentan sturmfreie Bude. Meine Mutter ist übers Wochenende bei einem Landfrauentreffen, und Papa führt seine hübschesten Schafe zu einem Wettkampf aus.«

»Sturmfrei auf dem Bauernhof klingt irgendwie mehr nach unendlich viel Arbeit als nach Spaß.«

Ole zuckte mit den Schultern. »Wie man es nimmt. Mit einer netten Frau an meiner Seite wär es auf jeden Fall unterhaltsamer. Du hast nicht zufällig eine nette Single-Freundin mit einem Faible fürs Landleben?«

»Nur eine, die schon vergeben ist. Wie wäre es mit einem Gesuch in der Zeitung?«

»Auf keinen Fall! Wenn du deshalb um diese Uhrzeit …«

Jule gab ihm einen freundschaftlichen Klaps auf die Schulter. »Meine Chefin bei der Zeitung hat mich aus dem Bett geklingelt, und ich will ihr zur Strafe einen Artikel um die Ohren hauen, der sich gewaschen hat.«

»Teil-Teufelsbacher?«

»Sie heißt …«

Ole winkte ab.

»Lass hören, da bin ich auf jeden Fall dabei. Und lass mich nebenher etwas essen. Du weißt ja: Erst futtert das Vieh, dann der Bauer.«

Auf dem Weg zur Stube umriss Jule kurz ihr Problem. Ole nickte die ganze Zeit und schwieg weitestgehend, während er sich durch einen Berg Müsli futterte. Dann gingen sie gemeinsam zum kleineren Stallgebäude, wo sie eine große Gemeinschaftsfläche, aber nur einige wenige Boxen vorfand. In einer dieser Boxen stand eine rötlich braune Alpakastute, an die sich ein dunkelbraunes Fohlen schmiegte. Jule verliebte sich auf den ersten Blick in das kuschelige Tier. Sie griff sich an den Brustkorb. »Ich kriege einen Zuckerschock!«

»Also, wenn dich das kaltgelassen hätte, wäre ich auch sehr enttäuscht gewesen! Ein hübscheres Fohlen hatten wir noch nie, und wir züchten schon seit einem Jahrzehnt.«

Er öffnete die Tür zur Box, bot der Stute ein Leckerli aus der Hand an und bedeutete Jule, sich nicht so schüchtern zu verstecken. Vorsichtig strich sie der Mutter über den Rücken und ließ sich ausgiebig beschnuppern.

Wahrscheinlich denkt sie, ich bin Benni ohne Fell.

Auf gut Glück machte sie einige Bilder von dem Fohlen, wie es im Stroh lag oder neben seiner Mutter stand. Anschließend durften Mutter und Kind auf die Weide hinaus und sich bei Tageslicht fotografieren lassen. Das Fohlen stolzierte bereits sehr sicher auf seinen langen Beinen umher und erkundete neugierig die Welt.

»Das sind jetzt wahrscheinlich schon so viele Bilder, dass ich eine komplette Zeitungsausgabe damit füllen könnte und niemandem wäre es langweilig.«

Während sie arbeitete, reinigte Ole mit Schaufel und Rechen die Wiese von den Hinterlassenschaften der Tiere. »Du kannst dich reinsetzen und deinen Artikel anfangen. Wenn du zum Mittagessen bleibst, erzähle ich dir noch einiges über unsere Zucht und den Hof.«

»Kein Problem. Danke. Verrätst du mir noch, wie die zwei Herzensbrecher heißen?«

Mit einem verschmitzten Grinsen stützte er sich auf den Schaufelstiel. »Da ich die Alpakas wollte, darf ich auch jedem Fohlen einen Namen geben.«

»Und jetzt heißen sie alle Benni.«

Ole hustete, als hätte er sich verschluckt. »Wenn sie auf die Welt kommen, schaue ich sie mir an, bis mir ein Name einfällt. Die stolze Mutter heißt *Kirsche*.«

»Und das Fohlen?«

»Wollte ich Prinz Charming nennen.«

»Aber dann hat es dich gebissen?«

»Nein. Es ist eine Prinzessin. Und nach dem Schreck fällt mir jetzt kein neuer Name mehr ein.«

»Bei mir würden alle Alpakas Jacob heißen.«

Ole sah sie fragend an. Diesmal war es an Jule, bis an die Haarspitzen zu erröten. »Du weißt schon: Twilight«, nuschelte sie. »Der Film, den angeblich keiner gesehen hat.«

Leider sah ihr Cousin kein bisschen so aus, als wüsste er, wovon sie sprach. Deshalb holte Jule weiter aus. »Es gibt da so einen Werwolf, und der Schauspieler hat ein Gesicht wie ein glattrasiertes … ach, such im Internet einfach mal nach *Jacob Alpaca*.«

Begeistert schnippte Ole mit dem Finger. »Jakobe!«

»Das war ein Scherz.«

»Nicht nach diesem Filmfuzzi. Nach Jakobe von Baden. Einer sehr schönen Frau, die oft mit Maria Stuart verglichen wird und die angeblich in Düsseldorf spukt, seit sie von ihrer Schwägerin hinterhältig abgemurkst wurde.«

Jule war sofort Feuer und Flamme. »Dann werde ich die kleine Jakobe mal dem Dorf vorstellen. Auf dass sie eine bessere Zukunft vor sich hat als die historische Jakobe!«

»Da bin ich mir ganz sicher. Übrigens erwarte ich eine kleine Gegenleistung fürs Alpakazeigen.«

»Ich werde nicht den Hund waschen!«

Ole lachte. »Lieber nicht! Ich dachte daran, im Winter mal die ganze Familie in die Lindenblüte einzuladen. Oma Wilhelmine und deine Eltern waren schon so lange nicht mehr hier, ich möchte sie einfach alle mal wieder sehen.«

»Deal!«, sagte Jule und schlug ein.

Auf dem Nachhauseweg fuhr Jule der Sonne entgegen, diesmal der untergehenden. Sie hatte ihren Artikel fertig geschrieben und sich dann noch mit Ole verquatscht. Dabei war sie ihm bei der Abendfütterung zur Hand gegangen, hatte geholfen, die drei Kühe zu melken und den Traktor fürs Pflügen vorzubereiten. Das alles hatte Ole noch vor dem Abendessen erledigen wollen, und Jule konnte nicht umhin, seine Ausdauer zu bewundern. Er wiederum hatte das mit einem Schulterzucken abgetan.

Man muss wohl damit aufgewachsen sein, als Bauer im Frühjahr rund um die Uhr zu arbeiten, überlegte sie, während sie am Bach erneut eine Pause einlegte.

In der Ferne hörte sie einen Traktor rumoren. Jule war bereits nach einem Tag Hofarbeit so schlapp, dass sie sich nach ihrem Bett sehnte. Für einen kurzen Augenblick verweilte sie auf der Brücke. Die Sonne senkte sich in leuchtendem Orange dem dunstigen Horizont entgegen. Bis auf das Brummen des Treckermotors lag eine friedliche Stille über den Feldern. Der schwindende Tag fühlte sich warm an und berstend voll von den vielen Eindrücken, die Jule heute gesammelt hatte. Es tat gut, ihn mit diesem Augenblick der Ruhe ausklingen zu lassen, bevor sie sich erneut auf ihr Rad schwang.

Im letzten Licht des Tages erreichte sie in gemütlichem Tempo und trunken vom herrlichen Abendlicht die Lindenblüte. Mit wackeligen Knien schob sie das Fahrrad durch das Tor. In der Durchfahrt wartete eine Überraschung auf sie. Zuerst sah sie lediglich eine Menge Äste auf dem Boden und eine Leiter, die an den Lindenbaum angelehnt war. Gertas Mann stand mit dem Fuß auf der untersten Sprosse. Für einen Moment sah es aus, als würde er hinaufsteigen wollen. Dann hob er den Arm und zeigte auf etwas. »Ein bisschen weiter links. Ja, genau, den meine ich.«

Er hatte Jule noch nicht bemerkt, sprach also bestimmt nicht mit ihr. Sie seufzte hörbar.

»Hallo, Peter.«

Er nickte ihr knapp zu und konzentrierte sich dann wieder auf das Geschehen in der Linde.

Jule war das ganz recht. Sie war erschöpft und wollte nur schlafen und von flauschigen Alpakas träumen – und ein letztes Mal gründlich ihren Artikel durchsehen, bevor sie ihn abschickte. Wenn sie jetzt etwas nicht brauchte, dann eine weitere Begegnung mit Mika.

Ich gucke einfach nicht nach oben und schleiche mich rein.

Mit vier schlichten Worten brachte Mika sie dazu, den Kopf trotzdem zu heben: »Es tut mir leid.«

»Was?« Jule blinzelte in die Baumkrone. Gegen den Abendhimmel konnte sie nur seine Silhouette erahnen. Er saß in einer Astgabel, ein Seil baumelte von seiner Hüfte, und an einem Ast hing eine Säge. Er sah also nicht nur aus wie jemand, der zum Frühstück Bäume fällte, er tat es wirklich.

»Ich hatte versprochen, mich nicht mehr so bald blicken zu lassen. Aber für die Linde konnte ich nicht anders.«

»Für den Baum?« Sie verstand nicht ganz, was er ihr sagen wollte.

Mika zögerte dann mit der Antwort auch länger als notwendig. »Zumindest für den Baum kann ich noch etwas tun.«

»Das ist immer noch mein Baum!« Jule spürte, wie sich ihre Hände von selbst zu Fäusten ballten.

»Ja, das ist er wohl. Darf ich diesen letzten Ast noch schneiden, oder soll ich sofort verschwinden?«

»Wenn es nach mir geht …«

»Entschuldige bitte, Jolanda.« Peter schaute sie betreten an. »Es ist meine Schuld. Ich hatte heute Abend endlich Zeit, um die Linde zu schneiden. Und weil ich leider nicht mehr jung, fit und schlank genug für diese Kletterei bin, habe ich mir Hilfe geholt.«

Aus besten Absichten geschehen die schlimmsten Dinge, kam Jule in den Sinn. Sie atmete durch und sortierte sich. *Andererseits ist wirklich nichts Schlimmes passiert. Sie hätten mir vorher Bescheid sagen können, ja. Aber sie schneiden nur den Baum, und das wollte Peter sowieso tun.*

Peter schaute sie an. »Es tut mir wirklich leid, wir hätten das nicht über deinen Kopf hinweg tun sollen.«

»Versteht mich nicht falsch, ich weiß, dass ihr eine tolle Arbeit macht und mir alle helfen wollt. Nur überrollt mich irgendwie jeder und macht einfach etwas, ohne mir wenigstens kurz Bescheid zu geben.«

Verlegen säuberte Peter seine Fingernägel. »Okay, ich schreibe es mir hinter die Ohren. Habe nur die Linde gesehen, die dringend zurückgeschnitten werden muss, damit du in den nächsten Jahren noch Freude an ihr hast. Und heute war der einzige Tag, an dem wir beide Zeit hatten.«

Von oben war jetzt beständiges Sägen zu hören. Offenbar wollte Mika seine Arbeit zügig beenden.

Jule formte ihre Hände zu einem Trichter. »Warum trägst du eigentlich keinen Helm?«

»Weil ich eitel bin«, erklärte Mika kühl und leicht außer Atem. »Und du?«

»Sind wir schon beim Du?«

Er zuckte mit den Schultern. »Da streitet es sich einfacher.«

»Pah! Hast du mich nur umgerannt, um mir deutlich zu machen, wie gefährlich Radfahren ohne Helm ist?

»Du warst so schnell, ich hatte überhaupt keine Chance, dich zu sehen.« Er sägte so energisch, dass er zwischen den einzelnen Worten nach Luft schnappen musste. »Und ich kann nichts dafür, wenn du zu eitel bist, um einen Fahrradhelm zu tragen.«

Eher zu bequem, dachte Jule peinlich berührt.

Aber das konnte sie natürlich nicht einfach zugeben. »Weshalb ich keinen Helm trage, geht niemanden etwas an.«

Der Ast war durch und schlug raschelnd und knackend auf dem Boden auf.

Flink kletterte Mika vom Baum hinunter. So verschwitzt und müde, wie er vor ihr stand, war Jule versucht, ihm entweder eine heiße Schokolade anzubieten oder ihm eine Tasse an den Kopf zu werfen.

Er zog seine Arbeitshandschuhe aus und streckte ihr die Hand hin. »Bis das Gemüse ausgesät wird, bleibe ich weg.«

»Es reicht mir, wenn Peter mir Bescheid gibt, bevor ihr einfach in den Garten geht. Ich mache mich mal schlau, wie das mit dem Nebenjob funktioniert, ja?«

»Ja.«

Sie schlug ein und versuchte, ihm in die Augen zu sehen. Doch er schaute bloß stur auf den Boden. Seine Hand war rauh, warm und kräftig, sein Händedruck einer, auf den man sich verlassen konnte. Als er ging und Jule auf den großen Schweißfleck starrte, der an seinem Rücken durch das Shirt schimmerte, wusste sie nicht mehr recht, was sie von ihm halten sollte.

Wie Jule ihr Hochbeet baut,
kann auf Seite 322 nachgelesen werden.

Platz zum Skizzieren eigener
Gartenkonstruktionen ist hier!

Kapitel 9

Von: Jolanda Moller <jule@jules_linde.de>
An: Wilhelmine Arbt <Wilhelmine@mailmail.de>
Betreff: Alles neu macht der Mai

Liebste Oma,

die Zeit vergeht so schnell! Als Kind und Jugendliche dachte ich, die Erwachsenen spinnen, die Zeit rast ja gar nicht. Und jetzt – puff! – ist der April einfach so weg und der Winter auch. Man soll den Mai ja nicht vor den Eisheiligen loben, aber es riecht so sehr nach Frühling und der Boden ist schon so warm, dass ich einfach nicht mehr an plötzlichen Nachtfrost glauben mag.

Es freut mich unheimlich, dass dir meine Zeitungsartikel gefallen! Dabei sind es ja eigentlich nur Alltagsgeschichten aus dem Dorf und keine weltbewegenden Themen. Im Großen und Ganzen ist mein Plan aufgegangen, auf Vereinssitzungen, Feuerwehrfestchen, Ratssitzungen und Landfrauen-Kuchenbacktagen das Dorf und seine Bewohner ein wenig besser kennenzulernen. Aber so langsam möchte ich einmal ein heißes Eisen anpacken und nicht mehr nur Journalismus auf Sparflamme machen. Ich meine, ich habe mich doch bewährt, oder? Und die Artikelserien, die ganz auf meinem Mist gewachsen sind, die laufen schließlich auch gut. Milena meint, meine Chefin fühlt sich von mir bedroht. Ich glaube mittlerweile, dass sie mit allen Freien so umgeht. Leider weicht

sie mir geschickt aus, und ich habe noch kein einziges Mal in Ruhe mit ihr darüber sprechen können. Und ich wollte sie loben. Im Internet bin ich nämlich auf ihre Abschlussarbeit gestoßen. Sie hat eine irre gute und tiefgründige Magisterarbeit in Politik geschrieben. Dafür war sie ein Jahr lang auf dem Balkan unterwegs. Es geht um regionale Machtstrukturen nach dem Zerfall Jugoslawiens. Das liest sich – trotz aller akademischer Korrektheit – wie eine fesselnde Reportage. Ich frage mich, was sie so verbittert hat werden lassen und weshalb sie keinen Job macht, der dieser Arbeit würdig ist.
Übrigens habe ich eine winzige Kaffeerösterei aufgetan, mit der ich jetzt in Verhandlungen stehe. Die machen dort so guten Kaffee, dass ich ihre Bohnen gerne in meinem Café verwenden und möglicherweise auch Päckchen davon verkaufen möchte. Der Kaffee wird sorgfältig und möglichst umweltschonend angebaut und zu fairen Preisen direkt von den Bauern gekauft. Für meine Kalkulation ist das preislich natürlich schwierig, aber mit meinem Gewissen kann ich nichts anderes vereinbaren.

Ich küsse und umarme dich, je t'embrasse
Deine Jolanda

Der Mai blinzelte mit freundlichem Abendlicht durch die Fenster der Lindenblüte. Jule liebte diese helle Offenheit, von der sie bei der Besichtigung geträumt und an die sie bei der Entrümpelung nicht mehr geglaubt hatte. Die gemütliche, aber in die Jahre gekommene Enge der früheren Schankstube war endgültig Vergangenheit. Zusammen mit Gerta bespannte sie gerade den Webrahmen. Sie hatten ihn in den letzten Tagen auseinandergebaut, abgeschliffen, lasiert, entrostet und wieder zusammengebaut. Jetzt konnte Jule ihren ersten Flickenteppich weben. Zumindest wenn die Kettfäden endlich gespannt und die letzten Stoffstreifen geschnitten waren.

Mit einem Stück Baumwollzwirn in der Hand lief Jule vom Webrahmen aus zwei lange Tische entlang bis zu dem festgeklemmten Rundholz, das sich »Schärzapfen« nannte.

Es ist einfach nur verblüffend, wie sehr man das Gefühl hat, in einem völlig anderen Lokal zu sein. Dabei sind nur ein paar Monate vergangen, ein paar alte Möbel verschwunden, und die Wände sind sauber gestrichen. Die Linde ist als Lindenblüte neu auferstanden.

Sie legte die Schlaufe um den Zapfen und ging zurück. Es war die gefühlt hundertste Runde, und allmählich schmerzte ihre Schulter. Wieder einmal verhakte sich etwas. Ungeduldig zog sie am Faden.

Gerta versuchte noch, das Unglück zu verhindern. »Nicht so viel Spannung, sonst …«

Leider war es bereits zu spät. Der Schärzapfen löste sich aus seiner Befestigung. All die sorgfältig gespannten Fäden sprangen herunter und bildeten sofort ein heilloses Durcheinander auf dem Boden.

Jule sank mit einem dramatischen Stöhnen auf einen Stuhl. Sie schwankte zwischen einem herzhaften »Scheiße!« und hysterischem Gekicher.

»Ja, so was kann passieren.« Gerta zuckte mit den Schultern und bückte sich nach dem riesigen Knäuel. »Waren ja zum Glück erst vierzig Kettfäden.«

»Vierzig!«, seufzte Jule. »Kam mir vor wie das Dreifache. Zwanzigmal umsonst herumgerannt.«

Sie betrachtete den großen Webrahmen, auf dem die Fäden jetzt locker herunterhingen. Der Webkamm war ebenfalls verrutscht.

»Es ist deine erste Webarbeit.«

»Eigentlich habe ich früher ja viel auf den Schulwebrahmen gewebt. Zwei Schals und ein paar Topfuntersetzer.«

»Gar nicht schlecht. Auf den winzigen Dingern kann ich zum Beispiel überhaupt nicht weben. Wenn wir die Kettfäden fertig aufgezogen haben und mit dem eigentlichen Weben beginnen, wirst du den Unterschied merken.«

Mit viel Vorsicht und Geschick trennte sie die Fäden voneinander. In den letzten Stunden hatte Jule einiges über das Handweben gelernt, und je mehr sie lernte, umso mehr Respekt hatte sie vor diesem Handwerk. Und sie hatte gelernt, wie schnell aus ein paar Metern Baumwollfaden unentwirrbare Knoten werden konnten.

»Kann ich dir helfen? Du musst jetzt nicht wegen mir auf dem Boden herumkriechen.«

»Am meisten hilfst du mir, wenn du den Schärzapfen wieder festmachst. Oder du schneidest mehr Stoffgarn. Ich glaube, was wir haben, reicht vorn und hinten nicht.«

Ein Klopfen an der Vordertür unterbrach die beiden. Penelope steckte ihren Kopf herein. »Ich bin zu früh!«, stellte sie überflüssigerweise fest, denn das erste Treffen der Handarbeiterinnen in der Lindenblüte begann erst in einer halben Stunde.

»Komm rein«, sagte Jule zögerlich.

Seit der Begegnung mit der Bürgerinitiative hatte Penelope sich von Jule ferngehalten. Immerhin war sie höflich genug, nicht so zu tun, als wäre nichts gewesen. Oder zu verlegen. Jedenfalls mied sie Jules Blick und erkundete vorsichtig die ehemalige Schankstube. Fast alle Möbel standen an die Wand gerückt oder im Wintergarten, so dass der Raum riesig und offen wirkte. Außerdem hatte Jule mit Hilfe von Ole und Peter die Wand zur Küche eingerissen, die alte Küche zurückgesetzt und eine Rigipswand eingezogen. Teile der ehemaligen Theke warteten in diesem Nebenraum auf ihre Wiederbelebung. Der Raum wirkte also nicht nur großzügiger, er war es auch. Sie musste nur noch die Möbel fertigstellen und dekorieren.

Schwungvoll warf Penelope ihre sackartige Stricktasche auf einen an der Wand stehenden Tisch. Obwohl es eher frühlingshaft mild als sommerlich warm war, trug sie nur ein winziges Hängekleid mit einem großflächigen, orangefarbenen Blumenmuster, das eigentlich nur Frauen mit südländischem oder noch dunklerem Teint wirklich stand. Eigentlich, denn Penelope stand es ausgesprochen gut. »Wird ja wirklich nett.« Noch immer schweifte ihr Blick im Raum herum. Ihr Pferdeschwanz wippte, der Rest von Penelope wirkte steif wie ein Brett. »Was macht ihr Schönes?«

Gerta schaute auf. »Wir bespannen den Webrahmen, damit Jule nachher Flickenteppiche weben kann.«

»So viel Aufwand! Mit Stoffgarn könntet ihr auch schnell ein paar runde Teppiche häkeln. Aber gut, auf Schnelligkeit kommt es nicht an. Finde ich übrigens absolut vernünftig, Jule, dass du die Eröffnung auf nächstes Jahr verlegst.«

Jule fiel aus allen Wolken. »Was? Wie kommst du denn auf die Idee?«

»Na, es steht doch draußen an der Tür.«

Polternd fiel der Stuhl um, als Jule an Gerta und Penelope vorbeihetzte. Dort hing tatsächlich ein Zettel. »Das darf doch wohl nicht wahr sein!«, fluchte sie und riss ihn ab. »Da steht, dass sich die Wiedereröffnung bis auf weiteres verschiebt und nicht mehr in diesem Jahr stattfinden wird. Mir bleibt echt die Spucke weg! Wer ist so dreist und hängt mir am helllichten Tag so einen Müll an die Tür?«

»Derselbe, der auch die Starbucks-Zettel verteilt?«, mutmaßte Gerta.

»Also, ich habe damit nichts zu tun.« Penelope strich sich durchs Haar.

»Nee, ist eine andere Schrift und hat zu wenige Ausrufezeichen.« Jule holte den Sammelkarton aus dem Wintergarten. Trotz ihrer Bastelei war er gut gefüllt.

Penelope schaute ihr über die Schulter. »Das ist ja schräg! Und du bekommst jeden Tag so einen? Ich dachte, das wäre ein Witz gewesen.«

»Mit dem Witz kann ich den Winter über Heizkosten sparen. Sag mal, Penelope, weshalb wolltet ihr eigentlich unbedingt in den Container schauen?«

Penelope atmete tief ein und langsam wieder aus und dann noch einmal von vorn. Ihre Augen schweiften im Raum umher. Jule war schon versucht, ihr eine leere Brötchentüte zum hineinatmen zu reichen, da redete sie endlich: »Es ist echt schön hier.«

Jule seufzte. »Falls du mit denen noch zu tun hast, dann richte bitte aus, dass ich sehr viele Möbel erhalte. Und ich habe auch noch einiges im Keller, bei dem ich noch nicht weiß, was ich damit mache. Falls jemand aus dem Dennighof einen Veranstaltungsort oder ein Heimatmuseum macht, spende ich die gerne.«

»Ich wünschte trotzdem, du hättest das Geld in den Hof gesteckt. Ich will einfach nicht, dass er abgerissen wird. Hast du mal die Planungsunterlagen für dieses Seniorenhaus gesehen? Das wird so ein weißer, nichtssagender Klotz, mitten zwischen den Fachwerkhäusern. Den sieht man schon auf dem Hügel thronen, wenn man zum Dorf reinkommt.«

»Ach, Kinder!« Gertas Rabenfederhaar stand ihr wild um den Kopf. Inmitten der heruntergefallenen Fäden sah sie mit ihrem schneeweißen Strickpullover wie eine brütende Elster aus. »Penelope, du musst diesen Leuten von der Bürgerinitiative klarmachen, dass sie ihre Kraft und Energie lieber in die Erhaltung des Dennighofes stecken sollen. Mit mir reden die nicht. Die benehmen sich, als hätte ihnen jemand die Sandförmchen geklaut.«

»Ich schaue, was ich machen kann, Gerta. Richtig ernst nehmen die mich nicht. Ihr glaubt mir hoffentlich, dass ich diesen Zettel nicht an die Tür gehängt habe. Und mit dem Leserbrief heute in der Zeitung habe ich auch nichts zu tun.«

»Schon wieder ein Leserbrief?« Jule raufte sich die Haare und gab damit ihrem ohnehin lockeren Pferdeschwanz den Rest. »Ich mag dieses Genörgel langsam nicht mehr lesen.«

Wo liegt diese verflixte Zeitung? Was haben die sich heute wieder ausgedacht? Fluchend ging Jule auf die Suche.

»Gestern ging es um die Lärmbelästigung, wenn die Lindenblüte eröffnet.« Penelope packte ihr Strickzeug aus. Auf gigantisch großen und dicken Jackennadeln hatte sie ein buttergelbes Strickstück, von dem Jule keine Ahnung hatte, was es einmal werden sollte. Wahrscheinlich kein Zelt, obwohl es wie eins aussah.

Gerta schüttelte den Kopf. »Die Brauerei, der Rathausplatz und die Spatzen auf dem Feld könnten sich belästigt fühlen.«

»Bring die ja nicht auf die Idee, noch die Naturschutzkarte zu spielen!«, rief Jule, die kopfüber in einer alten Truhe steckte. »Am Ende findet jemand unter meinen Terrassenfliesen einen

Kammmolch, und ich muss aus meinem Haus ein Ökoreservat machen!«

Penelope schaute leicht säuerlich drein. »Naturschutz ist sehr wichtig.«

»Zu den Feldern hin habe ich die Hecken auch nicht gestutzt. Ich will gar nicht wissen, was da hinten alles an Natur lebt. Und ich habe ein Nachhaltigkeitskonzept für das Café ausgearbeitet.«

»Tatsächlich?« Die Nadeln hielten für einen kurzen Augenblick inne. »Das ist … äh … wow!«

Unterdessen hatte Jule die Zeitung gefunden und aufgeschlagen. »Ach du grüne Neune! Die spinnen ja! Ich zitiere: *Es wird gemunkelt, das Gesundheitsamt habe die Eröffnung dieser Café-Filiale verhindert. Aber wen wundert es schon, dass Ungeziefer in unserer schönen Linde sein Unwesen treibt? Das Fräulein aus Frankfurt sieht jetzt hoffentlich ein, dass sie mit diesem Projekt vollkommen überfordert ist. Dann kann jemand anderes die Linde wieder zu einem Dorfmittelpunkt machen. A.H. – eine besorgte Bürgerin.*«

»Mich schüttelt's, wenn ich so was höre! Das *Fräulein aus Frankfurt!*« Gerta zerrte heftiger an den Fäden als nötig und hielt bald einen dicken Knoten in der Hand.

Jule überlegte ernsthaft, ob sie all diese Leserbriefe sammeln und in einem Jahrzehnt darüber lachen sollte oder ob die sich besser als Schnipsel für ein zukünftiges Pappmachéwerk machten. »Keine Ahnung, weshalb Frau Thiel-Teutenbacher so viele von denen druckt. Wenn ich darum bitte, eine Gegendarstellung schreiben zu dürfen, wimmelt sie mich damit ab, ich wäre ja befangen. Und der Chef hält sich die Ohren zu und singt »Lalalala«. Der sagt, er habe zu viel zu tun und will sich nicht auch noch in den Kram der Lokalredaktionen einmischen müssen – falls man ihn überhaupt mal ans Telefon bekommt.«

Gerta brummte, während sie Schlinge um Schlinge entwirrte und die Kettfäden wieder auf den Schärzapfen sortierte. »Das ist natürlich klar, dass du nicht über dein eigenes Café schreiben kannst. Und die Teufelsbacher will einen Skandal, um ihre Seiten zu füllen. Die hat kein Interesse daran, die Wogen zu glätten.«

»Ihr könntet doch auch Leserbriefe ...«, begann Penelope.

Aber Gerta unterbrach sie: »Dann hätte die Teufelsbacher, was sie haben möchte: eine waschechte Soap in ihrer Zeitung. Wir dürfen uns da nicht reinziehen lassen. Am Ende schaukelt sich alles hoch und im Dorf redet keiner mehr mit dem anderen.«

Penelope schnaubte entrüstet. »Dann schreiben wir eben Leserbriefe für den Dennighof. Aber *dieser* Skandal ist es wohl nicht wert, in die Zeitung zu kommen!«

»Sag mal, Penelope.« Gerta räusperte sich. »Auf welcher Seite stehst du jetzt eigentlich?«

Penelope funkelte sie wütend an. »Ja wohl auf eurer.«

Jule grinste. »Sehr schön.«

»Sodele.« Gerta klopfte auf den Schärzapfen »Fertig sortiert. Wir können weiter die Fäden aufziehen.«

»Wollen wir nicht eine kleine Pause machen und einen Tee trinken?«

Gerta zwinkerte verschwörerisch. »Du brauchst keine Angst vor dem Weben zu haben. Du weißt doch: Beginnt man etwas zu lernen, wird man ungeduldig und flucht über all die Dinge, die man noch lernen muss. Beherrscht man die Grundlagen, gehen einfache Arbeiten leicht und zügig von der Hand.«

»Weshalb hast du mich nicht dazu überredet, mit dem Stricken oder Häkeln anzufangen? Dann hätte ich jetzt sicher schon einen fertigen Schal oder eine süße Textilgarn-Schale für Nüsse.«

Penelope räusperte sich, schwieg aber.

»Du wirst heute Abend noch erleben, was für ein Aufwand es ist, die großen Webstühle einzurichten. Da kommen jeweils 15 und 30 Meter Cottolin-Kette drauf. Das ist ein Mischgarn aus Baumwolle und Leinen. Damit können wir in den nächsten Wochen Tischläufer und Geschirrtücher weben.«

Jule betrachtete die noch nackten Webstühle und dann den vergleichsweise winzigen Webrahmen. Sie lockerte ihre Schultern und ergab sich. »Na dann: Auf geht's!«

Immer wenn Gerta einen Faden über den Zapfen gelegt hatte, fädelte Jule eine neue Schlaufe durch ein Loch im Kamm auf dem Webrahmen.

»Und die ganzen Fachbegriffe muss ich auch noch lernen. Kette, Schuss, einrichten, Leinwandbindung, Körper.«

»Köper.« Gerta beschwichtigte sie: »Das kommt alles mit der Zeit. Du kannst auch einfach so lange du möchtest bei uns mitweben und dir gar keine Gedanken über Muster und Bezeichnungen machen. Nicht jeder muss gleich ein ausgebildeter Handweber werden, um ein wenig Freude am Weben zu haben. Und mit dem Flickenteppich machen wir es uns einfach: Wir drehen an den Teppichenden Fransen und gut ist die Sache.«

Jule brummte eine unverständliche Antwort und konzentrierte sich darauf, keinen Schlitz auf dem Kamm auszulassen. Selbst wenn das Weben eines Flickenteppichs an und für sich unkompliziert war, dauerte es unendlich lange, bis man damit anfangen konnte. Nach dem Aufziehen der Kette mussten die Fäden durchtrennt und durch die Löcher gefädelt werden. Dann wurde die Kette stramm auf die Rollen – Kett- und Warenbaum – gewickelt. Wenn das alles bereit war, konnte es losgehen.

Sie kratzte sich an der Nasenspitze. Wieder dieses Kribbeln überall. Sie war einfach zu ungeduldig für Projekte, bei denen nicht sofort ein Ergebnis sichtbar war. Da machte es für sie keinen Unterschied, ob es um Gärtnern, Weben oder um die Renovierung der Lindenblüte ging.

Warum dauert alles nur so lang?, seufzte sie innerlich. *Nur das Älterwerden, das geht verflixt schnell.*

Ole stand vor dem kleineren der beiden Webstühle und begutachtete das Webstück. »Wenn ich da länger draufschaue, werde ich plemplem.« Er rieb sich die Augen. Die Hennarote – Jule hatte ihren Namen vergessen, es waren einfach zu viele, um sie sich alle sofort zu merken – hatte eine Kette in Türkis und Pink aufgezogen. Für den Schuss verwendete sie unterschiedliche Farben – beim aktuellen Geschirrtuch ein beißendes Neongelb.

Auch die Handwerker, die das in die Jahre gekommene Gäste-WC sanierten, starrten ungläubig auf das grelle Webstück. »Des isch dofir, wem ma emal im Dunkle abdrockne muss oder e Warnweschtle nähe mecht«, kommentierte der Chef. »Komme die uff de Klo?«

»Nee. Das sind nicht meine!«, nuschelte Jule, die sich gerade ein Stück Brotkante in den Mund stopfte.

Lachend verschwanden die Handwerker in den WC-Räumen und schalteten das Radio an.

Jule stellte sich neben Ole. »Davon sind noch mindestens zehn Meter auf dem Webstuhl drauf. Schau lieber nicht in die Kiste da unten. Bei der Garnauswahl werden das vielleicht wirklich Warnwesten für den Kindergarten.«

Sie biss ein weiteres Stück Brot ab. Den Tag über war sie so in ihre Arbeit vertieft gewesen, dass sie wieder einmal das Essen vergessen hatte. Zum Glück hatte Ole bei Gerta Wolle abgeholt und ein noch warmes Brot und goldgelbe, selbstgemachte Butter abgestaubt.

»Wie kann man nur so verboten gutes Essen herstellen?«

»Das können die hier fast alle. Du hast dich für die Zeitung doch schon durch ein Landfrauentreffen gefressen, oder? Wie kann man nur einen Stoff mit einer so giftigen Farbe herstellen? Mannomann! Bitte bestell bei der Dame keine Vorhänge für die Lindenblüte!« Er zog das Tuch wieder über dem Webstuhl zurecht, damit kein Staub von den Renovierungsarbeiten auf das Gewebe kam.

Jule rülpste undamenhaft. »Die Landfrauen habe ich ja nur bekommen, weil Frau Thiel-Teutenbacher keine Zeit hatte. Aber egal, über welchen Hof ich geschrieben habe, die haben alle versucht, mich mit ihrem Essen zum Platzen zu bringen. Die meisten haben behauptet, ich sei zu dünn oder ich sollte ihre Produkte testen, ob da nicht etwas dabei wäre, das ich für mein Café wollte.«

»Na, siehste! Die Landwirtinnen sind auf deiner Seite! Und wenn das mit dem Café nicht klappt, dann machst du einfach einen kleinen Laden auf.«

Sie gab ihm einen Klaps auf den Arm. Nichts, aber auch gar nichts hatte sich seit Kindertagen geändert.

»Mal abgesehen davon, dass der Tag nur 24 Stunden hat: Wie wollen wir das bezahlen? Spielen wir zusammen Lotto und importieren Alpakas aus den Anden? Der neue, faszinierende und unendlich wollig-flauschige Haustiertrend! Kaufen Sie drei Alpakas, und schon in zwei Jahren können Sie unter traumhaft kuscheligen Decken schlafen!«

»Pampashasen!«, rief Ole begeistert. »Die sind klein, niedlich und passen in jede Stadtwohnung. Ein Alpaka kann man nicht mal eben schnell auf den Balkon lassen wie eine Wohnungskatze.«

Jule lachte laut. »Du bringst mich noch dazu, die Zeichenstifte auszupacken und der Zeitung demnächst Cartoons anzubieten.«

Woher bekomme ich auf die Schnelle einen Klon, damit ich alles ausprobieren kann, was mir in den Fingern juckt?

Endlich konnte Ole sich vom Anblick des Webstuhls lösen. Er tat so, als könnte er nicht mehr geradeaus gehen, als sie gemeinsam die bereits leicht eingestaubten Einzelteile der Eckbänke auf die Terrasse schleppten.

»Ich sage dir ganz ehrlich, Jule: Meine Farben sind das nicht!«

Jule zog die Gecko-Handschuhe über. »Na, meine sicher auch nicht!«

»Nein, ich meine nicht die Handtücher! Ich gebe ehrlich zu, dass ich da ein wenig konservativ bin. Dein Weiß-Fimmel beim Einrichten ist mir zu viel. Nichts gegen ein modern eingerichtetes Café, aber die Alte Linde hatte schon ihren Charme.« Mit verklärtem Blick betrachtete er das Gebäude. »Mein erstes Bier …«

»Pack mal bitte mit an«, ächzte Jule. Allein konnte sie das schwere Dreisitzerstück der Eckbank höchstens schleifen, und sie wollte keine Kratzer in die frisch aufgearbeiteten Dielen machen. »Und vertrau mir doch einfach, dass alles nicht halb so schlimm wird, wie du befürchtest.«

Gemeinsam trugen sie alle Teile nach draußen. Während Jule die Rückenpolster abschraubte und Berthe auf jede Bank flog, um sie genau zu inspizieren, schwelgte Ole weiter in Erinnerungen: »Es kommt mir vor, als wäre das alles erst gestern gewesen. Und jetzt ist die Linde schon an die fünf Jahre zu. War so kurz nachdem der Carsten die Einhorn-Brauerei von seinem Vater übernommen und renoviert hat.«

»Und da lief es schon schlecht? Also, mit der Linde?«

Ole zuckte mit den Schultern. »Ganz genau kann ich dir das gar nicht sagen. Da war ich so mit dem Studium und dem Hof eingespannt, ich bin gar nicht mehr dazu gekommen, auf ein Bierchen ins Dorf zu gehen. Als ich Abi gemacht habe, war das Einhorn eine Brauerei ohne Gaststättenbetrieb, und die Linde haben nur alte Leute besucht – ein paar Jahre vorher gab es wenigstens einmal im Monat vernünftige Musik und wir Jugendlichen trafen uns da. Nur das Einhorn-Bier, das gab es in der Linde natürlich nie. Alle haben gedacht, die Gebäude werden mal gleichzeitig abgerissen, aber der Carsten hat das Steuer dann herumgerissen. Hast du eigentlich schon einen Stoff für die Polster ausgesucht?«

»Da das Holz weiß wird, schwanke ich zwischen neuem, lindgrünem Stoff und alten Vorhängen aus dem Keller. Die sind robust und so ein kräftiges Bordeauxrot passt zu so ziemlich allem.«

»Weiß? Ehrlich? Die Wände, die Möbel und was noch?«

Jule zuckte mit den Achseln. »Zu Vintage gehören weiße Möbel einfach dazu.«

»Findest du so viel Weiß nicht ungemütlich? Wie im Krankenhaus?«

»Nein, überhaupt nicht. Es ist hell, klassisch, bringt die Formen der Möbel gut zur Geltung, und ein bisschen Farbe kommt ja noch. Weshalb hat dieser Carsten Einhorn die Brauerei eigentlich dermaßen umgebaut? Das muss ja bei den Raupps als Kampfansage angekommen sein. Gerade so, als hätte er der Alten Linde den Todesstoß geben wollen.«

»Die Linde war ja eigentlich schon tot.«

In der Zwischenzeit hatten sie sämtliche Polster abgeschraubt und gestapelt. Im harten Sonnenlicht wirkten die Bänke sehr schäbig und altmodisch mit ihrer Optik in Eiche rustikal und den klobigen Verzierungen.

Ole schnupperte. »Die Bänke riechen gar nicht so schlimm, wie ich dachte.«

»Ich habe gleich nach dem Entrümpeln alles mit Essig gewischt und in den Wintergarten in die Sonne gestellt.«

»Dann schauen wir mal, dass wir den restlichen Qualm mit dem Abschleifen erledigen.« Er griff zur Thermoskanne und schenkte sich Tee ein.

»Kennst du diesen Carsten eigentlich besser?«, fragte Jule.

»Der Carsten war in meiner Klasse. Ganz patenter Kerl. Ein bisschen arg ehrgeizig und ein Sturkopf. Sein Vater wollte, dass er studiert, aber Carsten hat lieber eine Ausbildung zum Brauer gemacht. Für den Meisterbrief ist er viel herumgereist und hat geschaut, wie die in Schottland, Japan, Südamerika und weiß der Geier wo ihr Bier brauen. Und natürlich ist er quer durch die Republik gefahren, um zu sehen, welche Brauereien heutzutage gut dastehen.«

»Wow! Das ist bewundernswert! Und die ganze Zeit hatte er das Ziel vor Augen, die Brauerei hier zu übernehmen?«

Ole nickte. »Deshalb wollte der Alte ja, dass der Junge Wirtschaft studiert. Es gab dann einen Riesenkrach, als Carsten einen Kredit aufgenommen hat, um die Brauerei so umzubauen, wie sie heute ist. Jeder hat gedacht, der baut nur aus und versucht dann, mit diesen neumodischen Biermixgetränken in den Großhandel zu kommen. Stattdessen hat er auf wenige, aber hochwertige Biere gesetzt und lange nach richtig guten Köchen und Lieferanten gesucht.«

Anerkennend pfiff Jule durch die Zähne. »Der Linde hat er damit wirklich den Rest gegeben.«

Ole zog frisches Schleifpapier auf den Deltaschleifer und bugsierte Berthe schwungvoll von der Bank auf den Rasen. Empört flatterte das Huhn davon. »Wie ich schon sagte, war da schon nichts mehr zu retten. Der alte Raupp hat aber auch die Zeit verschlafen. Klar war kein Geld da, und die Banken wollten keine Kredite mehr geben. Aber er hätte sicher etwas bei den Nachbarn leihen oder mit einem Partner zusammen die Linde erneuern können. Dafür war er aber zu stolz. Sein Sohn hat immer wieder versucht, selbst Hand anzulegen, und alles an Geld reingesteckt, was er hatte. Du hast es ja gesehen: mal ein paar neue Fenster, dann die neue Elektrik. Nur hat der alte Raupp ihm immer wieder einen Knüppel zwischen die Beine geworfen. Da ist es klar, dass er abgehauen ist. Und als er schließlich wieder ins Dorf kam, war es zu spät, da war das Einhorn umgebaut, die Gäste kamen nicht mehr in die Linde, und der alte Raupp musste verkaufen.«

»Das ist sehr traurig.« Jule spürte einen Kloß im Hals. »Schade, dass die Alte Linde nicht in Familienbesitz bleiben konnte. Ich bin immer so beeindruckt, wenn ich höre, dass ein Geschäft seit mehr als hundert Jahren von Generation zu Generation weitergegeben wird.«

Ole dagegen machte eine wegwerfende Handbewegung. »Sie hatten mehr als ein Jahrzehnt Zeit und haben nichts gemacht, außer zu streiten. Du packst das jetzt ordentlich an. Hast du mit Carsten eigentlich schon auf gute Nachbarschaft getrunken?«

»Nein. Ich habe mehrmals versucht, mit ihm ins Gespräch zu kommen. Aber er antwortet nicht auf meine Mails, und am Telefon oder wenn ich vorbeigehe, ist er angeblich immer auf Geschäftsreise. Bestimmt steckt da wieder eine uralte, alberne Fehde dahinter.«

»Bei Carsten?« Ole setzte den Deltaschleifer an. »Der ist zwar stur, aber kein Typ, der die Feindschaften anderer Leute pflegt. Weißt du was? Ich verabrede mich mal auf ein Bier mit ihm und frage nach. Schaffe ich aber erst, wenn das Heu gemacht ist und die Alpakas geschoren sind. Ich könnte mir vorstellen, dass dem wieder sein Vater im Nacken sitzt.«

In den nächsten Stunden wechselten sie sich mit dem Schleifen ab. Als Jule den Kopf hob, um sich mit dem Handrücken den Schweiß von der Stirn zu wischen, wurde ihr schwindlig. »Zeit für eine Pause. Und mir ist jetzt stark nach Lindgrün. Ich schmeiß die alten Bezüge weg und kümmere mich um den Teenachschub.«

»Alles klar!«, rief Ole und stapfte in Richtung Schuppen. Ihm schienen weder die Sonne noch die Arbeit etwas auszumachen. »Ich schau dann mal, ob der Maschendrahtzaun noch intakt ist, damit kein Marder reinkommt.«

Mit einer vollen Thermoskanne, Äpfeln in der Umhängetasche und zwei frischen Tassen in der Hand schlappte Jule die Treppe herunter. Sie hatte die Kaffeekanne im Visier, die in ihrem Büroeck im Wintergarten stand.

Mal schauen, ob mir die Handwerker etwas übrig gelassen haben.

Missbilligend betrachtete sie die staubigen Fußabdrücke. Sie führten von der offenen Vordertür zum Sanitätsbereich und zurück. Auf dieser Spur sah Jule ein sauberes Paar Turnschuhe stehen. Im Durchbruch zur ehemaligen Küche stand jemand. Sie sah nur seinen Rücken. Er hatte die Hände in den Hosentaschen, und für einen Augenblick glaubte sie, einer der Installateure würde sich bloß neugierig umsehen. Doch dann erkannte sie die athletischen Schultern und den schwarzen Haarschopf.

Mika aber hatte wohl ihre Schritte gehört. Er zuckte zusammen, drehte sich aber nicht um.

Das wiederum machte Jule wütend. Konnte er ihr nicht in die Augen sehen? »Abgesehen von deinem Versprechen, zu klingeln …« Sie holte Luft und suchte nach passenden, nicht zu unflätigen Worten. »Glaubst du etwa den Stuss, der in der Zeitung steht? Dauert es dir zu lang, um dich bei der Eröffnung von der schönen Atmosphäre zu überzeugen?«

Jule suchte nach der Wut, die sie neulich so gepackt hatte, fand tief in sich verborgen aber nur Enttäuschung, ohne genau zu wissen, weshalb. Am liebsten hätte sie ihn geschüttelt, damit er vernünftig mit ihr redete.

Seine Hände in den Taschen ballten sich zu Fäusten. Mit einem tiefen Seufzer wandte er sich endlich zu ihr um. »Es war ein Fehler.«

Die Sekunden verstrichen, ohne dass er erläuterte, was er meinte.

»Ich gehe jetzt.«

Doch so leicht wollte Jule ihn nicht davonkommen lassen. »Eine Entschuldigung wäre angebracht, findest du nicht?«

»Wofür?« Sein Blick war längst weitergewandert und blieb an dem großen Webstuhl hängen.

»Soll etwa *ich* mich entschuldigen? Dass ich ein Haus gekauft habe und es renoviere?«, schnappte Jule.

»Wofür soll ich mich entschuldigen?«, fragte er noch einmal. In seiner tonlosen Stimme schwankte Müdigkeit. »Dafür, dass ich mein Versprechen gebrochen habe? Ja, das tut mir wirklich leid. Ich hätte es gerne eingehalten, aber die Tür stand offen und ich konnte nicht anders, als einen Blick zu riskieren. Oder willst du eine Entschuldigung für unsere erste Begegnung? Da hätte ich natürlich freundlicher sein können. Und das mit dem Fahrrad tut mir leid. Ich dachte, du fährst mich um, und habe automatisch die Arme gehoben. Oder dafür, dass ich es nicht geschafft habe, den Alten zu überzeugen?«

»Du hast ihn jedenfalls gut davon überzeugt, gemeinsam meine Bäume zu schneiden.«

Mikas Mund formte sich zu einem schmalen Strich. »Ich spreche nicht von Peter, sondern von meinem Vater. Und diese Bäume sind es mir wert, mich mit dir anzulegen, Jolanda.« Er sprach ihren Namen scharf aus und funkelte sie dabei wütend an.

Jule war perplex. *Wovon redet der?* »Was habe ich mit deinem Vater zu schaffen? Und du mit meinen Bäumen?«

»Die meisten davon haben ich und mein Großvater gepflanzt.«

»Oh«, war alles, was Jule herausbrachte. Allmählich dämmerte ihr, wer er war. »Dann nehme ich mal an, dein Nachname ist Raupp?«

»In ein paar Monaten hätte ich genug beisammen gehabt, um die Linde aus den Schulden rauszuholen.«

Erneut schwiegen beide. Das Hämmern und das Radio der Handwerker waren die einzigen Geräusche in der Stille. Dann kam Ole in den Wintergarten. Er blinzelte, um sich nach dem strahlenden Sonnenschein im Haus zu orientieren.

»Hallo, Mika«, sagte er nur.

Mika nickte ihm zu. »Ole. Ich gehe dann mal. Viel Spaß mit den Mirabellen, Jolanda. Sie sind köstlich.«

»Sie macht hier wirklich was Tolles draus!«, rief Ole ihm nach. Dann schaute er Jule an und hob die Schultern.

Verdattert sah Jule ihren Cousin an. »Du hast gewusst, dass er der Sohn des Vorbesitzers ist, und sagst kein Wort?«

»Ja wie? Du stellst ihn quasi ein und fragst ihn nicht nach seinem Nachnamen? Oder warum er sich so für deinen Garten interessiert?«

Jule spürte, wie sie knallrot wurde. »Das lief ja alles über Peter«, stammelte sie.

Ole schien zu zögern und schob Jule schließlich entschlossen auf die Terrasse. »Das Kind ist jetzt in den Brunnen gefallen. Schauen wir nach vorn und legen dich erst mal in die Sonne.«

Jule wankte auf den Rasen. Kaum hatte Ole sie losgelassen, plumpste sie bäuchlings auf das Gras und blieb für eine Weile liegen wie ein flügellahmer Maikäfer. Aus dem Augenwinkel beobachtete sie Berthe, die vorsichtig ihre Kreise zog.

»Ich bin auch jetzt nicht tot«, knurrte Jule. »Und genießbar schon gar nicht!«

Eigentlich wollte sie noch für eine Weile sauer auf sich, auf Mika und auf die Welt sein, doch die warmen Strahlen der Maisonne machten ihr einen Strich durch die Rechnung. Der Boden war trocken, der Geruch von Gräsern und Blumen hüllte sie ein, und wenn sie die Augen schloss, konnte sie leicht die Geräusche des Tages ausblenden und hören, wie der Wind mit den Blättern der Bäume spielte. Irgendwo surrte der Deltaschleifer beruhigend vor sich hin.

Schon nach wenigen Minuten fühlte Jule sich sehr entspannt.

»Schläfst du?«, fragte Ole irgendwann.

Jule brummte behaglich.

»Wo hast du denn das Hühnerfutter?«

Sie schaute hoch. Berthe stand vor ihr, als würde sie auf etwas warten. »Sehe ich aus wie ein fetter Regenwurm, Ole?«

»Auf solche Fragen darf man Frauen niemals antworten.«

»Na gut. Das Futter ist in der Küche, rechts unter der Spüle.«

Bis er wiederkam, drehte sie sich auf den Rücken und genoss die Wärme auf ihrem Gesicht. Dann streckte sie sich genüsslich, stand auf und schaute, was Ole schon mit den Eckbänken angestellt hatte.

»Oha! Fast fertig?«

Ole zuckte mit den Schultern. »Das geht einem ja schnell von der Hand, wenn man so vor sich hin arbeitet.«

»Was soll ich bloß von Mika halten?«

Wieder zuckte er mit den Schultern. »Ich kenne ihn nicht gut, er war in der Klasse über mir. Aber soweit ich weiß, ist er in Ordnung.«

»Aber ich weiß es nicht.«

Nachdenklich sah er sie an, öffnete dann den Mund, schloss ihn wieder, grübelte ein wenig und zwinkerte ihr dann zu. »Also, ich würde sagen, du schwingst jetzt den Pinsel und regst dich ab. Und wenn er das nächste Mal kommt, um im Garten was zu machen, dann lädst du ihn zu einer Tasse von Gertas Tee ein. Auf jetzt, alla hopp! Die nächste Schicht Farbe springt nicht von allein aufs Holz.«

Jule schnaubte und verschränkte die Arme vor der Brust. »Du hast hoffentlich gesehen, dass ich desodorierende Farbe besorgt habe.«

»Ja«, sagte er gedehnt. »Hat gedauert, bis ich begriffen hatte, was da steht. Weshalb schreiben die nicht *geruchsneutralisierend*, damit jeder Bauer versteht, was gemeint ist? Da bekomme ich einen Knoten ins Hirn!«

»Ich finde es eindeutig.« Jule schaute sich die Dose genau an. »Besser als dieses Marketinggewäsch von der neuen Formulierung.«

Formulierung, formulieren, Formel. Interessant, dass man Sätze formulieren kann und Chemikalien. Kann ja auch beides sehr ätzend werden. Ob das Formular auch da mit drinsteckt?

»Jule, du träumst mit offenen Augen.«

»Hm? Hast du was gesagt?«

»Ich hatte dich gefragt, ob das Zeug wirklich den Rauchgeruch aus dem Holz holt.«

Jetzt hob Jule die Schultern. »Also, bei den Wänden drinnen hat es funktioniert. Da habe ich auch eine desodorierende Farbe untendrunter, und jetzt riecht man in der Schankstube gar nichts mehr.«

»Deodo… desododo… So e Scheißdreckle, würde unsere Großmutter jetzt sagen. Wenn das Zeug getrocknet ist, brauchen wir noch zwei Schichten Weiß, denke ich.«

»Das war auch meine Schätzung. Dann kommen wir mit der Farbe für die Eckbänke und die Stühle auf jeden Fall hin.«

»Die Tische?«

Jule hob die Schultern. »Gute Frage, nächste Frage. Mir schwebt … äh … Weiß vor?« Ole wurde bleich, und Jule konnte sich ein schelmisches Grinsen nicht verkneifen. Er zog die Augenbrauen zusammen.

Jule lachte schallend. »Die ölen wir, oder wir lasieren mit einem schönen Antikwachs. Ich liebe Kirsche! Ich muss eh in den nächsten Tagen in den Baumarkt radeln, weil ich nicht mehr genügend Tackerklammern habe.«

»Für die Polster?«

»Genau. Neue Polsterkissen brauche ich auch noch. Der Stoff und die Polsterung untendrunter haben ja so gemüffelt, da war nichts mehr zu machen.«

»Und ich nähe dir dann ein paar schöne Sofakissen«, bot Ole an, während er sich bereits mit dem Pinsel über die nächste Bank lehnte.

»Du kannst nähen?«

Er wirkte eher belustigt als gekränkt. »Ja klar. Lass dich mal überraschen, ich habe schon einen Stoff im Auge.«

Aber bitte nicht den, der gerade auf dem Webstuhl ist!

Wochentipp – Wo eine Schere ist, da ist Stoffgarn

Jeder hat sicherlich schon einmal seinen Kleiderschrank aussortiert und festgestellt, wie viele Sachen nicht mehr passen, total verwaschen sind oder erste Löcher unter den Achseln haben, die sich nicht mehr flicken lassen.
Wer jetzt nickt, kennt sicherlich auch das Problem, dass einige dieser Klamotten nicht mehr dazu taugen, sie auf den Flohmarkt oder in ein Sozialkaufhaus zu bringen. Aber noch brauchbare Stoffe einfach wegwerfen, das tut schon in der Seele weh, oder?
Zum Glück lässt sich aus alten Jerseystoffen ganz fantastisches Stoffgarn herstellen! (Andere Bezeichnungen sind: Textilgarn, Baumwollgarn, Trikotband, T-Shirt-Garn oder Bändchengarn.)
Bevor es an das Schneiden der Stoffbänder geht, müssen bei T-Shirts großzügig die Ärmel, der untere Saum und der Kragen abgetrennt werden. Diese Stoffröhre kann man dann ganz einfach spiralförmig zu einem langen Band schneiden.
Da der T-Shirt-Stoff sich rollt, müsst ihr das Band einfach Stück für Stück durchgehen und immer leicht unter Spannung halten. Es muss nicht perfekt sein. Bei vielen Werkstücken sieht es sogar besser aus, wenn das Garn nicht perfekt glatt ist.

Jetzt darf nach Herzenslust mit dem Stoffgarn gewerkelt werden! Ob Topfuntersetzer, Teppich oder Nussschale, die Möglichkeiten sind unendlich! Behaltet immer die Augen offen für die Schönheit dieser Welt.

Allzeit Inspiration wünscht

Jule

Kapitel 10

Am Morgen der feierlichen Eröffnung war Jule sich ganz sicher, keine einzige Sekunde geschlafen zu haben. Trotzdem fühlte sie sich wacher als jemals zuvor in ihrem Leben. Bereits um vier Uhr hielt sie es nicht mehr im Bett aus. Im Licht der beginnenden Dämmerung schlich sie in die Schankstube hinunter. Die Stille im Haus war so absolut, dass Jule jedes Knarren der Stufen störend laut vorkam.

Auf der untersten Stufe blieb sie stehen und ließ ihren Blick schweifen. In einem letzten Kraftakt hatte sie am Vortag zusammen mit Gerta und Milena dekoriert und die Tische eingedeckt. Die Speisekarten waren geschrieben, die Kuchen vorbereitet und alles blitzblank sauber und an seinem Platz.

Es gab nichts mehr zu tun, außer zu warten.

Ein irritierendes Gefühl für Jule, die eigentlich immer alles auf den letzten Drücker erledigte und meistens improvisieren musste.

»Kann ja sein, dass ich erwachsen werde«, sagte sie zu dem großen Spiegel im Treibholzrahmen – ein Geschenk ihres Vaters. Der hatte das gute Stück in seinen Jugendtagen bei einem stinklangweiligen Urlaub auf einer Nordseeinsel selbst gefertigt.

Es kann doch gar nicht sein, dass ich fertig bin. Irgendetwas habe ich sicher vergessen.

Sie schaute sich gründlich um, fand aber beim besten Willen keinen Fehler. Das lag wohl auch daran, dass sie die Checkliste für die Eröffnungsfeier bereits vor Wochen unter Millas strengen Augen angefertigt hatte. Nein, Jule war tatsächlich punktgenau mit allen Arbeiten an der Lindenblüte und den Vorbereitungen für das Fest fertig geworden. Der einzige Makel war die Pressearbeit, denn von der Eröffnung stand kein Wort in der Zeitung, obwohl Frau Thiel-Teutenbacher ihr am Telefon versprochen hatte, sich persönlich darum zu kümmern – wahrscheinlich hieß »kümmern«, dass die Redakteurin sich darum kümmerte, dass auf keinen Fall eine Notiz erschien. Jule hatte jedenfalls beschlossen, sich nicht zu ärgern, sondern setzte auf Mundpropaganda, das Werbeblättchen und Aushänge in Geschäften.

Jule schlich von Tisch zu Tisch, zupfte einmal hier ein Tischtuch zurecht, rückte dort an einer Tasse. Eine Serviette fehlte, und Jule holte eine frische. Sie faltete sie zu einem Dreieck und legte sie von der langen Seite her sorgfältig in gleichmäßige Falten wie eine Ziehharmonika. Immer wieder strich sie mit dem Handballen fest darüber, damit sich nicht sofort alles wieder entfaltete. Eine Stoffserviette hätte sie einfach gebügelt, aber die konnte sie sich momentan noch nicht in der Qualität leisten, die sie sich vorstellte. Zuletzt fasste sie die Serviette in der Mitte der langen Seite und knickte sie um ihren Finger herum. Die Form erinnerte jetzt an eine pastellgelbe Muschel.

Jule schlich weiter durch die Schankstube. Im ersten Dämmerlicht des Tages fühlte sie sich wie ein Geist in einem geschlossenen Museum. Über all die Monate war immer dieser kleine Schatten des Zweifels in ihrem Herzen geblieben, ob sie es wirklich rechtzeitig schaffen würde, die alte Gastwirtschaft zu renovieren und neu zu gestalten. Noch gestern Abend war sie in einem Anfall von Lampenfieber ganz sicher gewesen, dass sie sich heute bestimmt für das Konzept des Cafés verfluchen und versuchen würde, innerhalb weniger Stunden umzudekorieren.

All ihre Zweifel und Bedenken lösten sich nun in Luft auf. In diesem Augenblick, in dem sie durch den Raum ging, fühlte sich alles richtig und gut an.

Sie streckte die Hand aus und berührte mit den Fingerspitzen einen der blütenweißen Vorhänge. Die wundervollen Stoffe waren ein gemeinsames Geschenk der Handarbeiterinnen, das diese heimlich auf einem privaten Webstuhl angefertigt und ihr gestern erst überreicht hatten. Das Gewebe war luftig und zart, bei näherem Hinsehen konnte man eine dezente Musterung erkennen. Der untere Saum war mit frühlingsgrünen Lindenblüten und -blättern bestickt worden. Allein diese Handstickerei musste eine unglaublich langwierige und mühevolle Arbeit gewesen sein. Jules Fingerkuppe strich über die grünen Fäden. Nach all den Anfeindungen durch die Bürgerinitiative und all dem Misstrauen, das ihr in den letzten Monaten begegnet war, tat es unheimlich gut, zu spüren, wie viele Menschen an ihrer Seite standen. Besondere Freude bereitete Jule auch die Befestigung für die Vorhänge. Peter hatte gemeinsam mit Mika die abgeschnittenen Äste der Linde grob von kleinen Zweigen befreit und in große Halterungen gelegt. Das Holz war nicht kerzengerade gewachsen und wirkte sehr warm und lebendig. Natürlich ließen sich die Vorhänge so nicht zuziehen, aber dafür waren sie auch nicht gedacht. Jule hatte es sich nicht nehmen lassen, sofort lindgrüne Stoffbänder um die Äste zu schlingen, an denen die alten Kuchengabeln und Teelöffel aus der Küche baumelten.

Von den Vorhängen wanderten Jules Finger weiter. Zärtlich strichen sie über die Sinnsprüche und Lieblingswörter an den Wänden. Dann fühlte sie das Holz der Tische. Tischdecken gab es noch keine, dafür aber hellgelbe Tischläufer, die die dezente Färbung der echten Lindenblüten aufnahmen, die in den schmalen, von Meisterhand getöpferten Vasen auf den Tischen standen.

Diese hellen Akzente passten hervorragend zum kirschrot gewachsten Holz der Tische. Die Sitzmöbel erhellten mit ihrem Weiß den Raum. Stuhlkissen und Eckbankpolster wiederum wechselten sich in hellem Gelb und Lindgrün ab. Beim Geschirr war sie bislang zurückhaltend gewesen. Hier und da hatte sie winzige grüne Blättchen auf die Tellerränder gemalt.

Neben den Bänken verleiteten Oles Poufs zum gemütlichen Fläzen. Er hatte es sich nicht nehmen lassen, gebrauchte Kaffeesäcke zu verarbeiten. Jule war völlig begeistert von diesem Material und wäre selbst nie im Leben darauf gekommen, direkt bei der regionalen Kaffeerösterei anzufragen, ob sie ihnen leere Säcke abkaufen konnte.

Unterdessen war Jule bei der Eckbank und dem großen Basteltisch mit seiner lindgrünen Wachstuchdecke angelangt. In einem Regal über der Bank lagen Stifte, Schablonen, Papier und verschiedene andere Materialien.

Mein Herzstück. Gedankenversunken sortierte sie die Stifte.

Auf dem Basteltisch lag eine große Pressspanplatte, die Jule bereits vor Tagen mit einem wasserabweisenden Lack versehen hatte. Kurz vor der Eröffnung würde sie eine Schicht Fliesenkleber auftragen, und jeder Gast konnte eine oder mehrere Mosaikscherben hinzufügen. Jule hatte in ihrer Pressemitteilung darum gebeten, ihr zur Eröffnung eine Scherbe oder einen Stein für dieses Projekt mitzubringen. Der daraus entstehende Tisch würde schließlich den Garten zieren.

Hoffentlich haben genügend Leute meinen Aushang gelesen und machen mit!

Für den Notfall lagen Fliesenscherben in allen Farben bereit. Aber viel schöner waren natürlich persönliche Stücke.

Wird schon gutgehen.

Jule klopfte auf das Holz des Basteltischs. Die Lindenblüte war fertig herausgeputzt für ihren großen Tag, und ihr blieb nichts zu tun, außer zu warten und den neuen Tag in aller Ruhe zu begrüßen.

Kurz entschlossen warf Jule sich gegen die morgendliche Kühle eines der leichten Stricktücher um, die sie von Gerta bekommen hatte, und ging in den Garten. Sie schnupperte in den noch taufeuchten Morgen und überlegte, was genau sie vorhatte. Wenn sie sowieso Bewegung brauchte, konnte sie auch bis zu den Feldern laufen und zusehen, wie die aufgehende Sonne die Nebelschleier lichtete. Sie steckte die kalten Hände in die Hosentaschen. Zwischen ihren Fingern knirschte Hühnerfutter. Das bekam später Berthe, die heute ausnahmsweise im Schuppen bleiben musste. Dafür würde es einige Extrakörner als Entschuldigung geben.

Bibbernd stapfte Jule über den taufeuchten Rasen. Unter den Obstbäumen legte sie eine kurze Pause ein. Tag für Tag lauerte sie auf die ersten reifen Kirschen und war sicher, dass die Amseln dies ebenfalls taten. Sie hatte Glück und fand zwei, die ihr herrlich süß auf der Zunge zergingen. Wahrscheinlich war sie heute einfach früher aufgestanden als die süßschnäbligen Vögel, die ihre dichten Hecken bevölkerten.

Die frühe Jule schnappt die Kirschen.

Im fahlen Morgenlicht bewunderte sie den dichten Bewuchs der Hochbeete. Peter hatte nicht zu viel versprochen: Der Pflegeaufwand hielt sich in Grenzen, und der Gemüsegarten sorgte für Entspannung. Jeden Abend spazierte Jule über den weitläufigen Rasen, füllte die Gießkanne an dem rostigen alten Ziehbrunnen und goss ihre Pflanzen. Dabei fiel ihr immer etwas Essbares in die Finger: Erbsen, Salat, Radieschen, Möhren, Lauchzwiebeln – an der Vielfalt gab es nichts auszusetzen.

Hoffnungsvoll suchte sie die Erbsenranken ab, ob sie am Vorabend vielleicht eine Schote übersehen hatte. Sie fingerte ihr Handy aus der Hosentasche, um im Zwielicht besser sehen zu können und um nicht versehentlich in eine Nacktschnecke zu fassen. Völlig unerwartet entdeckte sie zu dieser nachtschlafenden Zeit zwei Nachrichten. Cora und Maike grüßten sie herzlich und schickten virtuelle Daumen, die für die Eröffnung gedrückt waren.

Verdammt schade, dass die beiden heute nicht bei mir sein können.

Maike ging es nach wie vor nicht besser, und sie war außerdem fest in ihre Arbeit eingespannt. Cora war um diese Jahreszeit auf dem Hof unentbehrlich. Ihr Vater hatte bereits am vergangenen Wochenende angerufen, um ihr Glück zu wünschen. Ihre Mutter schwieg sich dagegen aus und bestand darauf, den letztes Jahr gebuchten Karibikurlaub unter keinen Umständen zu verschieben, nur weil ihre Tochter ein Café eröffnete.

Ein Geräusch in der morgendlichen Stille riss Jule aus ihren Gedanken und ließ sie herumfahren. Vielleicht eine Katze, die den Amseln hinterherjagte. Da war es wieder: ein Rascheln und Knacken in der Linde. Blätter trudelten durch die Luft. Jule war sich jetzt ganz sicher, dass da jemand in ihrem Baum herumkletterte.

»Hallo?«, rief sie und kniff die Augen zusammen. Der leichte Morgennebel verschleierte die Sicht. Undeutlich meinte sie zu hören, wie jemand auf den Boden sprang und dann über das Tor der Einfahrt kletterte.

Wie der Blitz rannte sie hinterher.

»Stehen bleiben!«, rief sie. Leider stellte sie am Tor fest, dass sie weit weniger sportlich war als der Unbekannte. Der war natürlich längst über alle Berge, bis sie es fluchend und strampelnd über das Tor geschafft hatte. Schwer atmend und mit zittrigen Knien gab sie die Verfolgung schließlich auf Höhe des Einhorns auf.

Ob das nach all der Zeit wieder der Eierwerfer war? Oder der Zettelschreiber? Wollte da jemand ernst machen, nachdem wochenlang relative Funkstille geherrscht hatte in Sachen Leserbriefe und anderweitiger Belästigungen?

Mit steifen Schritten näherte sie sich der Lindenblüte, und der Sonnenaufgang war vergessen. Ihre Hände öffneten und schlossen sich. Hinter den Nebelschleiern begann die Dämmerung. Die Düfte des Gartens wurden schwer und süß, das Licht allmählich hell genug, um erste Farben sehen zu können.

Mit einem Mal war Jule gar nicht mehr kalt, und sie hoffte

bloß inständig, dass in ihrer Einfahrt keine böse Überraschung auf sie lauerte.

Kann ja sein, dass ich mich verhört habe und es doch eine Katze war. Eine sehr große und schwere Katze. Die Leute von der Bürgerinitiative sind doch alle nicht mehr jung und fit genug, um in Bäumen herumzuklettern.

Noch während sie es dachte, glaubte sie sich selbst kein Wort. Sie linste in die Einfahrt. Hier schien alles wie immer zu sein. Keine Eier an der Wand, keine Beschädigungen an Fenstern oder am Baum.

Ich scheine gerade rechtzeitig gekommen zu sein und habe den wohl vertrieben.

Nachdenklich ging sie Richtung Schuppen. Sie musterte die Tische auf der Terrasse. Hier war nichts Auffälliges zu sehen. Alles stand ordentlich und sauber da. Doch als sie die große Gartentruhe neben dem Schuppen öffnete, um die Stuhlauflagen herauszuholen und zu verteilen, fiel ihr ein strenger Geruch nach Farbe auf. Jule hob den Deckel hoch und ließ ihn sofort fallen: Die Stuhlauflagen waren mit blutroter Farbe übergossen worden.

Fassungslos hob sie eine der Auflagen hoch. Die Farbe war noch frisch und tropfte. »Die spinnen ja wohl!«, knurrte Jule. Im Schuppen gackerte Berthe leise ihre Zustimmung. »Das geht zu weit!«

Der Zauber des Morgens war verflogen, Jule stand schlagartig mit beiden Beinen im Hier und Jetzt. Wütend mahlte sie mit den Zähnen. Dann sichtete sie, wie viele Polster wirklich verschmiert waren – weniger als gedacht, da hatte sie den Unbekannten wohl wirklich rechtzeitig aufgeschreckt. Sie legte die verschmierten Polster auf die Terrasse und holte ihren Fotoapparat. Das waren keine kleinen Sticheleien mehr, sie würde Anzeige erstatten.

Der Nebel hatte sich unterdessen fast vollständig verzogen, die Wettervorhersage bewahrheitete sich: Pünktlich zur Eröffnung stand ein Frühsommertag wie aus dem Bilderbuch bevor.

Mit einem arroganten Naserümpfen zeigte Jule dem unbekannten Saboteur ihren Stinkefinger. Von dieser miesen Aktion würde sie sich nicht unterkriegen lassen! Dann klopfte sie ihre Schuhe aus und schlenderte entschlossen in die kleine Küche ihres Cafés.

Als hätten sie in Jules guter Stube einen Bewegungssensor installiert, standen fünf Minuten später Gerta und Milla vor der Tür. Beide trugen hellgrüne, knielange Röcke und weiße Blusen. Sogar in Sachen Stoff und Schnitt hatten sie sich geeinigt: Die Röcke waren aus einem leichten Walkstoff und die Blusen mit ein paar Rüschen und winziger Blütenstickerei verziert, die an den Folklore-Stil der Siebziger erinnerte.

»Uih!«, war dann auch alles, was Jule neben einem anerkennenden Nicken herausbrachte. Dann schaute sie auf die Uhr. »Ihr seid ja todesmutig, hier um halb sechs zu klingeln.« Ihr Blick fiel auf die gigantisch großen Körbe in den Händen ihrer Nachbarinnen.

»Geh in die Küche und fang mit den Torten an.« Aus Gertas Augen blitzte es fröhlich. »Und lass bitte drei Latte macchiato aus deiner Höllenmaschine. Aber erst in zehn Minuten.«

»Das ist die offensichtlichste Überraschung, wegen der ich je aus dem Raum geschickt wurde.« Jule schüttelte ihre wirren Haare und verzog sich.

Na, wenn da nicht gleich das beste Frühstück aller Zeiten auf mich wartet.

Jule liebte die winzige Küche des Cafés bereits jetzt heiß und innig. Denn bei aller Enge war Milena das Meisterstück gelungen, alles Notwendige unterzubringen, und zwar so, dass drei Leute gleichzeitig arbeiten konnten, ohne sich gegenseitig auf die Füße zu treten. Das lag auch daran, dass sich der Kaffeevollautomat, den sie günstig aus einer Insolvenzmasse ergattert hatte, in dem kleinen Raum befand, der einmal ein Stück der Küche gewesen war. Hier stand jetzt die Hälfte der ehemaligen Theke, die Jule im selben Antik-Kirschton gewachst hatte wie die Tische. Die ehemaligen Zapfhähne umrahmten ein Kuchenregal mit Glasfront. Von der Küche aus konnte hier zügig Nachschub eingestellt werden. Das Eckstück der Theke hatte Jule stehen lassen und ein kleines Regal aufgesetzt, hinter dem sie Servietten, Speisekarten, Stifte und allerlei nützlichen Kleinkram aufbewahrte. Außerdem stand hier die altmodische Registrierkasse, die Milena beim Englandurlaub auf einem Flohmarkt aufgetrieben hatte. Für die Tageskarte hatte sie mehrere alte Bilderrahmen vom Flohmarkt geholt und die üppigen Schnitzereien im Farbschema der Tische gehalten. Statt eines Gemäldes hatte Jule dünne Holzplatten eingepasst und diese erst mit mehreren Schichten Magnetfarbe und dann mit mehreren Schichten schwarzer Tafelfarbe bemalt. Diese Rahmen hingen überall im Raum und über der Theke.

Der besondere Clou am Servicebereich war das neue Fenster mit Durchreiche. Wenn die Gäste wollten, mussten sie die Linde gar nicht betreten, sondern konnten über die Einfahrt direkt in den Garten gehen und sich an der Durchreiche ihren Kaffee holen oder einen Kuchen aussuchen.

Jule verkniff es sich, in den Garten zu spähen, um herauszufinden, was genau ihre Freundinnen dort vorbereiteten.

Womit fange ich an?

Im Kühlschrank warteten jede Menge Torten auf ihre Fertigstellung. Jule hatte gestern mehrere Varianten Biskuitteig vorgebacken. »Ene, mene muh«, zählte sie durch und landete schließlich bei einem hohen, kakaodunklen Kuchenrohling.

Na, das passt ja, mit der Schwarzwälder anzufangen.

Begeistert rieb sie sich die Hände. Zuerst teilte sie den Kuchen vorsichtig mit einem hauchdünnen Bindfaden in drei flache Platten. Auf den unteren Boden träufelte sie dünn Kirschlikör und verteilte dann die Kirschen darauf, die sie ebenfalls kurz in Likör getränkt hatte. Für Kinder und Gäste, die keinen Alkohol mochten, würde es noch eine Variante ohne Likör geben. Über den Früchten verteilte sie einen Tortenguss aus Kirschsaft, den sie mit Agar-Agar geliert und nicht gesüßt hatte. Das bekannteste Rezept für die Schwarzwälder Kirschtorte sah nun vor, direkt eine Schicht Sahne auf den Kirschen zu verteilen. Jule hingegen blieb bei der Variante, die Oma Wilhelmine in die Familie mitgebracht hatte: Sie legte den nächsten Boden auf und verstrich darauf dünn eine Schicht aus Biosahne. Jule bevorzugte sie nicht nur aus Tierschutzgründen, sondern auch deshalb, weil sich bereits im Becher der süße Rahm oben absetzte und die Sahne unvergleichlich schmackhaft und schlagfest war. Was sie für die Sahne mehr zahlte, sparte sie an Sahnesteif wieder ein – außerdem war der bessere Geschmack sowieso unbezahlbar. Auf die dünne Sahneschicht legte sie den Biskuitdeckel. Jetzt kam der schwierige Teil: Mit dem Teigspatel nahm sie die steife Sahne auf und verputzte damit die Seiten der Torte. Trotz jahrelanger Übung bekam sie das nie völlig glatt und gleichmäßig hin. Aber wo sie sich früher darüber geärgert hatte, keine Torte wie aus einem Guss fertigen zu können, gefiel es ihr heute, dass jede Schwarzwälder ein klein wenig anders aussah. Sie war eben keine ausgebildete Konditorin und schon gar keine Maschine.

Als sie die Torte rundherum mit Sahne verkleidet hatte, stellte Jule sie zurück in den Kühlschrank. Es fehlten nur noch auf jedem angedachten Tortenstück ein Sahneklecks und eine Sahnelinie bis zur Mitte. Dann noch auf jeden Klecks eine Kirsche und Streusel rund um die Torte herum. Die Feinarbeiten mit der Spritztülle würde sie erledigen, wenn alle Torten so weit waren. Dann musste sie die Tülle nur einmal befüllen und reinigen.

Gerade als sie die nächste Torte aus dem Kühlschrank holen und bearbeiten wollte, klopfte es am Türrahmen.

»Du bist ja ganz versunken!« Blitzschnell nahm Milena ihr die Sahneschüssel aus der Hand, stellte sie in den Kühlschrank und fasste Jule unter dem Arm. »So bekommen wir ja nie unseren Kaffee.« Sie lachte hell auf, wohl damit Jule auch verstand, dass es als Scherz und nicht als Anklage gemeint war. »Du machst es dir jetzt gemütlich, ich kümmere mich um den Kaffee, und anschließend stürzen wir uns gemeinsam in die letzten Vorbereitungen für deinen großen Tag.«

Mein großer Tag?

Bevor Jule sich in ihre Aufregung hineinsteigern konnte, bugsierte Milena sie gekonnt auf die Terrasse hinaus. Auf dem frisch gemähten Rasen hatten die zwei Nachbarinnen ein wundervolles Picknick ausgebreitet. Jule, die nur mit einem gedeckten Tisch und jeder Menge Essen gerechnet hatte, klatschte vor Begeisterung in die Hände. »Ihr seid ja unglaublich!« Dann fiel sie Milena und Gerta um den Hals.

Auf einer riesigen roten Decke mit weißen Polkadots waren Gertas wunderschöne Teller auf hübschen, beigefarbenen Platzdeckchen drapiert. In der Mitte stand ein großes Tablett mit Sektflöten, die sich um eine Sektflasche mit pfirsichfarbenem Inhalt gruppierten, demselben Farbton, den auch die Stoffservietten hatten. Den Raum zwischen Tablett und Tellern füllten Brotkorb, Butterfässchen, Platten mit Wurst und Käse, Schälchen und Gläser mit Marmelade, Schokoaufstrich, Quark und Joghurt. Vor einem der Teller lagen ein grüner Walkrock und eine weiße Bluse, hübsch verschnürt mit einem dicken Faden aus handgesponnener Schafwolle.

»Ihr seid unglaublich!«, wiederholte Jule, den Tränen nah. »Zwei echte gute Feen.«

»Wenn wir es schon nicht mehr geschafft haben, ein richtiges Probefrühstück in der Lindenblüte zu machen, wollten wir dir wenigstens dieses Picknick zubereiten.« Gerta lächelte breit. »Hattest du schon mal ein Picknick in deinem eigenen Garten?«

»Nein, wirklich noch nicht.« *Warum eigentlich nicht?*

»Lasst uns anstoßen!«

Milena wirkte überrumpelt. »Und die Latte macchiato? Ich habe extra Mandelmilch mitgebracht. Also, falls ihr die schon probiert habt und neugierig auf etwas anderes seid, habe ich natürlich auch an Haselnussmilch gedacht. Sojamilch mag ich ja nicht so gern, vom Geschmack her, aber das wisst ihr ja schon. Beim Quark wundert euch nicht, da habe ich auf die Schnelle nur eine Alternative aus Soja bekommen.«

Sanft, aber bestimmt fasste Gerta Milla am Arm und plazierte sie auf der Picknickdecke. »Ich bin schon sehr gespannt und probiere gern.« Sie drückte Milla die Sektflasche in die Hand. »Stoßen wir an, bevor der Sekt warm wird. Bist du so lieb und schenkst aus?«

»Ich kann auch eine Sektflasche öffnen und weiterreden«, merkte Milena an. Dabei schaute sie niemanden direkt an, aber es war klar, dass sie Gertas schlappen Versuch, sie zum Schweigen zu bringen, durchschaut hatte. Dennoch schwieg sie und ließ den Vögeln die Gelegenheit, das feierliche *Plopp* beim Öffnen der Sektflasche mit ihrem Konzert zu untermalen. Die Sonne blinzelte gerade über die Neubausiedlung in Jules Garten herein. Der Sekt perlte und schimmerte verführerisch in den Gläsern.

Milena schaute in die Runde. »Bevor wir anstoßen, erlaube ich mir die kleine Anmerkung, dass wir hier einen ganz wundervollen, alkoholfreien Pfirsichsekt genießen.« Sie hob ihr Glas. »Wir trinken auf die Eröffnung der Lindenblüte, unseres neuen Dorfmittelpunktes. Und auf ihre wundervolle Besitzerin.«

Sie stießen an. Jule schmeckte die fruchtige Süße auf der Zunge und spürte die Strahlen der Morgensonne auf ihrem Gesicht.

»Und wir stoßen auf euch an, die zwei wundervollsten Nachbarinnen der Welt, ohne die ich meinen Traum nicht leben könnte.«

Die Gläser klirrten leise aneinander. Alle lächelten, die Augen glänzten feucht.

Es war dieser Augenblick, in dem Jule den Zauber des Anfangs wirklich begriff. Diese Aufbruchsstimmung, die alles mit Energie flutete und gleichzeitig eine zuversichtliche Entspannung über sie brachte. Die Welt stand still und schien unter einer Kuppel zu existieren. Es war, als könnte nie wieder etwas Schlechtes passieren.

Jule wusste, wie zerbrechlich ein solcher Moment war. Aber zum ersten Mal in ihrem Leben gelang es ihr wirklich, ihn nicht krampfhaft festhalten zu wollen oder an das Danach zu denken, sondern ganz im Hier und Jetzt zu leben und sich von dieser Energie anstecken zu lassen.

Sie hatten das Frühstück ausführlich zelebriert und waren erst in die Küche zurückgekehrt, als die Sonne bereits ein gutes Stück über dem Horizont stand. Zu dritt waren die restlichen Torten im Nu verziert. Für die Eröffnung hatten sie außerdem die Wurz-Brüder überreden können, eine ganze Ladung Brötchen, Croissants und andere Köstlichkeiten herzustellen. Die Lindenblüte duftete bis in den letzten Winkel nach Gebäck und frischem Kaffee.

Pünktlich um zehn Uhr öffnete Jule die Tür und stellte aufgeregt die Tafel mit den Angeboten des Tages nach draußen. Sie holte die Zeitung aus dem Briefkasten. Eigentlich, um sie im Café den Kunden zur Verfügung zu stellen. Aber einen kurzen Blick auf die Veranstaltungen konnte sie sich nicht verkneifen. Die Hoffnung starb bekanntlich zuletzt. Ein Blick genügte, und sie warf die Samstagsausgabe in hohem Bogen gegen die Wand. Gerta und Milena sagten nichts, sie ahnten sicherlich, worum es ging.

»Ab heute heißt sie für mich auch *Teufelsbacher!*« Jule ballte die Fäuste. »Es gibt nichts, absolut nichts, womit ich sie verärgert haben könnte. Seit Wochen schreibe ich nette Artikel nach Anweisung und bitte, nein, bettle fast darum, dass sie einen winzig kleinen Veranstaltungshinweis bringt. Aber nein, sogar die Kollegen und der Chef kuschen vor ihr. Es muss ja gar kein Artikel über die Eröffnung sein. Eine kleine Notiz ist doch wirklich keine Vorteilsnahme! Was die da treibt, ist pure Schikane! Habt ihr gesehen, was sie stattdessen bringt?« Jule hob die Zeitung auf, fledderte den Lokalteil heraus und hielt ihn ihren Nachbarinnen vor die Nase.

»Ah. Unsere Bürgerinitiative«, meinte Gerta knapp. »Ich wusste gar nicht, dass die alle niedliche Haustiere haben.«

»Die klauen schon wieder meine Idee!«

Milena nahm ihr den Lokalteil aus der Hand und studierte ihn mit gerunzelter Stirn. »Die Artikelreihe über die herzigen Sachen hast du doch auf Anweisung geschrieben, oder nicht?«

»Okay, sie klauen nicht meine Idee. Aber sie machen meine Arbeit.«

»Drei Mischlingshunde, zwei Maine-Coon-Kater und ein einsames Kaninchen sind einfach keine Konkurrenz für Kirsche und Jakobe.« Mit spitzen Fingern zeigte sie auf das Foto mit den lächelnden Senioren, die ihre Tiere im Arm hielten wie Blofeld aus den James-Bond-Filmen seine Katze. »Was soll denn das? Und dann dieses Gesabbel, wie glücklich sie mit ihren Tieren sind und wie sehr die Enkel das lieben. Das ist doch so langweilig, als würde man die private Facebookseite von jemandem lesen. Wenn sie wenigstens erzählen würden, woher ihr Tier stammt oder ein besonderes Erlebnis!«

»›Kater Picasso speist nur das Beste und bringt mir keine kleinen Vögelchen ins Haus‹«, zitierte Jule. »Das klingt doch, als habe jemand in einer halben Stunde einen Lückenfüller für die letzte Seite produzieren müssen.«

»Mit dem Artikel auf Seite eins will sie dich auf die Plätze verweisen«, merkte Milena pikiert an. Ihre perfekten Fingernägel schwebten über Seite zwei. »Anscheinend hat die Teufelsbacher dich gerade so richtig auf den Hörnern. Die hat tatsächlich den Schneid, ausgerechnet heute auf einer ganzen Seite einen ausführlichen Artikel über die Geschichte der Einhorn-Brauerei zu bringen. Wunderschöne Bilder von früher, das muss man ihr lassen. Und der Alte kommt auch zu Wort und erzählt aus seiner schweren Kindheit und wie seine Mutter nach dem Krieg ganz allein alles wieder aufbauen musste, weil der Vater in Gefangenschaft war. So herzige Geschichten liebe ich ja. Eigentlich.« Schwungvoll klappte sie die Zeitung zusammen. Ihr sonst so perfekt beherrschtes Gesicht war verzogen, als hätte sie in eine Zitrone gebissen. »Und weil ich solche Geschichten liebe, verzeiht ihr mir jetzt bitte. Ich muss mich umziehen und zum Modellflugplatz fahren. Lars und die Mädchen sind wieder mit ihrer Drohne unterwegs.«

Jule schaute zu Gerta, der ebenfalls ein großes Fragezeichen ins Gesicht geschrieben stand.

»Es ist alles in Ordnung«, antwortete Milla auf ihre unausgesprochene Frage. »Ich überrasche nur meine Familie, die mich ganz sicher nicht erwartet. Und nebenbei kümmere ich mich ums Marketing. Ich bin ja froh, dass Ole gleich kommt und euch aushilft. Sonst hätte ich ein zu schlechtes Gewissen, mich für einige Stunden rarzumachen. Spätestens zur Kaffeezeit bin ich wieder hier.« Sie winkte und entschwand mit der Eleganz einer Hollywood-Diva.

Als ob Milena nebenbei Kleinigkeiten erledigen würde, sinnierte Jule. Trotzdem nahm allein die Ankündigung, dass die Jeanne d'Arc von Müggebach etwas unternehmen wollte, ein wenig von dem Magengrummeln, das sie befallen hatte.

Allmählich schauten die ersten Neugierigen in der Lindenblüte vorbei. Zuerst eine sehr alte Frau mit einem sehr alten Golden Retriever. Vorsichtig streckte sie den Kopf zur Tür herein.

»Kommen Sie doch rein«, winkte Gerta ihr.

»Darf ich denn den Hund mit hineinnehmen?«

Jule und Gerta schauten sich an. Jule zuckte die Schultern. Sie überlegte kurz. »Im Garten ist es in Ordnung. Außerdem ist heute ja ein ganz besonderer Tag. Wollen Sie durchgehen oder außen herum laufen?«

»Wenn ich darf, schaue ich gerne einen Moment, wie es drinnen aussieht.«

Sie ging langsam und sah sich bedächtig um. Ihr Kopf wippte, als würde es ihr schwerfallen, sich zu orientieren.

Bestimmt war sie früher oft in der Alten Linde, und jetzt findet sie den Platz nicht mehr, an dem sie immer gesessen oder ihren ersten Kuss bekommen hat.

Jule rührte in ihrem Pfefferminztee. Auf Gertas Drängen hin hatte sie davon Abstand genommen, noch mehr Kaffee in sich hineinzuschütten. Allmählich schlich sich die Müdigkeit in ihre Glieder. Selbst der belebende Pfefferminzduft half nicht. Würden noch mehr Leute kommen, die enttäuscht feststellten, dass wieder eine Erinnerung aus ihrer Jugend verschwunden war? Dass sich wieder etwas im Dorf verändert hatte? War es Jule nicht gelungen, behutsam zu modernisieren und trotzdem zu erhalten?

Jule seufzte und rieb sich die Schläfen. Ständig hatte sie einen tiefen Brummton im Ohr, als wäre direkt nebenan eine Baustelle, auf der schwere Bagger herumfuhren. Morgen musste sie ausschlafen, bevor sie noch einen Tinnitus bekam.

Die alte Dame schlurfte zu den Eckbänken, blieb vor jedem Spruch an der Wand stehen, nickte beim Wort »Tren-nen« und inspizierte dann sehr gründlich die ehemalige Küche. Ihre Finger glitten über die Zapfhähne. Der Hund tapste brav neben ihr her und schnupperte nur hier und dort ein wenig. Mit ihrem Spazierstock klopfte sie schließlich an die Theke und legte dann eine rote Tonscherbe darauf.

»Schön haben Sie das gemacht. Wissen Sie, ich hatte befürchtet, dass Sie das entweder zu schickimicki machen und man gar nichts mehr erkennt oder dass Sie nur ein wenig umräumen und man immer auf die alten Sachen schaut und traurig wird.«

»Oh. Danke.« Verlegen streifte Jule ihre Hände am Rock ab.

»Ich danke Ihnen für diesen heiteren und hellen Ort. Jetzt kann ich hier sitzen und mich erinnern und bin trotzdem nicht unglücklich. Bringen Sie mir doch ein kleines Frühstück in den Garten, junge Frau. Ihre Brötchen duften schon auf der Straße ganz verführerisch. Die haben Sie sicherlich nicht von dem Pappedeckel-Bäcker am Bahnhöfle. Und von dem Tee, den Sie da trinken, hätte ich auch gerne. Ich vertrag doch keinen Kaffee mehr.«

Gerta pufftte Jule ganz leicht mit dem Ellbogen in die Seite. Die beiden lächelten sich an. Dann richteten sie das Frühstück und noch eine Metallschüssel mit Wasser für den Hund.

Der restliche Vormittag verlief ähnlich ruhig. Es kamen wenige Gäste, die aber fast alle gut gelaunt, ein wenig schüchtern und sehr freundlich waren. Die meisten kannte Jule zumindest vom Sehen, und fast jeder hatte eine oder mehrere Scherben dabei. In der Bastelecke herrschte bereits eine heitere Gemütlichkeit. Ein Mädchen gestaltete liebevoll eine winzige Blume, während ihre Mutter ganz in ein Gespräch vertieft war.

Zu den Neulingen gehörte eine sehr große, sehr dürre Frau, die mit ihrem Laptop von Tisch zu Tisch zog, bis sie im Wintergarten anscheinend den perfekten Sitzplatz gefunden hatte – leider wollte sie nur ein Glas Wasser.

Jule freute sich über jeden ihrer Frühstücksgäste, doch wirklich festliche Stimmung kam bei ihr nicht auf. Es war natürlich von Anfang an klar gewesen, dass ihr die Leute nicht sofort die Bude einrennen würden, aber mehr Interesse vonseiten der Müggebacher hatte sie schon erwartet.

Hoffentlich wird das um die Kaffeezeit herum besser.

Sie drehte sich zur Durchreiche um und schaute einem wuscheligen, goldbraunen Alpaka ins flauschige Gesicht. Sein Fell war sehr kurz geschoren, und sein wolliger Kopf ragte über dem kahlen, dürren Hals auf wie ein Leuchtturm.

»Einmal heiße Zitrone und ein Stück Schwarzwälder Kirschtorte«, quietschte es.

Vor Schreck rutschte Jule ein Erdbeerkuchen vom Teller. »Ole! Willst du, dass ich heute noch einen Herzinfarkt bekomme?«

Links und rechts des Fensters war nichts zu sehen. Doch von unten kam ein Kichern. Dann tauchte ein blonder Haarschopf auf.

»Das funktioniert einfach immer wieder.«

Das Alpaka schien sich nicht für die Späße der Menschen zu interessieren, es verspeiste kurzerhand das kleine Sträußchen Frühlingsblumen, das auf der Durchreiche stand. Jule griff zu spät danach und hielt nur noch einige traurige Margeritenstengel in der Hand.

»Könnt ihr bitte irgendwo auf die Wiese gehen, bevor das Viech auch noch meine Kuchen frisst?«

»Aber klar! Wir bekommen dann mehrere Eimer Wasser, eine heiße Zitrone, Schwarzwälder und was die Küche noch an Brötchen übrig hat.«

»Für dich oder für das Alpaka?«

»Für mich und für den Esel.«

Sie schaute über seine Schulter. Tatsächlich stand da zwischen den Tischen ein ziemlich großer, grauer Esel mit unglaublich langen Ohren. Er trug einen Sattel und schüttelte den Kopf, um ein paar Fliegen abzuwehren.

»Sind das Gäste oder Kinderprogramm?«

»Das Eselchen ist für kleine Rundritte über deine Wiese gedacht, und unser Karlchen«, er wuschelte dem Alpakahengst über die wilde Frisur, »Karlchen der Große ist zum Anschauen und Staunen da. Außerdem habe ich Zubehör für Riesenseifenblasen dabei, Jonglierbälle und anderen Kram.«

Jule reichte ihm eine Tasse nach draußen. »Na, dann kann ja nichts mehr schiefgehen.«

»Jedenfalls nicht, wenn deine Gäste irgendwo parken können. Was stellen die denn da mit dem Rathausplatz an?«

»Hm?«

Ole blies in die Tasse und runzelte die Stirn. »Der ist voll mit Traktoren. Ich habe gefragt, was das darstellt, aber die ignorieren mich. Wenn es eine richtige Leistungsshow für Landmaschinen wäre, wüsste ich davon. Aber was sollte es sonst sein?«

»Mit … Traktoren?« Jule spürte, wie sie blass wurde. »Da ist doch nachher nur eine kleine Brandschutzvorführung der Feuerwehr.« Sie drängelte sich an Gerta vorbei und rannte zur Vordertür.

Tatsächlich war der gesamte Rathausplatz voll mit Fahrzeugen. Bestimmt zwei Dutzend Trecker mit großen Anhängern für Heuballen drängten sich dort, jeder penibel innerhalb der weißen Parkplatzmarkierungen aufgestellt. Als stinkendes Plus hatten die Verantwortlichen ein paar Tankwagen mit Gülle aufgefahren. Je höher die Sonne stieg, umso intensiver roch es. Zwischen den Landmaschinen standen Autos. Drei Fahrräder blockierten auch noch den letzten freien Parkplatz. Um den Brunnen herum wuselten die Herrschaften von der Bürgerinitiative. Sie legten demonstrativ eine Kräuterspirale an. Ganz hinten, nah am Rathaus, stand das Löschgruppenfahrzeug der Feuerwehr.

»Die parken mich einfach zu!« Jule wurde schwindlig, sie musste sich am Türrahmen abstützen. Ihr Hirn ging verschiedene Szenarien durch: rübergehen und schimpfen, rübergehen und vernünftig reden, rübergehen und lächelnd Kaffee und Kuchen anbieten, bis alle von ihrem Angebot überzeugt waren und gemeinsam die Eröffnung der Lindenblüte feierten, während die Kinder auf die Traktoren klettern durften.

Solche Betonköpfe mit einem Kuchentablett für sich einnehmen, das funktioniert doch nur im Kino!

Gerta trat hinter sie und legte ihr die Hand auf den Arm. »Ich schlage vor, wir rufen beim Ordnungsamt an, notfalls bei der Polizei.«

»Nur wenn wir das Dorf richtig gegeneinander aufhetzen wollen. Die parken sicherlich alle *zufällig* dort, wenn man rumfragt.« Sie zeigte auf zwei Herren in Blau, die neben einem Trecker standen und einen Schwatz hielten. »Der Herbauer vom Ordnungsamt hat selbst einen Hof. Über den habe ich im April einen Artikel geschrieben. Und der Polizeiobermeister ist sein Cousin zweiten Grades.«

Gerta klopfte ihr auf die Schulter. »Man lernt schneller, wer hier wem noch einen Gefallen schuldet und wer hier mit wem verwandt ist, als man denkt, gell?«

»So gesehen bin ich dann ja wohl langsam im Dorf angekommen. Mir fehlt nur noch die Verwandtschaft mit Einfluss. Die Stobers sollen ja immer schrecklich neutral und nett gewesen sein.«

Zwischen den Landmaschinen bemerkte sie einen schwarzhaarigen Mann in der Uniform der freiwilligen Feuerwehr. Scheinbar sah er schon länger zu ihr herüber. Demonstrativ kehrte sie Mika den Rücken zu und leerte ihren Briefkasten. Ein Zettel fiel ihr entgegen. Einer mit sehr vielen Ausrufezeichen. »Keine Hipster-Anarchos in Müggebach!«

Ich habe doch gerade … wann ist der eingeworfen worden? Und was soll dieser Käse?

Ein kurzer Seitenblick auf die Meute mit den Treckern. Wie zufällig blickte jeder in eine andere Richtung. *Verstehe. Da hat niemand etwas gesehen.*

Jule brummte. Sie richtete sich auf und schaute Gerta herausfordernd an: »Ich gehe jetzt rüber.«

Ungeachtet der mit jeder Stunde stärker müffelnden Güllewagen besaßen die Rathausplatzbesetzer den Schneid, etwas zu essen. Im Kopf notierte Jule die Verstöße, zu denen jetzt noch »Grillen auf öffentlichen Flächen« dazukam. Aber wem sollte sie das melden? Der Polizei in der nächsten Stadt? Die kommunalen Männer in Blau bissen schließlich gerade herzhaft in ihre Bratwürste.

Alle taten so, als würden sie von Jule keine Notiz nehmen, als sie zwischen den Landmaschinen entlangschlenderte. Ihr Ziel war das Löschgruppenfahrzeug. Zuerst würde sie sich Mika vorknöpfen. Kurz bevor sie dort ankam, bemerkte sie eine Frau mit auffallend hellblondem Bubikopf. Sie knipste eifrig und notierte zwischendurch etwas in ihren Block. Es war die unfreundliche Frau, der Jule im März im Einhorn begegnet war und die sich nie vorgestellt hatte. In ihrem Schlepptau verteilte ein Schüler Gratisausgaben der Zeitung. Kurz schaute sie hoch, und ihr Blick traf den von Jule. Es konnte niemand anderes sein als die Lokalredakteurin, Tess Thiel-Teutenbacher.

Ein Knall ließ Jule zusammenfahren. Die Feuerwehr hatte eine Dose Sprühdeo erhitzt.

»Denken Sie daran, im Hochsommer keine Spraydosen im Auto liegen zu lassen«, informierte eine rotwangige Feuerwehrfrau mit kräftiger Stimme. »Und das Silikonspray fürs Backen, das stellen Sie besser auch nicht in den Schrank über dem Herd.«

Betretenes Lachen aus dem Publikum. Den Anwesenden stand der Schreck ins Gesicht geschrieben. Zwei Teenagermädchen wühlten in ihren Handtaschen und besahen sich tuschelnd ihre Kosmetika.

»Mika?« Bevor Jule es sich anders überlegen konnte, trat sie auf ihn zu. Mit dem Feuerwehrauto im Rücken gab es für ihn kein Entkommen.

»Du möchtest bei uns mitmachen?«

»Ich möchte mit dir reden.«

»Schade.« Von einem Tisch griff er eine Feuerwehr-Latzhose. »Zieh die doch mal an.«

Jule verstand das als Friedensangebot und streifte sich die etwas steife, dicke Hose über. »Weshalb hat eigentlich nie jemand mit mir geredet?«

»Jacke?« Schon hielt Mika sie ihr hin. »Mein Vater hat mir erst vom Verkauf erzählt, als der Notartermin vorbei war.« Er konzentrierte sich darauf, Jule beim Anziehen zu helfen, und legte ihr noch den Gürtel mit Beil, Sicherungsseil, Lampe und Funkgerät an.

»Das wird langsam ganz schön schwer.«

»Klar stand die Linde seit Monaten in der Zeitung zum Verkauf. Aber ich dachte mir: Den alten Kasten kauft eh niemand. Vor allem kein Auswärtiger, weil mein Vater natürlich keine Ahnung hat, dass man Immobilien heutzutage über das Internet verkauft, und Maklern traut er nicht über den Weg. Jetzt wird es gleich noch schwerer, jetzt kommt die Atemschutzausrüstung.«

Ohne zu fragen, wuchtete er ihr eine Sauerstoffflasche auf den Rücken. Um ein Haar wäre Jule hintenübergekippt.

»Traust du dich noch, den Helm aufzuziehen, Jolanda?« Er setzte ihn ihr einfach auf den Kopf. Von einem Moment auf den anderen waren sämtliche Geräusche gedämpft. »Tja. Und dann war es zu spät.« Mika klappte das Visier herunter. Er wirkte dabei nicht gehässig, wütend oder rachsüchtig. Er stemmte die Hände in die Hüften. »Normalerweise machen die Leute jetzt ein Selfie.«

Probeweise wippte Jule in den Knien. »Ich verstehe, warum die Berufsfeuerwehr so eine üble Aufnahmeprüfung hat.« Wenn sie ehrlich war, bekam sie langsam Kopfschmerzen. Die Ausrüstung war unheimlich schwer. »Aber du hättest doch trotzdem mit mir reden können! Woher sollte ich das denn alles wissen?«

»Ich könnte dir jetzt noch das Gerüst mit dem Schlauch in die Hand geben, aber das lassen wir mal lieber.« Geschickt befreite er sie von der Ausrüstung. »Dein Cousin, Gerta, jemand anderes aus dem Dorf ... jeder hätte dir diese Geschichte erzählen können.«

»Aber das haben sie alle nicht getan«, entgegnete Jule gereizt.

»Du hast wohl keine Fragen gestellt?«

»Wohl die falschen.«

Ein schlaksiger Teenager drängte sich an Jule vorbei. »Kann ich das auch mal anziehen?« Seine Freunde hatten die Handys bereits gezückt.

»Klar«, sagte Mika.

Jule gab nicht auf: »Ich würde das trotzdem gerne erst klären.«

»Vielleicht klingle ich später.«

»Vielleicht habe ich im Herbst keine Lust, die Mirabellen zu teilen!«

Ihre Blicke trafen sich, Mikas Mundwinkel zuckten.

Der denkt jetzt bestimmt auch, dass wir uns benehmen wie zwei Kinder im Sandkasten.

Sie konnte nicht anders, als ebenfalls zu lächeln. Dann winkte sie knapp. »Bis später.«

Mit trotzigem Blick ging Jule mitten durch die Rathausplatzbesetzer, bis sie wieder an der Straße stand. Die älteren Damen und Herren der Bürgerinitiative lächelten zu ihr herüber. Demonstrativ hielten sie Rosmarin, Lavendel und Pfefferminze in die Höhe und buddelten die Pflanzen auf der Kräuterspirale ein.

Im ersten Moment musste Jule an sich halten, ihnen nicht den Stinkefinger zu zeigen, dann schmunzelte sie.

Letztendlich muss es sie unglaublich fuchsen. Ausgerechnet ich hatte die Idee, wie das Dorf wieder schöner wird.

Mit einem breiten Lächeln winkte sie zurück und zeigte den Daumen nach oben. Die Herrschaften wandten sich ab und buddelten mit sauertöpfischer Miene weiter.

Gut sieht es aus, das muss man ihnen lassen.

Ganz kurz klopfte Jule sich innerlich selbst auf die Schulter. Dann atmete sie tief durch und überquerte die Straße.

Zu ihrer Verwunderung war der Gehweg vor der Lindenblüte zugeparkt, und auch in der kleinen Seitenstraße standen Autos. Vorsichtig lugte sie durch die offene Tür. Sämtliche Tische waren besetzt, die Leute lachten und schwatzten. Am großen Webstuhl saß Ewa und erklärte den Besuchern ihr Handwerk. Daneben hatte eine Gruppe Leute zwei Tische zusammengeschoben und bastelte Schablonen. Penelope huschte mit einem Tablett voller Tassen durch den Raum.

Wie vom Blitz getroffen, stand Jule in der Tür.

»Wo hast du denn gesteckt?« Mit ausgebreiteten Armen kam Milena ihr entgegen. »Wir brauchen hier jede helfende Hand. Die wollen alle noch einen Kaffee trinken, bevor sie sich die Feuerwehr und die Traktoren anschauen. Liebe Güte, ich konnte meine Mädchen nur hier halten, weil ich ihnen erlaubt habe, das Alpaka zu streicheln. Na ja, ist ja auch gut, wenn sie wissen, woher das Füllmaterial für ihre Decken kommt. Wir werden jetzt Pate von einem Fohlen. Am besten gehst du nach hinten. Gerta findet nämlich die Kaffeemaschine zu kompliziert.«

»Kaffeemaschine? Alpaka?« Jule war noch dabei, mit großen Augen zu betrachten, was hier vor sich ging. »Wo kommen all diese Leute her?«

»Ach«, winkte Milena ab und schob Jule weiter in Richtung Küche. »Ich habe nur ein paar Menschen auf dem Flugplatz angesprochen, Freunde mobilisiert und Gerta gebeten, ihren Garten als Parkplatz nutzen zu dürfen.«

Und obwohl Milla sichtlich darum bemüht war, selbstverständlich zu klingen, sah Jule das stolze Strahlen in den Augen ihrer Freundin. Dankbar umarmte sie die völlig überraschte Milena. »Ihr seid echte Freundinnen!« Freudentränen standen ihr im Augenwinkel.

Der Tag flog dahin, und Jule kam kaum dazu, nachzudenken. Sie unterhielt sich hier und dort, lachte, scherzte, schüttelte Hände. Ein Reporter der überregionalen Presse lichtete sie am Basteltisch ab und stellte einige Fragen. Die lange, dünne Frau beschwerte sich, dass jemand neben ihr saß, und Jule musste eilig eine zweite Platte organisieren, weil der erste Mosaiktisch bereits vor Scherben überquoll.

Als die Kuchen beinahe ausverkauft waren und die Stube sich langsam leerte, klingelte es. Die Gäste kicherten und dachten wohl an einen Kinderstreich. Mika trat gemessenen Schritts ein. Sein Blick schweifte umher, seine Miene verriet absolut nicht, was er dachte. Jules Blick blieb an seinen schwarzen Locken hängen, die vom Feuerwehrhelm etwas platt gedrückt waren. Sie nickte ihm kurz zu und ließ ihn sich dann in Ruhe umsehen.

Irgendwann, als sie im Garten gerade einen Tisch abwischte, trat er neben sie. »Kann ich noch eine Schwarzwälder und einen Pfefferminztee bekommen?«

Jule holte zwei Teller Torte und setzte sich mit einer dampfenden Teekanne neben ihn.

»Ich entschuldige mich, Jolanda.« Er probierte ein Stück. »Du kannst nichts für meinen Frust. Ich wusste nur einfach nicht weiter. Besonders seit Carsten mal wieder ständig verreist ist und der alte Einhorn mir das Leben schwermacht.«

»Wenn ich gewusst hätte, dass ich dein Elternhaus kaufe und was es dir bedeutet …«

Mika hob die Hand. »Mein Fehler! Nicht deiner! Was hätte ich denn mit der Linde machen sollen? Ich wollte meinen Eltern helfen, wieder auf die Beine zu kommen, aber nie selbst Gastronom werden.«

»Oh. Dann hast du also nicht für deine Zukunft renoviert?«

»Ich habe halt immer geglaubt, ich könnte es hinauszögern. Aber eigentlich war klar, dass jemand Neues den Laden übernehmen muss. Jemand mit frischen Ideen und Leidenschaft. Jemand, der kein Bibliothekar ist.«

Sein Tonfall war so trocken, dass Jule Tee in ihre Tasse prustete. »Du bist Bibliothekar?«

Mika schaute etwas sparsam drein. »Wenn ich mir die Haare noch ein wenig wachsen lasse, reicht es zum Dutt. Was hast du eigentlich mit den Zinnkrügen angestellt?«

Jule spürte, wie sie knallrot wurde. »Du hängst doch nicht etwa an denen!«

»Wie man halt an einer Kindheitserinnerung hängt. Ich hoffe, du hast die nicht alle im Keller stehen. Weißt du, mir ist klargeworden, dass ich mein altes Zuhause mag und auch ein wenig vermisse. Aber wenn ich an mein Kinderzimmer denke … nein, so möchte ich nicht mehr leben.«

»Genauso geht es mir auch, wenn ich an mein Kinderzimmer denke. Meine Mutter bügelt da, aber sie hat nicht einmal diese fürchterlich peinlichen Fantasy-Poster aus meiner Jugend abgehängt. Du weißt schon: feuerspeiende Airbrushdrachen, die sich um den Mond wickeln. Heldenhafte Elfen, die mit Pfeil und Bogen Monster besiegen.«

»Oder Poster mit Tigern.« Mika hielt die Teetasse umklammert und starrte hinein.

Jule öffnete den Mund und wollte ihm anbieten, ihm die Poster zu geben. Dann klappte sie ihn zu. Mika schwieg ebenfalls. Schließlich legte er ein paar Münzen auf den Tisch und eine blau lasierte Scherbe.

»Wir sehen uns«, sagte er, klopfte auf Holz und ging, ohne aufzusehen.

Die Anleitung für Jules Mosaiktisch
kann auf Seite 326 nachgelesen werden.

Spontane Einfälle dazu
gleich hier festhalten!

Kapitel 11

Von: Jolanda Moller <jule@jules_linde.de>
An: Wilhelmine Arbt <Wilhelmine@mailmail.de>
Betreff: Dorfleben à la seltsam

Liebste Oma,

ja, die Fotos von der Eröffnung sind wirklich gelungen. Milenas Mann hat eine Spiegelreflex und weiß auch, wie man damit umgeht. Und wir haben ganz schön gestaunt, als er mit den Mädchen zusammen den Quadrocopter ausgepackt und ein paar Luftaufnahmen geschossen hat. Falls du noch nie einen Quadrocopter gesehen hast: Das ist eine Drohne, so in der Größe eines Modellhubschraubers. Nur hat er die Rotorblätter nicht obendrauf, sondern die insgesamt vier Stück an den Seiten. Schwierig zu erklären. Am besten schaust du in der Wikipedia nach.
Es war wahnsinnig voll – uns ist der Kuchen ausgegangen!
Nach diesem gelungenen Start ist es natürlich etwas ruhiger geworden – an manchen Tagen beinahe zu ruhig. Da werde ich demnächst überlegen müssen, ob ich wirklich fast die ganze Woche über und immer den ganzen Tag geöffnet haben möchte. Nach einer Woche kann ich das noch nicht sagen. Warten wir mal ab, wie es wird, wenn die Radsaison beginnt.
Seit der Eröffnung kam übrigens kein einziger Zeitungsauftrag mehr rein! Dabei ist noch lange kein Sommerloch. Bei all den Feiertagen, Feuerwehrfestchen, Oldtimertreffen und Folk-Konzer-

ten in der Gegend hätte doch etwas für mich dabei sein müssen. Ich glaube, die Teufelsbacher hat mich jetzt endgültig auf ihrer schwarzen Liste.
Du wirst jetzt sagen, ich solle doch mit ihr reden.
Und weißt du was, Oma? Du hast ja recht. Keine Sorge, ich schiebe das nicht noch weiter auf. Nur ist es momentan so, dass ich am Abend einfach vor Müdigkeit ins Bett kippe. Und wenn die Lindenblüte montags zu ist, erledige ich alles Mögliche oder versuche, mich ein wenig zu erholen. Ich wusste ja, dass es kein sprichwörtlicher Spaziergang wird. Es wird sicherlich etwas leichter, wenn sich alles eingespielt hat.

Weißt du was? Ich gehe jetzt raus, ans Tageslicht, und mache endlich ein Foto von Gertas Schafen, die gerade bei mir zu Gast sind. Die sollen mir die Wiese kurz halten (Berthe hält gar nichts davon!) und die Gäste unterhalten.

Ich küsse und umarme dich, je t'embrasse
Deine Jolanda

Obwohl Ole und Milena sie bei großen Einkaufstouren mit ihren Autos unterstützten, gönnte Jule sich für den Besuch des Wochenmarktes eine ausgiebige Tour mit dem Fahrrad. Summend, die Fahrradtaschen voll mit Köstlichkeiten, rollte sie auf das Büro der Lokalredaktion zu. Eben schloss Tess Thiel-Teutenbacher die Tür auf. Spontan ergriff Jule die Gelegenheit, trat ordentlich in die Pedale, sprang noch halb im Fahren ab und konnte im letzten Moment den Vorderreifen in die Tür klemmen.

»Frau Thiel-Teutenbacher!«, keuchte sie.

»Was erlauben Sie sich!« Die Journalistin trat mit ihren Pumps gegen den Reifen.

»Bitte, ich möchte gerne mit Ihnen reden.« Jule schwang sich vom Rad und drängte sich zur Tür.

»Dann machen Sie einen Termin aus. Ganz einfach.«

»Ich arbeite seit fast drei Monaten für Sie, und bislang hatten Sie noch nie Zeit für mich.«

Die Miene der Journalistin wurde eisiger als je zuvor. »Wie Sie sich vorstellen können, ist mein Terminkalender bis zum Rand gefüllt. Und wenn Sie in der Gastronomie mehr Freizeit haben als ich, dann läuft in Ihrem Betrieb erwartungsgemäß etwas falsch.«

Um Fassung ringend, schluckte Jule die ersten Widerworte hinunter, die ihr in den Sinn kamen. Es brachte jetzt nichts, die Situation weiter eskalieren zu lassen. Schließlich wollte sie endlich ein vernünftiges Gespräch mit ihrer Chefin führen. Dennoch schaffte es eine schnippische Bemerkung über ihre Lippen: »Weisen Sie mir deshalb keine Aufträge mehr zu?«

»Frau Moller.« In diesem Tonfall hätte die Journalistin ebenso gut *Frau Kakerlak* sagen können. »Ich gehe davon aus, dass Sie eingespannt genug sind, da belästige ich Sie nicht auch noch mit banalem Dorfblabla.«

»Gerade durch meine Artikel habe ich Müggebach schon von sehr vielen Seiten aus kennenlernen dürfen – und hoffentlich auch den Lesern Interessantes aus ihrem Heimatdorf berichtet. Es ist ein Teil meines Lebens, den ich nicht missen möchte.«

Sofern es überhaupt möglich war, wurde Frau Thiel-Teutenbachers Blick noch verschlossener. »Und es ist möglicherweise auch ein Teil Ihrer kostengünstigen Werbestrategie, die Sie nicht missen möchten.« Es war eine Feststellung, keine Frage. Damit stellte sie ein für alle Mal klar, dass jeder weitere Kommentar absolut überflüssig war. Es würde keinen Konsens geben, was auch immer Jule sagte.

»Okay«, sagte sie deshalb auch nur und biss sich auf die Unterlippe. Ihre Kiefer schmerzten. Sie musste bereits seit einer ganzen Weile die Zähne zusammengebissen haben.

Da sie jetzt wohl ohnehin nicht mehr für die Zeitung arbeiten würde, konnte sie es sich auch endgültig mit der Redakteurin verscherzen. Für die Zukunft machte es keinen Unterschied. »Wenn Sie die Zusammenarbeit mit mir also beendet haben, dürfte es nicht unter Schmeichelei fallen, wenn ich Ihnen sage, dass ich Ihre Abschlussarbeit sehr bewundernswert finde.«

»Gehen Sie. Sofort!«

Jule zog langsam das Vorderrad aus dem Türspalt. »Von einer Journalistin Ihres Formats würde ich gern eine große Reportage für ein großes Magazin lesen.«

Statt ihr sofort die Tür vor der Nase zuzuknallen, beugte sich Frau Thiel-Teutenbacher nach vorn. Ihre Augen schwammen. Sie rang offensichtlich um Fassung und stieß hervor: »Da muss ich Sie bitter enttäuschen, denn mehr als kleine Reportagen wird es von mir für dieses Käseblatt nicht geben.«

Mit einem deutlichen Knall schloss sich die Tür, die altersschwache Scheibe wackelte bedenklich. Durch das Glas konnte

Jule sehen, wie die Redakteurin hastig in einem Hinterzimmer verschwand.

Nachdenklich schob sie ihr Rad den restlichen Weg bis zur Lindenblüte. Die Leute hier im Dorf waren schon seltsam. Jeder trug an seinen Problemen und tat sich offensichtlich schwer, diese zu überwinden. Jule musste zusehen, dass wenigstens sie ihren Kram in den Griff bekam, bevor sie ebenso frustriert endete wie Frau Thiel-Teutenbacher.

Kein Wunder, dass alle »Teufelsbacher« sagen. Wie werden die Leute mich nennen? Frau »Mauler«?

Der Arbeitstag ging zu Ende, und Jules Fußsohlen glühten ebenso heiß wie der Asphalt auf dem Rathausplatz. Es war erst kurz nach fünf am Nachmittag, aber es fühlte sich an, als wäre sie seit Tagen ununterbrochen auf den Beinen. Trotz der Hitze war es in der Lindenblüte einigermaßen erträglich. Nicht zuletzt, weil Gerta einen wunderschön luftigen Leinenstoff gewebt und ihr davon drei flatterige Röcke genäht hatte.

Keine zwei Wochen nach der Eröffnung zeigte der Juni sich von seiner sommerlichen Seite, und der Garten der Lindenblüte füllte sich seit Tagen mit Gästen. Viele von ihnen hatten Fahrräder dabei, aber es kamen auch mehr und mehr Leute aus dem Dorf. Es hatte sich herumgesprochen, dass Jule sehr viel Wert auf regionale Produkte legte. Auf ihrer Speisekarte fand sich Apfelsaft von den Streuobstwiesen rings um Müggebach ebenso wieder wie wechselnde Marmeladen und alle möglichen Molkerei- und Wurstprodukte. Es war ihr sogar gelungen, eine kleine elektrische Getreidemühle zu ergattern. Einmal die Woche stellte sie Mehl und Haferflocken selbst her. Dazu hatte Jule Kontakt mit Biobauernhöfen aufgenommen. Neben alternativen Milchprodukten konnte sie so auch einen Kaffeeersatz aus Lupinen anbieten. Sie selbst griff ebenfalls immer häufiger nach diesem Muckefuck, um nicht am Ende des Tages vor lauter Koffein wie ein pumpender Maikäfer auf den Dielen zu liegen.

Mit einem Schwung Teller lief sie an Gerta vorbei, die bereits mit der Abrechnung angefangen hatte.

»Ich brauche neue Füße!«

»Wie wäre es, Jule, wenn du dir morgen einfach mal frei nimmst? Du könntest in aller Früh zum Baggersee fahren oder dir ein schönes Plätzchen an der Mügge suchen.«

»Ich muss morgen wieder mit einigen Leuten telefonieren. Und irgendwann kommt die nächste Lieferung Saft, wir haben quasi keine Vorräte mehr. Aber Ole weiß noch nicht so genau, wann er es schafft. Er kommt doch erst morgen Vormittag aus Bayern zurück.«

»Ich dachte, nur seine Mutter fährt mit den Alpakas zur Leistungsschau?«

»Er konnte wohl nicht widerstehen. So oft kommt er ja nicht aus dem Dorf raus.« Jule nahm sich eine Speisekarte und fächelte sich damit Luft zu.

»Na, dann lass mich doch morgen Wache halten. Ich muss mein Schafsvlies waschen, das kann ich auch in deinem Garten erledigen. Hast du es eigentlich geschafft, mal mit dem Einhorn-Junior zu reden? Du wolltest doch gestern rübergehen.«

»Der ist schon wieder verreist. Ole meint ja, der alte Einhorn hat das Heft wieder in die Hand genommen, weil er unzufrieden mit den Veränderungen ist. Offiziell schaut der Sohn sich Musterbetriebe in aller Welt an und hilft in irgendeinem afrikanischen Land.«

»Und der Alte wird immer sturer und merkt nicht, dass es längst an der Zeit ist, abzudanken. Kann ich die Abrechnung fertigmachen, oder ist noch jemand da?«

»Unsere Schriftstellerin packt gerade zusammen.« Jule nickte zu der langen, dünnen Frau hinüber, die mittlerweile jeden

Tag kam und jeden Tag auf demselben Stuhl an derselben Stelle saß.

Gerta winkte ab. »Die hat schon bezahlt, damit sie ja bis zur letzten Minute bleiben darf. Was ist mit den Studenten? Da stehen noch zwei Milchkaffee und Kuchen aus.«

»Die habe ich ausnahmsweise bis nächste Woche anschreiben lassen. Dann ist Monatsanfang. Ich kenne zwei von denen, die kommen sicher wieder.«

»Weshalb lernen die denn nicht in der Bibliothek, wenn sie so knapp bei Kasse sind?«

»Wann warst du das letzte Mal in der Bibliothek, Gerta? Da treibt ein ganz fürchterlicher Drache sein Unwesen! Und bis zur Unibib fahren sie fast eine Stunde.«

Bei diesen Worten musste Jule lächeln. Das war nicht das erste Mal, dass die gemütliche Atmosphäre der Lindenblüte gelobt wurde. Immer mehr Gäste schauten nicht bloß herein, sondern kamen immer wieder, oft mit Freunden und Familie. Die Wände füllten sich mit den Gedanken der Menschen, ebenso das Glas 5-Minuten-Achtsamkeit, in das jeder eine Rolle hineingeben und eine herausnehmen durfte. Und noch etwas schmückte die Wände, mit dem Jule nicht gerechnet hatte: Kunst. Zufällig hatte sie in der Bibliothek mitgehört, wie ein talentierter Nachwuchsmaler die Bibliothekarin fragte, ob er seine Bilder ausstellen dürfe. Nach der verächtlichen Abfuhr, dies sei keine Galerie, hatte Jule die Gelegenheit beim Schopf ergriffen. Schweißtreibende drei Tage hatte es gekostet, bis alles mit der Versicherung geregelt war. Sogar ein freier Mitarbeiter der Zeitung war zur Eröffnung erschienen, so spektakulär und ansprechend war das Konzept des jungen Künstlers, der klassische Szenen aus der Science-Fiction im Stile des manieristischen Malers Arcimboldo mit Gegenständen des bäuerlichen Lebens darstellte.

Allmählich blühte die zarte Knospe der Lindenblüte auf.

Die letzten Gäste waren gegangen, die letzten Tische abgewischt, die Küche geputzt und aufgeräumt, und auch Gerta hatte sich verabschiedet. Es war kurz nach sieben Uhr abends, und die hochstehende Sonne gab Jule das Gefühl, es sei noch ganz viel vom Tag übrig. Nur die Hitze ließ allmählich nach. Nach sechs anstrengenden Arbeitstagen konnte Jule das Wochenende nun ganz entspannt ausklingen lassen. Im Kühlschrank fand sie einen Rest des selbstgemachten Eistees, der bei den Gästen so beliebt war, dass er normalerweise lange vor Ladenschluss ausverkauft war. Vielleicht war dieser Rest übersehen worden, oder Gerta hatte ihn ganz bewusst für Jule aufbewahrt.

Mit dem Glas in der Hand schlenderte Jule auf die Terrasse hinaus. Die Einhorn-Brauerei warf bereits einen Schatten in ihren Garten und linderte die Hitze des Tages. Im Biergarten auf der Rückseite des Gebäudes ging es noch hoch her. Jule konnte die gedämpften Stimmen der Gäste hören.

Ich glaube, ich höre auf Gerta, nahm Jule sich vor. *Morgen früh fahre ich an den See.*

Ein Kribbeln zwischen den Schulterblättern. Sie schaute sich um und bemerkte einen älteren Herrn, der aus einem Bürofenster der Brauerei zu ihr hinübersah. Sie kannte dieses Gesicht nur zu gut – der unangenehme Sprecher der Bürgerinitiative. Er wich ihrem Blick nicht aus, sondern starrte stur herunter, ja, fast meinte sie, dass sich ihre Blicke kreuzten. Aus dem Kribbeln wurde ein kalter Schauer.

Instinktiv rieb Jule mit dem Zeigefinger über ihr Nasenbein, bis ihr endlich einfiel, wie sie diesen lähmenden Moment überwinden konnte: Sie hob die Hand, winkte und lächelte freundlich. Der Alte streckte die Waffen und zog sich vom Fenster zurück.

Zuerst dachte Jule, sie würde von einem Huhn träumen und von einem dieser sanft rasselnden Regenstöcke, die man in Weltläden kaufen konnte. Doch dann flogen Kieselsteine durch ihr offenes Fenster und kullerten über den Teppich. Mit einem Mal hellwach, fuhr sie hoch. Da hatte doch auch jemand etwas gerufen, oder nicht? Und das Huhn gackerte wie verrückt.

Weshalb flackert die Sonne so? Jule blinzelte. Von draußen kam eine orangefarbene Helligkeit herein, die noch lange kein Sonnenlicht sein konnte und schon gar nicht der Schein des bald vollen Mondes.

Dazu roch es seltsam. Gar nicht mehr nach warmer Sommernacht, sondern nach Winter und Holzfeuer. Nein, eigentlich mehr nach Grill und diesem widerlichen Brennspiritus, um ihn in Gang zu bekommen.

Mit einem Satz war Jule aus dem Bett, als sie endlich begriff, was da vor ihrem Fenster geschah: Es brannte!

Jetzt hörte sie auch das Knistern der Flammen und dazwischen ein Fauchen. Sie stürzte zum Fenster. Dicker Rauch quoll ihr entgegen. Auf ihrer Terrasse loderte tatsächlich Feuer. Ohne nachzudenken, schloss Jule das Fenster und griff zum Handy, um die Feuerwehr zu verständigen. Während sie durchgab, was da gerade passierte, fiel ihr die dunkle Gestalt auf, die mit einem Feuerlöscher zielsicher einen Stuhl nach dem anderen anvisierte. Ein Teil der Terrasse war bereits von weißem Schaum bedeckt. Es verwunderte sie deshalb auch nicht, als die Notrufzentrale ihr mitteilte, der Brand sei bereits gemeldet.

Einer der Tische brach knackend auseinander. Im Schein der auflodernden Flammen erkannte Jule die Gestalt: Es war Mika.

Für den Bruchteil eines Augenblicks wurde ihr kalt, dann wieder heiß. Völlig egal, wer da unten herumsprang, Hauptsache, er tat etwas gegen das Feuer, bis die Feuerwehr eintraf! Und er brauchte jetzt Hilfe, denn die Schaumstöße wurden kürzer. Vermutlich war Mikas Feuerlöscher jeden Moment leer.

Sie löste sich vom Fenster und rannte durch die Wohnung. Wo zum Geier waren ihre Feuerlöscher? Sie hatte doch alle an gut erreichbaren Stellen positioniert. Oder eher: positionieren wollen. Den für ihre Wohnung hatte sie noch nicht angebracht. Und sollte sie die Löschdecke aus der Küche ebenfalls mitnehmen?

Küche! Da steht er doch. Weshalb habe ich den noch nicht aufgehängt, ich verpeiltes Rindvieh?

Sie schnappte sich Feuerlöscher und Löschdecke und öffnete todesmutig die Tür zur Wendeltreppe.

Dass sie gar keine Schuhe trug und nur ein Tanktop anhatte, fiel ihr erst auf, als sie über die Paneele der Terrasse stolperte. Angesichts der überraschenden Hitze der Flammen störten sie allerdings nur die vergessenen Schuhe. Wie angewurzelt stand sie da und versuchte sich zu erinnern, wie der Feuerlöscher funktionierte. Gerade als sie am Verschluss zog, nahm Mika ihr das Gerät aus der Hand.

»Danke«, brüllte er.

Jule überlegte kurz, ob sie den Gartenschlauch holen sollte. Aber das würde zu lange dauern, und am Ende behinderte sie die Löscharbeiten möglicherweise mehr, als dass sie half. Im Eiltempo rannte sie in die Einfahrt.

»Ich öffne das Tor, damit die Feuerwehr reinkommt!«, rief sie Mika zu.

Er nickte und hob ganz kurz den Kopf. Der Schrecken stand ihm deutlich in sein schweißglänzendes, verrußtes Gesicht geschrieben. In der Ferne hörte sie bereits die Sirenen. Jule schob das Tor auf und rannte zurück, um doch noch den Schlauch zu holen. Als sie in den Garten einbog, sah sie, wie eine plötzliche Windbö die fast verloschenen Flammen noch einmal hochschlagen ließ. Der Feuerlöscher fauchte ein letztes Mal, dann war er leer und Mika sprang einen Sekundenbruchteil zu spät zurück, vielleicht hatte er auch vergessen, dass er keine Schutzkleidung trug. Sein Pullover fing Feuer.

Ohne nachzudenken, riss Jule die Feuerdecke aus der Verpackung. Wie von selbst fanden ihre Hände an jeder Ecke die kleinen Taschen und schlüpften hinein. Mika wälzte sich bereits auf dem Boden. Jule warf sich auf ihn, zog die Decke über ihn und klopfte wie eine Wilde. Durch den Stoff konnte sie die Hitze spüren. Um ein Haar hätte sie losgelassen.

Wütend über ihre eigene Angst, knurrte Jule die winzigen Flammenzungen an, die sich unter der Decke hervorringeln wollten. Sie presste die Kanten der Decke auf den Boden, um dem Feuer den Sauerstoff zu nehmen, und strich den Stoff mit festen Bewegungen glatt. Mika benahm sich mustergültig, blieb sofort regungslos liegen und wartete, bis sie aufhörte, auf die Decke einzuschlagen. Japsend blieb sie auf ihm liegen. Ihre Gesichter waren nur Zentimeter entfernt, in seinen Augen stand die nackte Angst, seine Kiefer waren angespannt. Es musste ihn enorm viel Vertrauen gekostet haben, bewegungslos liegen zu bleiben.

»Alles klar?«, keuchte Jule.

Am Rand ihres Bewusstseins nahm sie Blaulicht wahr. Motoren dröhnten, Männer und Frauen riefen sich Kommandos zu, schwere Stiefel trampelten umher.

»Alles klar«, presste Mika hervor. »Zum Glück war's der gute Schafwollpullover. Der hält was aus.« Er versuchte, sich unter Jule hervorzuwinden.

Sie ließ sich ins Gras plumpsen und schaute zu, wie die Feuerwehr die Flammen mit einem zügigen Löschangriff unter Kontrolle brachte. Etwas Schweres, Kratziges legte sich auf ihre Schultern – die noch warme Löschdecke.

»Tut mir leid. Meinen Pulli kann ich wirklich niemandem mehr anbieten.« Mika klopfte ihr auf die Schulter, stand auf, grüßte einige der Feuerwehrleute mit einem Nicken und verschwand.

Jule zog die Decke enger um sich. Das Adrenalin, das sie eben noch zu Höchstleistungen angetrieben hatte, ebbte ab. Ihre Ohren summten.

Sie verstand einfach nicht, was da gerade passiert war.

An Schlaf war in dieser Nacht nicht mehr zu denken. Das galt aber nicht nur für Jule, sondern auch für die halbe Nachbarschaft. Mitten in der Nacht kamen die Leute aus ihren Häusern – die meisten nicht nur aus Neugier, sondern um zu helfen. Noch während die Feuerwehr ihre Gerätschaften verstaute, räumten die ersten Nachbarn bereits auf, trennten Gartenmöbel, die noch zu gebrauchen waren vom Müll, schrubbten Löschschaum weg oder brachten einfach nur heiße Getränke für die anderen Helfer. Wie aus dem Nichts erschien Milena und sorgte dafür, dass die völlig verdatterte Jule sich wusch und anzog. Die alte Frau mit dem Golden Retriever kam mit heißer Hühnerbrühe vorbei, die Jules Knochen wärmte.

Noch vor der Morgendämmerung war das schlimmste Chaos beseitigt, und Jule kannte jetzt auch noch den letzten Nachbarn im Umkreis von einhundert Metern. Gerade als sie ins Bett gehen wollte, tauchten zwei ältere Damen auf. Es waren die beiden, die oft auf der Bank am Brunnen saßen.

Die eine legte Jule ihre Hand auf den Arm. »Domit hawe wir nix zu du, Frau Moller.« Die andere nickte eifrig. »Mir hawe do nur mitg'macht, weil mer denkt hen, Sie mache dor so e Stadtquatsch uf. Und Fier werde mer sowieso net lege!«

»Oh. Das ist … das heißt … Sie entschuldigen sich?«

Die beiden nickten jetzt eifrig. »Mir hedde net denkt, dass de Einhorn mol so ebbes macht!«

»Und dass en d' Polizei holt«, entsetzte sich die andere. »Der werd eig'wiese!«

»Ich glaube, da Sie wissen mehr als ich«, sagte Jule höflich, um sich nicht an Mutmaßungen zu beteiligen. Es war nicht so, dass sie auf eine Anzeige verzichten wollte, aber das wünschte sie ihm dann doch nicht.

Sie ging mit den beiden vor die Tür. Tatsächlich standen ein Polizeiauto und ein Krankenwagen neben dem Einhorn.

Einer der Polizeibeamten brüllte gerade durch die Tür des Brauhauses: »Uf jetzt, Herr Einhorn!«

Erschrocken schlug sich Jule die Hand vor den Mund. Dann wandte sie sich ab.

»Danke für Ihren Besuch, meine Damen. Ich möchte Herrn Einhorn gerne ersparen, mich zu sehen, wenn er so unrühmlich abgeführt wird.«

Außerdem brauche ich jetzt Schlaf. Viel Schlaf.

Der nächste Tag zog an Jule vorbei, ohne dass sie recht mitbekam, was um sie herum passierte. Sie hatte alle Hände voll zu tun, um die Brandschäden zu beseitigen und alles mit der Versicherung zu regeln.

Zufällig war sie gerade an der Tür, als der Postbote kam. Noch bevor er klingeln konnte, riss sie schon die Tür auf.

Erschrocken rückte er seine Mütze zurecht. »Lauern Sie auf das Paket?«

»Ein Paket?« Jule wurde ganz kribbelig, als er in aller Seelenruhe den Code einscannte. Sie liebte Pakete, und das sah ganz nach einem von Maike aus. Eilig unterschrieb sie, riss ihm das Paket und die Briefe aus der Hand und öffnete dann den Briefkasten.

»Da müssen Sie nicht reinschauen«, meinte der Postbote im Gehen. »Ich habe Ihnen schon alles in die Hand gedrückt.«

»Nicht alles.« Jule zwinkerte ihm zu und wedelte mit einem weißen Blatt Papier, das sie aus dem Briefkasten gefischt hatte. »Es gibt da jemanden, der jeden Tag an mich denkt.«

»Ach, wie nett. Ein schönes Wochenende.«

»Danke, Ihnen auch.«

Schön, dass da jemand zuverlässig an mich denkt? Jule betrachtete die Flut an Ausrufezeichen und den üblichen Spruch. *So kann man das natürlich auch sehen.*

Frau Thiel-Teutenbacher war jedenfalls längst nicht mehr so zuverlässig wie der Zettelschreiber. Sie hatte einen überraschend positiven Artikel über die Brandnacht geschrieben, in dem die Hinterhältigkeit einer solchen Tat scharf verurteilt wurde. Dazu fand die Redakteurin das eine oder andere lobende Wort für Jules Arbeit. Vor allem aber lobte sie die Arbeit der Freiwilligen Feuerwehr. Leidenschaftlich forderte sie eine bessere Ausstattung für die Truppe und rief die Bürger zum Ehrenamt auf.

Nur der Zettelschreiber oder die Zettelschreiberin behielt die Routine bei.

Gerade wollte Jule in die Küche gehen, da klingelte ihr Telefon. Es war die Nummer der Zeitungsredaktion. Also atmete sie tief durch und machte sich bereit für eine verbale Auseinandersetzung. Am Ende der Leitung war allerdings nicht Frau Thiel-Teutenbacher, sondern der Chefredakteur.

»Liebe Frau Moller. Wie geht es Ihnen?«

Jule war zu perplex, um etwas zu antworten. Schließlich nuschelte sie ein »Ganz gut«.

»Das freut mich zu hören. Ich hoffe, Sie haben nicht allzu viel Stress mit Ihrem Café. Denn wie Sie vielleicht wissen, verlässt uns Frau Thiel-Teutenbacher Anfang Juli.«

»Äh. Nein. Wusste ich noch nicht.« Jule wurde blass.

Habe ich sie so getroffen? Denkt sie noch immer, ich will ihren Job haben?

»Wir haben deshalb beschlossen, die Lokalredaktion in ihrem bisherigen Umfang ein wenig zurückzufahren.« *Ich bin jetzt also als freie Mitarbeiterin endgültig raus?* »Das betrifft zum einen das Redaktionsbüro. Ich erinnere mich, dass Sie Kontakte zu einigen Landwirten haben, die gerne einen Laden in guter Lage anmieten würden? Wenn Sie da vermitteln möchten, wären wir Ihnen sehr verbunden. Wir werden die Stelle der Lokalredakteurin neu besetzen, allerdings nicht mehr in Vollzeit. Eher so … siebzig Prozent? Ich hatte da an Sie gedacht.«

In Jules Kopf heulte die Alarmsirene auf, allerdings unter einem Berg aus Watte.

Der hat mir doch nicht gerade meinen Traumjob angeboten?

Sie war kurz davor, in Ohnmacht zu fallen, hatte das Gefühl, gleichzeitig nach links und nach rechts zu laufen, die Gedanken drehten sich im Kreis.

Wieso jetzt? Wieso nicht vor einem Jahr?

Sie rannte in der Schankstube herum wie ein aufgescheuchtes Huhn. Aber niemand war hier, um ihr einen Rat zu geben. Milena war weg, Gerta rumorte in der Küche, und selbst Berthe hatte sich verzogen, statt im Wintergarten auf ein paar Körner zu hoffen.

»Ich …« *Was sage ich bloß!* »Kann nicht.«

Es war raus. Seltsamerweise fühlte Jule sich erleichtert.

»Oh. Das …« Jetzt war es am Chefredakteur, nach Worten zu suchen. »Ich gebe zu, ich hatte fest mit Ihnen gerechnet. Ihr Lebenslauf und Ihre bisherige Arbeit sprechen ja sehr dafür. Wollen Sie es sich nicht noch einmal überlegen?«

In diesem Augenblick wusste Jule ganz genau, dass es nichts weiter zu überlegen gab.

»Nein, ich habe mich entschieden und danke Ihnen für Ihr Angebot. Das schaffe ich zeitlich einfach nicht. Aber ich würde gerne weiterhin einmal in der Woche für die ›Bunten Seiten‹ schreiben.«

»Wenn ich Sie mit irgendetwas überzeugen kann, sagen Sie es mir.«

»Natürlich.«

Sie tauschten noch einige höfliche Floskeln aus und beendeten dann das Gespräch. Als Jule am Treibholzspiegel vorbeikam, grinste sie wie ein Honigkuchenpferd.

Der Anruf der Zeitung hatte in Jule etwas ausgelöst, das sie nicht genau beschreiben konnte. Es war eine Art von Befreiung, eine Leichtigkeit, die zu ihr zurückkehrte. Und erst jetzt, als dieses Gefühl in ihr erblühte, begriff sie, dass es das war, was sie in all den vergangenen Jahren vermisst hatte, in denen sie krampfhaft versucht hatte, sich nicht für einen Lebensweg zu entscheiden und sich immer alle Möglichkeiten offenzuhalten.

Chancen auf Veränderung gab es immer wieder, man musste sich nicht zwanghaft daran klammern. Es war viel besser, zu tun, was sie den Lesern ihres Wochentipps immer mit auf den Weg gab: die Augen offen zu behalten und sich den Blick nicht zu verstellen.

Im Januar war ihre Welt zusammengebrochen, weil sich ein fester Job bei der Zeitung zerschlagen hatte. Nicht einmal ein Jahr später hatte sie einen anderen Weg gefunden, der sie glücklich machte. Hätte die Zeitung damals nicht abgesagt, wahrscheinlich wäre Jule auch dann glücklich geworden. Vielleicht hätte sie etwas in ihrem Leben vermisst, aber wer konnte das schon sagen?

Jetzt jedenfalls, jetzt vermisste sie gar nichts. Dazu trug natürlich auch der beginnende Sommer bei, der mit seiner wohligen Wärme jeden Anflug von Traurigkeit vertrieb.

Selbst die Buchhaltung, vor der Jule ihr Leben lang die Augen verschlossen hatte, schreckte sie nicht mehr. Besonders das überraschte sie immer wieder aufs Neue. Auch heute saß sie wieder bis weit über die Dämmerung hinaus über den Büchern. Dennoch fühlte sie sich kein bisschen müde. Für eine Weile knipste sie einfach die Schreibtischlampe aus und saß in der Dunkelheit. Sie schaute zum Fenster hinaus in den Garten und betrachtete den Vollmond, der mit seinem silbernen Licht den Himmel von Sternen freigeräumt hatte. Der süße Duft der Nacht, nach Rosen und frischem Heu, sorgte aber bald dafür, dass sie es nicht länger drinnen aushielt. Es war eine Nacht, die man genießen und nicht an den Schlaf verschwenden sollte.

Bereits nach zwei Schritten spürte Jule die Müdigkeit des Tages von sich abfallen.

Draußen zog sie sich eine Liege mitten auf den Rasen und legte sich darauf, als wollte sie sich im Vollmond sonnen. Eine ganze Weile lag sie einfach so da, ließ die Nacht an sich vorüberziehen und fühlte sich, als wären sie und die Lindenblüte der Mittelpunkt des Universums. Erst als sie allmählich doch müde wurde und gerade überlegte, zurück ins Haus zu gehen, hatte sie plötzlich das Gefühl, nicht allein zu sein. Sie stand auf, tat so, als würde sie nur die Liege zurück zur Terrasse bringen, und sah sich vorsichtig um. Anschließend schlenderte sie zum Schuppen hinüber und prüfte die Schlösser und die Klappe für Berthe, gerade so, als könnte ausgerechnet heute ein Fuchs oder Marder versuchen, die Henne zu stehlen. Zuerst kam sie sich albern vor und schob dieses seltsame Gefühl auf die Erschöpfung nach einem langen Arbeitstag, doch als ihre Augen sich nach dem hellen Licht des Mondes wieder an die Dunkelheit gewöhnt hatten, bemerkte sie eine dunkle Silhouette in den Ästen des alten Lindenbaumes.

Ohne zu zögern, nahm sie das lange Beil zur Hand, mit dem Gertas Mann am Abend Holz gehackt hatte. Mit schnellen, festen Schritten ging sie zu dem Baum hinüber.

»Komm da runter, wer auch immer du bist!«, kommandierte sie mit fester Stimme.

Die Gestalt im Baum bewegte sich. Es raschelte und knackte. Der Schatten kletterte langsam nach unten.

»Ich sitze hier nur.« Mika schälte sich aus dem Schatten der Linde hinaus ins helle Mondlicht. Vorsichtshalber hatte er die Hände über den Kopf gehoben.

»Auf meinem Baum?« Jule schnappte nach Luft.

»Ja, auf deinem Baum, Jolanda. Ganz ohne die Linde kann ich einfach nicht sein.«

»Die Vergangenheit kehrt nicht zurück.«

Der Vollmond schien so hell, dass sie ein Schmunzeln auf seinem Gesicht sehen konnte. »Aber der Baum, der bleibt hoffentlich, wie er ist. Ich habe als Kind sehr viele Sommer auf ihm verbracht.«

»Ach, es geht um den …«

»Ich meinte beide. Das Haus und den Baum.«

Jule holte tief Luft und sah ihm fest in die Augen.

»Ich finde das ziemlich gruselig, dass jemand Nacht für Nacht auf mein Grundstück klettert.«

Mika zuckte sichtlich zusammen. »Ich habe mich nicht so recht getraut, dich zu fragen. Oder zu klingeln.«

»Du hättest jederzeit klingeln und fragen können. Weißt du, das ist es doch gerade, was mich so traurig und wütend macht: Kaum jemand redet einfach mit mir. Es ist gerade so, als hätten alle Angst vor mir.«

»Ich fürchte, es ist gar nicht so einfach, zu jemandem hinzugehen und zu fragen. Es tut mir leid, dass ich mir da keinen Ruck gegeben und dich so erschreckt habe.«

»Schwamm drüber. Ich weiß ja auch nicht, ob ich jemanden einfach so fragen würde, ob ich auf seinem Baum sitzen dürfte.«

»Klingt wirklich etwas merkwürdig.«

»Klingel ruhig, wenn du das nächste Mal hochklettern willst. Hast du auch Lust auf eine heiße Schokolade?«

Mika schwang sich aus den Ästen herunter. »Die kann ich jetzt sogar sehr gut gebrauchen. Ich komme einfach nicht darüber hinweg, was der Einhorn getan hat.«

»Hast du ihn gesehen? Hast du in der Brandnacht auch in der Linde gesessen?«

»Ja. Und ich habe der Polizei gleich Bescheid gesagt. Fühlt sich irgendwie nicht gut an. Bei allem Streit kenne ich ihn und Carsten doch schon so lange. Er tut mir leid. Er ist nicht mehr er selbst. Nur noch ein gefallener alter Mann.«

»Ich verstehe sowieso nicht, weshalb du für ihn arbeitest.«

»Ich arbeite für Carsten. Irgendwer muss ja anfangen, die Hand zur Versöhnung zu reichen.«

»Na, aber Carsten hat sich wohl von seinem Vater vergraulen lassen.«

»Der Alte ist schwer krank, aber er will es nicht wahrhaben. Er bekommt überhaupt nicht mehr mit, was um ihn herum geschieht, lebt nur noch in der Vergangenheit.«

Eine ganze Weile schwiegen sie. Jeder hing seinen Gedanken nach. Die Luft wurde allmählich kühler, eine leichte Brise jagte Jule eine Gänsehaut auf die Arme.

»Wir holen uns jetzt lieber ein paar Decken und eine heiße Schokolade. Mit Kardamom?«

Er nickte nur und folgte ihr.

Wieder schwiegen sie, während Jule die Schokolade zubereitete und sie mit dampfenden Bechern auf die Terrasse hinausgingen. Dort stapelten sie in stiller Übereinkunft sämtliche Polster aufeinander, teilten sich eine Wolldecke und machten es sich gemütlich.

»Danke, dass du dich getraut hast«, begann Mika. »Also, das mit der Feuerdecke. Da ist wirklich nicht jeder so mutig.«

Jules Herz machte einen kleinen Sprung.

»Ich staune immer noch, dass ich es geschafft habe. Dass ich all das hier geschafft habe.«

»Du kannst stolz auf dich sein.« Er rückte ein Stückchen näher.

Das Schweigen zwischen ihnen war bedeutungsschwerer als alle Worte der Welt. Dieser Augenblick war perfekt, und Jule wusste, dass noch viele solcher perfekten Augenblicke folgen würden.

Sie hob die Tasse und sah Mika in die Augen.

»Wenn du bis zum August nett bist, teile ich vielleicht meine Mirabellen mit dir.«

Er legte den Kopf zurück, und zum ersten Mal hörte sie ihn laut und herzlich lachen.

Und so wird's gemacht

Alle Rezepte und Anleitungen

Allgemeine Hinweise

Dinge selbst herzustellen macht Freude. Ganz egal, ob wir das Häkeln noch von unserer Großmutter gelernt haben oder ob wir erst damit anfangen, wenn wir in Rente gehen. Ob wir Anleitungen nacharbeiten oder selbst welche entwickeln. Ob wir ein Handwerk erlernt haben oder uns über das Internet oder gemeinsam mit Freunden ein paar Kniffe aneignen. Ob wir etwas herstellen, weil wir wenig Geld haben oder weil wir etwas haben wollen, das kein anderer hat.

Der Grund, aus dem wir uns mit Basteln, Handarbeiten und Heimwerken beschäftigen, ist immer ein anderer. Aber die Liebe zu selbstgemachten Dingen eint uns. Wir wollen die Dinge wieder mit den Händen begreifen, mit allen Sinnen erfassen, anderen eine Freude bereiten, ausprobieren, neugierig sein und verstehen, wie etwas funktioniert. Deshalb gebe ich hier gerne einen kleinen Einblick in Jules Kladde.

Vorweg einige Hinweise zur Sicherheit: Besonders bei der Herstellung von Kosmetik und Nahrungsmitteln muss unbedingt auf Sauberkeit und Hygiene geachtet werden. Das gilt insbesondere, wenn ein Produkt nicht sofort verbraucht wird – vor allem dann, wenn keine Konservierungsstoffe verwendet werden.

Arbeitsflächen müssen sauber sein, am besten nur frisch gewaschene Handtücher zum Abtrocknen verwenden. Ausgekochte oder im Backofen sterilisierte Gefäße werden im besten Fall nicht mehr mit bloßen Händen angefasst. Am sichersten arbeitet man, wenn man Ruhe hat und sich auf das Rezept konzentrieren kann. Vorsicht mit kleinen Kindern und Haustieren im Haushalt.

Wer selbstgemachte Dinge verschenkt, sollte diese vor dem Verschenken testen und sich erkundigen, ob der Beschenkte Allergien hat, und im Zweifelsfall lieber sämtliche Inhaltsstoffe aufschreiben, egal, wie banal sie einem vorkommen. Das können beispielsweise Bestandteile von Parfümölen sein, aber auch ätherische Öle wie Zitrus oder Zimt (ätherische Öle wirken pur oft reizend auf Haut und Schleimhäute), Wolle, Kamille, Nüsse …

Sämtliche Tipps und Anleitungen wurden nach bestem Wissen und Gewissen zusammengetragen. Da sich immer Fehler einschleichen können, übernehme ich keinerlei Haftung für das Nacharbeiten und Ausprobieren.

Käsestangen

- 1 Tasse Mehl
- 2 Tassen Quark
- 1 Tasse kalte Butter
- geriebener Käse nach Wahl (sollte gut schmelzen)
- Gewürze nach Wahl (ich empfehle rosenscharfen Paprika und/oder Kurkuma)
- 1 kleines Ei

1. Mehl, Quark und die gewürfelte Butter auf die Arbeitsplatte geben. Mit einem großen Messer hacken und dann durchkneten, bis ein gleichmäßiger Teig entsteht. Natürlich funktioniert das auch mit der Küchenmaschine, dem Handrührgerät oder Kneten in der Schüssel, aber mehr Spaß macht es mit dem Messer.
2. Den Teig in Frischhaltefolie im Kühlschrank etwa eine halbe Stunde ruhen lassen. Den Ofen auf 200 Grad (Ober-/Unterhitze) vorheizen. Währenddessen den Käse reiben und mit den Gewürzen vermengen. Den Teig ausrollen und entweder in Streifen schneiden oder Formen ausstechen (das Rezept schreit natürlich geradezu danach, »Käsfüß« herzustellen).
3. Die Streifen oder Formen mit Ei bepinseln (mit dem Rest des Eis eventuell Rührei machen) und mit Käse bestreuen. Die Stangen kann man auch noch etwas eindrehen. Das erfordert allerdings Geschick, damit der Käse nicht herunterfällt.
4. Etwa eine Viertelstunde goldbraun backen. Schmecken sowohl warm als auch kalt, theoretisch auch noch am nächsten Tag – sofern etwas übrig ist.

Jules Grusskarte

- weißer Bastelkarton
- kleinporiges Schwämmchen
- Distress-Ink-Stempelkissen in Ocker und in Lindgrün
- Stempelkissen mit schwarzer Farbe
- Stempel mit nicht zu filigranem Blütenmotiv
- einige Seiten vergilbtes, nicht zu dünnes Papier, bspw. Speisekarten, Bücher
- Papierkleber
- Sprühfläschchen mit Wasser
- wasserfeste Schablone

1. Der Bastelkarton wird auf die doppelte Kartengröße zurechtgeschnitten und in der Mitte gefalzt.
2. Den Tisch am besten mit Zeitungspapier oder etwas anderem, das schmutzig werden darf, abdecken.
3. Die Vorderseite der Karte erhält jetzt einen schönen Rahmen. Dafür mit dem Schwämmchen etwas Distress-Ink aufnehmen und die Kartenränder gleichmäßig abtupfen – dabei von außen zur Karte hin wischen.
4. Nach Lust und Laune in Schwarz Blüten auf die Vorderseite der Karte und die gleiche Anzahl auf das vergilbte Papier stempeln. Die Blütenblätter auf dem vergilbten Papier werden jetzt ausgeschnitten und in die Blütenblätter auf der Karte eingepasst und aufgeklebt.
5. Mit dieser Methode lassen sich Stempel auf fantasievolle Art und Weise und ohne zeichnerisches Geschick kolorieren.
6. Für die Innenseite der Karte wird mit dem Schwämmchen von beiden Stempelkissen großflächig Farbe aufgetragen. Die Farben dürfen dabei ineinander übergehen. Sofort die

Schablone nah darüberhalten und einen feinen Wasserfilm durch die Schablone aufsprühen. Die Tinte verläuft leicht und erzeugt ein schönes Hintergrundmuster.

7. Alles gut trocknen lassen, bevor die Karte zusammengeklappt wird.

Wandschablonen

- ein Trägermaterial wie dünne Pappe oder stabile Folie
- geeignete Vorlage
- evtl. Butterbrotpapier zum Durchpausen
- scharfes Bastelmesser (Linolschneidemesser, Skalpell etc.)
- Malerkrepp
- ein wenig Originalfarbe der Wand
- Wunschfarbe für das Motiv

1. Schablonen, die man nur einmal oder wenige Male verwenden möchte, lassen sich mit relativ wenig Aufwand selbst herstellen. Im Prinzip reicht ein dünner Karton aus, etwa die Rückseite eines Malblocks. Ist dieser dünn genug, kann die Vorlage sogar mit einem ganz normalen Drucker aufgedruckt werden.
2. Für den Anfang beginnt man am besten mit einfachen Vorlagen, die nicht zu viele Details enthalten: einem schlichten Ornament, Buchstaben oder Tierumrissen.
3. Kann die Vorlage nicht auf das Trägermaterial aufgedruckt werden, muss abgepaust werden. Also entweder eine Folie auf die Vorlage legen und mit einem Permanentmarker die Konturen nachfahren oder die Vorlage erst mit Bleistift oder Pricknadel auf ein Butterbrotpapier durchpausen, ausschneiden und dann auf den Karton übertragen. Das Ausschneiden des Motivs mit einem Bastelmesser oder Skalpell erfordert weniger Geschick als vielmehr einiges an Geduld. Bitte darauf achten, eine ausreichend dicke Unterlage zu verwenden, sonst ritzt man sich das Motiv im schlimmsten Fall in die Esszimmertischplatte.
4. Die fertige Schablone wird dann mit Malerkrepp an der Wand befestigt. Malerkrepp hat den Vorteil, dass es sich ab-

lösen lässt, ohne die halbe Wand zu zerstören. Um schöne Kanten zu erhalten und zu vermeiden, dass Farbe unter die Schablone läuft, sollte zuerst mit der Originalfarbe der Wand gestrichen werden. Diese füllt die winzigen Hohlräume an den Schablonenrändern und dichtet sie ab.

5. Ist alles getrocknet, kann die Wunschfarbe für das Motiv vorsichtig durch Pinseln, Tupfen oder Sprühen aufgebracht werden – am besten die Technik vorher mit der Schablone auf einem Pappkarton üben, um ein Gefühl für die Farbe zu bekommen.

Natürlich kann man mit solchen Schablonen auch Motive auf Textilien aufbringen. Statt Malerkrepp klappt die Fixierung der Schablone dabei sehr gut, wenn man im Bastelgeschäft nach Sprühkleber Ausschau hält.

Pfefferminz-Zitronenmelissen-Tee

Pfefferminze und Zitronenmelisse wachsen sehr schnell und unproblematisch in fast jedem Garten und auch im Topf auf dem Balkon. Sie sind ideale Pflanzen für Menschen, bei denen fast alles andere eingeht. Diese Robustheit sorgt allerdings auch dafür, dass man ruckzuck den ganzen Garten voll davon hat, wenn man nicht gelegentlich den Wildwuchs eindämmt. Zum Glück kann man aus beiden Pflanzen einen sehr leckeren frischen Tee zubereiten. Sobald die Pflanzen blühen, schmecken die Blätter allerdings nicht mehr so intensiv. Besser vorher sammeln und trocknen.

Während der Saison für eilige Genießer: Einfach ein paar Stengel beider Pflanzen pflücken, in eine Kanne mit heißem Wasser geben und ziehen lassen. Ich bevorzuge auf einen Liter Wasser ca. 4 lange Stengel Pfefferminze und 1–2 Stengel Zitronenmelisse und lasse das Ganze ca. 5–7 Minuten lang ziehen.

Getrocknet das ganze Jahr über: Dafür müssen die Blätter zunächst abgezupft werden. Dann legt man sie in einem Raum mit möglichst geringer Luftfeuchtigkeit auf einem trockenen Tuch aus. Nicht direkt in die Sonne legen! Die Blätter sollten einlagig liegen und ab und an aufgeschüttelt werden, damit sie gleichmäßig trocknen und sich kein Schimmel bildet.

Im Winter kann man dann nach Belieben mischen und ausprobieren, wie der Tee einem am besten schmeckt.

Übrigens: Pfefferminze ist – je nach Sorte – sehr geruchsintensiv. Wer im Dachgeschoss wohnt und sich über Gerüche von unten ärgert, kann einmal ausprobieren, einen Blumenkasten mit Pfefferminze vor die eigene Tür zu stellen und sich so eine Duftbarriere zu errichten.

ZUCKERPEELING

- Zucker
- Mandelöl, Aprikosenkernöl oder Babyöl (Öle immer dunkel und kühl aufbewahren. Gerade die hochwertigen, für Kosmetik geeigneten Öle halten nicht besonders lang und werden schnell ranzig. Wenn ein Öl länger nicht verwendet wurde, unbedingt eine Geruchsprobe machen.)
- Emulgator (bspw. Mulsifan)
- Lebensmittelfarbe und Parfümöl nach Belieben

1. Ein sauberes, am besten sterilisiertes Schraubglas zu zwei Dritteln mit Zucker füllen. Dann mit einem sauberen Löffel nach und nach das Öl zugeben und umrühren, bis eine streichfähige, aber noch krümelige Masse entsteht. Der Zucker darf sich nicht auflösen, sonst ist der Peeling-Effekt dahin!
2. Ein paar Tropfen Mulsifan unterrühren und je nach Vorliebe noch Farbe oder Duft einrühren. Werden statt Parfümölen ätherische Öle verwendet, möglichst wenig verwenden, um Hautreizungen zu vermeiden – 5 Tropfen reichen normalerweise völlig aus. Parfümöle dürfen etwas großzügiger verwendet werden, aber auch hier bitte nicht übertreiben.

Badeschokolade

- 50 g Natron
- 10 g Milchpulver
- 60 g Kakaobutter
- Emulgator (bspw. Mulsifan)
- Parfüm nach Belieben

1. Natron und Milchpulver vermischen. Kakaobutter bei geringer Hitze sanft schmelzen. Mulsifan und eventuell Duft zugeben und mit den trockenen Zutaten vermengen.
2. Zügig in eine Schokoladenform, Eiswürfelform etc. gießen und am besten im Gefrierfach erstarren lassen.
3. Kühl lagern und pro Vollbad ein bis zwei kleine Stücke verwenden. Badewanne hinterher auf fettige Rückstände kontrollieren, da sonst Rutschgefahr besteht!

Badebomben

- 250 g Natron
- 125 g Zitronensäure
- 50 g Milchpulver oder Joghurtpulver
- 40 g Stärke
- Farbpigmente oder Lebensmittelfarbe
- 65 g Kakaobutter
- 3 g Mulsifan oder Lecithin
- 5–10 g Parfümöl

Bei den Badebomben ist es sehr wichtig, feuchte und trockene Bestandteile so lange wie möglich getrennt zu halten und vorsichtig miteinander zu verarbeiten. Denn sonst kann es passieren, dass die Badebomben schon beim Zubereiten quellen, und sie sollen ja erst in der Badewanne sprudeln.

1. Die trockenen Bestandteile werden in einer großen Schüssel miteinander vermengt. Pigmente können jetzt zugegeben werden. Wird flüssige Lebensmittelfarbe verwendet, sollte man mit dieser am Vortag die Stärke färben (ruhig etwas farbintensiver, das verteilt sich) und gut trocknen lassen.
2. Die Kakaobutter wird bei geringer Hitze geschmolzen. Mulsifan und Duft zugeben. Wenn ätherische Öle verwendet werden, lieber weniger zugeben, da sie in höherer Konzentration hautreizend wirken können. Parfümöle sind im Allgemeinen verträglicher.
3. Die handwarme Kakaobuttermasse langsam zu den trockenen Zutaten geben und zügig mischen. Wer empfindliche Haut hat, sollte Küchenhandschuhe tragen. Die ideale Konsistenz fühlt sich an wie nasser Sand und haftet gut zusammen.

4. Die Masse kann jetzt mit zwei Eisportionierern oder anderen Werkzeugen zu Kugeln geformt werden. Sehr schön sieht es aus, wenn man Silikoneisformen benutzt – allerdings kann man die später nicht mehr für Lebensmittel verwenden, da sie den Duft annehmen. Kleinere Bomben fetten etwas weniger, und man kann mehrere davon sprudeln lassen. Große Bomben sprudeln natürlich länger.
5. Die Badebomben können jetzt kurz in den Kühlschrank oder ins Eisfach, damit die Kakaobutter erstarrt. Aber nicht zu lange, denn sonst zieht die Masse Wasser und schäumt. Über Nacht gut durchtrocknen lassen.

Schwammklösschensuppe

Für 2 hungrige Personen:

- 50 g Mehl
- 50 g Butter
- 1 Ei
- 1 Prise Muskat
- Salz
- Paprikapulver
- Gemüsebrühe, am besten selbstgemacht

1. Mehl mit der weichen Butter vermengen. Das geht ganz gut mit einer stabilen Gabel in einem Schüsselchen. Das Ei hinzufügen und mit einer Prise Muskat, Salz und etwas Paprikapulver zu einem glatten Teig verrühren, der ruhig Blasen werfen darf. Man kann das Ganze natürlich auch mit einem Pürierstab oder einem Handmixer machen.
2. Die Gemüsebrühe zum Kochen bringen. Die Schwammklößchen werden abgestochen und ziehen nur kurz im sprudelnden Wasser.

Urlaub für die Zunge – Rund-um-die-Welt-Marmelade

Streng genommen ist die Herstellung von Marmelade so einfach, geradezu banal, dass man kaum einen ganzen Satz dafür benötigt: Früchte abwiegen, mit Gelierzucker nach Wahl aufkochen, in Gläser abfüllen, essen, glücklich sein.

Anders als mit dem Leben, kann man es sich mit Marmelade wirklich leichtmachen. Man kann aber auch richtig tief in die Materie eintauchen und stets auf der Jagd nach neuen Zutaten und unterschiedlichen Konsistenzen sein.

Für diese spezielle Marmelade wird Folgendes benötigt:

- reife Kiwis
- reife Bananen
- wenn vorhanden: Nektarinen
  (Verhältnis Kiwi zu Bananen zu Nektarinen: 3:2:1)
- Gelierzucker 3:1
- Kardamom in Pulverform
- Zitronensaft

Egal, was in der eigenen Küche für den Vorrat hergestellt wird – Marmeladen, Sirup, Eingewecktes, Kosmetik: Zuerst werden die Gläser für die Aufbewahrung sterilisiert! Es ist nur wenig Mehraufwand, aber es lohnt sich, hinsichtlich Zeit und Geld.

Es gibt verschiedene Methoden: Man kann die Gläser beispielsweise für eine Viertelstunde bei 100 Grad Umluft in den Ofen stellen. Oder man bedeckt sie in einem Topf mit Wasser und kocht sie für ein paar Minuten.

Nach dem Sterilisieren werden die Gläser am besten nur noch mit einer sauberen Nudelzange oder etwas Ähnlichem angefasst und mit der Öffnung nach oben auf einem frischen Geschirrtuch ohne Ausreiben getrocknet.

1. Die geschnittenen Kiwis legt man am besten schon ein paar Stunden vor dem Kochen in den Zucker ein, damit sie schön durchziehen.
2. Alle Früchte werden grob püriert (wer es ganz fein mag, passiert durch ein Sieb) und dann in einem ausreichend großen Topf kurz aufgekocht.
3. Dann werden Kardamom nach Belieben, ein Spritzer Zitronensaft und Zucker zugegeben, gut untergerührt und anschließend wieder aufgekocht.
4. Die Masse gut umrühren, damit sie nicht anbrennt. Vorsicht, wenn es spritzt – das tut nicht nur weh, sondern die gelierten Marmeladenflecken machen auch eine ganz schöne Arbeit beim Putzen! Es soll so richtig schön sprudeln. Falls Schaum entsteht, wird er abgeschöpft.
5. Mach einigen Minuten folgt die Gelierprobe. Dafür wird mit dem Kochlöffel etwas von der Masse auf einen Teller getropft. Sobald sich zügig eine Haut bildet und der Klumpen nicht mehr fließt, kann die Marmelade in die Gläser abgefüllt werden. Jetzt schnell die Deckel draufschrauben und für eine Weile auf dem Kopf stehen lassen.

Mindestens ein Jahr lang hält sich die Marmelade im Vorrat frisch. Früher legte man noch ein angefeuchtetes Blatt Pergamentpapier oder Backpapier auf die Marmelade, bevor der Deckel draufkam. Das sollte den Schimmel abhalten.

Und das Wichtigste: Was gibt es Schöneres, als gute Freunde einzuladen und sie mit Croissants, frischen Brötchen und einer guten Butter zum Testen der eigenen Marmelade-Kreationen einzuladen?

Hochbeete haben viele Vorteile. Beispielsweise arbeitet man auf einer angenehmen Höhe, hält sich Unkraut und Schnecken leichter vom Leib, kann auch bei schlechtem Boden Gemüse anbauen, schützt die Pflanzenwurzeln gegen Wühlmäuse und Engerlinge, und man kann oft bereits pflanzen oder säen, wenn der übrige Boden noch zu kalt ist.

Für jeden Geldbeutel und für jeden Bedarf gibt es bereits vorgefertigte Hochbeete aus verschiedenen Materialien und mit verschiedener Haltbarkeit. Man kann Hochbeete sogar auf Balkonen anlegen, sollte dann aber vorher prüfen, ob der Balkon das Gewicht aushält – alternativ gibt es heute viele Lösungen für erhöhte Anbautröge, die auf Stelzen stehen. Dann fehlt allerdings die Wärme verrottenden Komposts von unten. Die rustikalsten Varianten sind aufgeschichtete Baumstämme oder sogar ein umrandungsloses Hügelbeet.

Wie auch immer der Rahmen für das Hochbeet aussieht: Es ist empfehlenswert, den Boden mit Kaninchendraht zu sichern, um Wühlmäuse fernzuhalten. In der einfachsten Variante wird das Hochbeet vollständig mit Erde befüllt. Allerdings ist das auch die kostspieligste Methode. Man unterschätzt leicht, wie viele Säcke Erde so ein Hochbeet schluckt.

Besser ist es, verschiedene Schichten übereinanderzulegen – außerdem ist das eine sinnvolle Möglichkeit, um Grünschnitt loszuwerden. Ein gut geschichtetes Hochbeet wird nur etwa einmal im halben Jahrzehnt komplett entleert und neu eingerichtet.

Es gibt verschiedene Möglichkeiten, wie man die Schichten gestalten kann. Meine ist, den Boden mit Zweigen rückgeschnittener Büsche und Bäume auszulegen. Zweige verrotten sehr langsam, aber sie sinken währenddessen natürlich zusammen. Man muss also damit rechnen, jedes Jahr von oben etwas Material nachzufüllen.

Diese Schicht wird mit nicht ganz so guter Erde aufgefüllt. Anschließend kommt eine schöne Schicht alter Kompost darauf, gerne gemischt mit dem aktuell angefallenen Biomüll oder mit ein paar Brennnesseln. (Brennnesseln kann man auch gut jauchen. Meine Großmutter hat das immer getan und damit gedüngt. Der Geruch ist allerdings nur etwas für starke Nerven.)

Die oberste Schicht bildet bei mir eine torffreie Erde, beispielsweise bereits leicht aufgedüngte Gemüseerde. Auf jeden Fall sollte sie durchlässig und für Gemüse geeignet sein.

Jetzt kann nach Herzenslust bepflanzt werden.

Schwarzwälder Kirschtorte

Für den Biskuit:

- 6 Eier
- 6 EL heißes Wasser
- 250 g Zucker
- 200 g Mehl
- 75 g Speisestärke
- 2 TL Backpulver
- 50 g Kakaopulver

Für Füllung und Deko:

- 1 Glas Kirschen
- Kirschwasser oder Kirschlikör
- Speisestärke oder Agar-Agar nach Bedarf
- 600 g Sahne
- Schokoraspel (zartbitter)

1. Springform fetten. Eier trennen. Eigelbe mit Wasser und Zucker schaumig rühren, bis der Zucker nicht mehr knirscht. Das dauert mit dem Handrührer ca. 10–15 Minuten.
2. Backofen auf 180 Grad Ober-/Unterhitze vorheizen. Mehl, Stärke, Backpulver und Kakao mischen, sieben und unterrühren. (Ich verzichte bei vielen Kuchen auf das Sieben, schließlich hat man heute keine Schädlinge oder Verunreinigungen mehr im Mehl wie früher. Da aber besonders Backpulver und Stärke gerne kleine Bröckchen bilden, mache ich hier eine Ausnahme.)
3. Eiweiße steif schlagen und portionsweise unterheben. Teig in die Form füllen und ca. eine halbe Stunde lang backen. Die Masse möglichst schnell in den Backofen schieben, damit sie nicht flüssig wird und die durch das Rühren einge-

schlossenen Luftbläschen erhalten bleiben. Den Ofen während des Backvorgangs möglichst nicht öffnen. Gegen Ende der Backzeit kann man natürlich einstechen und schauen, ob der Biskuit fertig ist. Für die weitere Verarbeitung muss der Tortenboden gut ausgekühlt sein.

4. Während der Boden auskühlt, die Kirschen abtropfen lassen. Den Saft nicht weggießen! Für die Verzierung 16 Kirschen zur Seite legen (Schwund durch Naschen mit einkalkulieren).
5. Wer möchte, kann die Kirschen für kurze Zeit in den Alkohol einlegen.
6. Der Tortenboden wird zweimal durchgeschnitten, so dass insgesamt drei dünne Platten entstehen. Das funktioniert mit einem dünnen Bindfaden besser als mit einem Messer. Der untere Boden wird mit etwas Alkohol beträufelt und mit den Kirschen belegt.
7. Der Kirschsaft wird nun geliert. Dafür rührt man etwas Saft mit 1–2 Esslöffeln Stärke glatt. Der übrige Saft wird aufgekocht und mit der Stärkemischung vermengt. Unter ständigem Rühren leicht köcheln lassen, bis der Saft andickt – dann zügig die Kirschen übergießen, bis alle Hohlräume geschlossen sind.
8. Beim traditionellen Rezept käme jetzt eine dünne Schicht Sahne direkt auf die ausgekühlten Kirschen. Darauf verzichte ich und lege gleich den nächsten Boden auf die Masse. Hierauf verteile ich eine etwa fingerdicke Schicht steifgeschlagene Sahne und lege den Biskuitdeckel auf. Die Torte wird jetzt dünn mit der Sahne bestrichen. Mit einem Spritzbeutel kommt auf jedes der zukünftigen 16 Tortenstücke ein kleines Sahnehäubchen, in das eine Kirsche gedrückt wird. Wer mag und noch Sahne übrig hat, kann mit dem Spritzbeutel von jedem dieser Häubchen eine Linie bis zur Tortenmitte ziehen.
9. Jetzt kommt außen an die Torte noch die Raspelschokolade.

Mosaiktisch

- spezielles Tischchen für Mosaike (gibt es im Baumarkt oder im Internet)
- Pressspanplatte in passender Größe
- wasserabweisender Lack
- Pinsel
- Fliesenkleber
- Scherben (zerkleinerte Fliesen, gekaufte Mosaiksteine etc.)
- Fugenmasse/Fugenmörtel
- Gummischaber
- Schwamm
- sauberes Tuch zum Polieren

1. Die Pressspanplatte am besten einen Tag vorher auf beiden Seiten mit einem wasserabweisenden Lack versiegeln und gut trocknen lassen.
2. Dann die Platte mit Fliesenkleber bestreichen. Bei einer großen Fläche lieber Stück für Stück arbeiten, sonst ist der Kleber eingetrocknet, bis man auf der anderen Seite des Tischs ankommt. Die Scherben werden in einem beliebigen Muster angeordnet. Wenn alles fertig ist, dauert es auch hier bis zu einem Tag, bis der Fliesenkleber getrocknet ist. Wer sehr sauber arbeiten möchte, bestreicht nicht die Platte mit dem Fliesenkleber, sondern jede Scherbe einzeln.
3. Ist der Kleber trocken, wird die Fugenmasse vorsichtig mit einem Gummischaber aufgebracht und glatt gestrichen. Anschließend werden die Mosaikstücke vorsichtig mit einem feuchten Schwamm von der Fugenmasse gesäubert und nach dem Trocknen mit einem Tuch poliert.

To-do-Vorfreude für die Wand

- dekorativer, gebrauchter Bilderrahmen
- Papier(-reste) nach Wunsch
- evtl. Schleifpapier
- Decoupage-Kleber
- Schwamm oder Spültuch
- lichtechter Lack
- passende Spanplatte
- Tafelfarbe
- Farbrolle

Wer kennt das nicht? Man möchte eben schnell etwas notieren und im Auge behalten, das man auf keinen Fall vergessen darf: Geburtstage, die Einkaufsliste, die Kochliste für die Woche, Ziele, Träume, schöne Zitate. Im Idealfall kann man die Einträge immer wieder wegwischen und neue hinzufügen – und beim Telefonieren ein paar Blümchen um die Nummer der besten Freundin kritzeln.

Natürlich kann man als Gedächtnisstütze einfach ein wenig Tafelfolie auf die Küchentür kleben, aber es geht auch charmanter – Nostalgiker könnten allerdings das klassische Geräusch von Kreide auf einer Schiefertafel vermissen.

Auf Flohmärkten, in Sozialkaufhäusern oder auf den Dachböden älterer Verwandter findet man immer wieder schöne, alte Bilderrahmen. Als Papier eignen sich beispielsweise die Seiten eines Atlanten (bekommt man immer wieder günstig bei Bibliotheksflohmärkten), Tapetenreste oder Bastelpapier.

1. Je nach Art des Holzes wird das Holz kurz angeschliffen. Dickes Papier sollte leicht gewässert werden, um besser auf der Kleberschicht zu haften. Den Kleber immer großzügig auftragen, vor allem, wenn sich die Papiere überlappen.

2. Sehr großflächige Papiere immer an einer Kante ansetzen und mit einem feuchten Schwamm oder Tuch Stück für Stück vorsichtig glatt streichen, um Luftblasen zu vermeiden.
3. Wenn alles gut abgetrocknet ist, sorgt ein Anstrich mit einem klaren, lichtechten Lack für lange Haltbarkeit.
4. Statt des Bildes kommt nun eine Spanplatte in den Rahmen, die vorher mit Tafelfarbe nach Packungsanleitung bestrichen wurde. Es ist auch möglich, Magnetfarbe als Grundierung zu verwenden, jedoch sollte man ausreichend Zeit für das Trocknen einplanen, denn von beiden Farben sind mehrere Schichten notwendig, damit sie ihren Zweck erfüllen.

Teller verzieren

- alter, weißer Teller
- Papier und Bleistift für Skizze
- kleine, getrocknete Blätter
- evtl. Schablone oder Kohlepapier (findet sich oft mit der Porzellanfarbe zusammen im Regal)
- Porzellanmalfarbe

Um ein Gefühl dafür zu bekommen, wie ein Motiv auf dem Teller wirkt, legt man den Teller auf das Papier und hält die genauen Umrisse und die Breite des Randes fest. Auf diesen Test-Teller aus Papier werden nun die Blätter gelegt und deren Umrisse festgehalten – wer schöne Blattstempel hat, kann natürlich auch diese nutzen. Mit Kohlepapier oder einer ausgeschnittenen Schablone lässt sich diese Skizze nun auf den Teller übertragen.

Bei der Wahl der Porzellanfarbe muss jeder selbst entscheiden, womit er gut zurechtkommt. Es gibt Farben, die sich mit Stiften auftragen lassen, und welche für Pinsel.

Universal-Sprühlacke eignen sich grundsätzlich für Porzellan, sind aber meistens nicht lebensmittelecht und verkratzen schnell. Sie eignen sich besser für Vasen und andere Gegenstände, die nicht ständig mechanisch beansprucht werden. Diese kann man dann natürlich wundervoll verzieren und durch einfaches Abkleben mit Klebeband tolle Effekte erzielen.

Bei der Wahl der Farbe sollte man darauf achten, ob einfaches Trocknen reicht oder ob die Farben im Backofen eingebrannt werden müssen (das ist bei den meisten Porzellanfarben der Fall). Und: Nicht jedes Geschirr darf nach dem Bemalen auch in die Spülmaschine oder nur bei niedrigen Temperaturen. Wer wenig Zeit hat, verdammt sich nur ungern zu ewiger Handspülerei.

Ist die Skizze auf den Teller übertragen, werden die durchgepausten Linien mit der Porzellanfarbe nachgezogen und die Blätter beispielsweise in einem hellen Grünton ausgemalt.

Tipp: Mit Porzellanfarbe lassen sich nicht nur hervorragend Teller, Tassen und Müslischüsseln verzieren, sondern auch Windlichter gestalten – ein schönes Mitbringsel für sommerliche Grillabende.

Eistee

Einen sehr konzentrierten Schwarztee-Sud herstellen (etwa 2 Beutel auf eine Tasse kochendes Wasser). Nach der üblichen Ziehzeit die Beutel entfernen und den Tee über mindestens die gleiche Menge an Eiswürfeln gießen. Diese Schockfrostung erhält Farbe und Geschmack. Der Tee kann jetzt gesüßt und mit einem Schuss Zitronensaft ergänzt werden. Sehr lecker schmeckt er, wenn er für eine Weile mit frischen Minzeblättern durchziehen darf.

Bildnachweis

Tisch, Geschirr, Lampions: Franzi Bucher

Blumen in Vase (Tisch): Creativemarket / Watercolor flower DIY pack Vol.2

Ast: Franzi Bucher mit Elementen von Creativemarket / Watercolor flower DIY pack Vol.2 und istock / GeorgePeters

Blumen, unterer Bildrand der Gartenszene: Creativemarket / Watercolor floral edges+backgrounds

Textiles Muster an Seitenrändern: Shutterstock / Kompaniets Taras

Knopf: Shutterstock / Baranovska Oksana

Anhänger: Franzi Bucher mit Elementen von Creativemarket / Watercolor flower DIY pack Vol.2 und istock / mludzen

Rupfenpapier mit floralen Elementen im Hintergrund: Shutterstock / akiyoko

Blumenkränze: Shutterstock / Scherbinka und ratselmeister

Staffelei: Shutterstock / Erik Svoboda

Kanne, Fahrrad: Shutterstock / Zenina Anastasia

Lindenblüten: Shutterstock / Naucken

Einmachglas: Shutterstock / Annykos

Brotkorb: Shutterstock / Macrovektor

Wollknäuel: Alina Korneva

Schere: Shutterstock / bachelorette

Gedeck: Shutterstock / toriru

Rotkarierter Stoff: Shutterstock / ratselmeister

Jules Welt
MARINA BOOS
VOM GLÜCK DER WINTERLICHEN DINGE
EIN KREATIV-ROMAN
KNAUR

Weihnachten

IST DIE SCHÖNSTE ZEIT ZUM SELBERMACHEN!
WILLKOMMEN IN JULES WINTER-WELT!

In Müggebach stehen mit dem Winter neue Probleme für Jule und ihr Café vor der Tür: Die Dorfbewohner halten die »Lindenblüte« noch immer wahlweise für die Starbucks-Hölle oder ein Sammelbecken für schrullige Sonderlinge. Jule wird zum Wahlkampf-Thema, und ihre Helfer haben plötzlich allerhand zeitraubende Projekte – unter anderem ein drittes Kind, einen Laden für regionale Waren oder die veraltete Dorfbibliothek. Doch so leicht lässt sich Jule nicht unterkriegen. Und nebenbei bereitet sie mit ihrer Handarbeitsgruppe den Weihnachtsmarkt vor. Es darf also wieder nach Herzenslust (nach-)gebastelt, gekocht und gewerkelt werden!

ERSCHEINT IM OKTOBER 2016